水《みず》よ踊《おど》れ

Leap like water
by Keiya Iwai

岩井圭也

新潮社

目次

装画＊出口えり

水《みず》よ踊《おど》れ

主な登場人物

瀬戸《せと》和志《かずし》　香港大学建築学院の交換留学生。阿和《アウォ》とも呼ばれる。

梨欣《レイヤン》（胡梨欣《ウー・レイヤン》）　昇禮大廈《シンライ・マンション》の屋上に住んでいた少女。

阿賢《アイン》（胡榮賢《ウー・ウィンイン》）　梨欣の兄。

阿武《アモウ》（胡仁武《ウー・ヤンモウ》）　梨欣の弟。

トゥイ　昇禮大廈の屋上に住んでいるベトナム人少女。

小野《おの》寺雄哉《でらゆうや》　香港中文大学の学生。和志の友人。

鄭瑾怡《ジェン・ガンィ》　香港大学建築学院の学生。通称アガサ。香港大学学生会秘書長。

徐弘發《チョイ・ワンファト》　香港大学建築学院の学生。通称パトリック。孔を尊敬している。

ノエル・クローズ　香港大学社会科学学院の学生。和志のルームメイト。

孔耀忠《フン・イウジュン》　香港大学建築学院教授。通称ディラン。香港を代表する建築家。

スミス　イギリス人。

瀬戸《せと》文雄《ふみお》　和志の父。日本在住。

第一章　塔の国

航空機は真昼のビル群へ沈んでいく。高度は急速に下がっているはずなのに、なぜかゆっくりと沈む感覚があった。揺れる機内で座席をしっかりとつかみながら、ぼくは李小龍《ブルース・リー》の言葉を心のなかで唱えていた。

――Be water, my friend.（水になれ、我が友よ）

劇中の台詞ではなく、インタビューで語られた言葉だ。言いようのない不安や暗い現実を突きつけられた時、決まってこの言葉を思い出し、自分に言い聞かせる。映画スターの霊験か、単なる気休めか。

二十歳になった今でも、ぼくは航空機に乗るのが怖い。一九八九年――七年前に初めて乗った時の飛行機も、成田を出発して香港に着陸した。その時の恐怖が今でも、残像のように消えない。街の頭上すれすれを飛ぶ機内で、この飛行機は墜落するのだと、少年時代のぼくは一人でパニックに陥っていた。

十三歳から十七歳まで、香港で暮らした。その間航空機には何度も乗ったが、最初に植えつけられた恐怖はそう簡単になくならない。

九龍《カオロン》半島にある啟德《カイタック》空港は、世界で最もパイロット泣かせな空港だと言われる。その理由は窓の外を見ればよくわかる。眼下に広がる旧市街は、手を伸ばせば触れられそうなほど近い。雑踏の中心部にある滑走路へ正確に機体を着陸させるのは、さぞかし緊張を強いられる作業だろう。ブルズ・アイしか許されないダーツのようなものだ。

眼下の土地には建築物がびっしりと押し込められている。機上からこの光景を見るたび、つくづく、香港は〈塔の国〉だと思う。小さな土地に沢山の人間を住まわせるには、住居を上へ伸ばすしかない。六百三十万を超える市民が香港で暮らすために、鉛筆のような細長い塔が無数に建っている。

ボーイングは右へと旋回しながら地上へ接近していく。香港カーブと呼ばれる啟徳空港の名物だ。アルミニウム合金の両翼が高層ビル群をかすめる。機体は轟音を伴って短い滑走路へ接地する。地震のような突き上げる衝撃に身体がこわばり、冷や汗が出る。平穏を取り戻した機内に乗務員の声が流れた。広東語の会話と、気の早い乗客がシートベルトをいじる金属音が聞こえる。ぼくは無事着陸したことに安堵し、ぐったりと座席に身を預けていた。

機内を一歩出ると、蒸し暑い空気が肌に絡みつく。八月下旬の気候は日本でも過ごしやすいとは言いがたいが、香港の暑さは別格だ。気温と湿度が高いというだけじゃない。汗や体臭、呼気、花椒の香ばしさ、海産物の生臭さや化粧品の香料、生乾きの衣類、塵と埃が一緒くたになって香港の濃密な熱気を作り上げている。

入国審査の行列は遅々として進まない。前に並ぶインド人らしき男はあからさまに苛立ち、足踏みをしている。それでも入境を待つ人々の行列に比べれば、なんてことはないのだろう。大陸から香港に入境できる枠は九〇年代初めの倍、一日百五十人にまで増えたが、大陸回帰を目前にして希望者は膨れ上がる一方だという。密入境も跡を絶たず、特に子供の密入境者――小人蛇《シウヤンセー》が多い。

以前、母親が言っていた。

「小人蛇は親の片方が香港人で、もう片方が中国人ってケースが多いんでしょう。かわいそうに。香港人が中国人になるのは簡単なんだから、そうすればいいのに」

あんたが言うな、という言葉をぎりぎりのところで飲み込んだ。

ようやく順番が回ってくる。審査官はパスポートの〈瀬戸和志〉という名前に視線を落とし、ぼくの顔を見てスタンプを押した。領回行李處《バゲッジ・クレーム》でキャリーケースを受け取り、税関を抜けると急に呼吸が楽になる。香港を不在にしていた三年五か月が、一か月ほどに感じられる。

中環《セントラル》直行のバスに乗り、窓際の席を確保する。空の旅で疲れた身体を癒すために的士《タクシー》を使いたいところだが、向こう一年は節約を心がけねばならない。交換留学中の生活費はすべてぼくの貯金を使うことになっている。それが日本を発つ前に両親と交わした約束だった。

バスの扉が閉まる直前、鬼の形相で駆け込んできた女性二人組がいた。礼も言わず乗りこむなり、大声で世間話をしている。走り出した車体の脇をシビックが猛スピードで追い抜いていく。何かにつけ、速度を優先するのがこの街だ。そんなことを考えていたら、白ペンキで塗られた〈慢駛《マンサイ》（スピード落とせ）〉の路上標識が現れて、つい笑いそうになった。まるで香港人全員へのメッセージに思える。記念に使い捨てカメラで撮ろうとしたが、標識はあっという間に後方へ流れていった。

窓の外を古びた建築群が流れていく。人間なら中年は超えているだろう築年数のビルが、平然と建っている。唐樓《トンラウ》と呼ばれる低層アパートにはエアコンの室外機が磯のフジツボのようにびっしりと張り付き、雨垂れの跡が外壁に縦縞模様を描いていた。車内の会話を聞いているうち、徐々に脳が日本語モードから広東語モードに切り替わっていく。瀬戸和志《せとかずし》から瀬戸和志《ライウーウォジ》へ。

九龍半島から香港島へ行く方法は、地下鉄（ＭＴＲ）やフェリーなどいくつかある。荷物が多ければ車がいいが、渋滞は付き物だ。案の定、バスは海底隧道《クロスハーバー・トンネル》の手前で渋滞に捕まり、期せずして〈慢駛〉に従うことになった。バスはのろのろとトンネルを抜け、香港島で地上に出ると再び加速した。

　間もなく到着というタイミングで所持金の両替を忘れていたことを思い出し、声が出そうになる。バス代が払えない。余裕ぶってさっさと空港を離れたのが仇となった。降車時、破れかぶれで五百円玉を出してみると運転手は笑顔を見せて受け取った。払いすぎた分はチップと思うことにした。

　中環の両替所で香港ドルを確保する。それにしても暑い。炎天下を歩くだけで額からとめどなく汗が流れ、睫毛に溜まる。通行人たちが涼しい顔で歩いているのが不思議でならない。

　薄扶林《ポクフーラム》の方向へ行く小巴《ミニバス》に乗ると、乗客は同世代の男女ばかりだった。にわかに緊張が高まってくる。香港大学《HKU》のキャンパスを訪れるのは今日が初めてだ。交換留学の手続きはすべて日本で済ませたし、面接も日本で行った。香港に住んでいた間も足を運んだことはない。当時住んでいたのは東部の太古城《タイクーシン》で、大学からは離れていた。

　ぼくは今年九月から来年六月まで、T大学工学部建築学科の三年生ではなく、香港大学建築学院の二年生として生活する。交換留学生も正規の学生と同じように授業を受けられるし、学生証ももらえる。学内選考もさほど大変ではなかった。英語はインター校で身につけていたし、広東語はそこらの大学教員より話せる自信がある。普通話《プートンファ》（北京語）はほとんど話せないが、大陸側に行かなければ困ることはないだろう。

「どうして四年も住んだ香港に、また行きたいんですか。他の国にしようか迷わなかった？」

　面接でそう質問されたぼくは、「世界トップレベルの大学で建築を学ぶためです」と答えた。建築系の研究機関として、ＨＫＵは世界でも指折りの存在だ。実際それも理由の一つではあったが、本心は口にしなかった。

「最初からＨＫＵに入学しようとは思わなかった？」

「家庭の都合で、香港を離れなければならなかったので」

これも嘘じゃないが、本心でもない。

四年も香港に住んでいたのは、父親の仕事の都合だった。電子機器製造業向けのコンサルタントをしている父親は、事業再生のため香港の企業へ出向することになった。単身赴任を嫌がった父は、母とぼくを連れて香港へ渡った。母はすぐに翻訳の仕事を見つけた。ぼくは日本人学校に転校し、中学部を卒業してインター校に入った。インター校二年目の時に父の出向先で事業再生の目処が立ち、ぼくらが香港にいる意味はなくなった。家族で日本へ帰り、横浜の高校に編入した。

でも正確に言えば、ぼくは逃げたのだ。

あのビルから。あの街から。彼女から。そして大陸回帰まで残り一年を切った香港へ、今になって戻ってきた。

来年――一九九七年七月、〈塔の国〉はイギリスから中国へと回帰する。ぼくには、それまでにやらねばならないことがある。

窓越しに中層建築物の列が見えた。五階建ての唐樓の屋上に人影を見た気がして、思わず視線が引き付けられる。そこにはたしかに、くすんだワンピースを着た少女がいた。ぼくの財布に入っている写真の少女。

「梨欣《レイヤン》」

座席から腰を浮かせて、彼女の名をつぶやいていた。瞬きをして目を凝らすと、屋上に立っていたはずの少女は忽然と消えた。

目が覚めると同時に、肩と足に引きつるような痛みが走り、反射的に顔がゆがんだ。飛行機に乗った翌日はたいてい筋肉痛になる。着陸時、全身に思いきり力が入るせいだ。おまけに備え付けのマットレスがひどく固い。身体が慣れてくれるまで、熟睡はお預けだ。

ここは〈テラス〉の三〇二号室。昨夜は疲れ果て、入浴もせず眠ったせいで肌がべたついている。シャワー室で湯を浴びると気分がすっきりした。

留学生用の寮は大学に隣接している。停留所からキャンパスを横断し、西端から少し歩いたところにある洋式の五階建てビルだ。一階にはロビーとキッチンがあり、各階に居室、それに共用のトイレとシャワー室がある。入寮できるのは男子限定で、女子用は別の建物があるらしい。寮生たちはここを〈テラス〉と呼んでいるので、ぼくもそれに倣うことにした。

留学中の住処が決まるまではずいぶん苦労した。あらかじめ別の寮に事前申し込みをしていたが、抽選に外れてしまったのだ。それから来港までの二か月弱、可能な限りインター校時代の知り合いを頼って周辺の下宿を探した。苦労して見つけた学生向けのマンションは、家賃が月六千蚊《マン》（香港ドル）もした。この額では、家賃だけで貯金の大半が消えてしまう。

頭を抱えていたところに〈テラス〉の事務局から手紙が来た。当初の申し込み先とは違うが、一人分キャンセルが出たから入居しないかという連絡だった。家賃はマンションの四分の一以下。ぼくはどんな部屋かもわからないまま入居を申し込んだ。そういうわけで、どんなにベッドが固くとも、この住居をやすやすと離れるわけにはいかない。

それに、テラスは想像していたより住みやすそうだ。築年数は相当だし、壁も薄いが、内装は清潔だった。居室は二人部屋だが、相部屋はもともと覚悟していた。三〇二号室のルームメイトはまだ到着しておらず、隣のベッドには剝き出しのマットレスが置かれている。

ジーンズのポケットに二つ折りの財布を突っ込み、散歩と朝食を兼ねて外に出た。出発前に地図を手に入れて予習したため、学内の配置はおおよそ頭に入っている。

まだ夏休みが終わるまで一週間あるが、朝八時のキャンパスには学生の姿がそこここに見える。なかでも、揃いの水色のTシャツを着た十人前後の一群が目を引いた。人工泉の前をそぞろ歩く彼らの背中には某ホールの名前が印字されている。

ホールというのは一般的な学生寮のことで、留学生向けとは区別される。香港大学にはいくつものホールがあり、各々に伝統の寮歌やスポーツチーム、イベントがある。寮生たちは活動への主体的な参加を求められ、勉強や研究、インターンの合間を縫って課外活動に精を出す。希望すれば留学生も入れるそうだが、付き合いより個人の時間を大切にしたいぼくは、選択肢から除外していた。

キャンパスの西にある太古堂《スワイア・ビル》の食堂で雲呑麵《ワンタンミン》を食べて腹を満たす。久しぶりのまともな食事だった。フードコートのような食堂を眺めつつ、これからどう過ごすべきか思案した。日本から送った荷物は今日の午後、届くことになっている。

いったん部屋に戻り、中環のターミナルで手に入れた路線図を眺めた。MTRや九廣鉄路が香港における交通の幹だとすれば、網の目のように広がる小巴《ミニバス》の路線はさしずめ枝葉に相当する。トラムもあるが、小巴に比べると遅い。

視線は自然と旺角《モンコック》へ引き寄せられた。網膜に焼き付いたビルの影が目の前にちらつく。思い出すだけで、心臓がつぶれそうに苦しい。回帰直前の香港へ来たのは、旺角に用があるからだ。行くなら早いほうがいい。

覚悟を決めて、ぼくはテラスを出た。香港を歩く時の癖で、リュックサックにはスケッチブックと筆記用具を入れてある。

東門近くから小巴に乗り、昨日走った道のりを遡るように東へ進む。香港にも朝のラッシュはある。

混み合った車内で吊り革につかまり、MTRの上環《ションワン》駅まで揺られた。乗客たちと一緒に暗い地下鉄ホームまで下り、港島線《アイランド・ライン》に乗る。二駅先の金鐘《アドミラルティ》で荃灣線《ツェンワン・ライン》に乗り換え、ごった返す利用客をかき分けて旺角駅で地上に出れば、そこは見慣れた風景だった。

彌敦道《ネイザン・ロード》に面した高層ビル群と、時おり場違いな感じで挟まっている唐樓。銀行や酒樓《ザウラウ》の看板。会社員風の男女や労務者がねぼけた顔で歩道を渡っている。中古の日本車や錆びた二階建てバスは、信号の色が変わるのを今か今かと待っている。

ここまでは東京のビジネス街とさして変わらないが、亞皆老街《アーガイル・ストリート》を東へ進んで横道に入れば、九龍の下町が広がっている。人通りはまばらで、舗装路の両側に立つ建物は古く、一部の外壁はクリーム色や水色に塗装されている。頭上には看板と洗濯物がひしめき、路傍の露店が軽食や土産物を売っている。粥麵專家《ゾッミンジュンガ》の開け放された窓からもうもうと湯気が立ち、香辛料の香りが漏れてくる。鳴き声に振り向くと、路地の奥で痩せ犬と飼い主らしき老人がこちらをじっと見ていた。

旺角。ぼくが十代の一時期に通った土地。ここには梨欣《レイヤン》がいた。そして、もういない。

歩を進めると、唐樓の外壁に三メートルほどの横断幕がかけられているのを見つけた。くすんだ白の横断幕には〈釣魚臺是中国領土〉と大書されている。きっと最近のデモで使用されたものだろう。

このところ、香港では保釣運動が盛んだ。保釣運動とは、釣魚臺《ディウユートイ》——日本では尖閣諸島と言ったほうがわかりやすい——の領有権を主張する活動である。今年七月、日本の団体が北小島という無人島に灯台を建てたことが引き金となり、大陸と香港が一丸となって運動が急激に高まった。普段はどこか大陸の人間を見下している香港人も、この問題に関しては団結している。

母親は保釣運動の盛り上がりを心配するふりをして、なんとか香港行きを辞めるよう説得してきた。こんな時期に日本人が香港へ行くのは、嵐のなかに突っ込むようなものだ。せめて一年遅らせたらどうか。そんなことを言っていたが、無視した。

歩きながら、横断幕からさりげなく視線を外した。仮に保釣運動のデモとぶつかっても、普通に歩いていればまず危険はないだろう。外見だけでぼくが日本人だと断定するのは無理がある。

一車線の舗装路に面したビルの前に立った。十階建ての古びたビルがぼくを見下ろしている。風雨にさらされた外壁はひび割れ、土色に汚れていた。一階は壁のないピロティになっていて、新聞紙や衣類で窓を覆った廃車がいくつも停まっている。配管の不具合か、ところどころに腐った水溜まりができていた。朝の日差しに背を向けるように、内部はひっそりとしている。

しばし路上を見つめる。清掃がいい加減なせいか、舗装路にはまだ濃灰色の痕跡がこびりついていた。その汚れの正体をぼくは知っている。梨欣の身体からこぼれ落ちた血液。彼女は三年前、この路上に頭から墜落した。

再び、快晴を背に建つビルを見上げる。

昇禮大廈《シンライ・マンション》。それが、この高層ビルの名前だった。

あの日の光景を思い出して、足がすくむ。空から降ってきた梨欣と、一瞬視線が合う。固いものがぶつかりあう鈍い音と、辺り一面に飛び散る血。慌てて逃げ出す白人の男。立ち尽くすぼく。二度と動かない彼女の身体。克服したはずなのに、またも嘔吐感が押し寄せる。軽く目まいがした。

正面にはエレベーターが設置されているが、扉には木の板が打ち付けられ、使用することはできない。手すり付きの外階段に足をかけて一段ずつ上る。背後にドブネズミの駆ける気配を感じた。

都心のビル群と比べれば控えめな高さだが、自分の足で上ればそう低くはないことが身体で理解できる。階段を踏みしめ、屋上を目指した。外階段には一応柵がついているが、腐食して今にも崩れ落ちそうだ。

廃墟じみたこの建物で、数十、数百の住人が暮らしている。踊り場に差しかかるたび、開け放された非常扉の向こうに広がる、洞窟のような暗がりに目を凝らした。その奥に一人で足を踏み入れる勇気はない。

以前、一度だけビルの奥へと入ったことがある。金網で仕切られた寝床。生臭い洗濯物。痩せこけた男の濁った目。煙草の煙。黒黴に覆われた砂っぽい床。

――これが俺たちの世界だ。お前とは住む場所が違う。

当時、言われた台詞がよみがえる。ぼくを案内してくれたのは梨欣の兄だ。まだ、彼のことを阿賢《アイン》と呼びはじめる前のことだった。

何も考えずにひたすら足を動かす。立ち止まれば、そのまま引き返してしまいそうだった。とにかく上を目指す。七階。八階。九階。外階段は十階で終わりだ。非常扉で屋内へ入る。鍵はかかっていなかった。

入ってすぐ右手に、上りの内階段がある。階段下の空間に誰かがうずくまっていたが、視線を合わせず、大股で階段に足をかける。息が上がっていた。自分の荒い呼吸を聞きながら、屋上へ続く鉄扉のドアノブをひねる。

眼前が急に開けた。屋上にあったのは、まぶしい晴天とバラックの群れだった。

手前はコンクリートむき出しのちょっとした広場で、その奥にはバラックがざっと十ほどあった。褐色に錆びたトタンの壁は隙間だらけで、今にも壊れそうに見える。雨漏り対策か、屋根の上にはブルーシートが敷かれ、角材や石で固定されていた。なかには塗り壁の家もあったが、経年劣化のせいで塗装は剝がれている。小屋と小屋の間にはどうにか人ひとりが通れる幅の道があり、ロープが縦横に渡されていた。サッシの窓はいずれも閉ざされ、ある家では換気扇が回っていた。

住民の影はどこにもない。皆、仕事に出ているのだろうか。探るような歩幅でバラック群に接近すると、ぼくを拒絶するように、屋根に取り付けられたテレビアンテナが風できしんだ。止まりかけた足を叱咤し、前へ進む。

一歩進むたび、当時の感覚が戻ってくる。まっすぐ歩いているつもりが、少しずつ右へと進んでしまう。この屋上はわずかに傾いている。

ビルの屋上に広がるバラック群は、天臺屋《ルーフトップ・スラム》と呼ばれる。香港の人口密度は世界有数で、住宅不足は深刻だ。高い賃料を払うことができない人は、こうした天臺屋を選んだり、籠屋《ケージ・ハウス》と呼ばれる金網で区切られた部屋に住んだりする。バラックを建てるための届出などしていないだろうから違法建築ということになるが、当局も黙認している状況だ。もしもすべての天臺屋を強制排除すれば、行き場を失った人々が街にあふれるだろう。

かつて、ぼくはここに足繁く通っていた。月に一度、多い時はもっと来ていた。昇禮大廈の屋上は、思い出の重要な一角を占めている。

エアコンの室外機や二槽式洗濯機を避けながら狭い道を歩き、屋上の周縁部に出る。古タイヤや破れたテントが打ち捨てられていた。腰までの高さの金網が取り付けられているが、かなり心もとない。あんな悲劇があったというのに、いまだにちゃんとした柵を取り付けていないことに憤慨する。

「邊個呀《ビンゴア》（誰だ）？」

突然背後から声をかけられ、心臓が止まりそうになる。振り向くと五十歳くらいの男が立っていた。ランニングシャツに灰色の太いズボンという出で立ちは、工員風だ。怪訝そうにこちらの反応をうかがっている。

「突然すみません。以前、ここに住んでいた知人を探しています。胡《ウー》さん一家をご存知ではないですか」

広東語で返した。正体のわからない相手をできるだけ刺激しないよう、言葉を選ぶ。男は首をひねり、「知らない」と言って立ち去ろうとした。

「待ってください。三年前、この屋上から女性が落下した事故は知っていますか」

「去年、越してきたから知らない」

「じゃあ、三年以上前から住んでいる人を知りませんか」

面倒くさそうに振り向いた男は、腕を組んで何か思案していた。唸《うな》り声をあげているかと思えば、ちらちらとこちらを見ている。その視線の意味に気付き、紫荊《バウヒニア》の象られた香港ドル硬貨を渡した。

男はそれを無表情で受け取る。

「そこの家の爺さんは昔からいる。名前は知らない」

男は手前の小屋を顎で示すと、そそくさと立ち去った。

ベニヤ板の扉は閉じられている。勇気を出してノックすると、待ち構えていたように引き戸が開いた。姿を現したのは、還暦は優に過ぎているであろう老人だった。前を開けた開襟シャツの隙間から、痩せた胸がのぞいている。

「あの、三年以上前からここに住んでいますか？　さっき住人らしい人に教えてもらったんですが。ええっと、ここに住んでいた家族を探していて。胡さんという一家のことを覚えていないかと」

しどろもどろの説明に、老人は深く頷いた。

「覚えている」

老人は白い髭の生えた口元を震わせる。

「覚えていますか。じゃあ、胡梨欣《ウー・レイヤン》という若い女性のことは。この人なんですけど」

急いで財布から写真を取り出す。そこには一人の少女が写っている。

「ああ、覚えている」

先ほどとまったく同じ調子の答えが返ってくる。

「三年前、この屋上から彼女が落下した事故は覚えていますか」

「死んだのか」

「え？」

「落ちた女は、死んだのか」

ふくらみはじめていた期待が急速に萎んでいく。死んだのか、だと？　当時ここに住んでいたなら、彼女が亡くなったことを知らないのはおかしい。

「死にました」

「そうだよな。よく覚えている」

この老人は話を合わせているだけだ。あわよくば、さっきの男のようにチップをせしめようという魂胆に違いない。それでも一応、訊かずにはいられなかった。

「その現場にいた、白人の男について何か知りませんか」

でっぷりと太った金髪の白人男性。彼は間違いなく、この屋上にいた。

老人は「白人の男」とつぶやき、考え込むふりをしてこちらを見た。その視線が求めているのは財布の中身だ。写真をしまい、「ありがとう」と言い残して、ぼくは老人の前から去った。何気なくバラックを見やると、窓のなかから見ている男と目が合った。相手は慌てて身を隠す。いいカモだと思われたかもしれない。

出直しだ。まずは久しぶりにここへ来られただけでよしとしよう。最後に天臺屋を振り返った。上ってきた時と同じように、屋上は静まっている。ここの住人たちを相手に聞き取り調査をするのは骨が折れそうだ。でも簡単に諦めることはできない。

ぼくは梨欣が死んだ本当の理由を知るために、香港へ戻ってきたのだから。

＊

九廣鉄路沙田《シャティン》駅の改札を出ると、コンコースで背の高い男が手を振っていた。小野寺雄哉《おのでらゆうや》だ。茶色に染めた髪を額に垂らし、眉はこれでもかというくらい細く剃っている。隣にはぼくらと同じ年頃の女子が立っていた。袖のない黒のブラウスから白い腕が伸び、指の爪は薄桃色に彩られている。顔立ちは整っていて、李嘉欣《ミシェル・リー》に似ていないこともない。ただし、その表情は決して上機嫌には見えない。ぼくは品定めするような目で見られていた。

「久しぶり、小野寺」

「遠くまで悪いな」

「言うほど遠くないよ。どうせ今は暇だし」

九龍半島の北、新界《ニューテリトリーズ》にある沙田までは上環から鉄道を乗り継いで一時間ほど。横浜から都内へ遊びに来るのと変わらない。

「用事がないと沙田なんか来ないだろうし、いい機会だと思ってくれ」

日本語で話していると、女性の目つきがさらに険しくなっていく。小野寺は申し訳なさそうに、顔の前で両手を合わせた。

「ここから先は広東語で頼む」

「別に、いいけど」

「助かる」

小野寺はあからさまに安堵した。今度は取りつくろうように、女性の肩を抱く。

「こいつが和志だよ。和志、この子が彼女のミア。よろしく」

すかさず会話は広東語へ切り替わった。香港人は本名の他に英国風の通名を使う。ぼくは自分の名前と、日本から来た交換留学生であることを口にしたが、ミアは名乗りもしない。代わりに少し上向いた鼻先をぼくの顔に近づけてきた。

「あなた、雄哉《ホンジョイ》とはインターナショナルスクールの同級生だって？」

「そうだけど」

「その頃、雄哉に恋人はいた？」

視線が泳ぎそうになる。ごまかすため、額に手を当てて目元を隠した。

「知らない。あんまりそういう話はしなかったから」

「あ、そう。だったらいいや」

もちろん嘘だ。小野寺が付き合っていた彼女を少なくとも三人、知っている。インター校の先輩と、浸会《バプテスト》学院のお嬢様と、オーストラリア出身の英語教師。ぼくが会わせてもらったのはその三人だが、みんな落ち着きのある年上の美女だった。それだけに、やや幼い印象のミアと付き合っているのは意外だ。

小野寺は出会ったころから女子学生に人気だった。入学早々、一学年上にいた憧れの先輩とあっさりくっついたくせに半年も持たず、その後もしょっちゅう彼女を変えていた。ハンサムなのは認めるが、なぜそこまでもてるのか不思議でならない。

「でもあなたたち、本当に仲が良かったの」

小野寺に腕をからませるミアは、まだ険のある目つきでぼくを見ている。

「なんで?」

「だって、雄哉とは全然違うタイプに見えるから」

それから目的の店に着くまで、ぼくは一言も発さなかった。

たしかに、日本で出会っていたら小野寺とは仲良くなっていなかったかもしれない。ぱっとしないぼくと違って、小野寺はどこにいても目立つ。

太古城《タイクーシン》にあるインター校に入学した初日、小野寺と知り合った。インター校のセカンダリーは日本でいう中学高校の六年間に相当する。日本人学校の中学部に通っていたぼくは高校一年、つまりセカンダリーの四年から入学することになった。ぼくのような中途組は少数派で、入学式に出席していた生徒は数名しかいなかった。アルファベット順に並んだ席次表で、ぼくの隣に座ったのが小野寺だった。

「香港って、好き?」

体育館で式がはじまるのを待っている間、出し抜けに小野寺が尋ねてきた。ぼくは名前も知らない同級生から意図不明の質問をされて動揺したが、内心を悟られないよう、精一杯低い声で答えた。

「好きでも嫌いでもないけど」

「わかる。俺もそう」

小野寺はちらりと背後を振り返った。視線の先は保護者席だった。

「引っ越してきたばっかりのころは面白くて好きだったけど、そうでもなくなった」

「逆だよ。香港に来た時は寂しくて嫌だったけど、最近平気になった」

「ふうん。そうか」

ぼくらは式が終わってからも話し続けた。互いの家族のこと、勉強のこと、遊びのこと。小野寺の通っていた中学は地元の学校で、バスケットボールをやっているという。ぼくは絵を描くのが好きで、理科が得意だと言った。

その日から二年後の三月まで、ぼくと小野寺はつるんで遊んだ。遊ぶと言ってもたいしたことはしない。向こうの親が経営する日本食レストランでだべったり、どちらかの家でゲームをしたり、当てもなく街歩きをした。ふらりと入った茶餐廳《チャーツァンテン》で鳥飼いのおじさんたちにインコやオウムを延々と自慢されたり、露店で観光客と勘違いされて海賊版のＶＨＳを高値で買わされそうになったりした。ぼくが小野寺に付き合ってバスケットをしたこともあったし、小野寺がぼくに付き合って絵を描いたこともあった。ぼくは球技センスが壊滅的だったし、小野寺は芸術センスが絶無だった。

ミアが言う通り、ぼくらは共通点を探すほうが難しいくらい似ていない。でもぼくにとって小野寺は、まともに友人と呼べるほとんど唯一の存在だった。

家探しで真っ先に泣きついたのも小野寺だ。わざわざ香港大学周辺の不動産屋に何度も足を運び、家賃はバカみたいに高かったけど、それでも住居候補を見つけてきてくれた。そのお礼に、ぼくは香港に来たら真っ先に食事を奢ると決めていた。

小野寺は店の当てがあるらしく、歩調に迷いはなかった。隣はミアががっちりとガードしているため、二人の後ろをついて歩く。マンション街を歩いているうちに日が沈み、静かな夜が訪れた。

到着したのは三階建ての酒楼だった。照明と一緒に、客の賑わいが店の外へ漏れている。

「酒はないけど、いいよな」

扉に手をかけてから、小野寺が問う。アルコールはあまり好きじゃないからちょうどいい。建物は古そうだが、清潔な店だった。客同士の広東語がそこらじゅうで飛び交い、観光目的と思しき客は見受けられない。ぼくらは二階の窓際に案内された。四人掛けのテーブルで、自然と小野寺の横がミア、向かいがぼくという配置になる。飲み物は三人とも普洱茶《ポーレイチャ》にした。小野寺は卓上のボウルを使い、慣れた手つきで茶碗を洗ってくれた。

「この店、うちの学生に人気なんだよ」

「中大の？」

沙田は香港で二番目に歴史のある大学——香港中文大学を擁する。小野寺は中大の工商管理学院で経営学を勉強していた。

「ミアも中大なんだよ。文学院」

「へえ。専攻はもう決めたの」

「当たり前でしょう。日本のいい加減な大学生と一緒にしないで」

つれない対応につい閉口する。どうやらぼくの印象は相当に悪いらしい。

じきに、小野寺の注文した料理が運ばれてくる。茹でたチンゲンサイの蠔油《オイスターソース》がけ、揚げたスペアリブに甘酸っぱいソースをからめた京都排骨《ギンドウパイグワ》、エビのあんかけがかかった福建炒飯《フッキンチャオファン》。いずれもぼくの好物だった。こういう気遣いが小野寺のもてる所以なのかもしれない。

「いかにも日本人向けって感じ」

ミアは悪態をつきながら、スペアリブにかぶりついた。それを小野寺がたしなめる。

「そりゃあ、和志は日本人だからな」

「……二人はいつから付き合ってるの」

チンゲンサイをかじりながら恐る恐る尋ねてみた。「今年の一月から」と小野寺が答える。

「俺たち、馬料水《マーリウシュイ》の同じホールに住んでるんだよ。それがきっかけ」

男女共用の寮なら、当然、恋愛沙汰も起こるだろう。一つ屋根の下で暮らしていると言えないこともない。心なしかミアが得意げな顔をした。

それからしばらくは、ぼくの話題が中心だった。高校時代の思い出や、日本での大学生活。建築のことも話した。『恋する惑星』に登場したエスカレーターや、中環に建設中の超高層ビルについて。おいしい料理のおかげか、話しているうちにミアの態度が少しずつ軟化してきた。

「高街鬼屋《ゴウガイグワイウク》にはもう行った？」

ミアが口にしたのは耳慣れない地名だった。ぼくが首をかしげると、「港大の学生のくせに、知らないの」と勝ち誇ったように言った。小野寺が苦笑する。

「和志は三日前に香港に着いたばっかりなんだから、行ってるわけないだろ」

「それ、どこにあるの」

鬼屋は幽霊屋敷という意味だ。すでに不穏な気配がする。

「西營盤《サイインプン》。香港大学から歩いて行けると思う。大学の人と一緒にいってみたら？　みんな、知ってると思うけど。元精神科病院で、お化けが出るので有名だから」

ごくりと唾を呑む。ミアはにやりと笑い、スペアリブの骨を皿に置いた。その仕草が急にホラーじみてくる。小野寺までが「あの辺は心霊スポットだからな」と追い討ちをかける。遊園地のお化け屋敷も遠慮したいのに、本物の心霊スポットなど勘弁してほしい。慌てて話題を変えた。

「そういえば再来年、新空港がオープンするんだろ。大嶼《ランタオ》島の、ほらどこだっけ……」

「赤鱲角《チェクラップコク》」

小野寺とミアの声が重なった。

「そう、赤鱲角国際空港。九八年の夏に開港するんじゃなかったか」

「どうだろうな。怪しいと思う」

小野寺のそっけない返答にミアが同調する。

「もともと、来年の七月までに開港する予定だったんだから。すでに一年延びてる。あの調子だと、二〇世紀のうちに完成すればいいほうだよ」

地元民の反応に、改めて自分がこの土地にとって客人に過ぎないことを思い知る。広東語を話せても、香港に住んだ経験があっても、ぼくは〈香港人〉ではない。

「そういえば、あなたは恋人いないの。日本にいたら一年間離れ離れじゃない」

ミアが前触れなく、踏み込んでくる。

「心配いらない。そんな相手はいないから」

「大学入ってからずっといないの」

「いたことはあったけど、今はいない」

答えながら胸がほんの少し痛んだ。

大学一年のとき、同じ大学の女の子と三か月だけ付き合った。観光サークルの体験入部で知り合い、サークルには入らなかったけれど、その子を含めた数名とたまに連絡を取って飲みに行った。飲み会の帰りに告白して、付き合うことになった。

彼女は梨欣に似ていた。仲良くなるにつれて愛嬌を見せてくれるところ。人間関係の機微に敏感で、気が利くところ。丸っこい目。少し濃い肌色。肩の後ろまで伸ばした黒髪。でも、彼女は梨欣ではなかった。ぼくは二人の共通点を見つけて、どうにか彼女を好きでいようとしたけど、自己暗示は三か月しか持たなかった。最後はぼくがふられた。

「あれ。嫌なこと思い出させた？」

「この歳になれば嫌な思い出の一つや二つ、あるだろう」

「それは失礼」

ミアはいかにも謝意のこもっていない声音で言い、「トイレ」と席を立った。小野寺と二人きりになったテーブルに、数秒、沈黙が落ちた。

「悪い。急に連れてきて」

「構わないけど。理由があるの」

日本語で言われたから、こちらも日本語で返した。

「ミアがどうしても来るって言い張って。浮気を疑ってたらしい」

「信用ないんだな」

「あいつ、嫉妬深いからな」

お前がもてすぎるからだろ。そう思ったが口にはしなかった。

「何なら、和志にも嫉妬してる。自分の知らない時期を知っているからな」

「本気かよ」

苦笑が漏れた。小野寺はトイレの方向をしきりに振り向きつつ、こちらに顔を近づけた。眉の剃り跡までくっきり見える。

「最近、ミアが結婚したいって言うんだよ」

「学生結婚か。香港じゃそんなに珍しくないだろ」

「珍しいよ。まだ半年ちょっとだぞ。怪しいと思わないか」

「何が」

「国籍」

ああ、と声が漏れた。

来年七月一日、香港は中国へ回帰する。日本では香港返還と言われることが多いが、それはイギリス側の表現であって、香港を主体とするなら回帰《ウイグワイ》という表現のほうがしっくりくる。十二年前に本土回帰が発表されてから、香港ではイギリス連邦であるカナダやオーストラリアへの移民が増えた。一定年月を過ごせば、その国のパスポートを手に入れることができるからだ。つまりは中国共産党の独裁に備えた命綱というわけである。本土出身者の多い香港には、共産党への恐怖心を植え付けられた住人が少なくない。

そして海外の国籍を手に入れる方法は、移民だけではない。外国人との結婚はその代表例である。

「あの子が日本国籍を目当てに、小野寺と付き合ってるってこと?」

「その可能性もゼロではない」

「疑うなら別れればいい」

「そう簡単にいくなら、苦労しないよ」

小野寺は普洱茶の香りを帯びた溜め息を吐いた。きっと、ミアのことが本当に好きなのだろう。好きだからこそ、自分の好意が裏切られた時のことを考えてしまう。相手の本心を知る術もない。恋人に面と向かって「きみは国籍目当てじゃないよね?」と尋ねるバカはいない。

「和志も日本人ならわかってくれるだろ。俺だって疑いたくなんかないけど」

小野寺の発言は、はっきり言ってかなり失礼だ。もし広東語で話していたら、会話を聞いた周囲の客が怒っていたかもしれない。ぼくは心臓を握りつぶされるような痛みを感じながら、「わかる」と言った。

「わかるよ、本当に」

小野寺は満足そうにうなずいた。直後、ミアが席に戻ってきてぼくらの顔を見る。

「何の話？」

「日本の話。久しぶりに聞いたら、日本に帰りたくなった」

ミアは「帰らないでよ」と甘えた声で言い、小野寺は笑って彼女の頭を撫でる。その仕草は自然で、二人はどこからどう見てもお似合いのカップルだった。同時にどこかグロテスクなものを感じ、咳をするふりをして目を逸らした。

二時間ほどその店に居座り、沙田駅まで送ってもらった。改札を通ってから振り向くと、ぼくに気付いた二人が手を振っていた。ミアは気が強いし、嫉妬深いところもあるかもしれないが、打算的には見えない。

いずれにせよ、ぼくには小野寺を責める権利はない。

九廣鉄路とMTRを乗り継ぎ、上環から小巴《ミニバス》でHKUへ戻った。暗い構内を歩いている最中、ミアの話を思い出す。高街の元精神科病院に出るという幽霊。夜の熱気の隙間を縫うように、冷たい風が頬を撫でた。背筋が凍り、つい足を止める。

まばらな照明が、かたわらの池を映し出していた。水面には蓮の葉がびっしりと浮かんでいる。荷花池《リリー・ポンド》と呼ばれている池だ。何が起こったというわけでもない。ただ、暗闇のなかでひっそりと蓮がひしめいているだけだった。それなのに、妙な薄ら寒さを感じる。辺りに人影はなく無風だというのに、池からささやき声が聞こえたような気がした。聞き取れるかどうかの小さい声で、誰かが何かを言っている。

それが、梨欣の声に聞こえてならなかった。

地面を蹴り、ぼくは走り出していた。幻聴だろうがそうでなかろうが、それ以上聞いていると気が狂ってしまいそうだった。夜の構内を闇雲に走り、テラスに着いた時には足がくたびれて熱を持っていた。

一階のロビーには大型テレビがあり、三人掛けのソファが設えられている。テラスに住む留学生たちのちょっとした憩いの場だ。重い足を引きずってロビーを抜けようとした時、顔見知りの留学生から声をかけられた。同じ三階の住人で、上海出身の男だった。

「今日、ルームメイトが来たぞ」

「ぼくの部屋の？」

「他にどの部屋がある。荷物運ぶのを手伝ったんだ」

とうとう同居人が来たらしい。一年間、同じ部屋で過ごす相手だ。三階までの階段を上りながら、自己紹介の台詞を考えた。

三〇二号室の扉の前に立ち、耳をすましたが、内側から物音は一切聞こえない。不在なのだろうか。ノブを握り、ゆっくりと押し開ける。

変わり果てた部屋を目の当たりにして、しばし唖然とした。

今朝まで空っぽだったベッドに、白人が仰向けで横たわっている。照明はついたままだ。髪はライトグリーンに染め、〈ＴＨＥ　ＳＴＯＮＥ　ＲＯＳＥＳ〉とロゴの入った黒いＴシャツを着ている。ジーンズは破れて膝が見えていた。ベッドの周囲には衣類や書籍、ＣＤコンポ、テープレコーダーが散乱している。よくぞこれだけ散らかすことができるものだと感心する。あふれる私物は明らかにぼくの領域、部屋の半分よりこちら側を侵食している。それどころか、ぼくのベッドには先客がいた。うやうやしく横たえられた真っ赤なエレキギターが照明を反射している。

入居初日でここまで散らかせるのは、ある種の才能だろう。

ようやく正気を取り戻したぼくは、まずギターをベッドの足側に寄せて空間を作り、頭側に腰かけた。隣のベッドをのぞきこむような格好になる。

緑髪の白人は大の字になって寝息を立てている。鼻が高く、目はくぼんでいる。睫毛は長く、眉は太く、うっすらと顎鬚を生やしていた。頰にほんのりとニキビの跡が残っている。香港へ留学に来るということは、出身はイギリスだろうか。あるいはカナダか、オーストラリアか。

彼が目覚めた時、何と声をかければいいだろう。そもそも、この白人はいつ目を覚ますのか。走ったせいで肌がべたついているから、すぐにでもシャワーを浴びに行きたい。しかしその間に彼が起きれば、初対面が裸ということになる。冴えない話だ。

相手の顔を眺めつつ、とりとめのないことを考えていると、唐突に目を覚ました。瞼が開かれ、視線がぼくを捉える。青い瞳に自分の顔が映っている。

一瞬の後、けたたましい叫び声とともに相手が襲いかかってきた。

両肩を突き飛ばされ、ベッドに仰向けに転がる。後頭部を硬いものに打ち付け、鋭い痛みが走る。ギターか、と思った時には相手がぼくのシャツをつかんでいた。必死で抵抗し、ぼくも相手のTシャツをつかんで距離を取る。早口の英語で何事かをまくしたてているが、ほとんど聞き取れない。

「待て、待て、落ち着け！」

こちらも英語で応じるが、まったく聞き入れられない。揉み合ったまま床に転がり落ち、相手が馬乗りになる。右の拳を振り上げた時、誰かが扉を開けて入ってきた。

「お前ら、何やってんだ」

上海からの留学生が、後ろから白人を羽交い絞めにした。間一髪。あと二秒遅れていたら、頰が真っ赤に腫れていただろう。騒ぎを聞きつけたらしい数人の寮生が、ぞろぞろと部屋に入ってきた。ぼくは騒ぎを起こしたことを詫びつつ、二人がかりで押さえこまれている白人のもとに歩み寄った。

「なんでいきなり襲ってくるんだよ」

「出ていけ、強盗、暴漢！」

「ルームメイトだ」

そう言うと、相手の動きがぴたりと止まった。どうやら、ぼくのことを押し込み強盗か何かと勘違いしていたらしい。

「……この部屋の？」

「他にどの部屋がある」

さっきかけられた言葉を、今度は自分が口にする。

「なるほど、そういうことか」

もっともらしくうなずくと、押さえこむ寮生たちを手で制し、すっくと立ち上がった。緑の髪に手櫛を通し、Tシャツを伸ばして居住まいを正している。

「ノエル・クローズ、社会科学学院。新一年生だ。よろしく」

あまりの切り替えの早さに、皆、呆気に取られていた。寮生がぼくの腕をつついた。お前も自己紹介を返せ、ということらしい。心情的には名前を教えるのも嫌だったが、この場を収めるためには仕方ない。

「建築学院二年の瀬戸和志」

「二年ということは、先輩か」

「いや。ぼくは日本からの交換留学で、先日来たばかりだ」

「じゃあ同じ一年目ということだ！　お互い助け合っていこう」

そう言って、ノエルは右手を差し出した。突き飛ばされた肩にずしりと重みを感じる。能天気さに溜め息も出ない。

ふたたび腕をつつかれ、渋々ぼくはその手を握り返した。おざなりな握手を見届けると、集まっていた寮生たちが去っていく。後にはぼくとノエルが残された。

今になって、つかんで揺さぶられた胸が痛んでくる。ノエルは何事もなかったかのように、ベッドに寝転んで枕元の雑誌を広げている。その姿を見ていると無性に腹が立ってきた。

「おい、これ」

ぼくのベッドに横たわるエレキギターを指さすと、ノエルは腕を伸ばしてきた。ギターのネックをつかんで壁に立てかける。

「いい場所がなかったから、一時的に置かせてもらった」

「最初から壁に立てかければよかっただろ。ケースは？」

「ケースはあるけど、しまうのが面倒だ」

話にならない。ぼくは改めてベッドの周辺を片付けた。相手がこちらの領土を侵さないよう、こっそりとノエルの私物を押しのける。どうにか均等な面積を確保したところで、ノエルが唐突に顔を上げた。こいつは何をするにも前触れというものがない。

「俺が社会科学を選んだのは、政治と社会のダイナミズムを勉強するためだ。そのフィールドとして、一九九六年の香港ほど最適な地域は他にない。都合のいいことに俺はイギリス人で、香港は最も身近なアジアだ」

予想はしていたが、やはりイギリス人だった。べらべらと一方的に語るノエルに、無駄と思いつつしかめた顔を向ける。

「何の話をしている」

「学生が最初に話すのは自分の専攻だ。そっちは、どうして建築学院を選んだ？」

横向きに寝転んだまま、ノエルは肩をすくめた。

「留学生寮をすべて個室にするためだ」

「それはいい。早く叶うといいな」

余裕のある態度がまた腹立たしい。バスタオルと入浴用具を手に、傲然と部屋を出た。この苛立ちはシャワーでは洗い流せそうにない。

ただし、幽霊のことはすっかり忘れることができた。


一九七三年に建てられた紐魯詩樓《ノウルズ・ビル》は建築学院の本拠地である。窓の外側に備えられた、日光を遮るための格子状の枠が特徴的だ。こういう、建築の一部に組み込まれた日よけはブリーズ・ソレイユ――太陽を砕くもの――と呼ばれる。命名したのは近代建築の巨匠、ル・コルビュジエ。建築を学ぶ人間なら、避けては通れない大石碑の一つだ。

そんなことを考えながら〈都市論《アーバニズム》〉の初回講義を聴いていたため、その名前が出てきた時は少しびっくりした。

「数々の都市計画を遺した著名な一例として、ル・コルビュジエを挙げましょう。彼が手掛けた代表的な都市計画の一つが、〈三百万人のための現代都市〉です。これは彼の都市計画のなかでは初期に入るものですが、のちの〈ヴォアザン計画〉、そして〈輝く都市〉へとつながる要素はすでに詰め込まれていました。すなわち、歩車分離や高層化の萌芽が見て取れるのです」

演壇では、建築学院の孔耀忠《フン・イウジュン》教授が話している。通称ディラン・フン。香港を代表する建築家であり、都市計画家だ。ＨＫＵの名物教授と呼んでもいい。交換留学が決まる前から名前は知っていたし顔写真も見たことがあったが、実物を目の当たりにするのは初めてだった。孔教授には大物らしいオーラを感じた。ロマンスグレーの短髪と、スーツに身を包んだ痩身。知性をたたえた顔立ちに銀縁の眼鏡がよく似合う。

ＨＫＵでの授業は、基本的に英語で行われる。心地よい低音がマイクを通じて講堂に響いていた。

「彼は衛生面の改善、緑地の確保など、より豊かな生活を送るための必要条件を整えていったのです。詳しく語るとそれだけで上期の講義がすべて終わってしまうので、この辺にしておきましょう。要するに、彼は機能性こそが都市における最優先事項だと考えていたわけです」

孔教授は壇上を左右にゆっくりと往復しながら、聴衆からひと時も目を逸らさず、柔らかく語りかける。詰めかけた百名余の学生は、居眠りにふけるごくわずかな不届き者を除いて、皆教授の講義に夢中だった。

「では、ここで質問です。皆さんは、都市において最も優先すべき項目は何だと思いますか」

次の瞬間には数名が挙手していた。日本の大学なら、指名しない限り永遠に手は挙がらないだろう。孔教授は順番に三名を指名した。一人目は「電気や水道などのライフライン」と答え、二人目は「台風や地震に対する防災機能」と答えた。孔教授は回答を聞くたび、大きく首を上下に動かした。

三人目の男子学生はぼくのすぐ後ろの席にいた。彼が「十分な機能性および過剰な生命力」と答えると、孔教授は笑顔で手を叩いた。

「私の著書を読んでくれているんですね。どうもありがとう」

答えた男子学生が照れたように頭を掻く。

「先ほどの質問に正解はありません。人の数だけ答えがあって当然です。参考までに私の答えを示すとすれば、先ほど彼が言った通り。十分な機能性および過剰な生命力。最も優先すべき項目、と言ったのに、二つある点は許してください。わたしはル・コルビュジエに私淑しているという自負がありますが、機能性一辺倒の都市は現代にそぐわない。むしろ、必要十分な機能性に留める自制心こそが求められている。そして、過剰なまでの生命力。この二つが適切に組み合わさった時、都市は本当の意味で輝くのです」

過剰な生命力というのが具体的に何を指すのかわからない。雑踏か、密集か。それなら世界一の人口密度を誇る香港は、孔教授にとっての理想都市ということになるかもしれない。

〈都市論〉を含め、ぼくは四つの講義を履修していた。一番苦労しているのは語学——普通話の授業だ。最もレベルの高いクラスに入れられてしまったために、慣れない普通話で難度の高い文章を読まされる羽目になった。その他の専門科目は英語で行われるため、だいたいは聞き取ることができる。

「皆さんにとっての理想都市とは何か。そして、建築と都市は相互にどのような影響を与えているのか。一年間の授業を通じて、考えてみてください」

孔教授は初回の講義を切り上げ、颯爽と演壇から立ち去った。

外へ出ると、空調で冷やされていた肌が水分を含んだ熱気に覆われる。九月に入っても蒸し暑さは衰える気配がない。例年、十月中旬までは半袖で過ごせる。

早くも通い慣れた太古堂《スワイア・ビル》の食堂へ足を運び、昼食を取った。ガチョウ肉のローストが載った焼鵝飯《シウンオファン》には、申し訳程度に茹でたチンゲンサイが添えられている。香港に来てから野菜が足りていないが、あまり気にしていない。腹さえ膨らめばそれでいい。

ランチタイムの食堂は混雑していた。一人でもそもそと食事をしていると、そんなはずがないのに、周囲の人々が自分に関する噂をしているような気がしてくる。両側に座った香港人たちの片言隻語が、日本人への悪口のように聞こえる。

この何とも言えない肩身の狭さは、最近の反日感情の高まりのせいだろう。先月終盤に池田外務大臣が香港を訪問したのは、まったくの逆効果だった。香港で行われた会見で、池田外相は釣魚臺を日本領土と断言して保釣運動を刺激しまくった。さらに軍票《グワンピウ》賠償問題についても解決済みと発言し、在港日本人たちを呆れさせた。

日本軍は大戦中、三年八か月にわたって香港を占領した。その際、軍費確保のため香港ドルを徴収し、代わりに発行されたのが大量の軍票だ。軍票は換金可能だという触れ込みだったが、日本の敗戦と同時にただの紙屑へと変わった。一方的に現金を巻き上げられた香港市民は激昂したが日本政府は取り合わず、九〇年代に入っても火種は消えていない。

考えすぎだということはわかっている。よっぽど注意深く観察しない限り、赤の他人にはぼくが日本人だとわからないはずだ。それでも胸を張って闊歩するような心境にはなれなかった。

午後は〈都市論〉のチュートリアルに出席した。日本の授業は一方向の講義形式が主だが、ＨＫＵの専門科目は講義とチュートリアルで構成されている。少人数でのディスカッションを通じ、学習内容をさらに掘り下げていくのだ。他の授業で経験済みだったが、ディスカッションが苦手なため足取りは重い。

ぼくが振り分けられたB班は六名のグループだった。テーブルを囲んで顔を突き合わせる。顔ぶれは男女三名ずつ。教室には数名の教員がいたが、孔教授の姿はなかった。

冒頭、助教授がチュートリアルの意義や進め方を簡単に説明した。二つの班につき一人のチューターがついて、学生たちのディスカッションをサポートする。建設的で貢献度の高い学生の得点は高く、消極的な学生の得点は低くなる。

　続いて、班のなかで自己紹介をすることになった。入口に近い席からはじめて、右回りの順で手短に話すことに決まる。一人目、香港人の男子は許《ホイ》と名乗った。二人目はカナダから留学している女子学生で、マリー。三人目はマレーシアから来た女子、ナビラ。四人目の男子は香港北部にある天水圍《ティンソイワイ》出身の徐弘發《チョイ・ワンファト》。その顔には見覚えがあった。

「きみ、さっきの講義で孔教授に褒められていた人じゃない？」

　許が尋ねると、彼はにやりと笑って「まあね」と応じた。

「孔教授がいるから、ＨＫＵを選んだんだ。〈都市論〉の授業はとても楽しみにしていた。ぼくのことはパトリックと呼んでほしい。パット、パティでも構わない。よろしく」

　パトリックは堂々と自己紹介を終え、こちらへ視線を向けた。次はぼくの番だ。班員たちの視線が集中し、にわかに緊張が高まる。

「瀬戸和志です。交換留学で、日本から来ました」

　しんと静まり返る。無反応だ。顔が熱くなるのが自分でもわかる。きっと、面白みのないやつだと思われた。伊東豊雄の建築が好き、とか言ったほうがよかっただろうか。

「日本から来たの」

　許が沈黙を破ってくれた。俄然、ほっとする。

「そう。日本ではＴ大に在籍していて……」

「それはそれは、とても良い国から来てるんだね」

　安堵から一転して、不穏な気配が胸に広がる。今の発言は妙なところが強調されていた。マリーやナビラは首をかしげていたが、パトリックは気まずそうにしている。ぼくの考えすぎではないようだった。

「その通り、日本はとても良い国」

そう声を上げたのは、左隣に座っているショートカットの女子学生だった。自己紹介のトリを務める彼女はセルフレームの眼鏡を通して、許の顔をまっすぐに見据えていた。

「私は小学生の頃、大阪と京都に旅行したことがある。日本風の宿に泊まったけど、素敵なところだったな。温泉があって、庭園があって。夕食は小さいお皿がたくさんでてきて、それぞれ丁寧に盛り付けられている。あなた、日本に行ったことはあるの？」

尋ねられた許は、白けた表情で首を横に振る。

「なら、一度行ってみるといい。そのうえで、本当に良い国かどうか判断したら……あ、自己紹介を忘れてた。私は鄭瑾怡《ジェン・ガンイ》。皆からはアガサ・ジェンと呼ばれています。灣仔《ワンチャイ》出身なので、藍屋《ブルー・ハウス》を見物したければいつでも案内します。どうぞよろしく」

アガサは班員たちへ均等に視線を送り、最後にぼくに目配せをした。レンズ越しに視線が合うと照れくさかったが、「ありがとう」と短く礼を言った。代わりに日本をかばってくれたアガサへの敬意が募ると同時に、激しい自己嫌悪を覚えた。ぼくは自分を育ててくれた国の美点さえ、まともに主張することができない。

初回のテーマは〈大都市の建築に求められるもの〉だった。ディスカッションがはじまると同時に、パトリックが前のめりになる。

「大都市の特徴は人口の多さだ。つまり活力。生命力を爆発させるような建築こそ、大都市にふさわしいと思うんだ。ジェイン・ジェイコブズも、大都市の雑踏が重要だと書いているだろう」

その意見はジェイコブズというより、彼が尊敬する孔教授の著書に引っ張られているような気がしたがひとまず黙っておいた。

「具体的には、どういうこと」

アガサが突っ込みを入れる。

「例えば、住民のコミュニティ形成を促すような建築だね。あとは緑を豊富に用意すること。屋上庭園もいいね」

「それって、孔教授の設計した新興住宅の特徴じゃない？」

今度はナビラが指摘した。黒髪を耳にかけ、視線を左右に動かしながら口を開く。癖のある英語だが、聞き取りには困らない。女子学生二人の意見を受け、パトリックが反論に詰まった。

「問題はそこじゃない」

すかさず、許が議論に割り込む。

「どんな都市を目指すかというのは、この議論ではあまり意味がない。ロンドンと北京では、目指す姿は違うはずだ。それよりも、大都市の建築に共通するのは近代的な工法であったり、発達した交通網だろう」

「それこそ論点がずれている」

今度はマリーが、ブルネットの髪をかきあげながら口を挟む。

「最新技術や交通網は大都市にだけ当てはまるものじゃないでしょ。やはり大都市の建築が備えるべき性質を議論すべき。私は活力よりも均質さが求められていると感じるけど」

許が反論を試みたところでチューターが議論をいったん中断させた。テーマをいくつかの要素に分割し、それぞれを順に取り上げていくことになった。

ぼくは完全に、置いてけぼりだった。

議論の展開スピードに、ただただ圧倒されていた。英語が話せないわけじゃない。ただ、誰かの発言を咀嚼《そしゃく》し、吟味し、自分の意見をまとめているうちにまた他の誰かが発言してしまうのだ。学生たちは頭の回転が速いうえ、否定されることを恐れない。だから次々に意見を出すことができる。

一時間のディスカッションで、ぼくが発言したのは「その通りだ」と「なるほど」の二つだけだった。大半の時間は、上海銀行のライオン像のように難しい顔で沈黙して過ごした。

ディスカッションが終わってチューターが離れると同時に、許は退屈そうな顔でぼくに視線を送った。

「こんなやつが、半世紀前の香港を仕切っていたのかよ。まったく嫌になる」

広東語だった。英語を使わなかったのは、ぼくに聞かれないためだろう。香港に来たばかりの日本人留学生に、広東語が理解できるはずがないと高を括っているのだ。パトリックは許を一瞥し、アガサは反応しなかった。

「お前らもそう思わないか。こいつらが我が物顔で釣魚臺に立ってるんだぞ。くそが」

許は屌《ディウ》（くそが）と連呼し、冚家剷《ハムガーチャン》（一族もろともクズ野郎）と罵った。許の発言はすべて理解できたが、反論する気分にはなれなかった。口喧嘩をしたところできっと勝てない。それに許は一緒に授業を受ける班員だし、何よりぼく自身が全力で彼の発言を否定することができなかった。

両手を握りしめ、うつむき、黙って嵐が過ぎ去るのを待った。

「馬鹿じゃないの」

アガサの声だった。はっとして顔を上げると、彼女は腕を組んで露骨に不快感を示していた。

「彼は日本人だけど、彼が香港や釣魚臺を占領しているわけじゃない」

「当たり前だろ。俺が言ってるのは日本人全体のことだ」

「なら、そう言えばいい。まるで彼に罪があるような言い方はおかしい」

「はっ。学生会の秘書長《ベイシューチェン》が日本人の肩を持つのか」

「私はあなたの発言が間違っていると言いたいだけ」

許のあざけりに、アガサは毅然とした態度で応じた。ぼくは密かに、彼女が学生会幹部だということに驚いた。学生会は民主派に属し、保釣運動の担い手でもある。

「まあまあ。そのへんにしておこうよ、アガサ」

パトリックが場をとりなし、ようやく両者は矛を収めた。ぼくは広東語がわからないふりをして、一部始終を見守ることしかできなかった。ナビラとマリーは言葉がわからないせいか、端から知らんふりをしている。初回から前途多難だった。

ビルを後にして、中山廣場《サンヤッセン・プレース》から階段を上る。荷花池《リリー・ポンド》のほとりへ出たところで、「カズシ」と声をかけられた。振り向くと、アガサが近づいてくる。

「あなた、本当は話せるんでしょう」

「どうしてわかったんだ」

広東語で語りかけられ、つい広東語で返した。

「私たちの会話にいちいち反応していたから。話せるなら、自分で反論したら」

「……ごめん」

「謝ることじゃないけど。私もあいつの言い方は腹が立った。でも、できるだけ自分の口から反論したほうがいいと思う。日本のことは、日本人が一番詳しいんだから」

本当にそうだろうか。

かつて日本が香港を占領したことも、反日デモが堂々と行われていることも、大半の日本人は知らない。多くの日本人にとって香港はグルメやショッピング、映画の街だ。ぼくは何も知らない。日本のことも、この土地のことも。

　ぼくらは池のほとりを並んで歩いた。水面に浮く蓮の葉は静かだった。いつかの夜のようなささやき声は聞こえてこない。

「きみ、学生会の秘書長なの」

　意図的に話題を変えた。アガサは素直にうなずく。

「まあね。ただの雑用係だけど」

「そんなことないだろ」

　秘書長といえば事務局長に相当するポジションだ。最上位の幹部に違いない。

「保釣運動にも賛成？」

　アガサは憂鬱そうに首をかしげる。耳の横で髪が揺れた。

「個人的には、気が進まない。日本の態度に思うところがないではないけど、保釣運動は今やるべきことじゃない。だって……運動が盛り上がるほど、大陸との対立が薄れてしまう。日本という共通の敵を作ることは、長い目で見て得策じゃない。香港の民主派が向き合うべきは、日本じゃなくて北京だから」

　一口に民主派といっても内実は様々だ。香港の独立を主張する団体がいれば、イギリスへの帰属を望む者もいる。中国共産党への感情も微妙に異なる。その機微まではわからないけど、民主派も一枚岩ではないということは推察できる。

「あんな悪口で傷ついたらダメだよ。言い返せるようにならないと」

「大丈夫。傷ついたというより、そういう意見もあるよな、と思っただけだから。悪口を言うということは、少なくとも無関心じゃないってことだろう」

日本がかつてばらまいた災厄は、二〇世紀末になっても絶えていない。許の発言は、自分がそういう国から来たんだということを思い知らせてくれた。

「なんだか、あんまり日本人らしくないね」

その発言にどきりとする。顔を池のほうに背けてごまかした。

「今度、パトリックも誘って食事でも行きましょう」

「パトリック？　仲がいいのかい」

「予科からの知り合い」

「授業ではそんなこと言ってなかった」

「言ったところで何が変わるわけでもない。あいつ、昔から孔教授に心酔してたの。孔教授がいるからHKUを選んだっていうのも本当。だから〈都市論〉の授業は気合い入ってると思う」

池のほうから小さな水音がした。蛙でも跳ねたのか、あるいは幽霊の仕業か。それが合図だったように、アガサは立ち止まって踵を返した。

「そろそろ行くね。また、来週の授業で」

なんのためらいも見せず、アガサは颯爽と去って行った。しばしその場にとどまり、彼女の背中を見送ってからテラスのほうへと歩きだした。こっちの方角には用がないのに、わざわざ追いかけてきてくれたのだ。胸がじんわりと温まる。

ぼくにはまだ、友達を作る資格があるだろうか。

＊

九月中旬の日曜、再び昇禮大廈《シンライ・マンション》を訪れた。十階まで外階段を上り、さらに内階段を使って屋上に出る。二週間前に見たのと同じ、スラムが広がっていた。

一年間であと何度、ここを訪れるだろう。住民たちに聞き取り調査をしたところで、梨欣の死について新しい情報を得られる可能性は低い。それでも、他にやるべきことを思いつかなかった。

当面の目的は梨欣の家族の行方を探すこと、そして、彼女が死んだとき現場に居合わせた白人の正体をつかむこと。今回も、片端からバラックの住民たちに話を聞いて回ることにした。非効率だが、警察や領事館に訴えたところでどうにもならないし、探偵を雇う金もない。

いきなり住民に聞き込みをする気になれず、ぶらぶらと屋上の外周を歩いた。このビルの屋上には腰までの金網しかない。弾みで転落してしまいそうなスリルがある。眼下を見ないようにしながら外周を歩き、覚悟が決まったところで各戸への訪問をはじめた。

最初の二軒は留守だった。三軒目の住人は去年来たばかりだと言う。四軒目でようやく、十年近くここに住んでいるという老女が出てきた。玄関からサンダル履きで出てきた彼女は、白と茶の混じった長い前髪の間からこちらを観察していた。見た目はこざっぱりとしているが、衣類からは香辛料と埃が入り混じった匂いがする。

「梨欣が亡くなった時も、ここに住んでいましたか」

「住んでいた。悲しい事故だった」

「胡《ウー》一家のことは覚えていますか」

「もちろん。でも、対価がもらえないならここから先は話せない」

錆びた声だが、はっきりとした声量だ。この老女はずいぶんと直截的だ。用意してきた硬貨を手渡すと、老女は両手のひらで挟んで拝むような仕草をした。

「事故の後、胡一家がどこに転居したか知っていますか」

「うん。たしか、油麻地《ヤウマテイ》の辺りに引っ越すと言っていた気がする」

「全員ですか」

「全員だ。両親と子どもたち、全員」

老女の発言はどこか引っかかる。三年前のことだというのにすらすらと答えるし、全員で引っ越したというのも気にかかる。少なくとも梨欣の弟は、あまりこの家に寄り付いていなかった。

「胡一家が何人家族か覚えていますか」

答えの代わりに手のひらが返ってきた。仕方なく、硬貨をもう一枚載せる。

「覚えている限りでは、両親と、子どもが二人だ」

「子どもは三人ではなくて？」

「ああ、ええと、梨欣を入れて三人だ」

ますます怪しい。胡一家は父と母、それに阿賢《アイン》、梨欣《レイヤン》、阿武《アモウ》の五人家族だった。

「梨欣に姉と妹がいたのは覚えていますか」

「覚えている。どことなく顔の似た三姉妹だった」

老女の前だが、思わず「はあ」と嘆息してしまった。徒労感がどっと肩にのしかかる。

「間違えました。梨欣に姉と妹はいません。兄と弟でした」

そう告げると、老女は不機嫌そうに口を曲げた。

「試すような真似をするな」

「試して正解でした」

残念ながら、ぼくの勘は的中していた。謝礼目当ての口からでまかせだ。覚悟していたからといって、気が軽くなるわけではない。当然、渡した金は返ってこない。

「どんな娘だった。今度は本当に思い出してやるから」

しつこくすがろうとする老女に「唔駛啦《ンサイラ》（結構です）」と告げて離れた。さすがにそこまでお人好しではない。狭い横道に入ると、住民らしき若い男と出くわした。何となく気まずさを感じて別の隙間に身体を押し込む。屋上はさして広くもないはずだが、バラックが密集しているせいかまるで迷路だ。トタンとモルタルの間を抜け、突き出たベニヤ板の下をくぐる。

でたらめに歩いているうち、再び屋上の周縁部に出た。数十センチ先には虚無が広がっている。その気になれば、いとも簡単にここから飛ぶことができる。地獄へ跳躍するのは一瞬だ。

離れようと振り向くと、路地の奥から歩いてくる老人がいた。中華系ではない。わずかに彫りが深い。フィリピンかベトナム、カンボジアのあたりか。見た目だけではどの地域の血が流れているか判別がつかない。老いた男の視線は、正面からぼくを射た。

「ちょっと、いいかな」

広東語だった。わずかに引っかかりがあるが、聞き取りに不自由はない。

「なんでしょう」

「あんたが胡梨欣を探している男だな。話したいことがある」

チップを騙し取られた経緯から、つい身構えた。相手はぼくの心情を見抜いたかのように笑う。皺の多い顔で笑うと、くしゃりと音がしそうだった。

「金ならいらん。とにかく話を聞いてほしい」

言い残し、老人は来た道を戻っていく。ビーチサンダルの足音が、ぺたり、ぺたりと反響する。

——どうせ、他に手がかりはない。

ぼくは老人の後を追った。彼はこちらを一度も振り向かず、ゆったりと歩き、角を二度折れた。黙って灰色のシャツの背中についていく。たどりついたのは周囲より一回り大きいバラックだった。老人はようやく振り向いた。

「入ってくれ」

開け放された扉から奥をのぞくと、薄暗い部屋のなかに座卓の影があった。土間はなく、いきなり板敷きになっている。人の気配は感じない。扉を押さえている老人は、笑顔とも真顔ともつかない曖昧な表情だった。俺を信用するなら入れ。黒い瞳がそう語りかけていた。

屋内に一歩、二歩と足を踏み入れる。日陰のせいか、空気がひんやりしていた。座卓の奥には間仕切り代わりのカーテンが垂らされている。無地だが赤橙色の派手なカーテンだった。

「動かないで」

老人の声に振り向くと、鼻先に鋭利な刃先が突きつけられた。先ほどと変わらない曖昧な表情で、彼は右手に包丁を握っていた。よく研がれているのか、刃は薄暗い室内に侵入する光を反射している。

扉は音もなく閉ざされた。

——信用するんじゃなかった。

パニックに陥りかけている頭をなだめる。相手の目的は金品のはずだ。暴れるより、様子を見たほうがいい。老人だからといって見くびってはいけない。

衣擦れの音とともに、今度はカーテンの奥から二人現れた。二十代と思しき男と中年の女。この二人もやはり中華系ではない。どことなく老人との共通点を感じさせる風貌だった。男の手には短い金属製のパイプが、女の手には細身のナイフが握られている。屈強な男と、棍棒のようなパイプという組み合わせに背筋が冷える。

「逃げようと思うな」

黙って接近してくる男女の背後から、さらに別人の声が聞こえる。若い女だ。高い声音には、まだ少女の名残りが感じられる。

カーテンをめくりあげて声の主が現れた。くすんだTシャツに穿きふるしたジーンズという格好の女は、見たところぼくと同年代だ。右手に男と同じ金属製のパイプを持ち、空いた左手で前髪を無造作にかきあげる。瞳と髪は艶やかな黒。切れ長の目元は獲物を捕らえようとする猛禽類を連想させた。彼女が正面に立ち、男女が左右を挟み、老人は背後で包丁を突きつけている。四方を囲まれた。

「あんた、日本人でしょう」

彼女は流暢な広東語を話した。

「どうしてわかった?」

「空気が違う。長いこと香港に住んでたら、匂いで嗅ぎ分けられるようになる。広東語も上手だけど、ちょっとだけ癖がある」

女がくすりと笑う。思い上がりを指摘されたような気がした。

「ベトナム人と話すのは初めて?」

「ベトナム人なのか。初めてだな、たぶん」

「いい記念になるね」

言いながら、左の手のひらをこちらに差し出す。今回はチップでは済まないだろう。改めて、見知らぬ老人にうかうかとついてきた自分が恨めしい。

「財布とパスポートさえ出せば助けてあげる」

飛んで火にいる夏の虫、ということわざがよぎる。ぼくは油断しすぎた。ここは安全な観光スポットではない。屋上であると同時に、住民たちが暮らすスラムだ。身の安全は自分で守らなければならないという基本を忘れていた。

何か、打開策はないか。

相対する女の瞳は、見るほどに力を感じる。恵まれているとは言えない住環境だが、彼女には荒んだ雰囲気がなかった。衣類はかなりくたびれているが清潔に保っているのがわかるし、面差しにも生気がある。率直に言えば、貧しい天臺屋には不釣合いだった。

財布は諦めた。でも、どうせくれてやるのだから本音をぶつけたい。

「きみは望んでこんなことをしているのか」

刃物や鈍器への恐怖を押し殺して、ゆっくりと語りかける。女の黒い瞳には果てがない。ぼくの言葉は彼女の網膜に吸い込まれていく。

「迷い込んだ旅行者や外国人から、金を脅し取るのがきみの本望か」

「あなたは裕福で、私たちは貧しい。だから平等に分配する。おかしなことはない」

女の口調は頑なだった。自分たちの正義について考えることを放棄するような意固地さ。その時、記憶の片隅で火花が弾けた。今の台詞は何かに似ている。ベトナムという国に深く根を張り、いまだに影響を及ぼし続ける怪物。ぼくは迷いなくその名を口にした。

「その考え方は、きみらが大嫌いな共産主義《コンチャンチューイー》じゃないのか」

とたん、女の顔が歪められた。左右にたたずむ男女の顔も、心なしかこわばる。挑発にしてはやりすぎたか。ベトナムは現在でも共産党の支配体制が続いていると聞いたが、彼らは亡命してきた政治難民なのだろうか。

「笑えない冗談は罪だよ」

「凶器を突き付けられていると冷静になれなくて」

　この非常時に相手と交渉できるほどの度胸が、自分にあるとは思わなかった。あまりに予想外の出来事が起こると、逆に平然と受け止められるのかもしれない。女はパイプの先端でぼくの胸を軽く突いた。思わず一歩後ろへ下がり、包丁の先端が向けられていることを思い出す。振り向けば、刃先は背中から一センチの距離にあった。

「自分がどんな状況にいるのか、よく考えて」

「もう一度訊きたい。本当にこれでいいのか」

「しつこいな」

　時間を稼ぎながら、頭のなかでは逃げ道を探していた。この女は決して話が通じない相手じゃない。現金はともかく、保険証、運転免許証、学生証、キャッシュカード、その他諸々の貴重品を取られるのはまずいし、パスポートを取られるのはなお避けたい。それに財布には大事な写真が入っている。一時しのぎでもいい、手はないか。

「こういうのはどうだろう」

　そのアイディアは単なる思い付きだったが、この状況では思い付き以外に頼れるものはない。

「ぼくは人探しをしている。きみらが手伝ってくれるなら報酬を払う。なんなら前払いでもいい。それならきみらは継続して収入を得られるし、ぼくも探している人が見つかれば助かる。どちらも得な提案だと思わないか」

女はわずかに眉をひそめただけで、諾とも否とも言わない。

「ぼくは来年の夏までしか、香港にいられない。だから誰かの手を借りたいんだ。目的が果たされたら、その時はこの財布に入っている数倍の金額を渡す。嘘じゃない。銀行口座にはもっと沢山入っている」

女はパイプを持ったまま腕を組み、あさっての方角を見ている。

「口座には、いくら入っているんだ」

質問は背後から聞こえてきた。老人の声だ。

「五万蚊《マン》」

とっさに嘘をついた。本当は十二万蚊――百五十万円相当が入っているが、正直に言えば根こそぎ取られてしまう。

「その財布にはいくら入っている?」

「千蚊」

「貸してくれ」

老人の言葉は柔和だが、有無を言わせない圧力がある。後ろを見ず、二つ折りの財布を背後の老人に手渡す。左右の男女が興味を示し、ぼくから視線を外した。今なら逃げられるかもしれない。わずかにそう思ったが、正面の女が厳しい目つきで睨んでいた。

それから、四人のベトナム人はぼくを囲んだまま短い会議をはじめた。会話の内容は聞き取れないが、話に乗るべきかを協議しているのは明らかだった。語調から察するに、老人はぼくの提案を受け入れてもいいと考え、他の三人は渋っているらしい。しかし老人が淡々と語るにつれて、三人の表情がやわらいでいく。

話し合いは五分でまとまった。

「結論は出た」

代表して口を開いたのは正面の女だった。

「あんたの依頼を受けることにする。現金は手付金としてもらっとく。あと、学生証も預かっておく。一週間以内にまたここを訪れること。もし来なければ、私らの好きにさせてもらう」

背後にいる老人が、ぼくの足元に財布を投げた。しゃがんで拾うと、千蚊札と学生証、それに札入れに差し込んでいた写真が抜き取られている。顔が熱くなった。

この世にたった一葉の、梨欣を写した写真がない。

「写真も奪ったのか」

「人探しをするなら必要だろう?」

飄々と答えたのは老人だった。彼はぼくが最も取られたくないものを本能的に察知して、取り上げたのだ。女が咳払いで存在を主張する。

「今日のところは帰っていい。警察や領事館には告げ口するな。もしすれば、あんたはここの住人全員から敵視されるし、探している相手のこともわからずじまいだ。その気になれば、私たちはいつでもあんたを襲うことができる。次に来るのは一週間以内だよ。わかったね、香港大学の学生さん」

女の口からは脅し文句が滑らかに吐き出される。

左右に迫っていた男女が後ずさり、距離を取る。背後にいたはずの老人は知らぬ間に女の横に立っていた。包丁は握ったままだ。どこかとぼけた調子の老人と、鋭利な刃物の取り合わせは現実感を欠いていた。いや。そもそもこの状況自体、蜃気楼を見ているように現実味がない。

彼らに背中を向けながら、何度も振り返った。四人のベトナム人が整列して見送る。若い女が人差し指と中指でつまんでいるのは、梨欣の写真だった。四角く切り取られた彼女は、じっとぼくを見ている。

　暗いバラックから脱出すると、屋外の光がまぶしくて目をすがめた。幅の狭い路地がやけに広々と感じられる。走りたい衝動を堪えて、早歩きで広場まで戻り、階段を下る。

　十階の外階段まで戻り、ようやく息を吐いた。押し殺していた恐怖心が噴出し、今さらながら両手が震えている。

　情けなさと哀しさが込みあげてきた。ぼくは現地人並みに広東語が話せるし、香港の地理や交通、文化についてもよく知っている。そんな自分が物騒な事件に巻き込まれるとは思いもしなかった。それが、このざまだ。

　地上に降り、屋上を見上げる。あのバラックで、四人のベトナム人は何を話しているだろうか。いいカモが見つかったと喜んでいるか、身ぐるみ剝がすべきだったと後悔しているか。幸い、パスポートは守ることができた。

　梨欣に話したらなんと言うだろう。のこのこついていくからだよ、と笑われるか。それとも本気で心配してくれるだろうか。昇禮大廈を離れ、旺角駅へと歩きだす。梨欣が命を落とした高層ビルが遠ざかっていく。

　とりあえず、ぼくは生きている。

第二章　ぼくは日本人だ

香港に来てから一か月経ったが、こちらの携帯電話はまだ契約していない。いったん所持すれば、いつ日本から国際電話がかかってくるかわからない。心配性の母親は、ぼくが大学生になってからというものしょっちゅう電話をかけてくる。この一年くらいはしがらみから解放されたい。

親との会話はキャンパスにある公衆電話を使うことになる。通話料金は高くつくが、自由には替えられない。

九月下旬、久しぶりに実家へ電話をすることにした。二週間に一度は電話しろと言われているのに、この一か月一度もかけていない。交換留学にあたって親との約束は守ると宣言した手前、そろそろ機嫌をうかがっておいたほうがいい。

図書館での勉強が一段落した午後六時、徐朗星《シュウ・ロンシン・》文娯中心《アメニティーズ・センター》へ向かった。入口に掲示されている通り、このビルは香港大学学生会の本拠地だ。公衆電話にプリペイドカードを入れ、父が出ないことを祈りつつダイヤルする。

「もしもし、瀬戸ですが」

母の声だった。「和志です」と名乗ると、一瞬の沈黙があった。

「なに、やっと電話かけてきたの。そっち行ってからずっと連絡せずにほったらかしにして、心配したんだから。そっちはデモがすごいんでしょう。釣魚臺だ軍票問題だって、えらい騒ぎらしいじゃない。大丈夫なの」

「別に問題ないけど、日本でもそんなに報道されてるの？」

「いや。こっちでは全然やってない。香港の人が教えてくれたの。出版社の馬《マー》さん」

母は香港にいた四年間、翻訳の仕事をやっていた。日本語の出版物を広東語に翻訳する業務で、両方の言語に堪能な母にはうってつけだった。

「お金は足りてるの」

「足りてるよ。まだひと月しか経ってないんだから」

昇禮大廈の屋上で出会ったベトナム人たちのことがよぎったが、そんなことを話せば母は香港まで飛んできかねない。

「本当に？　お父さんには内緒で送ってあげるけど」

「大丈夫。貯金で何とかする約束だから」

本当は喉から手が出るほどほしかったが、プライドが勝った。

「マカオに入り浸ったりしてないでしょうね。カジノなんか行っちゃ駄目よ」

「行ってないって」

——天臺屋には行ってるけど。

母との会話では、とにかく余計なことを口にしないのが第一だ。迂闊なことを言えば、勝手に心配の種を見つけてしまう。

「そろそろ切る。国際電話は通話料高いから」

「だったら携帯電話を契約すればいいじゃない。こっちからかけてあげる」

「お金がもったいないから。じゃあ」

受話器を押し付けるようにして通話を切った。がちゃ、と金具のこすれる音が立つ。ほんの五分話しただけなのに、ひどくくたびれていた。

ぼくの二十年間の人生は、両親との対立の道のりだと言っても過言ではない。

日本で空手教室に通いはじめたのは小学四年生だった。ビデオで見た李小龍《ブルース・リー》の影響で功夫《カンフー》の格好良さに目覚めたが、近所にそんなものを教えてくれる場所があるはずもなく、空手教室へ通うことにした。運動神経に自信はないが、二、三年後にはそこそこの結果を出せるようになった。

中学二年の春、突然、香港へ移り住むと告げられた。学校の友人とも、空手教室の仲間とも離れ離れになるが、ぼくに選択の余地はなかった。功夫映画の本場に来られたのはよかったが、香港で通いはじめた空手教室は、先生がスパルタ過ぎてやめてしまった。それに、街のどこにも李小龍や成龍《ジャッキー・チェン》のような使い手はいなかった。

代わりによく絵を描いた。香港の至る所に出かけて、風景をスケッチするのが趣味になった。高層ビルや唐楼を描きながら、おぼろげに建築家を夢見るようになった。この街に自分のデザインした建築物が建ったら、どんなに気持ちがいいだろう。

十六歳の頃、建築学を勉強することに決めた。目標は香港大学建築学院だ。建築学でアジア有数のHKUは憧れの存在だった。

そしてなぜか、ぼくはそれを両親に話してしまった。今ならそれは悪手だとわかる。こっそりと勉強して、勝手に願書を出せばよかったのに。

父は病的な仕事愛好者で、週末もろくに家にいなかったが、その日はたまたま家族三人で昼食をとっていた。たしか繁華街の大家樂《カフェ・ド・コーラル》だった。脂っこい料理を口に運びながら、十六歳のぼくは建築学への熱い思いを打ち明けた。

「建築はやめろ。経営学にしろ」

父はぼくの目も見ず、言い捨てた。唖然とした。

「経営なんか興味ない」

「俺は経営を勉強していないからずいぶん苦労した。電子工学は現場でも学べるが、経営は座学でしか学べないことも多い。大学に行くなら経営以外はあり得ない」

電子機器業界のコンサルタントをしている父は、息子も同じ職につくものだと思い込んでいた。ぼくはまっぴらだった。コンデンサとかトランジスタに興味はないし、父と同じ会社で働くことにはもっと興味が湧かない。

「お父さんの会社に入る約束なんて、してない」

「それ以外は許さない」

わかっている。父が望んでいるのは、ぼくが事業を継ぐことだ。しかし中世じゃあるまいし、身内でなければ跡を継げないなんて法律はない。そもそも、父だって血のつながりがない恩人から経営基盤を引き継いでいる。無理やり息子に継がせなくても、これはと思う部下にでも任せればいい。ぼくは自由にやらせてもらう。

「進路を決められる筋合いはない」

「誰が学費と生活費を出すんだ？　お前という企業の株主は俺だぞ」

悪趣味な譬えに吐き気を催した。ぼくは死ぬまで、父親のことを株主様と崇めなければならないのだろうか。

「せめて電子工学にしろ。工学がやりたいならそれでいいだろう」

「全然違う。やりたいのは建築だって」

「やりたいことを選んでも不幸になるだけだ。選ぶべきはやりたいことではなく、やるべきことだ」

どんなにもっともらしい顔で語られても、ぼくには屁理屈にしか聞こえない。毛ほどの興味もないエレクトロニクス業界に飛び込むことが、自分の使命だとは思えなかった。

平行線のまま、議論は延々と続いた。卓上の炒め物には油膜が張り、スープは冷めきった。果てのない話し合いを強制終了させたのは母だった。

「いい加減にして。建築でも電子工学でもいいから、とにかく店を出て」

本当に、母にとっては息子の専攻などどちらでもよかったのだろう。ぼくが目の届く場所にいてくれさえすれば。

それから何度かの虚しい話し合いを経て、一応の決着はついた。本人の希望を尊重して、建築学を専攻することは認める。ただし、進学先は日本の大学に限る。大学三年の夏には就職するか大学院へ進学するかを決め、いずれにしても三十歳までに父の会社へ入る。父はどさくさに紛れて、将来の約束まで取り付けた。ぼくは建築を学ぶために出資元の意向をすべて呑んだ。

十七歳でぼくは日本へ帰った。大学受験のため、日本の学習指導要領に則った教材を使い、死に物狂いで勉強した。浪人でもしようものなら、親からの締め付けはさらに強くなるに決まっている。T大のキャンパスで自分の受験番号を見つけた安堵感は、ちょっと今までにないくらいだった。

その半年後、掲示板でたまたまＨＫＵへの留学案内を見つけたときは雷に打たれた気がした。学生たちが集う楽しげなポスターは、香港へのとてつもない忘れ物を思い出させてくれた。

ぼくは再び父と対決する羽目になった。ＨＫＵへ本科生として留学したいというと、父は約束と違うと反論した。そう言われれば否定できない。しかしこちらもT大を中退する覚悟だった。いざとなれば、香港に渡ってからの学費は奨学金で何とかなる。日本と違って、香港の大学は奨学金の制度が充実している。

一年間の交換留学という折衷案を出したのは母だった。生活費はすべてぼくの貯金でまかなうという条件付きで、父は不承不承その案を受け入れた。

公衆電話を離れて、夕食を取るためにテラスへと足を向けた。量販店で買ったパンを食べて空腹をしのぐつもりだ。本当は学内の食堂にでも行きたかったが、節約のためには毎日外食もしていられない。ベトナム人たちに貯金の半分近くを取られてしまうのだから、生活費は削れるだけ削らなければならない。

道すがら、正面から学生たちが連れ立って歩いてきた。先頭にいる眼鏡の女子学生はアガサだ。目が合うと、彼女はやや気まずそうに微笑んだ。その表情でぴんときた。一緒にいるのは、きっと学生会のメンバーたちだ。

「Hello《ハロー》、アガサ」

気遣う必要はないと伝えたくて、あえてアガサに声をかけた。気のせいか、周りにいた学生たちの視線が鋭くなる。皆、ぼくが日本人だと知っているのかもしれない。アガサは片手を挙げて応じてくれた。

「何してるの」

「学生会の集まり。これから打ち合わせなの」

彼女の仲間たちは、秘書長を守ろうとするかのようにぼくを取り囲んだ。穏便に済ませるには、この辺で切り上げたほうがよさそうだ。「一陣見《ヤッザンギン》（またね）」と告げると、すれ違いざまアガサが耳元でささやいた。

「民主派にも色々あるの。ごめんね」

彼女たちは、ぼくが元いた方向へと歩いていく。どうもアガサ以外の学生会メンバーからは、好印象を持たれていないらしい。ぼくが日本人だから？

数日前、保釣運動の中心的人物だった陳毓祥《チャン・ユクチョン》が亡くなった。陳は仲間と釣魚臺の周辺で抗議行動を起こしていたが、海中に飛び込んだ際、足にロープが絡まる事故が起こって溺死してしまったのだ。この事故は英雄の尊い犠牲として扱われ、保釣運動がますます盛り上がるきっかけとなった。しかも陳は香港大学学生会のＯＢでもある。現在の学生会メンバーが、日本人を敵視するのはわからなくもない。

一方、民主派にも誤算はあった。保釣運動が高まるほど、香港人たちの大陸への帰属意識も強まってしまうのだ。反共をうたう民主派にとっては好ましくない流れだったが、今さら後にも引けないというのが本音だろう。陳の棺が五星紅旗に包まれて香港へ帰還したのは象徴的だった。荷花池《リリー・ポンド》のほとりでアガサが懸念した通りだ。

テラスに帰り着く頃には、母との電話の直後よりさらに疲れた気分だった。共用の冷蔵庫から〈ＳＥＴＯ〉と書いた食パンの袋を取り出し、これも共用のトースターで焼く。他に誰もいないロビーでトーストを二枚たいらげ、三〇二号室へ戻った。

扉を開けると、ライトグリーンの後頭部が出迎えた。ノエルがベッドに寝転がって本を眺めている。相変わらず荷物は散らかしたままだ。ぼくのベッドの下には、ノエルの私物であるテープレコーダーやカセットが転がっている。

ベッドにうつぶせになり、図書館で借りてきた『アメリカ大都市の死と生』を読みはじめた。ジェイン・ジェイコブズの代表的著作で、都市計画を学ぶためには避けて通れない一冊だ。ちゃんと目を通すのは初めてだった。

「九龍城砦《カオロンシンジャイ》って行ったことある?」

　辞書を引きながら英文と格闘していると、だしぬけにノエルが声をかけてきた。広東語交じりの英語に、つい振り向いてしまう。ノエルが読んでいる本のページが視界に入る。モノクロの写真だ。どうやら、今はなき九龍城砦の写真集を眺めていたらしい。魔窟と呼ばれた異形の建築物は、失われた現在も注目を集めている。

「あるけど」

「本当?　いつ行ったんだ」

　ノエルが好奇心に顔を輝かせる。少年のような表情をされると、こちらも無下な対応をしにくい。

「最初に行ったのは、十五歳の夏だったから……九一年だ」

「まだ壊されてなかったのか」

「取り壊しは九三年の春から。その直前に見たのが、最後だった」

　九龍城砦のことを考えると、嫌でも梨欣《レイヤン》を思い出す。彼女と出会ったのは、初めてそこに行った日。ぼくは今もその時のことを鮮明に記憶している。果てしない魔窟の内部で迷っていたぼくの前に、梨欣は颯爽と現れた。可憐で、毅然として、寂しげだった。

「どうだった?」

　ノエルは無邪気に尋ねているのだろうが、その問いは残酷に響いた。まるで、梨欣と過ごした日々への感想を求められているようだった。急に胸が苦しくなり、仰向けになった。薄汚れた無地の天井が見える。

「そこに載っている通りだ」

そう答えると、ノエルは何かを察したのか「へえ」と相槌を打って沈黙した。鋭いのか鈍いのか、よくわからないやつだ。

親のこと。日本人のこと。梨欣のこと。一度にたくさんのことを考えたせいで、脳がショートしそうだった。本を閉じてうつぶせになり、頭をマットレスと枕の間にはさむ。ノエルがいなければきっと叫んでいただろう。日本から持ってきた枕は、実家の匂いがした。

昇禮大廈《シンライ・マンション》の一階は吹き放ちのピロティになっている。あまりお目にかかれない構造だ。設計者のこだわりと思しき箇所は他にもある。ひとつながりになった横長の窓もそうだ。各階の窓には、向かいのビルと青空の一角が映っている。

ぼくは外階段に足をかけた。高層ビルにはばまれるため、見通しはよくない。十階までは土色の外壁を眺めつつ、辛抱強く足を動かすしかない。おまけに日中は日陰がなく、頭上から槍のように鋭い陽光が降り注ぐ。汗を拭うハンカチは、三階でもうぐっしょりと濡れていた。

内階段から屋上に出ると、狭められていた視野が一気に広がる。オフィスビルに面していない残りの三方は、すべて開けている。空は近く、強い風が吹きつける。眼下に雑多な街並みが広がり、そこここに似たような天臺屋《ルーフトップ・スラム》を発見できる。

屋上では中年の女性が掃除をしていた。家のなかから延びたホースで水を出し、ブラシでバラックの壁を擦っている。この屋上には専用の水道が通じているのだ。まるで最初から屋上に人が住むことを想定していたかのように。

それは屋上のかすかな傾斜からも読み取れる。きっと水はけをよくするためだろう。設計者のこだわりだろうか。

ベトナム人一家の住居は奥まった場所にある。階段を上がってすぐ広場——といっても民家の庭ほどの大きさだが——を抜け、右から二番目の通路を進む。人ひとり通るのがやっとの幅だが、住民たちは巧みにすれ違っている。饐《す》えた臭いのする通路をまっすぐ進み、玄関に倒福《トウフク》のステッカーを貼った家を右に曲がれば、煤けた板壁のバラックが現れる。扉だけは真新しい合板製だ。

ノックすると、内側から扉が開かれた。その日顔を出したのは、ぼくをここへ連れてきた老人だった。薄暗い室内を顎で示す。

「トゥイは外出中だ。少し待っていろ」

指示された通り、バラックの内部へ足を踏み入れる。ここに来るのも三度目だ。この老人と向き合っていると、刃物を突き付けられた恐怖心を忘れそうになる。相手の警戒心を解かせる、妙な雰囲気のある男だった。室内には他に誰もいない。若い男や中年の女も、外に出ているようだった。

トゥイというのは例の少女の名前だ。この家に住む四名のベトナム人のうち、広東語を話せるのはトゥイと老人だけで、とりわけ堪能なのがトゥイだった。そのため、ぼくとの会話を担当するのも主に彼女である。

所在なくたたずんでいると、老人に椅子を勧められた。三本足の木製の椅子で、腰かけるとやけにがたついた。老人は床に敷いたゴザの上にあぐらをかき、古びたブラウスやスカートを畳んでいる。かたわらには古着が山と積まれていた。

「それは?」

「売り物だ」

見たところかなり着古されている。いくらで仕入れて、いくらで売るのだろう。

「ハノイにはたくさんの行商人がいる。野菜や果物を路上で売る。農家でなければ、中古品も売る。

普通のことだ」

老人は会話欲が刺激されたのか、一方的に語っている。彼の口調からは惨めさや卑屈さは感じられない。老人が口をつぐむと、埃っぽい部屋に沈黙が訪れた。ぼくはぼんやりと、前回ここに来たときのことを思い出す。

三週間前、指定された通りこのバラックを再訪した。その日は若い男以外の三人が在宅で、代表してトゥイがぼくと話した。

「じゃあ、あんたの依頼の内容を詳しく聞こうか」

ゴザにあぐらをかいたトゥイは、そう言って身を乗り出した。

思い付きとはいえ、金を払うからには本気で協力してほしい。ぼくはトゥイたちに、改めて経緯を説明した。

一九九三年三月、昇禮大廈の天臺屋に住んでいた少女が屋上から墜落して亡くなった。名前は胡《ウー・》梨欣《レイヤン》、当時十七歳。家族は父、母、兄、弟。両親の名は不明だが、兄は阿賢《アイン》、弟は阿武《アモウ》と呼ばれていた。

「待って。その梨欣って、あんたの恋人？」

口を挟んだトゥイは真剣なまなざしだった。圧力に負けてしまわないよう、同じくらい強い視線を返す。

「恋人じゃない。友人だ」

追加の質問を遮るように、説明を続けた。

警察は梨欣の死を事故死として処理したが、死の直後、現場では白人の中年男性が目撃されている。身長はおよそ百九十センチメートル。体型は太りぎみ。髪はブロンドで瞳は褐色系の色。年齢は四十歳前後。警察が男性の取り調べを行ったか、どういった捜査で事故という結論に至ったかは一切不明。

「なんとなくわかってきた」

一人うなずくトゥイの隣で、老人は茫洋とした顔をしている。中年の女に至っては、間仕切りのカーテンの向こうへ消えてしまった。

「あんたはその大事な友人が事故死したことに納得できない。特に現場で見かけた白人の男が怪しいと思っている。それで、あんたはここの住人に白人の男とか胡一家のことを尋ね回ってたってこと」

ぼくが返事をする前に、トゥイは再び「待った」と口走る。

「梨欣の家族は、今もこの天臺屋に住んでるの？」

「事故があった直後に引っ越したらしい。どこに行ったのかは知らない」

「家族を亡くした場所に住み続けるのは、辛いものだ」

老人は独り言のようにつぶやいた。聞いていないようで、聞いていたらしい。

「もうちょっと、手掛かりはないの。家族の仕事とか」

「両親の仕事は知らない。阿賢は警備員をやっていた。阿武は……」

言葉に詰まっているぼくを見て、「人に言えない仕事？」とトゥイが言った。

「言いたくないなら言わなくていいよ。こっちも他人のことは言えないから」

「大したことじゃない。マフィアの下っ端の、さらに使い走りだ」

ぼくが記憶している時点での阿武は、ただのチンピラだった。大物マフィアが後ろについているのだと匂わせていたが、十代なかばの少年を重宝する大物マフィアなどいない。それくらいはぼくにもわかる。一面刺青が入れられた右腕を思い出す。

「あんたが全然情報を持ってないってことだけはわかった」

トゥイの皮肉は、悔しいが的を射ている。ぼくは梨欣について、その家族について、何も知らなかった。たまに顔を合わせる程度で何事かを理解した気になっていた。

「それで、最終的にいくらくれんの」

「白人を見つけ出せば五万蚊払う」

「梨欣の家族を見つけたら？」

「一万。それでいいだろ」

日本円に換算すれば、十万円以上になる。安い額ではない。投げやりに応じたぼくに、トゥイは刃物のような視線をよこした。

「約束は守りなよ。こっちがあんたの素性を握ってるってことだけは、忘れずに」

ジーンズのポケットからカードを取り出した。ぼくの学生証だ。顔写真に生年月日、氏名、所属、テラスの住所まで書いてある。彼女たちがその気になれば、部屋に侵入して金品を盗み出すことも、路上で襲撃して始末することもできる。老人が手にしていた包丁を思い出す。「わかってる」と応じて、ひと月以内に再訪することを約束した。

それが三週間前の出来事だ。

一時間近く経って、トゥイが出先から戻ってきた。前と同じ、Tシャツにジーンズという格好だった。背中に登山用の大きなリュックサックを背負っている。

「来てたの」

「約束だからな」

「梨欣の兄貴を見つけた」

世間話でもするような調子で、トゥイはさらりと重大事を口にした。

「阿賢を見つけた？　本当か。どうやって探したんだ」

トゥイはそれには答えず、リュックサックをゴザの上に下ろした。老人は流れるような動作でそれを開け、なかに詰まっていた古着を引っ張り出す。色とりどりの衣類がゴザの上にこぼれ落ちた。

「十月九日、午後六時。佐敦《ジョーダン》の安員越南餐廳《オンユン・ベトナミーズ・キッチン》で待ち合わせをしてる」

腕を組んだトゥイは挑むような目つきをしていた。こちらの都合も聞かずに、面会の約束をしてしまったらしい。勝手なやり方だと思いつつ、ぼくは待ち合わせの日時と場所を訊き返し、頭に叩き込んだ。

「こんなに早く見つかると思っていなかった。ありがとう。助かる」

「あんた、忘れてない？」

トゥイは首を傾げる。当然、金のことだろう。

「まだ会ってないのに払えない。でまかせかもしれないだろう」

「私が嘘ついてるって言いたい？」

「その可能性もある」

ぼくはすっかり油断していた。相手は年下の女性だし、今のところ手荒な真似はされていない。だから対等な立場で物申したつもりだったが、彼女にとっては違ったらしい。

トゥイは返事の代わりに、無言で前蹴りを繰り出した。瞬間、ぼくの下腹にサンダルのかかとが食い込む。腎臓のあたりに痛みが走る。うえっ、とうめき声が漏れた。とっさに両手で腹をかばうと、平手打ちが飛んできた。左頬が熱く痺れる。

「何が可能性だ。この馬鹿。コケにするのもいい加減にしろ」

トゥイは冷たい双眸でぼくを見ている。財布に手を伸ばそうとしたので、先にポケットから抜き取り、千ドル紙幣を十枚数えて差し出した。トゥイは舌打ちと引き換えに紙幣を受け取った。

情けないことに、両膝が小刻みに揺れている。一部始終を見ていた老人は、ぼくと目が合うなり古着の仕分け作業に戻った。

「私はあんたの連れじゃない。ビジネスの相手だってこと、忘れないで」

ぼくが想像するビジネスは、彼女たちのそれとずいぶん乖離があるらしい。きっと中環《セントラル》にひしめくビジネスマンたちは、相手が反論したからといっていきなり前蹴りを食らわせるようなことはしないだろう。

だしぬけに、トゥイがぼくの髪をつかんだ。次の瞬間には視界が彼女の不快そうな表情で埋めつくされた。興奮のせいか、鼻翼がふくらんではしぼむ。埃っぽい古着の匂いが鼻につく。

「私は目的のためなら平気で手を出すし、足を出す。ナイフだって使うし、鉄パイプも振るう。でも、どんなことがあっても嘘はつかない」

トゥイは本気だった。少なくとも、そう見えた。ぼくの乏しい人生経験では、彼女がでまかせを吐いていると断定する理由は見つからなかった。

「わかった、信じる。放してくれ」

ようやく、引っ張られていた頭髪が解放される。両手で髪をなでつけながら、上目遣いにトゥイを睨んだが、動じる様子は微塵もない。こちらが余計みじめになっただけだ。

「あんたが信じないなら来なくてもいい。この依頼はこれでおしまい」

そう言い放つと、ぼくの胸を手のひらで強く押した。よろめいて数歩下がり、屋外に出たところで扉を閉められた。眼前数センチのところに合板が立ちはだかる。立ち去る以外の選択肢はなかった。

バラックを離れてからようやく、事の次第が冷静に理解できてきた。手段は不明だが、ともかくトウィは阿賢《アイン》と接触することに成功し、待ち合わせの約束まで取り付けた。これがペテンなら、ぼくの人を見る目は曇りきっている。

知らず知らず、口のなかでつぶやいていた。

十月九日、午後六時、佐敦。十月九日、午後六時、佐敦。

そこに行けば、阿賢と会える。


待ち合わせの日を指折り数えて待った。

どうしても阿賢のことが気になり、勉強には身が入らなかった。〈建築の歴史と理論〉ではレポート課題が出たが、参考資料が頭に入らない。期日ぎりぎりに適当な内容で書き殴って提出したが、もちろん評価は良くなかった。

〈都市論〉の授業で、名物教授の孔・耀忠《フン・イウジュン》が登壇したのは第一回だけ。あとは同じ建築学系の助教授や講師らが受け持つ。孔教授の信者であるパトリックは当てが外れたらしく、チュートリアルで「羊頭を掲げて狗肉を売ってるよ」などと独り言を口にしていた。狗肉扱いされた講師たちには悪いが、たしかに彼らの講義は凡庸で、聴講するたびに孔教授のカリスマ性を思い知らされた。

じりじりと時は過ぎ、十月九日が訪れた。

水曜日だった。朝から落ち着かない気分で授業に足を運び、講義を聞き流す。脳裏には三年前の面影がこびりついていた。阿賢はぼくや梨欣より二歳上だから、今は二十二、三歳ということになる。

――これが俺たちの世界だ。お前とは住む場所が違う。

若き阿賢の放った言葉の残響が、空っぽの脳内にこだましている。あの一言は、ぼくが天臺屋に招くべき男かどうかを試すために発せられたように思えてならない。

午後の授業を終え、テラスで時間を潰してから小巴《ミニバス》に乗った。ノエルは不在だった。授業以外の時間、ルームメイトが何をしているかは知らない。

上環《ションワン》からMTRに乗り、旺角《モンコック》の二つ手前にある佐敦《ジョーダン》で降りる。午後五時半、すでに辺りは薄暗かった。頭上には原色のネオンサインがきらめきはじめている。あらかじめ調べてある店を目指して歩いた。賑々しい夜總會《ナイトクラブ》や芬蘭浴《サウナ》の看板をくぐり抜け、怪しい風体をした男たちの間をすり抜ける。

安員越南餐廳《オシュン・ベトナミーズ・キッチン》は、細い路地に面した雑居ビルの一階だった。出入口の上に控えめな看板が突き出ている。店先には水蘸汁《ニョクマム》や辣椒醬《チリソース》の香りが漂い、食欲を刺激した。先客は地元民らしきおじさん一人だけで、皿に盛った麵を食べている。天井近くで年代物の扇風機が回っていた。

勝手に四人掛けテーブルに腰かけると、奥で突っ立っていた男が近づいてきた。トゥイ一家と同じルーツを感じさせる風貌だ。

「注文は？」

「アイスコーヒー、ありますか」

問いかけると、相手は返事もせずに立ち去った。よくあることだ。この接客にいちいち目くじらを立てるのは、日本人観光客くらいだろう。

運ばれてきたアイスコーヒーのグラスの底には、白いものが沈殿していた。ストローはついていない。口をつけてみると、練乳のどろりとした甘さが舌の上に流れ込む。これがベトナム式のコーヒーなのだろうか。

ベトナム料理店には一度だけ入ったことがある。インター校で小野寺とつるみはじめた頃、二人で銅鑼灣《コーズウェイベイ》の路面店に入った。飯の上に甘辛く焼いた豚肉と目玉焼きが載った、コムタムという料理を食べた。小野寺との会話の断片が蘇る。

「この店、ボートピープルがやってるのかな」

がっつきながら、日本語でそう言ったのは小野寺だった。

「難民のこと？」

「そう。ベトナムから大量に来てるんだろ。ボートで。香港にいるベトナム人は、難民かもしれない。この店の経営者も」

「でも、難民が飲食店経営していいの」

「知らねえ」

その時の会話を反芻しながら、甘いコーヒーをちびちびと飲んだ。

六時を少し過ぎて、トゥイが現れた。彼女は来ないだろうと思っていたから、登場は意外だった。サンダルの音をぺたぺたと鳴らしながら近づいてくると、ぼくの向かいに着席した。

「まだ来てないか」

トゥイは店内を見回して言う。本当に来るんだろうな、という一言を飲み下した。また平手打ちを食らってはたまらない。あの日は夜まで左頬が痺れていた。彼女はさっきと同じ店員に、ベトナム語らしき言葉で何かを頼んだ。じきに出てきた瓶のコーラに口をつけてラッパ飲みをしている。

「知っている店なのか」

「まあね。勘定はあんたが持ってよ」

約束の六時から十分が過ぎ、二十分が過ぎたが、阿賢は現れない。麺を食べていたおじさんが店を出て、入れ違いに中年のカップルや女性の三人連れが入ってきた。彼らは一様にベトナム語で会話をしている。

「遅いな」

阿賢の気持ちが変わったのか。それとも、急用でもできたか。トゥイを問いただしたところで理由は判明しないだろう。待つしかない。

「きみは日本人のことをどう思う？」

そんな質問をしたのは、阿賢の気持ちを想像したからだ。古い知り合いとは言え、反日感情の高まる今、日本人と会うことに拒否感を覚えるかもしれない。トゥイは唇を歪めた。

「好きでも嫌いでもない。ただ、今の香港ではちょっと評判がよくない」

陳毓祥の溺死事故からこちら、保釣運動は歯止めが利かなくなっている。二日前にも、香港や台湾の活動家たちが無断で釣魚臺へ上陸する異常事態が発生したばかりだ。もはや運動は暴走していると言ってもいい。

気まずい空気が流れ、さらに三十分が過ぎると気まずささえ薄らぎはじめた。腕時計は間もなく七時ちょうどを示す。ぼくとトゥイは各々の飲み物をおかわりしたが、それもとっくに空だ。何かしていないと間が持たなかった。沈黙を埋めるように腹が鳴る。

「腹、減らないか」

トゥイは出入口を睨んだまま頷いた。機嫌は悪そうだ。注文の料理はぼくが勝手に選ぶことにする。店員の男を呼んで、知っている唯一のベトナム料理を注文した。

「コムタムを二つ」

そう告げると、男は顔をしかめ、首を横に振った。メニューにないらしい。

「あるわけないじゃん」

トゥイが代わりに何か口走ると、男はうなずいて奥へと引っ込んだ。釈然としない思いで彼の背中を見送る。

「どうして。ベトナム料理じゃないのか」

「ベトナムに北部と南部があるって、知ってる？」

トゥイは久々にぼくのほうを向き直った。

「ハノイが北部で、ホーチミンは南部。店名に入ってる安員《オンユン》ってのはハノイ市内の地名。つまり、ここは北部の家庭料理の店なの。コムタムは南部の料理だから置いてない。そんなこと気にせずにごちゃまぜで出してる店もあるけど、ここは違う」

説明を聞いて、急に恥ずかしくなった。ベトナムが旧共産圏ということも、南北の対立があったことも知っている。しかし注文する料理がどちらのものかまでは思い至らなかった。

「別の料理、注文しといたから」

「何を注文したんだ」

「ブンチャー」

そう言われても想像できないので、運ばれてくるのを待った。

テーブルに置かれたのは、麺類の一種だった。そうめんのような米粉麺と香草が平皿に盛られ、もう一方の深皿は焼いた肉片や野菜の入った汁で満たされている。トゥイは蕎麦のように、麺を汁に浸して口に運んだ。見よう見まねで食べてみると、発酵調味料の旨味が口中に広がる。塩加減と甘味がほどよく入り混じっていた。

「おいしいな」

夢中で麺をすすり、完食した。見た目より量が多く、空っぽの腹がくちくなった。

「きみも北部の出身なのか」

「そりゃそうでしょ」

「一緒に住んでいる彼らもか」

「たぶんね」

「たぶん？　家族じゃないのか」

トゥイはもう答えなかった。天臺屋のバラックにいたベトナム人たちの顔を順に思い浮かべる。老人、中年の女、若い男。そしてトゥイ。家族ではないのだとしたら、ルームメイトだろうか。ぼくとノエルのような。

八時過ぎまで待ったが、阿賢は現れなかった。期待していただけに、落胆も大きかった。

「来ないじゃないか。どうなってんだ」

殴られるのを覚悟で抗議したが、トゥイは無言で出入口に視線を注ぐだけだった。

八時過ぎ、店が混み合ってきたのを潮に、どちらからともなく席を立った。飲み物と食事の代金はぼくが支払い、一緒に店を出た。ネオンサインの輝きは勢いを増している。

「がっかりした」

さっきよりさらに強い口調で言ったが、トゥイは素知らぬ顔で通りを眺めている。表通りに出たところで、「こっちだから」と言い捨てて一方的に別れた。

MTRに揺られながら、あのベトナム人を一瞬でも信じた自分を罵った。あんな怪しい連中が、本気で人探しに協力するはずがない。阿賢との待ち合わせ自体、金をふんだくるための口実に違いない。

平手打ちされた左頬に痒みを感じる。トゥイが暴力をふるったのは、ぼくが疑ったことに逆上したからだろう。とんだ逆恨みだ。

小巴《ミニバス》を降りても、むしゃくしゃした気分は消えなかった。アルコールが飲めれば自棄酒《やけざけ》に逃げるのだが、一人で飲む趣味はない。夜のキャンパスを適当に徘徊してから、テラスへ戻った。

一階のロビーでは、五、六人の寮生が集まってテレビを見ていた。ロビーにたむろしている寮生たちは、大陸出身者ばかりだった。特に大陸から来た留学生にとっては、香港で見るテレビは重要な情報源だった。党による情報統制がされていないため、大陸では手に入らない情報を知ることができる。興味を引かれ、ぼくも視聴者の一人に加わった。顔見知りの寮生と目が合うと、なぜか彼のほうから視線を逸らした。

理由はすぐにわかった。テレビでは無綫電視《TVB》のニュース番組が流れている。報じられているのは、保釣運動に熱狂する民主派議員や活動家が、中環《セントラル》の日本領事館へ強行突入したという事件だった。画面はスタジオの女性キャスターから、現場の模様を撮影した映像へと切り替わった。活動家と記者と警備員がもみくちゃになり、広東語の怒号が飛び交い、笛やラッパが吹き鳴らされている。人のうねりが濁流となり、扉を力ずくでこじ開けて内部へと押し入っていく。領事館を占領した活動家たちは壁に横断幕を張り、シュプレヒコールを挙げている。

——ここまで来たか。

夏から勃興した保釣運動の潮流は、わずか三か月で領事館の扉を破った。数十年前に撒かれた騒乱の種子は、とめどなく成長を続けている。テレビでは、マイクを向けられた日本人領事が英語で応対している様子が放映されていた。いったいぼくらはどこまで流されていくのだろう。大陸出身の寮生たちは画面に真剣な眼差しを向けている。本当は、ぼくの立場もきみたちと同じなんだ。そう主張したかったが、飲み込んだ。

活動家の一人が着たTシャツの背中には〈滾《クワン》、日本人《ヤップンヤン》（出ていけ、日本人）〉と大書されていた。もちろん、釣魚臺から出ていけという意味なのだろう。だが、ぼくは自分がいずれ香港から締め出されるのではないかという妄想に囚われていた。

横断幕を張っていた活動家の一人が、テレビカメラのほうを振り向いた。ぼくと同世代の男だ。その男の顔を目にした瞬間、「あっ」と叫び声が出た。寮生たちは怪訝そうな顔をしたが、構っている余裕はない。

それから、ぼくの視界には男しか映らなかった。横断幕を固定した彼は近くにいた仲間に声をかけられ、どこかへ去っていく。その後も瞬きを忘れて画面を見つめたが、男は二度と登場しなかった。映っていたのはほんの数秒だが、ぼくは確信していた。髪は伸び、うっすらと口髭を生やしているが間違いない。彼の声が蘇る。

――これが俺たちの世界だ。お前とは住む場所が違う。

男は三年ぶりに見る阿賢だった。

HKUからほど近い堅尼地城《ケネディ・タウン》には、学生御用達の店がいくつかある。宏景酒樓《ワンギンザウラウ》もそういった店の一つで、ぼくらのテーブルから見える客層は二十代と思しき若者ばかりだ。アルコールを飲んでいる客はいない。ぼくとパトリックは普洱茶《ボーレイチャ》を、アガサは水仙茶を飲んでいた。

〈都市論〉の授業で知り合ったぼくら三人は、初めて学外で食事をともにしていた。皆、授業や課外活動に忙しく、スケジュールを調整するのに苦労した。ぼくは好物の福建炒飯《フッキンチャオファン》を口に運びつつ、ハイペースな二人の会話にどうにかついていった。

「カナダに住んでいた頃、ディランの建築を見たことがあるんだけど」

パトリックは孔教授の偉業について得々と語っている。

「個人の邸宅で、モルタルのファサードが特徴的でね。ほぼ垂直なんだけど若干傾斜がかかっていて、まるで切り立った崖みたいな印象を与えるんだ。外から見ると圧迫感があるけど、邸内にいると要塞に守られているような安心感が演出されるらしい。なかに入れなかったのが残念だよ」

彼の食べている咸魚蒸肉餅《ハムユーチンヨッベン》の匂いが漂ってくる。塩漬けの魚と豚ひき肉を混ぜて蒸した料理だが、癖のある匂いがどうも苦手だった。父はこれが大の好物だが、ぼくはどうしても受け付けない。

「個人宅なんだから、入れないのは当たり前じゃない」

突っ込みを入れたのはアガサだ。アガサとパトリックは予科からの友人で、気心の知れた関係だけに物言いにも容赦がない。彼女は排骨《スペアリブ》の煲仔飯《ボウツァイファン》（土鍋飯）を選んだ。立ち上る湯気が眼鏡のレンズを曇らせ、そのたびにハンカチで拭いている。

「そうなんだけどさ」

「他には見てないの」

「見られなかった。ディランの作品はバンクーバーに集中していて、モントリオールからはそう簡単に見に行けなかったんだよ。二年しかいなかったし」

パトリックがカナダに二年間住んでいた理由は、改めて尋ねるまでもない。香港の中国回帰が決まってからというもの、パスポート取得のために英連邦のカナダやオーストラリアへ移り住む者が跡を絶たない。カナダでは二年住めばパスポートが取れる。

なぜそんな手間をかけて海外脱出の命綱を確保するのかと言えば、それはもちろん、中国共産党を恐れているからである。香港で第二の天安門事件が起こらないという保証はない。香港人にとっては、ノストラダムスが世界滅亡を予言した一九九九年七月より、中国に回帰する一九九七年七月のほうが恐ろしいかもしれない。

「でもなんで、モントリオールに？」

尋ねると、パトリックは鼻の穴を膨らませて応じた。

「伯父がモントリオールに住んでいて、その縁でね。弁護士をやっているんだけど地元では評判の名士で、市議会や州議会に立候補しないかと誘いが殺到しているんだよ」

「ただの自慢だから。気にしないで」

アガサは苦笑した。本気で迷惑に思っているようには見えない。ぼくも同じだ。パトリックにはどこか憎めないところがある。それに、伯父のことを自慢したくなるのもわかる。アジア人がカナダで名士になるまでには、どれほどの苦労があったろう。

「カナダに移住したいとは思わない？」

「うーん……いいところだけど、当面は香港でいいや。カナダじゃこれも食べられないし」

そう答えて、咸魚蒸肉餅にかぶりつく。

「アガサはパスポート取ろうとは思わなかったの」

「私は海外へ出るより、香港を人が住める街にしたい」

「さすが秘書長」

パトリックが茶化したが、アガサは取り合わない。

「秘書長の立場から言わせてもらうと、孔耀忠は信頼に値しない人物ね」

アガサは焦げた飯をスプーンの先端で削りながら、きつい一言を放った。パトリックの表情が硬くなる。

「どうしてそんなことが言える？」

「共産党員なんでしょう、あの人」

孔教授の経歴はパトリックから教えてもらった。香港大学のＯＢでもある彼は、修士号を取得後、香港の建築事務所を経てバンクーバーに移った。大学教員として十年強を過ごした後、北京の大学へ移籍。中国政府の主導する数々の都市開発を手がけ、五年前に母校へと戻ってきた。

「ただの噂だろ」

「政府の仕事をさんざんやってきたんだから、党員に決まってる。六四で教え子が犠牲になったのに、自業自得だって切り捨てたんでしょう。あり得ない」

六四と言えば、一九八九年六月四日に北京で起こった天安門事件を意味する。ぼくが移り住んだ直後に発生したため、当時の香港の状況はよく覚えている。

その日は日曜で、学校も会社も休みだった。父は昼過ぎから自室にこもって電話対応に追われ、母はテレビに釘付けになった。翌日、日本人学校でぼくらは犠牲者たちに哀悼を捧げた。学校でも街中でも、大人たちは皆怒っていた。政治的な事情はともかく、人民解放軍が大学生たちを殺したということだけは、脳の奥の深い場所に刷り込まれた。死者は数百とも数万ともいわれ、事実と虚偽の境目が曖昧なまま、香港全土に激しい怒りがばらまかれた。議会は大陸への譴責を決め、海外への移民は急増し、民主派の動きは活発化した。

「それも噂だよ」

パトリックは一応反論したが、声に力はなかった。アガサもやりすぎたと思ったのか、口をつぐんだ。それからは互いの出身地など、無難な話題に終始した。

お茶が空になってしばらくすると、パトリックがおもむろに席を立った。

「そろそろ新入生の寮歌指導があるから、これで」

パトリックの寮《ホール》はとりわけ歴史があり、たくさんの寮歌をすべて歌えるようにならないと一人前の寮生とは認められないらしい。交換留学生が腰かけで入るには、ハードルが高そうだ。

二人になったテーブルで、準備してきた話題をアガサに切り出した。

「頼みごとがある」

声色で深刻さを悟ったのか、アガサはくつろいでいた表情を引き締めた。

「なに」

「探している人がいるんだ。昔、香港に住んでいた時期にお世話になった人で。ぼくは知らなかったんだけど、どうも民主派の活動家になったらしい」

ぼくは阿賢の行方を独自に探すことにした。ニュース番組で阿賢を見かけたことは、トゥイには言っていない。佐敦での待ち合わせを阿賢にすっぽかされたことで、彼女には失望した。

アガサは顔を近づけ、声を潜めた。

「ノンポリだったけど、最近になって活動をはじめたってこと？」

「もともと興味はあったのかもしれない。でも少なくとも三年前までは、表立って口にはしていなかった。この間、日本領事館に突入した事件があっただろ。あの現場にいたんだよ。〈滾、日本人〉と書いたTシャツを着て」

「順を追って話してくれる？」

ぼくは阿賢について、天臺屋で知り合った古い友人として説明した。梨欣の死については伏せた。

「皆からは阿賢と呼ばれている。苗字は胡。年齢は二十二、三歳。口髭を生やしている」

民主派の中核をなす香港大学学生会のアガサなら、見つけ出せるかもしれない。期待を込めて返事を待ったが、彼女は首を傾げるだけだった。

「悪いけど心当たりはない。でも誰か知っているかも。今度、訊いてみる」

「ありがとう。助かる」

心からの感謝だったが、アガサはなぜか微妙な表情を浮かべた。

「どんな関係か知らないけど……積極的には勧められないな」

気のせいか、レンズの奥の目が憂いを帯びている。

「前も言ったけど、民主派にも色々ある。個人的にはできれば遠慮したいタイプかな。特にあなたは日本人だから。気をつけたほうがいい」

アガサにしては珍しく歯切れが悪い。

「ぼくは昔の友達に会いたいだけだ」

「相手もそう思ってくれるかは別問題。この際、暴力の是非は置いておくとしても、彼らは目的を見失っている。あなたが平和的な態度でも、向こうは戦う気満々だってこともあり得るの」

もっともだった。冷静に考えれば、阿賢にとってぼくは旧友である以前に憎むべき日本人として映るかもしれない。釣魚臺を占領し、軍票問題をうやむやにしようとする鬼子《グワイチー》。

「和志は日本人だということを、もっと自覚したほうがいい」

うなだれるしかない。

どうもぼくは、自分が思うよりずっと世間知らずらしい。

＊

中環《セントラル》と上環《ションワン》を結ぶ皇后大道中《クイーンズ・ロード・セントラル》は、数々のオフィスビルや商業ビル、百貨店、ホテル、裁判所などが集まる香港の中心部である。香港人はもちろん、海外から赴任しているビジネスマンも多く働いている。車道では的士《タクシー》や小巴《ミニバス》に混じって、黒塗りのベンツやワーゲンが行き交っている。

平日の皇后大道中をあてどなく歩きながら、デモ隊の姿を探していた。だが、歩いているのはスーツの男女や近隣店舗の従業員ばかりだ。せめて開始時刻くらいは調べておくべきだった。

授業は自主休講している。今日を逃せば、次はいつ阿賢《アイン》と接触できるかわからない。

「あなたが探しているのは、胡榮賢《ウー・ウィンイン》という人だと思う」

一緒に食事をした翌週、〈都市論〉で顔を合わせたアガサが教えてくれた。

「保釣運動に熱心な仲間に訊いたら、わかった。仲間内でも阿賢って呼ばれているみたい。二年前から民主派の会合に顔を出すようになって、もう中心メンバーだって。一応民主党の本部に出入りしているらしいけど、普段どこにいるのかはよくわからない」

李柱銘《マーティン・リー》が率いる民主党は、代表的な民主派政党だ。

「立派な活動家ってことか」

「デモや集会にはよく顔を出しているみたい。たまにいるんだよね。籍だけ置いて、定例会には来ないくせに、目立つ場にだけ出たがる人……あ、あなたの探している人がそういう人かはわからないけど」

アガサは申し訳程度の注釈を添えたが、それどころではなかった。覚悟はしていたが、阿賢が民主派活動家になっていた事実は少なからずショックだった。ニュース番組を通じてはっきりと彼の顔を見ていたにもかかわらず、心のどこかで他人の空似であることを期待していたのだ。

「来週の金曜、皇后大道中で大きなデモが予定されてる」

落胆するぼくを尻目に、アガサはさらなる情報を口にした。

「保釣運動の一環。私は行かないけど、学生会からも何名か参加する。今までの流れからすれば、きっと胡榮賢も参加すると思う。直接そこに行って、相手を捕まえるのがいいんじゃないかな」

「デモの主催者に連絡できない？」

理知的な彼女が考えたとは思えない、不確実なやり方だった。デモの最中に落ち着いて話ができるとも思えない。

「連絡はできるけど、やれば門前払いに遭う可能性も否定できない」

アガサのしかめ面は、何度も言わせるな、と語っている。そうだった。阿賢は保釣運動の担い手であり、ぼくは日本人だ。素直に日本人と面会してくれるとは限らない。

「私にできるのはここまで。あとは頑張って」

ぼくはアガサに心からの感謝を伝え、近いうちに食事を奢ることを約束した。

デモの開始時刻を聞き忘れたぼくは、昼前から延々、皇后大道中をうろうろと歩き回った。店舗の並びや頭上の看板の位置まで覚えてしまった。昼食には、適当な店で牛バラ肉の載った牛腩麵《アウナムミン》を食べた。スーツの男たちに挟まれて麵をすすりながら、一体何をしているんだろうと思った。

だが、ランチタイムが終わって人出が和らいだ午後一時半、とうとう彼らは現れた。

中環にほど近い路上でデモ隊に遭遇した。歩道をびっしりと埋める人の群れが、上環の方向からにじり寄ってくる。先頭の男女は〈保衛釣魚臺　滾日本鬼子〉と大書された黄色い横断幕を掲げている。無言で歩いている参加者が多いが、なかには怒声を上げる血の気の多い者もいた。

このデモ隊のどこかに、阿賢がいる。今度こそ逃がすわけにはいかない。

関係のない通行人を装い、端に寄ってデモ隊をやり過ごしつつ、目の前を通過していく横顔に目を凝らした。歩道が狭いおかげで一度に通れるのは二、三人までだ。ベルトコンベアを流れる商品を検品するように、瞬きも惜しんで注視した。

参加者たちの一部はプラカードやのぼりを掲げている。〈小日本《シウヤップン》〉〈倭寇《ウォカウ》〉といった文言を目にしていると、気が滅入ってくる。香港警察がデモを取り締まっている気配はない。大陸への帰属意識を強める保釣運動は、共産党も望むところだろう。

列の終わりが近づくにつれて焦燥感が募る。阿賢はまだ見つからない。手のひらに汗がにじむ。目が乾く。神経の異常な高ぶりが抑えられない。

見れば気がつかないはずがない。何気なく見ていたテレビの画面ですら、阿賢だと気付いたのだ。久々に会う彼は髪型を変え、髭を生やしていたというのに。瓜に似た縦長の輪郭。冷たく怜悧に光る双眸。への字に閉じられた薄い唇。

とうとう、目の前をデモ隊の最後尾が通過した。目当ての男は見つけられなかった。呆然と立ち尽くし、平穏を取り戻した路上に視線を落とす。

——どうして。

信じられない。参加者はこの目で一人残らず観察した。あの横顔を見逃してしまったのか。あるいは、このデモに阿賢は参加していないということか。

離れていくデモ隊の最後尾に向かって、駆け出していた。

ここで糸が切れれば、梨欣のこともすべて霧のなかに葬られてしまう。何のために香港へ戻ってきた？　勉強や将来のためじゃない。あの白人を白日の下に引っ張り出して、すべてを吐き出させるためだ。梨欣が自分の意思だけで死を選ぶはずがない。そこに罪があるなら、償わせなければならない。

ぼくは、彼女の人生を、まだ見届けていない。

「すいません。胡榮賢を知りませんか」

最後尾の参加者に追いついたぼくは、片端から尋ねて回った。首を横に振られれば、追い抜いて前方の参加者に尋ねる。無視されればまた前へ駆ける。その繰り返しだった。

「胡榮賢。知りませんか。口髭を生やした、若い男です。知り合いなんです。どこかにいるはずなんです。誰か、知りませんか」

　中環を目指すデモ隊の人波に飛び込んだ。突然の闖入者に、参加者たちは容赦のない視線を浴びせる。無視され、小突かれ、追い抜かれる。下手な呼び込みみたいに、ぼくはデモ隊から無視されながらも声を張り上げ続けた。

「胡榮賢という男を知りませんか。このデモに参加しているはずなんです」

「邪魔だ」

　野太い男の声とともに、背後から肩を押された。よろめき、尻餅をつく。手が差し伸べられることはない。誰もがぼくを路傍の石ころと同じように扱い、日本への怒りを叫ぶ。彼らに注意を向けさせるには、どうすればいいのか。鼓膜の裏でアガサの声がした。

　――和志は日本人だということを、もっと自覚したほうがいい。

　気付いた時にはもう叫んでいた。デモ隊の視線がさっとぼくに集まる。

「我係日本人《ンオハイヤップンヤン》（ぼくは日本人だ）！」

「ぼくは日本人だ！」

　座ったまま、もう一度叫ぶ。今度は彼らの足が止まった。近くにいた体格のいい男が、つかつかと近づいてくる。片手には〈倭寇出釣魚臺〉というプラカードを持っていた。

「日本人？」

「そうだ」

「何をしに来た」

　その質問を待っていた。

「胡榮賢という男を探している。このデモに来ているはずなんだ」

「そんなやつは知らない。本当は何が目的だ」

男はきっぱりと言い放った。続けてどう質問しようか考えているうちに、異変を察知した参加者たちが集まってくる。なかには、眦《まなじり》を吊り上げて何事かを喚いている者もいた。見える範囲で、十名以上の男たちが取り囲んでいる。

ぼくは猛獣の檻に入れられた野兎だった。すでに逃げ場はない。

「隠せ」

誰かが言うと、素早く通路側に横断幕が張られた。これで歩行者に助けを求めることもできない。

「胡榮賢は本当にいるんだ。日本領事館にもいた」

「知るか。黙れ」

体格のいい男が、のぼりの柄の先でぼくの肩を突いた。体温が急激に下がっていく感触があった。全身に冷や汗をかいている。暴力の予感だ。

「不当な占拠はやめて、我々の土地から出て行け！」

他の何名かが男に続き、のぼりやプラカードで叩いてくる。頭や脇腹に鈍い痛みが走る。暴力は次第にエスカレートする。両手で頭を守り、亀のように丸くなった。背中に突きの連打が降り注ぐ。肩甲骨のあたりに衝撃を感じて顔を上げると、背中から石が転がり落ちた。誰かが投げたのだろう。

「日本人は我々の土地から出て行け！」

シュプレヒコールを上げながら、暴力の手は止めない。完全に、彼らは平静を失っていた。荒れ狂う感情に身をまかせ、目の前の日本人を痛めつけることに熱狂している。きっかけをつくったのはぼく自身だ。自業自得と言われれば、それまでだった。

「くそったれの阿賢をここに突き出せ！」

うずくまったまま、周囲の叫び声に負けないよう怒声を張りあげる。しかしぼくの声は、デモ隊のシュプレヒコールに虚しくもかき消された。

「日本人は我々の土地から出て行け！」

肉体に積み重なるダメージは、まともな思考を奪っていく。

我々の土地。現在は英国が君臨し、来年七月には中国の一部となる香港。そこに、日本人たるぼくの居場所はないのか？　ぼくは日本人なのか？　日本人じゃない人生を選ぶことも、できたはずなのに。これは、日本人として生きていくことを選んだ天罰なのか？

投げられた石が額の上あたりに命中した。質の違う、鋭い痛みを感じる。とっさに左手を額にやると、血が付着していた。本能的に恐怖を覚える。

――死ぬかもしれない。

フラッシュバックしたのは、五星紅旗に包まれた陳毓祥《チャン・ユクチョン》の棺だった。もし、ここでぼくが死んだら、日本との対立はさらに深まるだろう。ぼくは日本の活動家たちの英雄として祭り上げられるのだろうか。そんなのは絶対に御免だった。

腕の隙間から、凶器が振り下ろされるタイミングを計った。振りかぶり、隙ができたところに石を投げ返すと、男たちは反射的にそれを目で追った。注意が逸れた瞬間を逃さず、顔を隠したまま立ち上がって駆け出す。人と人の合間をかいくぐり、デモ隊の輪を突破した。

「待て！」

開けた路上に男の絶叫が響いた。デモ隊と逆流するように、上環の方向へ必死で駆ける。追いつかれれば、今度こそ殺されるかもしれない。一歩進むたびに背骨がひしゃげるような感覚がある。痛みそのものを背負っているようだった。

「日本人を捕まえろ」「くそ倭寇が」「殺すぞ」

背後から殺気立った怒号が聞こえる。歩行者を押しのけ、飛び跳ねるように走る。額をこすると、汗と血の混じった液体が手の甲に付着する。

いつしかデモ隊の最後尾は後方に遠ざかり、荷李活道《ハリウッド・ロード》へと入っていた。公園を右手にひた走る。怒号はまだ聞こえる。

さらに走り続けて、西營盤《サイインプン》と呼ばれる地域に入った。香港大学はほど近いが、周辺の地理には詳しくない。追っ手は異常とも思えるほどの執拗さで追跡してくる。そろそろ諦めてくれないと、こちらの体力が持たない。

上り坂をでたらめに走っていると、行く手に細い路地を見つけた。すかさず身体を滑り込ませる。違う方向へ逃げたように見せかけるため、スニーカーの片方を逆方向に投げ捨てた。表通りから見えないよう、コンクリート塀の陰に身をひそめる。追ってきた男たちは案の定、見失ったぼくが逆方向へ去ったものと勘違いして駆けていく。

連中の姿が見えなくなったのを確認して表通りに戻り、スニーカーを回収する。なんとか、助かった。

「喂《ワイ》（おい）」

背後から低い男の声が投げられると同時に、卒倒しそうになった。厳《いか》つい男がプラカードを手に仁王立ちしている光景が思い浮かぶ。恐怖で振り向けずに固まっていると、さらに声をかけられた。

「あいつらはもう行った。安心しろ、阿和《アウォ》」

はっとした。ぼくをその名で呼ぶのは彼くらいだ。背後に立っていたのは、口髭を生やした若い男だった。縦に長い輪郭に、不敵な目つき。

「阿賢《アイン》」

愛称で呼ぶと、胡榮賢は肩をすくめ、口元を不機嫌そうに歪めた。


ぼくと阿賢は肩を並べて歩いた。

東邊街《イースタン・ストリート》を南下し、香港佐治五世紀念公園《キング・ジョージ・V・メモリアル・パーク》を左手に見ながら進む。会話はない。

再会してすぐ、押しつぶされそうな気まずさを感じた。久しぶりに会う阿賢は年齢よりずっと大人びていて、二歳しか違わないはずなのに、もう一端の男の風格を漂わせている。加えて、阿賢がぼくを見る目はどこまでも無感情だった。

最後に会ったのはどこだったろう。たしか昇禮大廈《シンライ・マンション》の屋上だ。梨欣のことがあってから帰国まで、あの建物には近づいていない。きっとぼくは阿賢の目に、妹を悼むことすらしない薄情な日本人として映っているのだろう。視線だけ向けて様子を窺うが、横顔からは何を考えているのか読み取れない。

「……近くに住処がある。そこに行く」

ぶっきらぼうな表情のまま、阿賢は言った。言葉を口にしてくれただけで安堵する。

「デモには行かなかったのか」

「途中から参加するつもりだった」

おそるおそる問いかけると、きちんと答えが返ってきた。

「だが、行ってみれば大騒ぎだ。聞けば日本人が暴れている。しかもそいつは俺のことを探している。日本人の知り合いなんか、阿和くらいしかいない。無視してもよかったが、こっちもお前に訊きたいことがある」

愛想はないが、語り口に淀みはない。訊きたいことというのが気になるが、黙っておく。

「血気盛んな連中と一緒に追いかけることにした。都合のいいことに、あいつらはばかでかい叫び声をあげていたから、すぐに見つかった」

「スニーカーの落ちているほうに逃げたとは思わなかった？」

阿賢がようやくこちらを向く。軽蔑するような視線だった。

「皇后大道中から西營盤まで走って脱げなかったのに、今さら靴が脱げるのか？　靴ひもは切れてもいないし、緩んでもいなかった」

内心、洞察力に舌を巻く。

「いつから活動家になったんだ」

「活動家になったわけじゃない。今も昔も、自分が思うように動いているだけだ」

「保釣運動も？」

思い切って尋ねてみた。今度は返事がない。少し苛立ちが募る。あそこまで派手に騒いでおいて、今さらだんまりはないじゃないか。

「日本領事館に突入したのを見た時は驚いた」

「……活動には勢いが必要だ。来たるべき回帰に向けて、民主派は少しでも勢いをつけておかなければならない」

「勢いがつくなら、相手は誰でもよかったのか」

また沈黙。ただしこの沈黙は、肯定を意味しているように思えた。

「トゥイというベトナム人のことは？」

「ああ……少し前に会う約束をした。俺に会いたがっている人間がいると言っていた。でも、領事館への突入が優先だった。あれも阿和だったのか」

声を潜めて「そうだ」と答える。

「彼女はどうやって阿賢を見つけ出したんだろうな」

「民主派のツテを辿って連絡を寄越してきたよ」

ベトナムと中国は南沙群島の領有権を巡って諍《いさか》いを続けており、香港にも自国の権利を主張するベトナム人活動家がいる。阿賢いわく、トゥイはそういった同胞たちの人脈を使って接触してきたらしい。

行く手にそびえる洋風の建築物が近づいてきた。アーチの連なるファサードは、荘厳ながらそこはかとない寂しさを漂わせている。暗い陰から誰かがじっと見ているような錯覚に陥る。この建築物には、人の生気が欠けている。

背筋が冷たくなる。これから行く住処というのは、これのことか。

「こんな話がある」

にわかに阿賢は声のトーンを落とした。

「半世紀前のことだ。日本軍が香港を占領していた時期、あの紀念公園は処刑場として使われていたらしい。そこでは日夜、処罰された死人が埋葬されていた。一種の共同墓地でもあったということだな。犠牲となった死者たちは、やがて幽霊となってこの辺りを徘徊するようになった」

嫌なことを思い出す。小野寺の恋人——ミアから、高街鬼屋《ゴウガイグワイウク》に行ったことはあるかと訊かれた。どこにあるのか尋ねると、彼女は西營盤だと答えた。

「戦後、あの立派な洋風建築は精神科病院として建てられた。当時の精神医学は発展途上で、いったん入院した患者は二度と出てこられないのが普通だった。じきに病院は移転し、建物だけが残された。いつしか、そこには公園で処刑された人間だけでなく、入院したまま亡くなった患者たちの幽霊も現れるという噂が立つようになった。持ち主のいなくなった建物からは、夜な夜な不気味な物音がするという」

寒気が尾骨から首筋まで駆け上がる。冗談じゃない。

「そんなところに寝泊まりしているのか」

「空き家を有効活用しているんだ。香港には土地がないからな」

呆れた。幽霊屋敷で眠るなど、常人の選択ではない。

「……正気じゃない」

ぼくの躊躇などお構いなしに、阿賢は高街鬼屋へぐいぐい近づいていく。近くで見ると、年季の入った石造りの外壁は雨垂れの跡や黴で黒ずんでいた。野放図に生い茂る雑草がアーチから溢れ出ている。何の葛藤もないまま、阿賢は足を踏み入れる。

迷いのない足取りで外廊下を進む阿賢を追った。ずらりと並ぶ扉の奥は静まりかえっている。壊れた家具や木板の破片が散らばり、至る場所に植物の蔓が伸びている。

「こっちだ」

案内されるまま、恐る恐る足を踏み入れる。暗く、得体の知れない気配を感じた。日の当たらない場所へ入ると、十月だというのに気温が冷たく感じられる。どこからか水滴の落ちる音がした。誰かが潜んでいるような気配がある。そういえば、かつて昇禮大廈を案内してくれたのも阿賢だった。

阿賢は内廊下に面した戸を開け、内側へと招き入れた。照明はないが、大窓から光が差しているおかげでかろうじて室内を見渡すことができた。埃っぽい部屋にはほとんど物がない。床に敷かれた汚いマットレスの傍らにいくつかの布袋がある。生活の痕跡と呼べるものはそれくらいだった。

「元病室だったらしい。ベッドくらい置いていってくれればよかったんだがな」

真顔で言うと、阿賢はマットレスに尻を落とした。とりあえず、ぼくは立ったままでいる。壁から突然、どん、と物音がした。思わず後ずさり、転びそうになる。

「ここ、やっぱりおかしいぞ」

声が震えているのは自覚していた。きっとぼくの顔は恐怖で引きつっていただろう。

「隣にも知り合いが住んでいる。ここは活動家の避難所みたいなものだ。ちょっと血の気が多いやつだから、仲間との議論で揉めたとかだろう。気にするな」

そう言われても気になる。阿賢は靴も脱がずにあぐらをかき、こちらを見上げた。

「それで？　そっちの用はなんだ」

単に旧交を温めるため、ここに来たのではない。阿賢もそれは理解している。下腹に力を込めた。

「梨欣《レイヤン》は、どうして死んだんだ」

阿賢の顔色がすうっと、白さを増す。眼光がさらに冴える。隣室から再び物音がしたが、もう振り向く余裕はなかった。

「逃げたやつが、今さら何を知る必要がある」

罪悪感に胸を締め付けられる。目をそむけたくなるのを堪える。実際、ぼくは家庭の事情にかこつけて香港から逃げた。それは否定できない。

「仕方なかったんだよ。家族で日本に戻って」

「仕方なかった、なんて言葉を使うな。虫唾《むしず》が走る」

「……悪い」

巨大な権力に立ち向かう活動家としても、亡くなった梨欣の兄としても、確かに受け入れがたい言葉だろう。

「あの時、梨欣や阿賢たちと向き合わなかったことは後悔している。だから、頼む。知っていることがあるなら教えてほしい」

「俺は何も知らない。警察は事故死だと決めつけた。どうして落下したかもわからない」

脱力感に襲われる。何も知らされていないのは梨欣の家族も同じだった。

「そっちの用件はそれだけか」

マットレスに座りこんだ阿賢がぼくを見上げる。視線は錐《きり》のように尖っている。

「こっちから質問をしていいか」

「……どうぞ」

「お前、梨欣が死んだ現場に居合わせたのか」

はっとした。ぼくは阿賢たちに、自分が目撃者であることすら話していない。誰から聞いたのだろう。取り調べを担当した警察官か。迂闊だった。

ぼくは黙ってうなずいた。そうするしかない。途端、マットレスから跳ね起きた阿賢がぼくの左肩をつかんだ。跡がつきそうなほどの力で握られる。

「どうして、俺たちにそれを言わなかった」

怒りに燃える阿賢の目を見て、悟った。この三年、梨欣の死に囚われ続けてきたのは彼も同じだった。

「……警察には言った。それで十分だと思ったんだ」

「警察なんか信用できるか」

阿賢は肩から手を離し、ぼくの胸を突いた。数歩後ろによろめく。

「俺は最初からおかしいと思っていた。落下事故なんて、取ってつけたような言い訳だ。かといって自殺とも思えない。きっと何かあったんだ。真相が隠されているのは、警察の怠慢のせいだ」

阿賢が抱く公権力への憎悪が、口調の端々に滲み出ている。彼が民主活動に身を投じた理由が垣間見えた気がした。

「話せ。お前が見たことを、聞いたことを、知っていることをすべて話せ。俺が警察の代わりに暴いてやる。あの日何があったのか。どうして梨欣が飛んだのか」

「阿賢」

ぼくらの顔は十センチと離れていない。睨み合い、視線を正面から受け止める。

「ぼくも同じ気持ちだ。一緒に行動すべきなんだよ、ぼくらは」

阿賢の眉がぴくりと動いた。

「来年の夏まで、香港大学の交換留学生として滞在する。一年限定だ」

とっさに阿賢は嘲笑うような表情を浮かべる。

「お坊ちゃんに何ができる」

「ぼくは日本人だ。身分証もある。阿賢の入れない場所にも入れるし、情報だって手に入れられる。一人より二人のほうが成功する確率は上がる。一緒に行動して損はない」

しばらく、互いに動かなかった。隣室はいつしか静まっている。先に視線を逸らしたのは阿賢のほうだった。光の帯のなかで埃が舞っているのを、阿賢は物憂げに見ていた。

「血、流れてるぞ」

とっさに額へ手をやる。指先にぬめった液体が付着した。デモ隊との揉み合いの最中に負った怪我だ。興奮したせいで、ふさがりかけた傷が開いたのかもしれない。

「思い付きじゃないんだな」

「ぼくは一人でもやろうと思ってる」

「……今度は逃げるなよ」

観念したように、阿賢はため息を吐いた。廃墟の気温がわずかに上昇した。

「ありがとう、阿賢」

本音を言えば、ぼくは一人で梨欣の影を追うことが不安でたまらなかった。香港へ来たはいいが、成功する見込みもないまま、道標を見失っていた。対岸が見えないまま海を泳いでいる気分だった。

「じゃあ、あの日あったことを話すよ」

「待て」

阿賢は再度、マットレスに腰を下ろす。埃が舞った。

「先に俺が知っていることを一つだけ教えておく。梨欣に関する重要な情報だから、前提として話しておく。たぶんお前は知らない。それを知ってから、やるかどうか決めろ」

もったいつけるように言う。自然と前のめりになる。阿賢は躊躇するように、視線を黒ずんだ壁に向けた。薄灰色の壁に濃い染みが広がっている。まるで、そこにたたずんでいる梨欣を見つめているようだった。

「梨欣は妓女《ゲイネイ》だった」

落ち着いて、妓女という言葉の意味を反芻する。何度考え直しても、意味は変化しない。妓女というのは売春婦のことだ。ぼくには、梨欣の仕事や私生活に口を出す権利はない。だから彼女がどんな手段で収入を得ようが、文句を言える筋合いじゃない。だが、自由に仕事を選ぶ権利が彼女にあるなら、ぼくにもショックを受ける権利がある。

「嘘だろ？」

阿賢は目を合わせない。ぼくは試されているのだろうか。廃病院に幻の声がこだまする。この事実を知ってもなお、お前は梨欣の死を掘り返そうとするのか？　尋ねる声は次第に大きくなり、耳を覆う。

視界がぼやけていく。それは、額を伝い落ちる汗のせいだけではなかった。

断章　十五歳

香港へ移り住んだ時から、九龍城砦《カオロンシンジャイ》にはいつか行ってみたいと思っていた。

ぼくが知る限り、それは最も不思議な建築物だった。民家でもマンションでも校舎でも、普通、建築物には〈顔〉がある。ここが正面だと認識できる面がある。しかし九龍城砦には顔がなかった。すべてが顔だった、と言ったほうが正確かもしれない。

写真からも、千棟の団地を寄せ集めて圧縮したような、強烈な密度は感じ取れた。建築物というより、一個の生命体として扱うべき存在に思えた。人口密度の過剰な香港においてすら、その異形さは際立っている。

九龍城砦へ行きたいと母にせがんだが、中学生が行くような場所じゃないと諭された。行って何をするんだと問われ、返答に窮した。そもそも香港へ来たばかりのぼくには、行き方すらわからなかった。

日本人学校の同級生が、啟徳《カイタック》空港を発着する飛行機の窓から見えると教えてくれた。乗るたびに窓側の席から目を凝らしたが、上空からその姿を拝むことはできなかった。見えないじゃないか、と文句を言うと、探し方が悪い、と返された。学校生活に追われているうち、九龍城砦への熱意は徐々に薄れていった。

二年半かけて、ぼくは街の歩き方を覚えた。ＭＴＲもトラムも小巴《ミニバス》も、フェリーさえも乗れるようになり、一人で行けない場所はないと自負するようになった。

十五歳の夏休み。インター校へ進学する前の長期休暇は退屈だった。友達はほとんどが日本へ帰っているし、両親に構ってもらうような年齢でもない。映画を見たり、近場の建築物をスケッチして過ごした。時間だけは大量にあった。

ふと、九龍城砦へ行かなければいけない、と思った。

いったん思い出すと、居ても立ってもいられなくなった。どうして今まで忘れていたのか不思議なくらいだ。その日の午後、スケッチブックと筆箱をリュックサックに入れて太古城《タイクーシン》の自宅を飛び出した。異形の砦を目指して。

富豪機場酒店《リーガル・メリディアン・ホテル》の前にある停留所でバスを降りて、少し歩けば怪物が現れる。およそ十階建てのビルが、数十もずらりと連なっている。巨獣がうずくまっているようなシルエットは、拍動すら錯覚させた。外壁の色はベージュが多いが、経年劣化のせいか、元からそういう色だったのか判別がつかない。落下防止のためか、檻のような金網を張ったバルコニーが少なくない。テレビケーブルは各戸からでたらめに屋上へ伸びている。

十分おきに真上を飛行機が通過していく。轟音が鼓膜を揺らして、一切の音を覆い隠し、押し潰してしまう。一人ひとりの鼓動や吐息など、巨大な翼の風音に跡形もなく消される。風が受信アンテナに引っかけられた無数の洗濯物をたなびかせる。

ぼくはなぜだか、そわそわした心持ちだった。じっと観察したいのに、住民や通行人の視線が気になり、何食わぬ顔をして早足で通り過ぎてしまう。今なら、単に怯《おび》えていることを認めたくなかっただけなのだとわかる。

とりあえず外周を歩いてみることにした。通りに面した一階部分は店舗が多く、シャッターの降ろされた店もあったが、概ね営業しているようだった。とはいえ、それは閉じられていないというだけのことで、積極的に呼び込みやチラシ配りをしている店はない。

頭より少し上の高さには、大小の看板が突き出している。〈謝漢強牙科〉〈楊永光牙科〉〈許熾昌牙科〉……歯科医がやたら目に付いた。皮膚科や婦人科もあった。金物屋、薬局、菓子屋、食料品店などなど、思いつく限りの小売店は揃っている。薬局の店内をのぞいてみると、太った老店主と目が合い、逃げるように立ち去った。

半周歩いただけでくたびれてしまった。運動不足の身体に炎天下でのウォーキングは酷だった。夏の香港は地獄のように暑い。ぼくはずっと内部へ入るべきか迷っていたが、日陰の誘惑に負け、とうとう建物の隙間へ足を踏み入れた。

日光はほとんど差していない。頭上の隙間はビニールごみや電気ケーブル、洗濯物で覆われている。両側の壁には貼り紙を引きちぎった跡。潮のような生臭さが鼻をつき、次いでレモン香料の匂いがした。生ごみの悪臭と一緒にコバエが通り過ぎた。スニーカーが砂利を踏む。リュックサックを背負った背中が汗でぐっしょりと濡れる。

内部は迷宮そのものだった。壁にはスプレーで標識代わりに矢印や数字が書かれている。建物間の路地を歩いているつもりが、いつの間にか屋内に入っていた。屋外でも暗いから、光量では見分けがつかない。角の雑貨屋では幼い子どもたちが遊び、食品工場と思しき一室に詰め込まれた男たちは半裸で饅頭を包んでいる。牢獄のように冷たい通路を進むと、粉の舞う一角があった。製麵所らしき部屋で、男が黙々と機械を動かしている。肩から袋を提げた郵便配達員とすれ違った。ここを担当することになった配達員は、さぞかし運命を呪っただろう。頭上のパイプから漏れた水滴が首筋に落ち、叫びそうになった。

一語で表すなら、混沌だった。

これはただの建築物ではない。街だ。そして、この街は生きている。住民たちには共通点がある。衛生状態や身なりなど無関係に、彼ら彼女らには生きようとする強い意志がある。生への執着が、九龍城砦に生命を吹きこんでいる。

ぼくは追い立てられるように、巨獣の体内を歩き回った。血管の一本一本をくまなく見て回るように、角を折れ、階段を上り、廊下を渡った。店先をのぞき、会釈を返し、時には足早に通過した。どれだけ奥深く分け入っても果てには至らない。終わらない幻に迷い込んだようだった。独特の生臭さにはいつしか慣れていた。

ふと腕時計を見れば、足を踏み入れてから二時間近く経っていた。日の当たらない迷宮では時間の感覚が狂わされる。二時間も歩き通したのだと気づくと、にわかに足が重くなってきた。発熱したように全身がだるい。そろそろ引き返したほうがいい。

しかし、どうすればこの巨大スラムから脱出できるのか、さっぱりわからなくなっていた。とにかく下層階を目指し、階段を下っていく。ドアを抜けても、ここが建屋の外か内かもわからない。

足を動かすほど焦りが募っていく。大丈夫だ、と言い聞かせるほど不安が高まる。初めて見るはずの通路に既視感を抱く。エッシャーの騙し絵を連想した。一生懸命階段を下っているつもりが、いつしかスタート地点に戻っている。ここで死ぬまで堂々巡りを続ける羽目になるのか。

「どうしよう。どうしよう」

焦りが口から漏れ出た。ほとんど駆け足になっていた。ぼくは九龍城砦の通路をでたらめに走破した。煙草を吸う男たちと出くわし、背中にびっしりと刺青を入れた半裸の男とすれ違った。どこからかエンジン音が響き、陰険な目の子どもが睨む。ここは東洋で最も巨大な貧民窟だ。香港警察もここには立ち入れないと聞いたことがある。

いいかげん、泣きそうだった。出口を尋ねる勇気もなく、排水管を移動する鼠のように一人でうろちょろと駆けまわっていた。

「等一等《ダンヤッダン》（ちょっと待って）」

商店の前を通り過ぎた時、突然、男に呼び止められた。心臓が止まりそうなほど驚いた。立ち止まると、にやにやと笑った男が両手でスカーフを広げている。黒地に紅い花が染められた、婦人向けの品だった。

「一枚千元でいいよ。安いよ。土産にもってこい」

興味のあるはずもなく、無視して先を急ごうとしたが、声は後ろから追いかけてくる。

「広東省名物のシルク、香雲紗《ヒュンワンサ》。ここに住む名工が織った逸品だ。夏涼しく、手触りは最上。買って損はさせないよ」

香雲紗、の一言がぼくの足を止めさせた。偽物だろうと見当をつけながら、「産地は」と尋ねた。

途端に男は口ごもる。

「ええと、廣州《グオンジャウ》市かな」

「佛山《ファッサン》じゃないのか」

「そう、佛山だ。最初から佛山って言ってたよな？」

呆れて立ち去るが、男は後ろをついてくる。

「あんた、どこから来たの。韓国？　この辺に住んでたんだろう。でなきゃ、そんなに広東語が話せるわけないもんな。そっちは行き止まりだよ。突き当たりに診療所がある。出口を探してるなら、案内してやろうか」

その誘惑に気持ちが傾きかけるが、この男に案内を頼めばいくらふんだくられるかわからない。階段を上り、角を曲がっても男はまだついてくる。最初は鬱陶しかっただけだが、だんだん気味が悪くなってくる。

「佛山に行きたいのか。バスチケットを手配してやる。この城では何でも手に入る。少し歩いて飲茶を食べるのもいいな。工場はすぐそこにあるんだから、饅頭は出来立てだ」

「もうやめてくれ」

痺れを切らし、怒声を張り上げた。

「やめていいのか。なら案内料、百元」

「はあ？」

「ここまでさんざんガイドしてやっただろ。香港ドルでも結構」

言葉も出ない。一方的につきまとっておいて、案内料を要求する神経が理解できない。無言で男に背を見せると、大仰なため息が聞こえた。

「払うつもりがないなら、いいよ。もらっていくから」

次の瞬間、リュックサックが背後からぐっと引っ張られた。膝ががくんと折れ、しゃがみこむような格好になる。身体を左右にひねったが、相手は手を離さない。顔だけで後ろを見ると、男はスカーフを投げ捨て、必死の形相でリュックサックのジッパーを開けていた。そこにはスケッチ道具と、財布が入っている。奪われまいと、背負ったままストラップを握って男を振りはらう。助けを求めようにも通行人はいない。

「やめときなよ」

少女の声だった。背後にいるらしく、姿は見えない。男の手がぴたりと止んだ。

「じきに福利会の晁《チウ》さんが来る。目をつけられたら、警察に突き出されるよ」

男の動きは素早かった。リュックサックをぱっと手放し、元来た方向へと駆け足で去って行く。スカーフもちゃっかり回収して。中身を確認したが、なくなっているものはなかった。

背後には髪の長い少女が立っていた。黒髪はゴムで一つにまとめられている。ぼくより少し幼く見えた。ゆったりとした水色のワンピースを着ている彼女は、腕を組み、やれやれ、と言いたげに微笑している。

「ありがとう」

呼吸を整える間もなく礼を告げる。頰に浮かぶえくぼが印象的だった。

「観光？」

「ちょっと、用事があって。出口がわからなくなったんだ」

「じゃあ案内してあげる。すぐそこだから」

彼女は歌うような声色で話した。こんなに綺麗な声を聞くのは、生まれて初めてだった。

ぼくらは肩を揃えて歩きだした。一歩進むたびに彼女のポニーテールが揺れる。

「福利会の晁さんは？」

「ハッタリ。ここの住人は福利会の名前に弱いってだけ」

大きな目を細めて笑う。イタズラが見つかった子どもみたいだ。

「さっきの男とは知り合い？」

「ううん、知らない。でも、この街で犯罪が起こっているのを見過ごすのが嫌だったから」

街、と少女は言った。住んでいる者の実感としても、やはり一つの街なのだ。

「ここは確かに外よりも汚いし貧しいけど、治安はそんなに悪くないの。さっきみたいな目に遭うことは、滅多にないと思う。あいつがその手の犯罪の常習者なのか、それかあなたがよっぽど騙しやすそうに見えたのかも」

また笑った。茶化されても悪い気はしない。階段を下り、変電盤とケーブルで埋められた壁の前を通り過ぎる。

「香港の人じゃないでしょ。本土から？」

「日本人なんだ」

「それにしては広東語が上手いね。日本人も、たまに見かけるよ。観光ツアーでぞろぞろ来てる。取り壊しが決まってから増えたかも」

日本人であることを責められたようで、気まずくなる。物見気分でここを訪れたぼくも、野次馬根性という意味ではツアー客と変わらない。

「ぼくは瀬戸和志っていうんだけど……名前は？」

「胡梨欣《ウー・レイヤン》」

その名前は、ぼくの記憶にしっかりと記された。

歩きながら、梨欣と他愛のないことを話した。日本での話に真剣に耳を傾け、ちょっとした冗談にくすりと笑ってくれた。ぼくは得意になって話していた。埃っぽい通路を抜けると、屋外に出た。赤い夕日が差している。轟音の塊が空を飛び去った。

狭い通路の向こうに、大通りを走る車列が見える。間もなく梨欣とも別れることになる。もっと、彼女と話したい。ほんの十五分ともにしただけの相手に、無性に切なさを感じる自分はどうかしているのだろうか。

あと一歩で通りに出るというタイミングで、意を決して言った。

「何かお礼がしたいんだけど」

梨欣は歩を止めず、やんわりと苦笑した。

「そんなにお金を使いたいの？」

顔が熱くなる。お礼をしたいと言えば、無条件で彼女が喜ぶはずだと思い込んでいた。しかし返ってきたのは、遠回しな遠慮の台詞。取り繕うように次の言葉を探す。

「ここに来れば、また会えるかな」

「残念だけどもうすぐ引っ越すの。旺角《モンコック》へ」

「じゃあ、引っ越しを手伝う。男手は多いほうがいいだろう」

考えるより先に口が動いていた。このまま別れてしまえば、きっと永久に彼女とは会えなくなる。とにかくもう一度、会いたい。ぼくの願いをそっとかわすように、梨欣は軽やかな笑みを浮かべた。

「ありがとう。人手は足りてるから大丈夫」

大通りを走るバスがクラクションを鳴らし、諦めろ、とぼくを諭す。肩を落として去りかけた時、梨欣が口を開いた。

「どうしてもお礼がしたいなら、七姐誕《チャッジェダーン》（旧暦七月七日）に昇禮大廈《シンライ・マンション》の屋上に来て。その辺りなら引っ越しも終わってると思う」

目の前でぱっと花が咲いた。薄暗く湿っぽい通路に、明るい光が差す。

「昇禮大廈の屋上だね。旺角の。間違いないね」

「じゃあ、また」

梨欣はワンピースの裾を翻し、通路の奥へと遠ざかっていく。痩せた犬が路地から顔を出して一緒に見送った。彼女が迷宮のなかへ消えてからも、ぼくはしばらくその場に立ち尽くした。さっきまでの会話を頭のなかで反芻しながら。

　頬を撫でる生温いビル風は、大勢の人間を飲み込む巨獣の吐息にふさわしく、濃密な生命の気配をはらんでいた。

＊

　その日、生まれて初めて旺角を訪れた。

　そもそも空港以外で九龍半島を訪れたこと自体、数えるほどしかなかった。自宅は太古城《タイクーシン》に、日本人学校は北角《ノースポイント》にあった。買い物は銅鑼灣《コーズウェイベイ》で事足り、休日は淺水灣《レパルスベイ》や赤柱《スタンレー》で過ごすことが多かった。要するに、香港島から出る理由がなかった。

　旺角駅で降りた時、梨欣に会えるという期待と、厄介事に巻き込まれそうだという不安で胸がはちきれそうだった。ただ、十代の好奇心と恋心の前で、理性は圧倒的劣勢だった。ショルダーバッグには彼女へのお土産が入っている。

　目的地へ行く前に、いくつか寄ってみたい場所があった。亞皆老街《アーガイル・ストリート》を東に進み、通りを散策する。花園街《ファユエン・ストリート》では店頭に並ぶ色彩豊かなスニーカーや、着るつもりもないブランド物のジャージを眺めた。水槽がひしめく通菜街《トンチョイ・ストリート》では、美しい観賞魚に目を見張った。電子部品の専門店や書店が並ぶ西洋菜南街《サイイェンチョイ・ストリート・サウス》は、いかにも父が好みそうな場所だった。実際、一人で訪れていたのかもしれない。父は電子機器製造業のコンサルタントをしながら、趣味でもパソコンやリモコン、ヘッドフォンをいじっている。職場でも自宅でも同じようなことをして、よく飽きないものだ。

ひとしきり好奇心を満たしてから、いよいよ目当ての昇禮大廈《シンライ・マンション》へと向かった。地図を片手にさまよい、それらしき建物を見つけた。人気の少ない、細い通りに面した十階建てのビル。ただずまいから、相当な築年数を経ていることが見て取れる。高層ビルには珍しく、一階部分の壁が取り払われて吹き放ちになっている。いわゆるピロティだ。ただし、そのピロティは廃車で埋めつくされている。

梨欣は屋上へ来るように言っていた。見たところエレベーターは封鎖されている。見上げれば、樹木にへばりつく蛇のように、外壁に沿って外階段が設置されていた。屋上までの距離を考えるだけでうんざりする。

――これを上るのか。

躊躇していても、彼女には会えない。意を決して最初の一歩を錆びた階段に載せた。テンポよく足を動かしていく。二階、三階と上るたびふくらはぎに疲労が蓄積する。最初は錆びた手すりに触れるのが嫌だったが、疲れると身体を預けずにはいられない。所かまわず汗が噴き出し、シャツがぐっしょりと濡れる。

中間地点の五階で、両膝に手をついて休憩する。梨欣には引っ越しの手伝いを申し出たが、実際やらなくてよかった、と安堵した。この長大な階段を何往復もする羽目になっていただろう。

天臺屋《ルーフトップ・スラム》の噂は聞いたことがあったけど、目にしたことはなかった。大陸からの新移民《サンイーマン》が多く住んでいるらしいが、知り合いには新移民も密入境者もいない。日本人学校に通っていたぼくは、ほぼ日本人社会のなかで生きてきた。広東語を話せないという人も少なくなかったし、むしろそれを誇りに思っている人さえいた。広東語は庶民の言葉という意識がそうさせるらしい。父や母がそれを聞いたら、どう思うだろう。

息を切らしつつ階段を十階まで上りきった。踊り場から地上を見下ろすと、通行人や車が胡麻粒ほどの大きさになっている。とんでもない高さに、恐怖で足がすくんだ。

屋内への非常扉を入ると、ビル内部は少し涼しかった。湿度が高くじっとりとしている。黴臭い。窓が塞がれているせいか、昼だというのに暗い。廊下の片側に並んでいる個室への扉から、わずかに光が漏れている。それを頼りに屋上への階段へ近づく。

どこからか、痰のからんだ咳払いが響いた。広東語の叫び声が聞こえる。足元で何かが動いた。小動物の気配がする。ひっ、と叫び声が出そうになったが、すんでのところで飲み込んだ。

屋上への内階段を駆け、閉ざされた鉄扉を押し開けた。狭く暗い屋内から、視界が一気に開ける。そこにいたのは、十歳にも満たない子どもたちだった。ちょっとしたコンクリートの広場で思い思いに遊んでいる。石で白い線を引いたり、正体不明のケーブルを並べたり。微妙に年齢のばらばらな子どもたちは、突然の闖入者であるぼくに気付くなり、遊びの手を止めた。広場の向こうには古いバラックがぎっしりと建ち並んでいる。家々の壁が触れ合いそうな密度だった。

誰かのゴムボールが、ひとりでに転がっていく。この屋上はほんの少し傾いているらしい。戸惑っていると、上半身裸の男の子が代表するように前へ出た。

「誰？」

「胡梨欣《ウー・レイヤン》という女性に会いに来た」

「誰かって訊いてるのに」

子どもたちは顔を見合わせてくすくすと笑う。何がおかしかったのかわからず、途方に暮れる。とりあえず「胡梨欣を知っているか」と子どもたちに尋ねて回るが、きょとんとした顔をされたり、逃げられたりと埒《らち》が明かない。

「こっちだよ」

声をかけてくれたのは、上半身裸の男の子だった。小学一、二年生くらいだろうか。半端な長さの坊主頭で、あばらの浮いた胸板は痩せていた。ビーチサンダルを履いているが、鼻緒はガムテープで補強されている。ここがスラムであることを、改めて思い出す。

少年は小屋と小屋の隙間に身体をねじ込み、どんどん進んでいく。引き留める間もない。身体を斜めにして、どうにか後をついていく。アンテナに掛けられた洗濯物を手で払い、放置された植木鉢を足で除《の》ける。あるかなきかの路地を抜けると、少年は泳ぐように右手へ向かう。見失わないよう注意しながら、トタンの板やブルーシートで覆われた壁の隙間を進む。

辿りついたのは、一軒のバラックだった。木板を寄せ集めて作ったような家で、通りに面して窓が開けられていた。通気口があり、室外機も設置されている。屋根はほつれたブルーシートで覆われていた。周囲と比べて特別大きくも小さくもない。

「ここだよ」

板扉の前で立ち止まった少年は、物欲しそうな表情でこちらを見た。望んでいるものの察しはついた。エリザベス二世の横顔が刻まれた硬貨を手渡すと、彼は「ありがとう」と口走って去ってしまった。

今さら心臓が高鳴ってくる。ここが梨欣の自宅。当然、彼女の家族も住んでいるはずだ。彼女は不在で、家族しかいない可能性もある。不審者と思われたらどうしよう。無駄な心配ばかりが頭を巡る。恥を承知で言うと、吹けば飛びそうなバラックの様相にも怖気づいていた。

さんざん躊躇していると、扉の向こうで人の声がした。女性の声だ。耳を澄ませると、「晩ご飯は」とか「夜勤なんだから」とか聞こえてくる。小屋の前で棒立ちになっていると、突然扉が開いた。

現れたのは壮年の男女だった。さっきまで家のなかの誰かと話していたらしいが、ぼくを見るなり、不審感を露わにした。これから外出するのか、二人とも大きなトートバッグを携えている。

「あ、あの、梨欣さんの友人です。瀬戸和志《ライウーウォジ》といいます」

明らかに華人ではない名前を聞いて、男女はさらに怪訝そうな顔をした。

「梨欣の知り合い。どちらから？」

男のほうが尋ねた。とりあえず、少年が嘘をついていなかったことがわかり、安堵する。

「自宅は太古城《タイクーシン》にあります」

「いや、そうではなく。出身は？」

「日本です」

「日本人……中学生？」

「先日、卒業しました。秋からはインターナショナルスクールに通います」

壮年の男女は困惑した顔を見合わせる。梨欣の両親だろうか。母親らしき女性が扉を開け、屋内に向かって「梨欣。来なさい」と声を張りあげた。女性が穿いている長いスカートの裾は擦り切れていた。

呼び声に応じて現れたワンピースの少女は、夢にまで見た梨欣だった。後ろでまとめた長い黒髪、頬に刻まれたえくぼ。目が合うなり、口元がほころぶのを隠せなかった。彼女は穏やかに笑み、「久しぶり」と言った。

「日本人と知り合いなのか」

「九龍城砦《カオロンシンシンジャイ》で迷ってたから、道案内してあげた。そのお礼がしたいって」

男女の顔に貼りついていた不審感は幾分薄れたものの、警戒を解いたわけではないようだった。疑念に満ちた目をした男性にはまだ訊きたいことがありそうだったが、女性に「行かないと」と耳打ちされると、小さくうなずいた。

「ゆっくりしていってください。家には何もないですが」

心のこもらない言葉を残して、二人はそそくさと自宅を離れた。戸口に立つ梨欣とぼくはしばし見送る。

「ご両親？」

「そう。二人ともこれから仕事なの。工場で働いてる」

「そうなんだ」

「土瓜灣《トークワワン》にある製造ラインで、電子部品の組み立て作業だって」

ぼくは口をつぐんだ。父の赴任先の電子部品メーカーは、土瓜灣に工場を持っている。梨欣の両親が働いているのは、父がコンサルタントしている会社かもしれない。それ以上は尋ねることができなかった。

「こんなところで話してるのも変だよね。家のなか、入って」

明るい声に励まされ、扉の奥へと足を踏み入れる。室内は照明もついていないため暗いが、板の繋ぎ目から光が差し込んでいるおかげで視界は利いた。

「お邪魔します」

入ってすぐは土間になっている。靴を脱いで上がると、板敷きの床がみしりと鳴った。正面の居間には円形のちゃぶ台があり、その奥に台所が設けられている。右手の戸口は別室へ通じている。寝室だろうか。

――割とちゃんとしてるんだな。

ひどく失礼な感想を抱きつつ、梨欣に勧められてちゃぶ台の一角に座る。座布団などはないが、周囲にはうすべりを敷いていた。

「他に家族は……」

言いかけたところで、戸口の向こうから人影が現れた。素肌にシャツを着た背の高い男で、頭は短く刈っている。冷たい目つきは生来のものか、余所者《よそもの》であるぼくだけに向けられたものか。その風貌は、どこか梨欣と似ていた。どう挨拶していいものか迷っていると、男は梨欣に視線を振り向けた。

「誰だ」

「前に言った、九龍城砦の日本人」

「遊客《ヤウハク》（観光客）か。いいご身分だな。庶民の暮らしを見てもらって、さっさと帰せ」

こちらが広東語を話せないと思っているのか、彼は言いたい放題だった。

「遊客ではないです。香港に住んで三年になります」

たまらず発言すると、少し驚いたように目を見開いた。

「何年滞在してようが、遊客は遊客だ」

彼は台所に立ち、陶器のコップで水を飲んだ。

「私の兄。みんな阿賢《アイン》って呼んでる」

梨欣は男の素性を教えてくれた。阿賢は喉を鳴らして水を飲み、手の甲で口元を拭った。別室に引き返すのかと思いきや、当然のように向かい側へ腰を下ろした。梨欣はぼくと阿賢の間に座る。

「それで。何しに来た」

「九龍城砦で助けてもらったお礼に」

本当は梨欣と二人きりでお礼をするつもりだったが、彼女の兄を無下にするわけにもいかない。仕方なく、ショルダーバッグから小ぶりな細長い箱を取り出す。

手のなかの箱を開いた途端、梨欣はいぶかしげに眉をひそめた。予想外の反応だった。

ぼくの手のなかにあるのは、ネックレスだった。彼女に似合いそうなものを探し、休日を丸一日潰して銅鑼灣《コーズウェイベイ》を歩き回ったのだ。三日月の両端を鎖でつないだようなデザインにしたのは、地味だが品よく思えたからだ。光を反射して、手のなかのネックレスは輝きを放っている。

「気に入らなかった？」

確かにアクセサリーとしては誇れるような値段じゃないけど、もう少し喜んでくれてもよかったのに、と落胆する。梨欣は上目遣いで、恐る恐る、ぼくに尋ねた。

「いや……どうして、私に頸鏈《ネックレス》を？」

「だから、助けてくれたお礼だよ」

「道案内の礼にしては、ずいぶん豪勢だな」

阿賢の表情も曇っていた。

「安物だよ。ちょっとしたお土産だと思って、受け取ってほしい」

ここまで来たらこちらも引けない。押し付けるように、梨欣のほうへ箱を差し出す。彼女はちらちらと兄の反応を窺っていたが、何も言わないのを確認すると、おずおずと贈り物の納められた箱を手のひらに載せた。とりあえず受け取ってくれたことに、内心ほっとする。

梨欣はネックレスをつまみ上げ、三日月を象ったペンダントトップをじっと見つめていた。それからぼくの両目を凝視する。彼女の顔はどこまでも真剣だった。恥ずかしさに顔を伏せると、「目を見て」と梨欣が言った。仕方なく視線を戻す。

「ありがとう。嬉しい」

梨欣は頬を上気させていた。大袈裟に喜びを表現しているわけではない。けれど、その真摯な表情には芝居気がなかった。紛れもない、本心からの感謝だった。梨欣はネックレスを箱にしまうと胸に抱き、もう一度「ありがとう」と言った。

その反応は、彼女の誠実さを感じるのに十分だった。きっと、他人からの贈り物自体に慣れていなかったのだ。だからネックレスを見せた時、まず警戒した。けれど受け取ってくれた。本能的な警戒心より、ぼくの真心を優先してくれたのだ。

顔が熱い。きっと、耳まで真っ赤になっているはずだ。

「これで用は終わりか」

待ちかねたように、阿賢が温度のない声で言い渡す。計画では、このプレゼントをきっかけに色々なことを話すつもりだった。

その時、屋外から物音がした。入口の戸ががたがたと鳴っている。建付けが悪いのか、滑らかに扉が開かない。見かねた梨欣が内側から引くと、どこかが折れるような音と一緒に扉が開いた。向こう側に立っていたのはランニングシャツの少年だった。彼は気安い足取りで屋内に入ってくると、ぼくの顔の上でぴたりと視線を止めた。

「どちらさま？」

彼もどこか梨欣に似ていたが、阿賢とは違い、顔には幼さの色が濃い。広場で遊んでいた子どもたちと似た雰囲気を残している。瞳に宿った温かみから、阿賢よりは好意的に接してくれそうに思えた。

「前に言った、九龍城砦の日本人。こっちは弟の阿武《アモウ》」

梨欣はさっきと同じ説明をした。阿武は「ああ、この人が」と大して気にする素振りもなく、自然な流れで台所に向かった。蛇口の水で顔を洗い、振り向いた阿武と目が合った。

「水道が珍しい？」

「あ、いや」

「ここは屋上まで専用の水道が通ってんだよ。住むにはうってつけだろ」

阿武少年はシャツの裾で顔を拭いながら、ちゃぶ台の周りに腰を下ろす。四人で一つの卓を囲む格好になった。長男の阿賢は冷たい視線をぼくに注ぎ、長女の梨欣は困惑したような微笑を浮かべ、次男の阿武は好奇心丸出しで見守っている。

「それ、なに」

阿武が目ざとくネックレスの箱を見つけた。

「さっき、お礼にもらったの」

「高価そうなアクセサリーだった」

阿賢が顔をしかめて言った。返事の代わりに阿武は口笛を吹く。

「別に、そんなことは……」

「もういい。一階まで送ろう」

ぼくの言い訳は、阿賢の有無を言わさぬ口ぶりで遮られた。先に腰を上げた阿賢は、止める間もなく出入口でサンダルを履いた。もう少し梨欣と話したかったが、逆らうことができず、渋々辞去することにした。せっかく勇気を出して天臺屋へ来たというのに、彼女と会えたのは三十分にも満たない。

「また来てよ」

スニーカーに足を通していると、転がるような梨欣の声が飛んできた。はっとして顔を上げると、彼女は済まなそうに眉尻を下げている。その表情が愛しく思えて、胸が締め付けられた。

「そうだよ。今度は俺にもお土産持ってきてくれよな」

阿武が便乗して軽口を飛ばす。阿賢が睨んだが、怯《ひる》む様子はない。

「行こう」

阿賢に促され、バラックから狭い通路へ出た。あまりにもあっけない再会だった。感傷に浸る間もなく、阿賢は通路の先を歩く。入り組んだ通路を迷わず進み、最初に出た広場へと戻る。子どもたちはいなくなっていた。寂しさが目頭を熱くした。鉄扉を開き、内階段を下っていく。

「どうして俺がお前を追い出したか、わかるか」

前を歩く阿賢は、振り向きもせずに問う。何を答えても、違う、と言われそうだった。無言のなか、ぺたぺたと響くサンダルの足音が気まずい。非常口から外階段へ出る。強風が吹きつけた。

「お前に悪気はないんだろう。それは理解する。だが、異質なものは存在するだけで混乱を呼ぶ。貧しいスラムに金持ちの日本人がいれば何が起こるかわからない」

阿賢は階段を下る足を止めずに言う。

「例えば、梨欣がネックレスをもらったことをスラムの誰かに言ったとする。あの日本人はそれなりに金を持っている、と天臺屋に知れ渡る。お前が天臺屋を再訪しようものなら、金目当てで近づいてくる住民がいるかもしれない。暴力に訴えるやつが、いないとは言えない。これはお前のためでもあるんだ」

阿賢の口から出てきたのは、思いがけない配慮だった。それでも反感を抱かずにはいられない。

「ぼくは特別な金持ちじゃない。普通の日本人だ」

かん、と一際高く足音が鳴り、前を歩いていた阿賢が立ち止まる。上体をひねり、顔だけで振り向く。

「ついて来い」

たっぷりと間を取ってから、阿賢は再び歩きだした。地上を目指していたその足は、方向を変えて途中階のフロアへと向かう。非常口から暗闇の奥へと消えていく阿賢の背中に、抗えない力強さを感じる。

屋内へ足を踏み入れると、酸っぱい匂いが鼻をついた。乾いた汗と、腐敗した食べ物の混ざった匂いだ。湿り気を帯びた空気が肌にまとわりつき、本能的に足が止まる。廊下の片側は、内側から板が打ち付けられた連続窓で、もう一方は閉ざされた木製の扉。天井では白熱灯が明滅している。淀んだ気配に気圧《けお》され、野犬の巣に迷い込んだような錯覚を覚える。

阿賢は怖気など微塵も見せず、扉の一つを開けてぼくに手招きをする。もう逃げられない。パスポートの入ったショルダーバッグを胸に抱いた。意を決して、開かれた扉の奥をのぞきこむ。

そこには、籠に潜む男たちがいた。

四方を金網で囲まれた一畳ほどの寝床が、二段ベッドのように積み重ねられている。金網の箱は手前に二つ、奥に四つで計六つあった。うち三つに人が横たわっている。合宿所の寝床に似ていなくもない。金網の壁にはびっしりとハンガーがかけられ、衣類やタオルが生臭さを漂わせている。

天井でとぐろを巻いている煙は、煙草を吸っている男の箱から立ち上っていた。その隣の箱の男は、金網の半分を開け放ち、左足を外に出している。住人たちは揃って痩せこけ、開かれた目は濁っていた。

「籠屋《ケージ・ハウス》だ」

阿賢の声がすぐそばから聞こえる。

「天臺屋に住めるのはまだましなほうだ。うちは両親だけじゃなく、俺も梨欣も働いているからな。しかし俺たちもいつ籠屋の世話になるかわからない。勤め先が潰れたり、ちょっとしたトラブルで職を失うかもしれない」

屋上のバラックは、まだ家としての体裁を保っていた。しかしこれは、ぼくが知っている家《ハウス》の概念から遠ざかっている。その名のまま、これは籠だ。

煙草を吸っていた男が、激しく咳きこんだ。思わず後ずさる。スニーカーの底が砂をこする。じゃりっ、という音がぼくをあざ笑った。

「これが俺たちの世界だ。お前とは住む場所が違う」

諭すような声音だった。日本の団地など比べ物にならない狭さ。頭では拒みながら、本能的な嫌悪感が湧くのを自覚していた。ぼくはもう、反論しなかった。

「管理人は、どこに……」

一階まで外階段を下りながら尋ねる。

「そんなものはいない。不具合があれば自分で直す」

「家賃は」

「月に一度、どこからかチンピラが来て徴収していく。ビルのオーナーの下請けだ。居留守を使えば強制的に排除される」

「最初から、このために用意された建物なのか」

「知ったことか。大方、借り手がつかなくて途中から用途を変えたんだろう」

屋上のバラックといい、籠屋といい、プロの仕事とは思えない。きっと技術の拙い業者か、素人が手掛けたのだろう。

阿賢は約束通りぼくを見送ってくれた。「ありがとう」と礼を口にしたが、言葉には力がこもらない。阿賢は廃車の群れを横目に見ていた。

「普通の日本人は、こんな場所に来ない。梨欣のことはもう忘れろ」

きっぱりと言うと、別れの挨拶もなく降りたばかりの階段をまた上りはじめる。ぼくは路傍にたたずんで、一定のリズムで錆びた階段に刻まれる足音を聞いていた。また来てよ、と言った梨欣の表情を思い出しながら。

第三章　七百万人のための現代都市

目の疲れのせいか、英文がぼやけて見えた。ピントがずれている。

指先で目頭をほぐす。かれこれ二時間、大学図書館の閲覧用デスクで資料に没頭していた。いったん書籍の文面から顔を上げ、肩を揉む。

読んでいるのは『ストリート・コーナー・ソサエティ』という本だった。

社会学の古典であり、〈都市論〉の参考資料として挙げられている。著者のホワイトはアメリカ人。三〇年代、イタリア系移民の若者たちのコミュニティになかば参加する形で、彼らの属するスラム社会を綿密に描写した。いわゆる参与観察のはしりだ。

ざっと内容を把握する程度のつもりが、記された青年たちの日常があまりにも面白く、ついのめりこんでしまった。ノートは手書きのメモでびっしりと埋まっている。

結局、『ストリート・コーナー・ソサエティ』は借り出すことにした。今、ぼくは再交付された学生証で図書館を利用している。最初に交付された学生証はトゥイに取り上げられたままだ。

『都市と田園』という本も借りた。こっちは、パトリックに勧められた孔《フン》教授の著書だ。共産党員だという噂を聞いて以来、孔教授のことは気になっていた。香港で育ち、カナダで著名な建築家として活躍しながら、北京へと移ったのが不可解でならない。露骨な言い方をすれば、なぜ大陸に渡る必要があったのか理解できなかった。大陸から香港への移民は跡を絶たないが、その逆は少ない。孔教授は、みずから龍の口へ飛びこむ物好きなのだろうか。

図書館を出て中山廣場《サンヤッセン・プレース》を横切る。建築学院の本拠地である紐魯詩樓《ノウルズ・ビル》は目と鼻の先だ。午後六時を過ぎ、すでに日は沈んでいる。階段を上って荷花池《リリー・ポンド》のそばを通過し、テラスのほうへと進む。温暖な香港とは言え、十一月の夜はさすがに肌寒い。シャツの上に羽織ったカーディガンの前を閉じた。

テラスに帰り、三〇二号室へ直行する。扉を開けると緑髪の頭がうつぶせになって新聞を読んでいた。ノエルはこちらを一瞥して、すぐにまた紙面へと戻る。ぼくは「ただいま」とは言わないし、向こうも「おかえり」とは言わない。ただ、無言のうちに何となく互いの存在を認識する。

ノエルとの共同生活ももうすぐ三か月になる。散らかし癖は直らないし、こちらの都合に構わず話しかけてくるなれなれしさも迷惑だが、毎日過ごしているとなぜか気にならなくなってくる。

ぼくは足元に落ちていたテープレコーダーを拾い上げ、ノエルの領地に置いた。夕食の時間だが腹は減っていない。ランチタイムの混んだ食堂を避けて、三時に昼食を取ったせいだ。

ベッドに寝転び、『都市と田園』から読むことにした。こちらは中国語版だ。ソフトカバーで、ページ数は二百ちょっと。パトリックが言うには、専門書というより一般向けの啓蒙書に近いらしい。

末尾の著者略歴から目を通す。

〈ディラン・フン。一九三九年生まれ。香港大学建築学院教授、孔耀忠《フン・イウジュン》建築工作室代表。香港大学大学院にて修士課程を修了後、設計事務所を経て、カナダ、中国で大学教員として勤務。一九九一年より現職。専門は建築設計、都市計画〉

略歴の下には受賞歴がずらずらと列挙されている。とりわけ、カナダ時代の活躍が目立つ。孔教授が建築家として世に出たのは、この時期なのだろう。

絵に描いたようなエリート。それが率直な印象だった。

本文を頭から流し読みする。書かれているのは、個々の建築というよりも都市計画に対する孔教授の思想だった。いわく、都市開発では必ず緑化帯を設けて、無秩序開発《スプロール》を防ぐ。先進国では普通の発想だが、八〇年代中国でそれを徹底するのは容易なことではなかった。

——都市に田園を現出するための工夫は、緑化帯に留まらない。ル・コルビュジエは数十年前に都市の田園、すなわち屋上庭園を提案している。限られた空間を有効に活用する施策である。ただし庭園の設計には、屋上への水道配管整備、傾斜による水はけへの配慮など、注意すべき点が多い。

都市計画論としては面白い。ただ、大事なことが何か抜け落ちている気がした。ぼくが知りたい孔教授の芯の部分は、ここには記されていない。

孔教授は新界《ニューテリトリーズ》にある天水圍《ティンソイワイ》ニュータウンの責任者である。香港市民にとってニュータウン開発は最重要課題の一つだ。何せ、この街にはあまりにも住居が不足している。家賃も高すぎる。住む場所のない市民が街にあふれ、ビルの屋上や籠屋《ケージ・ハウス》で暮らしている。

香港には人がいるが、器が足りない。孔教授は天水圍だけでなく、大嶼島《ランタオ》の開発にも意欲を示している。これから香港に緑あふれる新たな住宅街を作り出し、都市と田園の両立を目指す。本の末尾はそう締めくくられていた。

「八十万蚊《マン》あったら、どうする？」

唐突にノエルが話しかけてくる。いつものことだ。

「なんで八十万蚊？」

「廟街《テンプル・ストリート》の強盗が盗んでいった金額」

ああ、と納得する。その事件なら知っている。

今月七日、油麻地《ヤウマティ》の廟街にある貴金属店に四人の強盗が押し入り、八十万香港ドル以上の金品を強奪した。事件現場では強盗と警官が撃ち合いになり、強盗一名は死亡したが、残りの犯人は逃亡して現在も行方をくらましているという。

「ぼくなら、どうするかな」

八十万蚊といえば、一千万円ちょっとになる。使い出があるようで、その気になれば簡単に消えてしまいそうな額だ。せいぜい、学費と生活費の足しにするくらいしか思いつかない。発想の貧困さが嫌になる。

ノエルは自分から言い出した話題にもう飽きたのか、ぼくがサイドテーブルに置いた本を手に取っていた。

「『ストリート・コーナー・ソサエティ』じゃないか」

ページをぱらぱらと繰りながら、端整な顔に感心したような微笑を浮かべている。

「知ってるのか」

「エスノグラフィーの名著だ。建築の学生も読むんだな」

たしかにこの本は建築学より、ノエルの専攻である社会学に分類したほうがなじむ。ただ、九月に入学したばかりの一年生が、しかも自室では音楽や雑誌にふけっているような輩《やから》が、社会学の名著を知っているとは正直に言って意外だった。

「傑作だが、ホワイトは観察者としては肩入れしすぎだね。ドックが善玉、チックが悪玉というのは一面的に過ぎる。まあ、参与観察という言葉もなかった時代だから仕方ないか」

得々と語るノエルを見ていると、案外、学生としては真面目なのかもしれないと思わせられる。そういえば、初日以来、このルームメイトと学業の話をまともにしたことなどなかった。

「ノエルは何で香港に来た？　社会学ならイギリスでもできるのに」

「最初に言っただろ。俺は変容する香港を見届けたいんだよ。境界人《マージナル・マン》として」

　複数の文化にまたがり、両方から影響を受けつつ、いずれにも属することができない。それが境界人だとするなら、回帰直前の香港に滞在するイギリス人はまさにそうだと言える。そしてぼくもまた、日本と中国の境界《マージナル》に位置している。

「香港では誰もが境界人なんだよ。この土地そのものが境界なんだから。イギリス人も、中国人も。もちろん日本人もだ」

　雨水が土に浸み込むように、ノエルの言葉はすっと心に届いた。この街にいる人間は、等しく境界人たちだ。そう思えば自分の境遇も認められる。ぼくは日本で生まれ育った日本人だけど、あの国はあまりにも窮屈だった。

　扉が外からノックされた。大陸出身の寮生が顔を出す。

「瀬戸は……ああ、いた」

「ぼく？」

　この部屋の扉がノックされる時、たいていの訪問者はノエルに用がある。風呂場に忘れ物をするとか、冷蔵庫の食品が腐っているとか、靴が泥だらけで玄関が汚れるとか、そんな苦情がほとんどだ。

「小野寺《シウイエジ》という男が一階に来ている。ロビーで待たせてる」

　用件を告げると、寮生はすぐに廊下へ消えた。小野寺と会うのは八月以来だった。いきなりテラスまで来なくてもと思ったが、ぼくが携帯もポケベルも持っていないため、単に向こうから連絡できなかったのかもしれない。ここの場所は沙田《シャティン》で食事をした時に伝えていた。

「日本人か」

「うん。高校の友人」

　ノエルはベッドで大の字になって手足を伸ばした。理知的な学生から、自堕落な若者へと早変わりする。

　ロビーでは、小野寺が一人でテレビを見ていた。小野寺がテラスでくつろぐ風景には、二枚の絵を重ねて無理やり一枚にしたような違和感があった。足元には百佳超級市場《パークン・ショップ》のロゴが入ったビニール袋が二つ。上環《ションワン》辺りの店舗で買ってきたのか、ウイスキーの瓶や乾燥ピーナッツの袋がのぞいている。

「悪い、急に押しかけて」

　ぼくに気が付くと、小野寺はソファから立って両手を合わせた。詫びは日本語だった。

「別にいいよ。ちょうど部屋にいたし」

「今から飲まないか」

　小野寺は明るい笑顔を作ってみせたが、目が笑っていない。異性を魅了する男っぷりも、心なしか衰えている。戸惑うぼくを前に、沈黙を嫌がるように「えっと」と言葉を継ぐ。

「この辺、飲める店あんまりないじゃん？　酒とつまみ、適当に買ってきた。部屋で飲もうよ。それか、飯まだなら食いに行く？」

「どっちでもいいけど……二人部屋だから、ルームメイトがいる」

「ああ、そっか。別に三人で飲んでもいいけど」

　帰るつもりはなさそうだ。きっと、ぼくと飲みたい理由があるのだろう。ひとまず小野寺をロビーで待たせて、ノエルの了解を取ることにした。

「友達と三人で？　最高だね。酒を持参してるなら、なおいい」

　ぼくへのなれなれしさから予想はしていたが、ノエルは諸手を挙げて小野寺を歓迎した。

こうして、三〇二号室での突発的な宴会がはじまった。

部屋へ招き入れて早々、ノエルから小野寺へ矢継ぎ早に質問が飛んだ。名前、年齢、出身、大学。小野寺も持ち前の社交性を発揮し、軽快に答えていく。酔いが回るころにはすっかり意気投合していた。

小野寺がスーパーで買ってきたアルコールは、生力《サンミゲル》の缶ビールが一ダース、それにジョニー・ウォーカーのレッドラベルが二瓶。この量を二人で飲むつもりだったのだから呆れる。食べ物は豆類や乾きものばかりで腹に溜まりそうもない。夕飯を食べていないぼくは、仕方ないので嘉頓《ガーデン》のネギクラッカーをまとめ食いした。

上機嫌になったノエルは母国から持参したコンポにCDをセットして、音楽を流しはじめた。隣室への迷惑などお構いなしの大音量だ。洋楽は聴かないため、ぼくには誰の何という曲かわからない。しかし小野寺はすぐにピンと来たらしく、朱に染まった頬でにやりと笑った。

「〈パークライフ〉か。いい選択だ」

「俺の名前はノエルだけど、オアシスよりブラーが贔屓《ひいき》なんだ」

二人は意味のわからない冗談で笑っている。

小野寺が本題を切り出したのは、ビールが半ダース以上空いてからだった。飲んだのはほとんど二人で、ぼくはまだ一本目だった。

「彼女がさ、とにかく結婚結婚ってうるさいんだよ」

滑舌が怪しくなった小野寺は、四本目か五本目かの缶を傾けていた。明らかに飲みすぎだ。

「今日、ミアと――あ、俺の彼女なんだけど――銅鑼灣《コーズウェイベイ》に行ったんだ。ランチを食べて、買い物をして、お茶を飲んで。なんてことないデートだった。その間、あいつは結婚の話ばっかりするんだ。

両親はいつどこで会わせるか、入籍はいつにするか、式場は、ハネムーンは、新居は、って。俺たちまだ二十歳を過ぎたばっかりなのに。別にミアと結婚したくないわけじゃない。でも、学生結婚じゃなくたっていい。なんでそんなに焦るのか不思議だった」

ぼくはブラーなるロックバンドの演奏を聴きながら、神妙な顔で話を聞いた。ノエルがマグカップでウイスキーを飲みながら、「それで？」と話を促す。

「だから、つい言っちゃったんだよ。『回帰前に日本人になりたいのか』って」

胸が鋭く痛む。動悸が止まらないのはアルコールのせいではない。

大陸回帰が迫る今、確かに外国のパスポートを欲しいと思う香港人はいるだろう。しかし、相手を本気で愛しているのなら、それは絶対に口にしてはいけない一言なのだ。

一方で、小野寺の気持ちも嫌というほど理解できた。相手が自分のどこに惚れたのか、試したくなる時がある。相手が好きなのは自分という人間ではなく、自分の属性ではないかと疑念がよぎる瞬間がある。

「そうしたら、ミアが激怒した。『愛情を信じられないなんて、お前は最低のくそだ。二度と顔を見せるな』って罵倒されて、本当にどこかに行っちゃった。それで俺もむしゃくしゃして。同じ日本人ならわかってもらえると思って、薄扶林《ポクフーラム》まで来たわけ」

なるほど。わざわざぼくの住居まで足を運んだ理由がわかった。

小野寺はせいせいしたような顔でぬるいビールをあおる。ノエルは黙ってギターラインに耳を傾けていた。

「その気持ちはわかるよ」

ぼくは小野寺に同調した。そう言うしかなかった。

「香港の、しかも九六年の十一月っていうタイミングが悪かった」

「そうなんだよ。タイミングなんだよ。こんな状況じゃなければ疑わなかった。知り合いから聞いたんだ。喫茶店で、いきなり外国人の男に求婚する女を見かけたって。パスポート目当てだって、結婚してから気づいたんじゃ遅い。だから……」

威勢よく言い訳を口にしたかと思えば、うなだれて酒を飲む。ミアのことが本当に好きなんだろう。それならなおさら、口にすべきではない一言だった。慰めの言葉をかけようと口を開きかけたが、ノエルに先を越された。

「俺はミアって子と同感だ」

一瞬で空気が凍りつく。小野寺の顔が引きつる。

「好きな相手と結婚したいと思うのは何の不思議もない」

「でも、疑いたくなる気持ちもわかるだろ」

「わからない。国籍目当てかって訊いて、はいそうです、って言う女がいると思うか？　好きなら結婚すればいいし、嫌なら拒否すれば済む。それだけの話だろう。きみは結婚できるんだから」

ノエルは容赦なく切って捨てた。不機嫌そうに口をつぐむ小野寺を、さらに追撃する。

「きみには、日本のパスポートに負ける程度の魅力しかないのか」

「そんな訳ないだろ」

そこだけは自信満々に応じる。さすがは色男だが、ノエルは動じない。

「そもそも、ミアとは昨日今日付き合いはじめたわけじゃないんだろ。ちゃんと相手を見ていれば、その愛情が本物かどうか、見分けがつくはずだ。見分けがつかないなら、それはきみの罪だ」

今度こそ反論はなかった。小野寺はふてくされたように口をとがらせてビールをすする。つい先刻、小野寺に同調したぼくは黙ってピーナッツをかじるしかなかった。ノエルの発言が正論だとわからないほど、ぼくらも馬鹿じゃない。

「帰るわ」

じきに小野寺は腰を上げた。残った酒やつまみは土産代わりに置いていくと言う。ノエルは能天気な笑顔で「ありがとう」と言った。ぼくは見送りのため、一緒に一階まで降りた。階段を降りている間、小野寺はむっつりと黙りこんでいた。ロビーでは数人の寮生がニュース番組を見ている。

「俺、間違ってるのかな」

帰る間際、寂しげな目をした小野寺がぽつりと言ったが、肩をすくめるに留めた。小野寺を否定すれば、ぼくをも否定することになってしまう。闇に溶けていく長身の後ろ姿を見送り、三〇二号室に戻った。

ノエルは一人で酒を飲んでいた。室内では再び〈パークライフ〉が流れている。曲名の通り、歌詞では〈公園の生活〉が描かれる。薄汚れて埃っぽい日常のなかでも、人と人は連帯する。ぼくには『ストリート・コーナー・ソサエティ』の光景が見えていた。若いギャングたちが街角にたむろし、意地と見栄と根性を武器に殴り合う。そこには社会が存在する。裕福な者たちには見ることのできない営みがある。

「まだ飲むのか」

「もう飲まないのか？」

嚙み合わない会話に苦笑する。ビニール袋にゴミを詰めて、部屋の隅に放っておいた。酒とつまみはノエルが消費してくれるだろう。今日はもう誰とも話したくないし、かといって本の続きを読む気にもなれず、食事に行くのも面倒だった。ベッドに寝転んでブランケットをかぶると、いつの間にか眠りに落ちていた。

浅い眠りのなかで見た夢には梨欣が登場した。目覚めた時に記憶していたのは、彼女の哀しげな視線だけだった。

*

「だから言っただろう」

適当に入った茶餐廳《チャーツァンテン》で、阿賢が呆れたように言う。普洱茶《ポーレイチャ》をすする自分の顔が、ふてくされている自覚はあった。

阿賢と再会した翌々月、ぼくらは土瓜灣にいた。

梨欣の死後、胡《ウー》一家は土瓜灣へと引っ越したそうだ。しかし阿武はろくに家に寄り付かず、じきに阿賢も民主派の活動にのめりこんで高街《ゴウガイ》の幽霊屋敷で寝起きするようになった。現在も住んでいるのは実質両親だけだ。

ぼくは両親との面会を懇願した。阿賢は「会うだけ無駄だと思うぞ」と言ったが、それでも構わないからと押し切った。

胡夫妻が住むのは、土瓜灣の片隅にある徳華樓《ダクワラウ》という集合住宅だった。昇禮大廈を一回り大きくしたような十二階建てで、床面積も少し広い。全体的に角張った印象を与える造形だった。良く言えば端正、悪く言えば面白味のないデザインだ。エレベーターはなく、上階へ行くには階段を上るしかない。

阿賢の先導で五階にたどりつくと、そこはフロア全体が籠屋になっていた。建物の外観だけでなく、内部まで似ている。初めて籠屋を目撃した時のことを思い出しながら、通路を進む。

梨欣の両親は籠のなかにいた。上下に重なった二つの籠の、下のほうに父親が、上のほうに母親がいた。数年前に見た籠屋と同じように、洗濯物や傘が金網に引っかけられている。饐えた臭いもほとんど同じだった。

「父さん、母さん。久しぶり」

阿賢が先に籠へと近づき、声をかけた。夫妻は同じタイミングで視線を動かす。まず阿賢の顔を見て、次にぼくの顔を見た。視線がぶつかった瞬間、表情に露骨な怒りが宿る。

「久しぶりに来たと思えば、何の用だ」

「なんであの人が一緒にいるの」

くたびれた身なりの二人は籠のなかで寝そべったまま、阿賢に対して険のある声を発した。特に梨欣の母親がぼくに向ける視線は、針の先のように尖っている。ぼくが胡夫妻から好意を寄せられていないことは知っていた。二人は、梨欣の死の一因がぼくにあると信じている。残念なのは、それを否定する術が今のところ存在しないことだった。

「色々あって。梨欣のことを調べるために、日本から戻ってきたらしい」

阿賢の弁解は逆効果だった。母親の目はさらに吊り上がる。

「今さら戻ってきて、何を調べるの？　もう警察が結論を出したのに。だいたい、あの人が事故を調べるなんておかしいじゃない。自分で播いた種をほじくり返すようなものよ」

「阿和《アウォ》は事故とは関係ない」

「そう思ってるのはあんただけだよ。あの人が贈り物だとか、余計な話をしたりするから、あんなことになった」

梨欣の母親はこの場にいるぼくのことを終始、佢《コイ》（あの人）と呼んだ。まるで幽霊扱いだ。何を謝ればいいかわからないから、謝罪することもできない。突然押しかけたことに対して「すみません」と頭を下げたが、彼女はこちらを見なかった。

「もし、あの事故のことを調べに来たんなら、我々に話せることはない」

父親のほうはいくらか冷静だったが、口ぶりに込めた憎しみは露わだった。籠のなかで上体を起こすが、右膝はまっすぐ伸ばしている。

「俺やこいつが知っていることは、だいたい阿賢も知っている。俺たちに訊いても二度手間になるだけだ。訊きたいことがあるならそいつに訊け」

「でも、ご両親にしかわからないことも……」

「悪いが、話したくない」

彼は寝返りを打ち、こちらに背を向けた。阿賢が首を横に振る。深追いしたところで、得られるものはなさそうだった。

徳華樓からすごすごと退散したぼくらは、目に付いた茶餐廳で無為に時間を潰していた。路上に吹く風がひどく冷たく感じられたのは、十二月という時季のせいだけではないだろう。

「悪く思うな。誰かを恨まないとやってられないんだ。俺もそうだった。ただ、一番悪いのは現状にあぐらをかいている香港当局だ」

――日本領事館に突撃しておいて、よく言うよ。

その反論を普洱茶と一緒に飲みこむ。阿賢が言うには、顔見知りの民主派議員から直接頼まれたとかで、参加せざるを得なかったらしい。

隣の席では中年男の三人組が、鳥籠を見せあっている。目が覚めるほど黄色いカナリアや、塗料をぶちまけられたような青さのインコが口々にさえずっていた。小鳥を飼うのは香港の男たちの嗜みだ。最近は減っているというが、今でもたまにこうして鳥自慢をする光景を見かける。

「あそこにはあまり帰らないのか」

「もう、半分縁が切れたようなものだ」

どこまで家族の事情に踏み込んでいいのか、迷った。その心情を察したように、阿賢のほうから口を開く。

「梨欣が死んでから、二人とも抜け殻みたいになった。阿武はそもそも家にいなかった。両親は警察から事故死だと言われた時点ですべて諦めて、俺ひとりが梨欣の死に疑問を抱いた。民主派の会合に出入りするようになったのも、警察で得られない情報があると聞いたからだ。そのうち、民主活動自体が目的になった。仕事も辞めた。両親には悪いが、俺だけがあの人たちのために働くのは御免だ」

相槌を打つように、鳥が鳴く。

「その頃から、親とは話が合わなくなった。墓を掘り返すのはやめて真面目に働け、と何度も言われたよ。腹が立った。そうやって何もかも諦めて暮らすのはまっぴらだ。そもそも子どもを小人蛇《シウヤンセー》にした責任は自分たちにあるくせに、何が真面目に働け、だ」

ぼくは徳華樓で見た籠屋の夫妻を思い出す。母親の嫌悪に満ちた表情。そして父親の、まっすぐ伸びた右膝。

「お父さんの膝、よくないんだよな」

阿賢は「よくないんだろう」と曖昧に答えた。

梨欣の父親は、仕事中に右膝を痛めたのが原因で電子部品工場をクビになった。たしか、ぼくが十六歳の頃だ。彼は座りながらできる職を探し、縫製工場で働きだしたと、昔聞いた記憶がある。

ぼくらはしばらく黙って茶を飲んだ。互いに、これからどうすべきかを考える時間が必要だった。目的だけははっきりしている。梨欣が死んだ経緯を明らかにすること。しかし、そのための手段が乏しい。

「お前、訊かないんだな」

鳥自慢をしていた男たちが去ってから、阿賢は不機嫌そうに言った。

「なにが？」

「梨欣のやっていた仕事のことだ。気にならないのか」

気にならないはずがない。単に、知るのが怖いだけだった。

梨欣は売春婦だった。信じられなかったし、信じたくはなかった。でも、阿賢が出まかせを言っているとも思えない。この男は、頭は固いし冗談も通じないが、くだらない嘘はつかないはずだ。

ぼくは、今まで経験したことがない種類の悲しさに襲われていた。最初は、恋した相手が売春婦だったからだと思っていた。しかしよく考えれば、本当は、梨欣がそれを明かしてくれなかったことが悲しいのだ。

「香港では、売春は犯罪にならないんだよな」

阿賢は頷いたが、「個人の仕事なら」と付け加えた。黒社会《ハクセーウィ》（裏社会）の連中が運営する組織売春は、その限りではないという意味だろう。

インター校に通っていた頃、尖沙咀《チムサーチョイ》の街中で日本人の団体ツアー客を見かけたことがある。小野寺と街歩きをしている最中、道端から日本語が聞こえてきたのだ。男ばかりの団体で、彼らは外国にいるという気安さからか、大きな声で猥談を繰り広げていた。その時耳にしたのが、「ここでは売春は違法じゃないから」という一言だった。どんな人が言っていたのかわからないが、とにかくその一言は耳にこびりついた。ツアー客が遠ざかった後も、ぼくと小野寺は恥ずかしさに耐えた。

「梨欣は個人の仕事だったのか」

話の流れで、つい質問を重ねてしまった。

「個人ではなかった。最初から妓院《ゲイユン》（売春宿）で働いていた」

「なら犯罪じゃないか」

叫んでから、自分が声を荒らげていることに気が付いた。冷静に話している阿賢への怒りが、自覚のないままに募っていたらしい。流れ出した勢いは止められなかった。

「阿賢は梨欣の兄だろう。なんで、知っていながら見過ごした。苦労して、一緒に香港へ渡ってきたんだろう。その妹が警察の世話になってもよかったのか」

「梨欣を売春宿に仲介したのは、阿武《アモウ》だ」

その一言に、ぼくは反論の術を失う。

たしかに、阿武には危ういところがあった。最後に会った時、すでに彼はチンピラの真似事をしていた。香港マフィアの事務所に出入りしていることを誇らしげに語っていたが、実態は使い走りだということくらいは、ぼくでもわかった。しかし下っ端だったはずの阿武が、まさか姉を売っていたとは思わなかった。

珍しく、阿賢は苦渋に顔を歪めている。

「これは今日、話すつもりじゃなかった。でもさっきあの二人に会ってわかったんだ。俺が言わない限り、阿和は永遠にその事実を知ることができない。本気で梨欣の死について調べるのなら、避けては通れない」

思考が停止していた。すんなり受け入れられるはずがない。醜悪な情報を詰め込まれた頭はパンク寸前だった。

「マフィアに売ったのか」

「新義幇《サンイーボン》という組織らしい。それ以上は知らない。俺や両親は、売春していたこと自体、梨欣が死んでから知ったんだ」

ぼくは黒社会に詳しいわけではない。その名前に心当たりはないが、一介の留学生に過ぎない自分が迂闊に足を踏みこんでいい領域でないことはわかる。映画ではよくお目にかかる香港マフィアだが、実物は訳が違う。

「阿和が話していた、事故現場にいた白人というのは梨欣の恩客《ヤンハク》（なじみ客）だったのかもしれない。そうでなくとも、梨欣の仕事にかかわっていた可能性がある。何か知っている人間がいるとすれば、それは阿武だ」

「なら、阿武と連絡を取ってくれ」

「そうしたいのはやまやまだが」

やるせない表情で、阿賢は頭を掻いた。どうやら連絡先を知らないらしい。実の弟とは言え、無理もない。三年前、すでに阿武は家に寄り付かなくなっていた。阿賢が知らないということは、きっとあの両親に訊いても無駄だろう。ぼくに話すのを躊躇していた訳がわかった。

沈んだ空気が流れる。やるべきことは明確なのに、それを実現する手立てが思い浮かばない。ぼくはもどかしさに歯噛みしながら、阿武の小狡《こずる》い笑みを思い出していた。やつは香港映画で弟分が兄貴分を呼ぶように、ぼくのことを和哥《ウォコー》と呼んだ。悪い気はしなかった。ぼくは恋する相手の弟から好かれていると思い込み、弟分ができたことに浮かれていた。その弟分が梨欣を売っているとも知らずに。

阿賢は腕組みし、眉間に皺を寄せている。その唇は固く閉じられていた。男二人、場末の茶餐廳で顔を突き合わせていても進展はない。何でもいいから、阿武に近づくための手掛かりが欲しかった。

空になった茶器の底を見つめていたぼくは、一つだけ当てがあることを思い出した。どこまで信じられるかはわからない。ただ、縋《すが》れるものには藁でも縋りたかった。

「昇禮大廈に行ってみないか」

すぐさま発言の意図を理解したのか、阿賢は「信用できるのか」と疑わしげに言った。

「少なくとも、阿賢を見つけたという実績はある」

トゥイのぶっきらぼうな表情が目に浮かぶ。きっとまた金を請求されるだろうが、背に腹は替えられない。ぼくは梨欣のために香港へ来たのだ。たとえ食事を抜いてでも、ここで出費をケチる訳にはいかない。それに、あの女には梨欣の写真を取られている。取り返すまではベトナム人一家と縁を切ることができない。

当初、阿賢は渋っていたが、「金は一蚊も払わない」という条件でトゥイたちに相談することを認めた。元より、空き家住まいの活動家に金を無心するつもりはない。

ぼくらは早速店を出て、旺角を目指した。小巴《ミニバス》で移動する最中も、阿賢は憂鬱な空気をにじませていた。龜苓膏《グワイリンゴウ》（亀ゼリー）を口にしたような苦い表情だった。

「あの女に頼るのがそんなに嫌か」

「違う。あそこに行くと思うと、気が滅入る」

軽率な質問だった。阿賢にとって、昇禮大廈は家族を失った忌むべき建物なのだ。自分の短慮を恥じながら、到着するまで黙って車体に揺られた。一年最後の月を迎えた香港は、そこかしこにクリスマスの気配が漂っている。店先にはささやかなツリーが飾り付けられ、ショーウィンドウにはＳＡＬ

Eの文字が躍る。この土地が、今はまだ英国領だということをひしひしと感じる。

停留所からまっすぐに目的地へたどりつき、外階段に足をかけた。ここを訪れるのは、夏から数えて五度目だ。階段を上っているはずなのに、一段上がるたび、なぜか沈んでいくような感覚に捕われる。設計者だって築数十年を経たこの建物が、これほど禍々しい気配を帯びることになるとは思いもしなかっただろう。

屋上へ到着すると、阿賢の足は自然と胡一家が住んでいたバラックのほうへ向きかけた。慌てて呼び止めると、「ああ」とつぶやいて後ろをついてくる。過去へ入りこんでいるのか、どこかぼんやりした顔つきだった。

「大丈夫か」

「何がだ」

「帰ってもいいよ。ぼく一人でも行くから」

阿賢は「どっちが」と言い、不愉快そうに鼻を鳴らした。

トゥイたちの住む小屋の扉を叩くと、例の老人が顔をのぞかせた。ゆっくりと首を巡らせ、ぼくと阿賢の顔を見やる。

「今日は連れがいるな」

「胡栄賢《ウー・ウィンイン》。トゥイとも面識があるはずだ」

老人はベトナム語らしき言葉で屋内に呼びかけた。女の声がそれに答える。返事を聞いた老人は鷹揚に頷き、扉を開いた。土間のない室内に靴のまま足を踏み入れると、すぐそばにトゥイが仁王立ちしていた。いつもと同じ、Tシャツにジーンズという出で立ちだ。黒い瞳はぼくに向けられている。頬を叩かれたことを思い出して身構えた。見た限り、他の住人はいないらしい。

「最初からグルだった？」

剣呑《けんのん》な目つきはこちらの真意を探っている。

「別の方法で探した。人探しを頼む相手は、あんただけとは限らない」

「そう。別にいいけど。で？　写真でも買い戻しに来た？」

阿賢が待ち合わせに現れなかったことには言及しなかった。会えたのだからどうだっていい、という考えなのかもしれない。

「別の人探しを頼みに来た」

そう言うと、トゥイは弾けるように笑った。

「また探してるんだ。今度は誰？　金さえ払えば手伝ってあげる」

「胡仁武《ウー・ヤンモウ》というチンピラ。歳は十八。新義幇という組織の下っ端らしい」

フルネームと年齢は阿賢に聞いた。新義幇の名を聞いた途端、トゥイの顔色が曇る。

「やくざ者ってこと？」

「末端の使い走りだ。正式な構成員じゃないかもしれない」

ぼくに代わって阿賢が答えてくれた。

「前科は」

「十五、六歳の頃、窃盗で何度かしょっぴかれている。最近は知らない」

「胡ってことは、あんたの家族か親戚？」

「弟だ」

「十八歳だから、胡梨欣《ウー・レイヤン》の弟でもあるってことね」

トゥイはずいぶん前に話したこともよく記憶している。それに理解が早い。性格はともかく、優れた頭脳の持ち主であることは疑いなかった。

「名前は当てにならない。他に何かないの。写真とか」

「写真はない。ただ、腕に龍の刺青が入っている。腰には蓮の花の刺青。今はもっと増えているかもしれない」

「特徴に欠けるね。それに、やくざ者にはツテがない。今回は断らせてもらう」

拒否するのも誠実さのうちと言えなくもない。だが、あまりにあっさりとした態度には失望した。縋った藁が折れてしまった。

「ただし、探す方法なら教えてあげてもいい」

不可解なことを言うと、トゥイは高圧的に右の手のひらを差し出した。

「一万蚊。それで教えてあげる」

「方法だけか」

「私には無理な方法なの。あんたたちにしかできない」

ぼくと阿賢の胸元を順番に指す。ますます不可解だった。だが、ぼくは知っている。彼女は決して嘘をつかない。一万蚊を払えば、きっとその方法を教えてくれる。ぼくはバックポケットに入っている折りたたみ財布に手を伸ばした。

「まさか払うつもりか」

阿賢が、信じられない、という顔をする。

「今、手元に五千蚊しかない。これで前金ってことにしてくれ。残りは二週間以内に払いに来る」

ぼくは千ドル紙幣を五枚、差し出した。トゥイはひったくるようにそれを受け取り、五枚あることを確認してから「いいよ」と口走った。阿賢は無言でぼくの顔を睨んでいる。

「香港では、金さえあれば何でも手に入る」

うそぶくトゥイを、阿賢が難詰するような目で見た。トゥイや老人がベトナム人だということは、あらかじめ伝えている。制止する暇もなく、阿賢は口の端を歪めた。

「お前ら、ベトナムからの難民《ナンマン》か？」

「船民《シュンマン》だ」

即答したのはトゥイではなく、部屋の片隅にうずくまっていた老人だった。目尻に皺が寄っているため笑顔に見えるが、視線は鋭利だ。瞳の奥に柔らかな闇が見える。

「私たちは、難民とは認められなかった。政治難民ではなく、経済的な事情で香港へ渡ってきた船民として扱われた。ボートピープルというやつだ。どうせ難民と船民の区別もついていないんだろう。お前らにとってどうでもいいことでも、私たちには死活問題だ」

訥々《とつとつ》とした口調の裏に、曲げられない意志が見えた。トゥイの表情も険しい。

「知らないことを、迂闊《うかつ》に口にするな」

責められた阿賢は文字通り両手を上げた。「悪かった」と謝ると、老人は目を細め、瞳に宿っていた闇を閉ざした。トゥイが手を叩き、話題を一転させる。

「さて。じゃあ、その方法を教えようか」

一言も聞き漏らさないよう意識を集中する。バラックの外から聞こえていた住民たちの会話が、徐々に遠ざかっていく。

＊

目の前に、真っ青に塗装された四階建ての木造唐樓《トンラウ》がそびえている。香港を代表する歴史的建築の一つ、藍屋《ブルー・ハウス》だ。どこか気高さを感じさせる水色の立方体は、灣仔《ワンチャイ》の街に彩りを加えていた。

「建てられたのは一九二〇年代。青色には特に文化的な意味はなくて、ただ倉庫に青色の塗料が余っていたからだって言われてる。要するに、価値があるのは外壁の青さじゃなくて、藍屋が建てられた時期ってこと。五〇年代に造られた唐樓はざらだけど、さすがに築七十年ってのはそうそうないからね」

英語で解説しているのは灣仔出身のアガサだった。パトリックや許《ホイ》、ナビラも黙ってそれを聞いている。石水渠街《ストーン・ヌラー・レーン》の路傍に立つぼくらは、呆然と藍屋を見上げつつ、彼女の流れるような語りに耳を傾けていた。

「今でこそ灣仔は行政の中心になっているけど、もともと下町の色が濃かったみたい。屋台も昔は道端から溢れるくらいだったけど、取り締まりがきつくなって撤退したんだって。そんな風潮のなかで、藍屋だけは淡々と時を重ねてきた。少し前まで見向きもされなかったけど、最近になってその歴史的価値が理解されてきたってわけ」

ふと見ると、ナビラが寒そうに首をすくめている。香港では十二月でも二〇度を超える日は珍しくないが、この日は冷えていた。長袖シャツに薄手のカーディガンを羽織っているぼくですら肌寒さを感じるというのにナビラはカットソー一枚だ。その格好ではさすがに寒いだろう。アガサにはそろそろ解説を切り上げてもらいたいが、熱の入った語りはまだ終わりそうにない。

〈都市論〉の授業で同じグループだったぼくらが灣仔で顔を揃えているのは、上期最後のチュートリアルがきっかけだった。

単位取得にあたって、個人レポートと筆記試験、それにチュートリアルでのグループ発表が課された。とりわけ手間がかかったのがグループ発表で、ぼくらB班は十月に入ってすぐ、発表資料を作りはじめた。自然と、アガサと許の二人がリーダーとなって議論をリードした。ぼくはあまり発言の機会がなかったけれど、それでも回を重ねるごとに少しずつ意見できるようになった。時には課外時間に集まって、議論を交わすこともあった。

Ｂ班のメンバーは皆、日本の大学では見たことがないほど真剣に授業に取り組んでいた。真面目な学生なら、Ｔ大にもたくさんいる。でもＨＫＵの学生は真剣さの質が違った。一つでも多くのことを吸収してやろうという貪欲さ、少しでも大きな人間になりたいという野心が、彼ら彼女らにはあった。その熱にあてられるように、いつしかぼくも授業にのめり込んでいた。

十二月第一週に行われたグループ発表には、久しぶりに孔《コン》教授も出席した。姿を現すのは初回の講義以来だ。信奉者のパトリックは、教授の姿を見ただけで鼻息を荒くしていた。

ぼくらの班は二〇世紀初頭のパリを題材に、〈人口流動と近代都市開発〉というテーマで発表した。孔教授がかつて傾倒していたという、ル・コルビュジエが活躍していた時代だ。パリには自動車工場の労働者たちが集まり、低廉な住宅で生活していた。人口増大と比例して衛生環境は悪化し、建築による問題の解決が図られた。言うまでもなく、この流れは香港の歴史と相似形だ。

発表後の質問には、アガサと許の二人が代表して答えた。孔教授からの質問はなかった。気のせいか、パトリックは落胆しているように見えた。

全グループの発表が終わると、孔教授が総評を述べた。

「全体的に例年以上の完成度でしたが、特に素晴らしかったのはB班」

先刻までの落胆ムードが嘘のように、パトリックの顔が輝きを取り戻す。だがそれ以上詳しいことは述べられず、あっさりと総評は終わった。授業の終わりが告げられると、パトリックはB班の面々に向かって言い放った。

「孔先生のところに行ってくる」

「は？　どうした」

許の問いかけも無視して、パトリックは教室から去ろうとしている孔教授へつかつかと歩み寄る。残されたメンバーは顔を見合わせた。許が後を追ったのを機に、何となくぼくらも教授の近くに集まった。アガサだけは気乗りしない様子だった。

「あの、先程はありがとうございました。B班の徐《チョイ》です」

パトリックが深々と頭を下げると、孔教授は笑顔で応じた。

「よく出来ていた。私も勉強になったよ」

「ありがとうございます。それで、よろしければ、もう少し詳しいコメントをいただけないかと……もちろん先生のご都合がよければ」

「そうだな。話しだすときりがないんだけど、次の予定もあるから」

孔教授が腕時計に視線を落とすと、パトリックの顔から精彩が失われていく。よほど気の毒に映ったのか、教授は数秒考える素振りを見せると、ある提案をした。

「もしきみたちがよければ、今度、皆で私の事務所に来てみないか。そこでゆっくり時間を取って、ディスカッションしよう」

再びパトリックの顔に血色が戻る。忙《せわ》しないやつだ。彼がこの提案を断るはずもなく、「喜んで」

と言いながら再度頭を下げた。実際、パトリックならずとも孔教授の提案は魅力的だった。香港を代表する建築家の事務所を訪問できる機会など滅多にない。しかも、あのディラン・フンがぼくらのためにディスカッションの時間を割いてくれるのだ。建築を学ぶ者には願ってもないチャンスだった。

参加を渋ったのはアガサだけだった。学生会幹部の彼女は、共産党員と噂され大陸寄りの言動が目立つ孔教授を毛嫌いしている。

「私はいい。五人で行ってきて」

「駄目だ。皆で、と孔先生が言っていたんだから」

パトリックは妙なところに固執した。何度か押し問答を繰り返し、最後にはアガサが折れた。パトリックが日程を調整し、訪問は翌々週の木曜午後と決まった。マリーが直前で別件のために行けなくなり、参加者はパトリック、許、アガサ、ナビラ、ぼくの五人となった。

孔教授の事務所は灣仔にある。せっかくだから訪問前に藍屋へ寄りたいと言い出したのは、マレーシアから来たナビラだった。ぼくも藍屋を見たことはなかったから、賛成だった。案内役は灣仔生まれ、灣仔育ちのアガサが買って出た。

そして今、アガサは寒風吹きすさぶ路上で、藍屋を前に終わりの見えない解説を続けている。

「灣仔は香港のなかでも発展が早かった。他にもまだ歴史的建造物があるの。例えば茂蘿街《マロリー・ストリート》の緑屋《グリーン・ハウス》とか、船街《シュンガイ》の南固臺《ナムクー・テラス》とか」

「それ知ってる。南固臺の鬼屋《グワイウク》だろ」

口を挟んだのは許だった。アガサは首肯する。

「そう、そう。灣仔の幽霊屋敷って呼ばれてる。よく知ってるね」

また幽霊屋敷か、とうんざりする。まさかそこに行くなんて言い出さないだろうな、と心配しながら二人のやり取りを見守る。

「じいちゃんが、昔この辺りで働いていた。大戦中、船街には日本軍の慰安所があったんだろ。女性は強制的に働かされてたらしい。今、そこが幽霊屋敷になってるってことは、要するにそういうことだよな」

許はぼくのほうに振り向いた。突然のことに、どう応じていいかわからない。アガサは渋い表情をしている。彼女もこんな展開になるとは思いもしなかったのだろう。

許が続けて何かを言おうとした時、パトリックが割り込んだ。

「はい、はい。時計見て。そろそろ事務所に行かないと。皆、今日の目的を忘れてない？」

「もうこんな時間か。ごめん、しゃべりすぎた」

アガサがそれに乗っかり、ぼくの背を押した。パトリックは許の肩に手を置いている。ナビラはぼくと許の間に入るように、さりげなく動いてくれた。どうにか緊張感から解放されたぼくは、促されるまま歩きだす。

「ごめん。余計なこと言った」

こっそりとアガサが耳打ちしてきた。「いいよ」としか言えない。

でも、許が日本人であるぼくに何かと突っかかってくる理由が少しわかった。きっと、彼の祖父は香港での日本軍の行為をじかに目撃したのだろう。あの戦争はずいぶん昔のことにも思えるが、たかだか五十年前に過ぎない。世代を超えて受け継がれるのは、好意的な感情だけとは限らない。高街鬼屋も南固臺も、日本軍絡みのいわくつきだ。戦争は、この土地に無数の亡霊を誕生させてしまったのかもしれない。

藍屋から徒歩五分の距離に〈孔耀忠《フン・イウジュン》建築工作室〉はあった。質素な造りの四階建てで、一見して普通のオフィスビルと変わらない。スター建築家の本拠地としては、ずいぶん地味に思えた。パトリックが先頭を切って扉を開けると、そこはソファが二脚あるだけのシンプルなロビーだった。奥側の壁にはさらに扉がある。備えつけの電話から内線をかけてＨＫＵの学生であることを伝えると、アシスタントらしき女性が鍵を開けてくれた。

扉の向こう側は、広々とした執務スペースになっていた。大きな白いデスクが並び、作り付けの書棚は資料で一杯だった。事務所のスタッフたちは慌ただしく立ち働き、うち数名はパソコンを操作している。本物の建築事務所を目の当たりにして、ぼくらは立ちすくんだ。先程とはまた別種の緊張感がある。

「〈都市論〉の学生さんね。三階へどうぞ」

案内の女性はエレベーターで上階へと通してくれた。一階とは違い、三階の廊下は静謐な雰囲気に包まれている。連続窓から入る日差しはやわらかく、居心地のよさを感じさせた。廊下に沿っていくつかの扉が並んでいる。女性は札のかかっていない扉を迷いなく開けた。

「どうぞ、ごゆっくり」

女性に見送られ、こわごわと足を踏み入れる。

部屋はざっと五十平米はあろうかという広さだった。手前側はソファセットの用意された応接スペースになっていて、奥側には重厚な木製デスクが置かれている。シーリングライトが品よく照らす観葉植物の傍らで、孔教授が窓を背に微笑をたたえていた。黒のスーツに黒のタートルネックというシックな装いだ。

「お待たせして、申し訳ありません」

孔教授は謝罪するパトリックに鷹揚な笑みを見せる。

「仕事をしながら待っていた。気にしなくていい」

ソファセットを勧められ、そろそろと腰を下ろす。長いソファの真ん中に孔教授が座り、パトリックとナビラがそれを挟む形になった。ぼくは教授の正面で、右隣にアガサ、左隣に許が座る。案内の女性が運んできたアイスティーを平身低頭して受け取る。

「この事務所を見た時、どう思った？」

孔教授がぼくらの顔を見回した。銀縁眼鏡のレンズが照明の光を反射する。パトリックが慎重に口を開く。

「シンプルで素朴なデザインだと思いました」

「素朴、か。なるほど」

「違いましたか」

情けない顔をするパトリックに、孔教授は苦笑する。

「違うとか、合ってるとかじゃない。学生の正直な意見を聞きたいだけだ」

今度はナビラが身を乗り出した。下がりぎみの目尻が細められる。

「伝統的意匠に基づいた、流行に左右されない設計だと思います。ただ、窓や壁のデザインがやや時代遅れな印象もあります。半世紀前の流行の跡が感じられました」

内心ひやひやした。そつのない答えと思いきや、しっかり毒を吐いている。

孔教授は肯定も否定もせず、わずかに笑みを深めた。

「実はね、この建物はぼくが駆け出しの時期に手がけた物件なんだ」

著書で読んだ経歴を思い出す。孔教授はＨＫＵで修士号を取得後、カナダへ渡る前に数年だけ香港の設計事務所に勤めている。

「もともと、法律事務所のオフィスビルとして設計したんだ。自分で使う予定なんてなかった。でも私が香港に戻ってきたタイミングで、ちょうど事務所が閉まることになった。これも縁だと思って、居抜きで買い上げた」

「築年数は二十年以上ということですか」

存在感を誇示するように、許が発言した。

「そうなるね。途中でリフォームは挟んでいるけれど」

「じゃあ、当初の設計とは少し変わっているんですか」

「少しね。例えば、一階にロビーがあっただろう。あそこはもともと、壁のないピロティだったんだ。でも弁護士先生が自己判断で、壁を作った。それに屋上の庭園もずいぶん縮小されてしまったよ」

孔教授は嘆かわしげに言う。

「〈新しい建築の五原則〉ですか」

投げ捨てるように言ったのはアガサだった。意外な発言に皆が振り向く。

「ピロティ、自由な立面、自由な平面、水平連続窓、屋上庭園。この事務所は五原則すべてが当てはまります」

孔教授はレンズの奥の目を見開き、まじまじと彼女を見た。

「きみ、名前は」

「アガサ・ジェンです」

「素晴らしい観察眼だ」

そう言って手を叩く。アガサは恐縮するでもなく、つまらなそうにそっぽを向いている。ぼくを含めた他の四人は置いてけぼりだった。

「五原則ってなに？」

パトリックが小声で許に訊いている。

「ル・コルビュジエが提唱した、近代建築の条件だよ。常識だろ」

先を越されたのが悔しいのか、許はアガサに険のある視線を送っていたが、彼女のほうは気に留める様子もない。

「駆け出しの私は、彼から多大な影響を受けていた。当時、私のつくる建築はル・コルビュジエの劣化コピーだとよく馬鹿にされた。カナダに行ってからは意識的に独自の建築を追求したが、今でも完全には脱却しきれていない」

回想にふけっていた孔教授は、「前置きが長くなった」と話題を打ち切った。

それから三十分あまり、教授はぼくらB班の発表について、良かった点と悪かった点をコメントした。パリの人口動態など、マクロな観点からはよく調べられているが、庶民の生活や風俗など、ミクロな考察が不足しているというのがその趣旨だった。パトリックはひときわ熱心にメモを取っていた。

「重要なのは、その建物、その街にどんな人物が住んでいるかだ。住民を無視した都市開発には何の意味もない」

孔教授はそう言って、グループ発表への講評を締めくくった。同時に、右隣で笑い声が爆発する。アガサだった。メモも取らず、上の空の表情で話を聞き流していたアガサが、嘲笑の声を上げている。皆、怪訝そうな顔で彼女を見ていた。

「おかしかったかな」

教授が問うと、アガサは笑いを引っこめた。

「いや。よりによって、孔先生がそんな台詞を口にするのが意外で」

「なぜ、意外だったんだい」

「……先生は、ご自身が〈鬼城《ゴーストタウン》の建築家〉と呼ばれているのを知っていますか」

「知らなかった。どういう意味かな」

誰よりも訪問を嫌がっていたくせに、アガサは密かに孔教授のことを調べていたらしい。パトリックは青ざめた顔で唇をぱくぱくと開閉している。

「孔先生は、カナダ時代までは建築設計が主だったのに、北京に移ってからは多くの都市開発を任されていますよね。そのなかには、確かに成功例もある。一方で、先生が指揮をとった都市開発は大量のゴーストタウンを生み出してきた。誰も住まない街をつくり、無意味に環境を破壊したのです」

「うん。それで？」

挑発的な彼女の物言いに対して、教授の言葉はあくまで穏やかだ。

「先生は共産党員ですね」

「まあね。隠してもしょうがない」

孔教授はあっさりと認めた。パトリックの顔がさらに青みを増す。

「あなたは党に指示されるまま、大陸全土ででたらめな都市開発を行った。結果、環境は破壊され、虫食い状の開発が拡大した。その罪は軽くないと思いませんか」

「思わないね」

教授は顔色一つ変えず、即答した。

「誰がやっても、同じ結果だっただろう。むしろ無益な開発を最小限に食い止めたという自負がある。そのことを褒められこそすれ、けなされるいわれはないな。私はこれからも香港で同じことをするだけだ。天水圍《ティンソイワイ》も大嶼島《ランタオ》も、開発責任者は私だ」

「あなたは、香港をつくる人間としてふさわしくない」

アガサは声を荒らげたが、孔教授は幼子をあやすように優しい声音を使った。

「いいかい、アガサ・ジェン。それはきみが決めることじゃない。当局が決めることだよ。〈七百万人のための現代都市〉は、私の頭のなかにある」

そう言って、側頭部を指さした。

かつてル・コルビュジエは〈三百万人のための現代都市〉というタイトルで、パリを意識した理想の都市計画を発表した。孔教授の言葉はそれをもじったものだろう。香港の人口はあと数年で七百万に到達すると言われる。

理想の香港。その形は、彼の脳内に描かれている。

アガサはまだ抗弁しようとしたが、孔教授が手のひらを向けてそれを遮った。

「最後に、これだけは覚えておいてほしい。一流の建築家に求められるのは、構成力や感性よりもコネクションだ。建築や都市開発には多くの関係者がかかわる。いかに優れた図面も、施工されなければただの紙切れだ。二次元の図面を三次元の建築物にできるのが、一流だよ」

流れるような動作で腕時計に目を落とした教授は、ぱん、と手を叩いた。

「刺激的な時間をありがとう。そろそろ次の予定だ」

示し合わせたように扉が開かれ、案内の女性が現れた。パトリックは未練がましく、教授に長々と礼を述べている。アガサはさっさと部屋を退出した。議論の余地なしと判断したのだろうか。

ぼくらは事務所を離れ、駅を目指した。アガサは苛立ちを隠そうともしない。

「やっぱり、孔耀忠は北京の手先だった。わかったでしょう、パット。あの人は共産党員なの。自分で認めたんだよ。まさか党員の肩を持つつもりじゃないでしょうね」

「政治思想と、建築家としての資質は別物だよ」

パトリックの反論は力ない。説得力に欠けることは自覚しているようだ。

「あの人は建築家として出世するために、共産党に魂を売ったの。ああ、最悪。中共が香港のニュータウンを開発するなんて。想像するだけで虫唾《むしず》が走る」

「でも、生粋の共産党員って感じでもなかったけどな」

腕組みをして言ったのは、許だった。

「孔教授には党員であることをばらす必要がない。それをわざわざ明かしたんだから、むしろ誠実な対応と言えなくないか。あくまで世渡りの一環で入党したのかも」

「じゃああなたは、共産党に入れば仕事をやるって言われたら、入るの？」

アガサの剣幕に、許は口をつぐむ。反日運動には慎重な態度をとる彼女だが、中国共産党には辛辣だ。激烈と言ってもいい拒否反応である。それでこそ学生会の秘書長とも言えるが。

怒りが収まらないのか、アガサはしきりに「仆街《ポッガイ》（くそ野郎）」と連呼している。しかし彼女には悪いが、傍観していた立場からすると、先刻の会話では孔教授のほうが優位に立っているように見えた。反対意見には納得できるが、現実、アガサにはニュータウン開発の責任者を変更させる力はない。

「悪い人じゃないと思うんだよ」

パトリックが泣きそうな声で言う。

「最後に教えてもらったんだけど、天水圍に更に湿地公園をつくる計画を立てているって言うんだ。香港にはもっと緑地が必要だからって。素晴らしい計画だと思う。党の指示でそんなことをするなんて思えない」

パトリックの故郷は、天水圍のニュータウンだった。アガサはため息を吐く。

「信じたいなら、信じればいい。痛い目見ると思うけど」

破りがたい沈黙。気まずさに耐えかねた時、アガサが「用があるから、ここで」と言った。迷いなくぼくらから離れていくアガサを、安堵を覚えながら見送る。

「激しいのね、アガサって」

それまで黙っていたナビラが口を開いた。黒髪が寒風になびいている。寒い季節でも、彼女の周りだけはどこか温かい雰囲気が漂っている。南国出身だから、だろうか？

「ただ、思ったことを言わずにはいられないんだよ。頭の回転が速いから、いろんなことが気になるんだろう」

肩をすくめて、パトリックが応じた。意外と大人だ。ナビラはそれに小さくうなずく。

「でも……黙っている人だって、何も考えていないわけじゃないけどね」

ぼくらは連れ立って駅まで歩いた。下町をとぼとぼと歩きながら、思い出すのは孔教授の微笑だった。

あの作り笑顔の仮面の下には、どんな本音が隠されているのだろう。

＊

よく冷えたアサヒスーパードライが喉を落ちていく。ぼくには銘柄の違いなどわからないけれど、数か月ぶりに飲む日本のビールはなぜか懐かしい感じがした。

「珍しく、酒がおいしく感じるよ」

「いいこと言うね。親父が聞いたら喜ぶ」

小野寺が小鉢の煮物を突《つつ》きながら日本語でつぶやく。色男は何げない所作も絵になる。

油麻地《ヤウマティ》の日本料理店は落ち着いた雰囲気だった。案内されたのはカウンターだが、席間の距離があるためプライベートな感じがする。それなりに値も張りそうだが、財布の心配をしなくて済むのはありがたい。ここは小野寺の親が経営する店の一つで、勘定はいらないと言われていた。

「今日はミアに付き合わなくていいのか」

「バーゲンは女友達と行きたい主義なんだと。それに、一昨日さんざん買わされたしな」

今日は十二月二十六日。街中はボクシングデーのセールで活気づいている。イギリス連邦の国々では一般的なイベントで、香港でも毎年各所で安売りイベントが開催される。ここに来るまでのＭＴＲの車中は、買い物袋を提げた人々で満杯だった。

天ぷらや刺身を運んでくれる従業員に、日本人はほとんどいない。大陸からの新移民が多く、なかにはインド人もいる。従業員たちは作務衣を模した制服を着て、英語と広東語の入り混じった言葉で接客している。人を雇う上で、人種にはこだわらないのが方針だと小野寺が言っていた。

「やっと買ったのか」

小野寺は、シャツの胸ポケットに入れていたＰＨＳを指さした。どう返事していいものかわからず「一応ね」と返す。本当は借り物だった。

「番号、教えてくれ」

小野寺とは連絡が取れたほうが何かと便利だ。ぼくらは互いの番号を交換した。

これを貸してくれたのは阿賢だ。トゥイに教えられた作戦を実行する時、向こうからの連絡を受ける手段がないと困るから、と手配してくれた。もっとも、通話料などは阿賢が負担するわけではないそうで、何らかのツテを頼って手に入れたということだった。高街の幽霊屋敷に住んでいることと言い、民主派のコネクションは摩訶不思議だ。

「ていうかさ、いつの間にミアと仲直りしたんだよ」

「その日のうちに。俺たち同じ寮に住んでるから、会おうと思えばいつでも会える。めちゃくちゃ怒ってたけど、謝り倒して何とか許してもらった。すぐに謝りに行ったのが正解だったみたいだ」

「そうか」

「あのノエルってイギリス人に言われて、目が覚めた。ミアの愛情が向けられているのは俺なのか、俺の国籍なのか、よく考えた。どう考えても、彼女は日本国籍のために結婚するような女じゃない。それが結論だった」

「よかったな」

できるだけ棒読みに聞こえないよう、抑揚をつけて相槌を打つ。内心は複雑だった。半分は、友人の恋愛が軌道に乗ったことへの祝福。もう半分は、あっさりと関係が修復されたことへの嫉妬。小野寺はグラスを空けながら、上機嫌で近況を話している。ぼくは顔では笑いながら、心に巣くう薄汚れた感情を持て余していた。

——ぼくと同じように、台無しになればよかった。

醜い感情を抑えつけるほど、劣等感が増幅する。今日だけじゃない。インター校に通っていた頃から、本当はずっと小野寺にコンプレックスを抱いていた。今まではそれを直視しなかっただけだ。恵まれた容姿と自信にあふれた態度。一人の女性を愛し抜こうとする覚悟。そのいずれもが、ぼくには欠けていた。

「そういえばさ」

小野寺の声で我に返る。

「ノエルって、恋人いるの」

「知らない。なんで?」

「完全に憶測だけど。もしかしたらあいつ、男のほうが好きなんじゃないか」

「ゲイってこと?　なんでそう思ったの」

「きみは結婚できるんだから、ってやけに強調してたんだよな。だからノエルは恋人と結婚できないんじゃないかと、ふと思っただけだ。俺が言ったなんて絶対言うなよ」

小野寺の言葉には蔑みや嘲りは感じられない。気になったから訊いただけ、という雰囲気だった。

「それはどうかな。結婚できない理由は、相手が男という以外にも考えられるけどね。相手が身内だとか、宗教上の理由で禁じられているとか」

「まあな。あと、相手がすでに亡くなっている、とか」

小野寺の何気ない一言が、ナイフのように鋭く心臓を貫く。

そうだ。ぼくは永遠に梨欣と結ばれることはないんだ。

「新義幇《サンイーボン》って知ってるか」

梨欣のことがきっかけで、阿賢との会話を思い出していた。阿武が属しているという黒社会の組織。

小野寺はあからさまに顔をしかめた。

「なんだよ、急に」

「香港にいる小野寺なら、知っているかと思って」

「香港マフィアだろ。いきなり変なこと言うな」

周囲に聞こえないよう、小野寺は声を潜めている。近くを歩いていた店員がこちらを一瞥したが、すぐに立ち去った。

「この店だって、そこに保護費《ボウウーファイ》を払ってんだから」

「保護費?」

「場所代ってやつ。油麻地も縄張りなんだよ。それで、新義幇が何なんだ」

「……いや。この間、大学の友達から聞いただけ。街に出るなら気をつけろって」

我ながら下手なごまかしだと思ったが、小野寺はほっとした表情でビールを口に運んだ。それからは、お互いの大学の授業へと話題は変わった。

二時間ほど食事をして、解散した。小野寺は北の沙田《シャティン》へ、ぼくは南の香港島へと戻る。これからは連絡が取りやすくなる、と小野寺は喜んでいた。

買物客を満載した車両に揺られている最中、懐のPHSが鳴り出した。ふざけて小野寺がかけてきたのかと思ったが、見覚えのない番号だった。電子音に焦りつつ、到着した尖沙咀《チムサーチョイ》駅で降りる。

「もしもし。瀬戸です」

迷いつつ、広東語で応じた。

「瀬戸和志さんの番号ですか。中區警署《ジュンコイギンチュ》の莫《モク》といいます」

低い男の声が聞こえてくる。慇懃だが、圧力を感じる声音だ。胸が期待に高鳴った。

「夜分遅くにすみませんが、これから署まで来ていただくことは可能ですか。胡仁武《ウー・ヤンモウ》の身柄を確保しています」

――かかった。

早口で「すぐに向かいます」と応じた。再びMTRに乗って中環《セントラル》を目指す。ぼくに連絡があったということは、当然、阿賢も呼ばれているはずだ。今夜、久しぶりに兄弟が再会することになる。

昇禮大廈の屋上でトゥイが提案した方法は、ぼくらには思いつかないものだった。

「マフィアの下っ端を捕まえるのに一番慣れている人間は、誰だと思う？」

沈黙するぼくらに、前金を受け取ったトゥイは余裕たっぷりに答えを披露した。

「答えは、警察」

「警察に探してもらうっていうのか」

阿賢は呆れ果てたように、額に手を置いた。

「その通り。一般人にできないなら、専門家にお願いすればいい」

「でも探してくれって頼んで、探してくれるものかな」

「馬鹿。そんな正直に言ってどうするの。相手は警察だよ」

ぼくの発言は軽くあしらわれる。

「その阿武って男が、何かの事件の犯人だってことにすればいいの。犯人が捕まっていなくて、いかにも警察が興味を引かれそうな事件」

阿賢は隣で首をひねっていたが、ぼくにはその意味がすぐにわかった。

「廟　街《テンプル・ストリート》の強盗か」

廟街の貴金属店に押し入り、八十万蚊相当の金品を奪っていった強盗たち。犯人はまだ捕まっていない。阿武をあの犯人に仕立て上げるというのか。トゥイはぼくのほうを向いて言う。

「例えば。あんたは事件当日、街中で強盗の一人を目撃した。その場では逃げ出したけれど、よくよく考えるとどうも知り合いに似ている。気になったあんたは、その知り合いの兄貴に相談してみた。すると兄貴いわく、弟は金に困っていて近々犯罪に手を染めるかもしれないとこぼしていた。もしかしたら弟が強盗犯の一人ではないかと怖くなった兄は、警察へ連絡した。こんなところかな」

嘘はつかない、と言っていた割には姑息な方法だ。自分はともかく、他人に嘘をつかせることは平気らしい。

「トゥイが目撃者の役をやればいいだろう」

「私じゃだめだよ。ボートピープルの言うことなんか信じてくれない。容疑者の実の兄が証言するから、意味がある。警察も誰の証言か、しっかり見ているもんだよ。でも、この人だけじゃまだ駄目」

トゥイは阿賢のほうを顎で示した。日本領事館に押し入った阿賢は、確かに警察から警戒されている可能性が高い。

「ただでさえ警察に目をつけられてるから、身元のしっかりしている目撃者もいたほうがいい。善良な日本人留学生ならそうそう疑わないでしょう」

「たまたま強盗を見かけて、それがたまたま知り合いだったっていうのか。不自然だ」

「そりゃあ目撃者があんただけならね。でも、きっと警察にはたくさんの目撃情報が寄せられてる。目撃者のなかに一人くらい、犯人の知り合いがいたとしてもすぐに嘘だとは見抜けないでしょうね。むしろラッキーだと思うかも」

それまで黙っていた阿賢が咳払いをした。

「あいつが本当に逮捕されたらどうする」

「その時はその時。あんたの弟もずいぶん悪いことしてきたんでしょう。少しくらい痛い目を見ても自業自得だと思うけど」

ずいぶんなことを言うが、意外にも阿賢は納得したようで、窺うような視線をこちらに向けた。

「別にこの手段を選んでくれなくても結構。私ならこうするって話をしただけ」

ぼくたちに他の当てなどない。それを承知のうえで、トゥイは試すような目を向けていた。警察を騙すなんて、ぼくだけなら考えられないことだった。けれど自分の口からは意外なほどすんなり「わかった」という返事がこぼれた。

数日後、ぼくらはトゥイに残りの五千蚊を支払い、その足で中區警署へと向かった。道中、阿賢から連絡用のＰＨＳを渡された。

コロニアル様式の建築物に足を踏み入れ、手近な職員に「廟街の貴金属強奪事件について話したいことがある」と告げると、別室へ通された。薄汚れた壁の小部屋で、ぼくらは並んでパイプ椅子に腰かけた。所定の用紙に名前や住所、連絡先を書かされる。受け取ったばかりのＰＨＳの番号を連絡先に記入する。阿賢は住所欄に、両親の住む土瓜灣の集合住宅を書いていた。さすがに幽霊屋敷に住んでいるとは言えない。

応対に出た莫《モク》という三十歳前後の刑事は、真剣な面持ちだった。まず、ぼくが現場の近くで強盗を目撃したくだりを語った。緊張で何度か言葉がつかえたが、慣れない広東語のせいだと思われたかもしれない。莫はメモを取り、質問を挟みながら話に耳を傾けた。阿賢は胡仁武の経歴について、いくつかの誇張を交えつつ語った。話を聞くほどに、莫の眼差しが鋭くなっていく。

取り調べはおよそ一時間かかった。

「貴重な情報をありがとうございました。追加で伺いたいことができたら、こちらから連絡します」

言葉遣いこそ丁寧だが、莫の表情は最後まで険しいままだった。今さらながら、こんな連中を相手に嘘をついてよかったのか、と不安になってくる。一方、警察署を出た阿賢は平然と「意外にあっけないな」とつぶやいた。さすがに肝が太い。

それが二週間前の出来事だった。

尖沙咀から中環へ移動し、駅から坂道を駆け上がる。莫刑事の呼び出しを受けてから三十分で中區警署へ到着した。警官たちの多忙さを物語るように、古びたコロニアル建築が夜闇のなかで煌々と光っている。

前回と同じような小部屋に通され、しばらく待つと莫刑事がやってきた。やはり険しい顔つきをしている。机をはさんで対面すると一層凄みを感じたが、酔いのせいかさほど恐怖は感じなかった。

「夜分遅くにすみません」

「いえ……あの、今日呼ばれたのはぼく一人ですか」

「ええ。今日は犯人の面相を確認してもらうつもりでしたから、目撃者のあなただけで十分だと判断しました。その必要もなくなりましたが」

ぼくはようやく、莫刑事が音を立てずに靴のかかとを上下させていることに気付いた。表情こそ変わらないが、苛立っているのは明らかだ。

「なぜですか」

「廟街で強盗が発生した時刻、胡仁武は沙田《シャティン》の競馬場にいました。ついさっき裏も取れました。残念ながら、あなたが見たのはお知り合いではないらしい」

背中を冷たい水が落ちていく。

やはり、刑事を利用しようという計画自体が無謀だったのだ。しかし後悔しても、やったことがなくなるわけではない。狭苦しい小部屋で刑事と向き合っている状況は変わらない。これからどんな追及を受けるのだろう。想像するだけで胃がきゅっと締め付けられた。

肩をすぼめるぼくに、莫刑事は目をすがめた。

「夜分にお呼び立てしてすみませんでした。帰って結構ですよ」

予想していなかった台詞に、すぐには言葉を返せなかった。お咎めなし。莫刑事はけだるそうに首を回し、パイプ椅子から立ち上がる。

「あの」

つい声をかけていた。刑事が振り向く。

「ご迷惑おかけしました」

「……仕事ですから」

莫刑事は先に部屋を出て扉を開けてくれた。ぼくは鞄を抱え、慌てて部屋から出る。そのまま逃げるように中區警署から駆け去った。

見間違いを責めるような、意味のない作業に時間を費やすほど警察も暇ではないということか。莫刑事の苛立ちは、怒りというより徒労感のせいだったのかもしれない。

走ってきた夜の坂道を、駅に向かってとぼとぼと下る。来たときより風が寒く感じる。顔の皮が張りつめ、表情が引きつる。ボクシングデーの街を抜け、ＭＴＲの車両で吊り革を握った。

阿武《アモウ》の居所を突き止めるという当初の目論見は失敗した。きっと中區警署に引っ張られて取り調べを受けたのだろうが、あっさりと疑いが晴れてしまったせいで、阿武についての情報を得ることはできなかった。目撃者や身内であれば何か教えてもらえるのではないかという読みが甘かった。

ＭＴＲと小巴《ミニバス》を乗り継いでＨＫＵのキャンパスへ帰り着いた。荷花池《リリー・ポンド》のそばを通過している最中、今日のことを阿賢へ連絡していないのを思い出した。立ち止まって懐からＰＨＳを取り出し、阿賢にかける。聞こえてくるのは無機質な呼び出し音だけだった。仕方なく電話を切った。

夜の静寂に、砂利を踏む音が響いた。池のほとりには他に誰もいないはずだ。反射的に後ろを振り向く。だが、遅かった。

視線が相手の顔を捉えるより先に、背中に衝撃が走った。背骨を真ん中で叩き折ろうとするような、強烈な一撃だった。胸を反るような格好でよろめき、膝をつく。顔をしかめて痛みに耐えていると、誰かが傍らにしゃがみこんだ。

「立てよ、和哥《ウォコー》」

その声に、記憶が刺激される。しゃがんでいるのはぼくと同じ年頃の男だ。暗がりで相手の表情ははっきりしないが、きっとそこには憎しみに歪んだ阿武の顔があるはずだった。

「尾行してたのか」

「ただ後ろをついてきただけだ。再会を祝うために」

阿武は愛嬌のあるハリネズミのようだった。人懐こいのに、刺々《とげとげ》しい。抜き身の刀を手に、躊躇なく相手の懐に入ってくる。背骨がじんじんと痛む。

「立つのが嫌なら、立たせてやるよ」

しゃがんだままのぼくの肩を、阿武は右側から蹴り飛ばした。あまりの勢いに、バランスを崩す。左手にあるのは池だ。落ちる手前で踏みとどまったが、背中にもう一発食らい、あえなく顔から水面へと墜落した。

浅いおかげで溺れることはないが、身を切るような冷水が全身の皮膚を浸した。言葉にならない叫びをあげ、ほうほうのていで池から脱出する。濡れた身体には風がいっそう寒く感じられる。ひどく惨めな気分だった。

闇のなかに阿武のシルエットが浮かんでいる。

「驚いたよ。いきなり強盗の容疑で取り調べだからな。連れと沙田に行ってて助かった。目撃者が日本人だって聞いた時点で、あんたのことは頭に浮かんでた。最近の警察は口が軽いな。警察から解放されて駅に向かってたら、入れ違いに警署へ走っていく和哥を見かけた。後は近くの茶餐廳《チャーツァンテン》で待ってれば、じきに出てくるって寸法だ。冬のテラス席は寒かったよ」

阿武は小話でも披露するかのような調子だったが、ぼくを蹴る力の強さからは明確な敵意を感じた。前髪やシャツの袖から滴が落ち、地面を濡らす。目が暗闇に慣れてくると、阿武が腕を組んでいるのがわかった。他に仲間らしき人影はない。

「日本に逃げたんじゃなかったのか。いつの間に戻ってきた」

「……今年の九月から。交換留学で」

「へえ、港大の学生になったのか。そりゃ結構。それで、お前は昔の知り合いを片端から警察に売るのか」

「事情があるんだ」

寒さに震えながら、自然と濡れた身体を抱いていた。夜が更けるに連れて気温は下がっていく。痛みより寒さのほうが辛い。

「話す前に着替えさせてくれ」

「無理だ」

「家はそこなんだ。部屋で話そう。酒でもご馳走する」

部屋では小野寺が置いていったジョニー・ウォーカーが埃をかぶっているはずだった。ノエルはアルコールに強いくせに、一人で酒を飲む習慣はないらしい。

中山廣場《サンヤッセン・プレース》のほうから人影が近づいてくる。阿武の仲間かと警戒したが、現れたのは小柄な女子学生だった。ぼくらのほうに顔も向けず、足早に通り過ぎていく。見るからに、関わり合いになるのを避けている。

「このまま話していると怪しまれる。誰か呼ばれるかも」

すかさず言うと、短い沈黙の後で舌打ちが返ってきた。

それを承諾の合図と受け取り、テラスに向かって歩きだす。後ろから砂利を踏む音がついてきた。再び風が吹き、身体から熱を奪っていく。シャワーを浴びたいが、きっと阿武は許してくれないだろう。

暗い場所で話していたせいか、テラスの玄関に入るといつもより照明がまぶしかった。明るい場所で見る阿武の姿は、繁華街で虚勢を張るチンピラそのものだ。革のジャンパーの上に痩せこけた顔が載っている。兄に似た涼しい目は、記憶よりも鋭い。頬骨が高く、年齢の割に肌はかさついている。この三年でずいぶん印象が変わった。手の甲には、両腕にびっしり入っているのだろう、龍の刺青の尻尾が見えた。

階段を上がる途中、顔見知りの留学生とすれ違った。彼は全身ずぶ濡れのぼくを見て驚いていたが、後ろを歩く阿武を見てもう一度ぎょっとした。緊張しつつ三〇二号室の扉を開けたが、幸い誰もいない。ノエルがいたらどんな展開になっていたかわからない。

「二人部屋か」

阿武は許可も取らず、ノエルのベッドに腰を下ろす。探り出したウイスキーの瓶を受け取ると、直に口をつけて飲んだ。ぼくがバスタオルで身体を拭いている間、阿武は部屋を眺めながらウイスキーを飲んでいた。こちらの酔いはとうに醒めている。

「どんなやつと住んでる」

「イギリス人。髪を緑色に染めてる」

タオルで髪を拭い、新しいシャツに着替え、追加の酒を探すふりをして床に散乱する小物を漁った。乱雑にCDが積み上げられた一角に、ノエルのテープレコーダーを発見する。カセットはすでに入っていた。上書きするのは申し訳ないと思いつつ、録音のスイッチを押す。無事に回りはじめたレコーダーをベッドの下に置いた。

「いつまで待たせるんだ」

阿武が声を荒らげた。酔いが回りはじめたせいか、心なし目が潤んでいる。ぼくは自分のベッドに腰かけ、深く息を吸った。ようやく、目当ての阿武と会えたのだ。この好機を活かさない手はない。

「悪い。もう大丈夫だ」

「それで、お前は何を企んでる？」

琥珀色の液体をラッパ飲みで流しこみ、据わった目で見てくる。

「香港に戻ってきたのは、梨欣がなぜ死んだのか、調べるためだ」

阿武はあぐらをかき、肘を突いて、真意を推し量るようにぼくを凝視していた。

「何の意味がある」

「わからない。意味なんかないかもしれない。けど……」

「だったらやめとけ」

またウイスキーに口をつけた。薄汚れた壁を見る横顔は、どこか白けている。

「阿賢は協力してくれている。阿武も思わないか。あれはただの事故死じゃない」

「兄貴は関係ない。だいたい、あんたが殺したようなもんだろ」

「ぼくが？」

「そうだよ。あんたのせいで、梨欣はこの世に贅沢があることを知った。知らなけりゃ、ビルの屋上で分相応の生活を送ってたのに」

「そんな話はしていない。ぼくは事実が知りたいだけだ」

「要するに、自己満足だろ」

返す言葉がない。

わかっている。これは梨欣や胡一家のためじゃない。

ぼくのためにやっていることだ。梨欣がなぜ死んだのか、どうやって死んだのかわからなければ、ぼくは本当の意味で前進できない。

阿賢は梨欣の兄として、使命感から協力してくれている。そんな阿賢を利用している自分がとてつもなく卑怯《ひきょう》だということもわかっている。

「実の姉がどうして死んだかもわからないんだぞ」

精一杯、低い声で凄んだ。あたかも本気で怒っているかのように。いや、怒っていないわけじゃない。梨欣は誰かに殺されたかもしれないのだ。もしそうなら、目の前が真っ赤になるくらいの怒りを覚える。ただ、同時に一抹の安堵感も覚えてしまうに違いない。

「梨欣が妓院《ゲイユン》で働いていたことも、斡旋《あっせん》したのが阿武だってことも、阿賢から聞いた。実の姉に身体を売らせて、彼女は死んで、それで……」

興奮のせいで言葉が途切れがちになる。頭のなかがぐちゃぐちゃだった。ぼくがしていることは間違っていない。そのはずなのに、それを恥ずかしく思う自分がいる。楽になるためだけに、墓を掘り返すような真似をしていることが。

こちらの興奮を、阿武は平気な顔でウイスキーと一緒に飲み下した。

「身内に身体を売らせるくらい、よくある話だ。俺が罪人なら大陸には罪人がごまんといる。貧しさに追い詰められれば、誰でもそれくらいはやるさ」

「知ってるよ。でも、梨欣はそうであってほしくなかった」

阿武が笑った。そこには紛れもなく嘲りの色があった。

目の前で閃光が弾けた。

ベッドから跳ね起き、阿武につかみかかっていた。喧嘩なんてしたことのないぼくが、革のジャンパーの襟首をつかんで、相手の身体を押し倒す。虚を衝かれた阿武は仰向けにひっくり返ってベッドから落ちた。しかしすぐに状況を理解し、ぼくの下腹を蹴り上げる。ブーツの爪先でへその下をえぐられ、悶絶する。床に転がると阿武が馬乗りになってきた。防ぐ間もなく、硬い拳が顔面に降ってくる。頬や瞼が石をぶつけられたように痛い。唇が切れて血が流れ、舌の上に鉄の味が広がる。

ぼくは泣いていた。情けなさと、悔しさと、怖さと痛さと、体内からいろんな感情が湧いて、涙腺から外へ流れ出て行った。

拳の乱打は急に止んだ。こわごわ目を開けると、元いた場所で阿武がウイスキーを飲んでいた。中身はほとんどない。涙と鼻水を手の甲で拭って、自分のベッドに戻った。相当な物音がしたはずだが、他の住人が様子を見に来る気配はない。厄介事にはかかわりたくないのだろう。ぼくでもそうする。

いいように殴られたぼくとは対照的に、阿武の顔にはかすり傷一つない。

「あんたの自己満足には付き合えない」

阿武は空になった瓶を放り出した。今にも立ち去りそうだが、逃がすわけにはいかない。

「妓院を経営しているのは、新義幇《サンイーボン》か」

ベッド上の阿武はわずかに意外そうな顔をした。

「そこまで知ってるのか」

「新義幇なんだな」

ぼくは精一杯、悔しげな顔をつくり、相手をにらみつけた。これがぼくなりの挑発だった。阿武は痛めつけることを楽しむかのように薄く笑った。

「そうだよ。妓院は新義幇の飯の種だ」

組織が関わっていると、認めた。

つい苦笑が漏れる。対照的に、阿武は怪訝そうな顔で笑みを消す。

「気持ち悪い。なんだ？」

「この部屋にテープレコーダーを隠している。部屋に入った時から、会話は全部録音してある」

瞬間、阿武は眦《まなじり》を吊り上げた。香港では個人売春は合法だが、組織売春は違法だ。ここまでの会話は、新義幇の組織売春を裏付けるものになる。それに、香港では黒社会の一員であること自体が逮捕の理由になり得る。

「テープを渡す代わりに、教えてほしい」

「……馬鹿なのか。それで脅してるつもりか。そんなもの、警察に提出したところでどうにもならない。黒社会の人間だからっていちいち逮捕していたら、いくら警察官がいても足りない」

「警察に提出するなんて言ってない。新義幇に送りつけるんだ」

意表を突かれた阿武の表情を、見逃さなかった。

「阿武は今、赤の他人であるぼくに自分が黒社会の一員であること、組織売春にかかわっていることを話した。取り締まりの対象になる事実をべらべら喋ったんだ。新義幇がそれを知ったらどう思うかな。口の軽い、軽率なやつを抱えておけば、組織にとってリスクになる。チンピラなんか切り捨てられておしまいだ」

香港では、黒社会の一員はそうであると知られることを極端に嫌う。だから一般人と変わりない身なりで、街に溶け込んでいる者が多い。

ぼくの目的は、組織が阿武のことを見限りそうな情報を引きだすことだった。うまくいけば、阿武は組織に捨てられることを恐れて情報を話してくれるかもしれない。実際に警察が動くかどうかは関係なかった。

そして、そんなことをいちいち説明するまでもなく、阿武は状況を理解していた。

「どこに新義幇がいるかも知らないくせに」

「油麻地の飲食店につてがある。そこを介して渡す」

むろん、小野寺の親が経営する店のことだ。保護費の徴収に来た下っ端にテープを渡すくらいのことは、何とかなるだろう。阿武は冷静を装っているが、怒りを抑えているのが見え見えだった。怒るということは、ちゃんと急所を突いているということだ。

「ハッタリだな。あんたが録音しているという証拠がない。先に見せてみろ」

「その手には乗らない。そう思うなら、試してみればいい。香港マフィアとか言っても、一人じゃ何にもできないくせに」

挑発を口にしながら、ぼくの膝は少し震えていた。阿武は古い知り合いであると同時に、黒社会の人間だ。暴力で勝てる相手ではない。それでも、ぼくの切り札はこれしかない。

「山家剷《ハムガーチャン》」

最大級の罵り言葉を発して、阿武はぼくの胸倉をつかんだ。拳を遮るため、ぼくは慌てて交換条件を出す。

「一つだけ教えてくれ。梨欣が死んだ時、現場にいた白人は誰だ。太った金髪の中年だ。梨欣の常連客だったんだろう。どうして常連客が売春宿じゃなく、昇禮大廈にいた。梨欣は事故死なのか。それとも殺されたのか。教えてくれたらテープは渡す」

阿武はあの白人のことを多少なりとも知っているはずだと予想していた。あの白人が昇禮大廈にやって来た理由は不明だが、誰かが、梨欣はそこに住んでいると教えたはずだ。本人が客に住所を教えるとは考えにくい。そして梨欣が亡くなるまで、家族のなかで彼女が妓女《ゲイネイ》だと知っていたのは阿武だけだ。

数秒、ぼくらは睨み合っていた。

阿武の返答は、強烈な右フックだった。左頬をしたたかに殴られたぼくは、ベッドに倒れ込んだ。顔が痛い、熱い。目の前がちかちかする。もう一度、胸倉をつかまれる。生地が破れそうな力強さだ。

「さっさとテープを出せ」

下腹に拳がめり込むのと、扉が外から開けられるのは同時だった。顔をゆがめて仰向けに倒れたぼくを、緑色の髪をしたノエルは呆然と見下ろしていた。鬼の形相の阿武と目が合っても、肩をすくめただけだ。この男の神経はどうなっているのか。

「不穏だね。いったん失礼するよ」

英語で言うと、ノエルは踵を返して去っていった。

「あいつ、何を言った？」

痛みにうめいているぼくに、阿武が尋ねた。こいつは英語がわからない。

「警察に通報してくる、って」

とっさにそう答えた。即座に、阿武が盛大な舌打ちをする。ぼくの背中を一発蹴りつけると、扉のほうを振り返り、じれったそうにもう一度舌打ちをした。

「尖沙咀《チムサーチョイ》の布埃納《ブエナビル》大廈で待ってれば、やつが来る。教えたぞ。早く出せ」

阿武は早口でまくしたて、ぼくの首根っこをつかんだ。もうこれ以上、情報はもらえそうにない。

ベッドの下のレコーダーからテープを抜き取り、警戒しつつ手のひらの上に置いた。その瞬間に腕を摑まれるのではないかと心配したが、阿武はテープをジャンパーのポケットへ無造作に突っ込み、風のように部屋を出て行った。挨拶も何もない。

幻だったのかと思うほど、あっさり消え去ってしまった。

ベッドに寝転がり、長い息を吐く。枕元のテープレコーダーを、こっそりノエルの持ち場に戻す。このぼくが阿武を脅して、情報を出させた。現実感が追い付かない。

耳にしたばかりの情報を反芻する。布埃納大廈。

阿賢に連絡しなければ。そう思ったが、今は疲れて何もしたくない。さすがに今夜は色んなことがありすぎた。小野寺と食事をして、警察署へ行き、阿武と再会した。体力も神経もすり減っている。今になって、背中や顔の痛みがぶり返してきた。水に浸かったPHSが無事か、確認するのも億劫だった。

三年ぶりに会った阿武は、悪童からチンピラになっていた。でも、根底の部分は変わっていない。姉を売ったと聞いても、ぼくには阿武が根っからの悪人とは思えなかった。自分を大きく見せるため、粋がっているようにしか見えない。あるいは自暴自棄になっているか。

そこまで考えてギブアップした。今夜はもう寝よう。シャワーも浴びていないし、部屋は散らかしたままだけど、何もする気が起きない。

しばらくして、ノエルが戻ってきた。呑気な顔つきで部屋を見回している。

「……助かった」

礼を言ったのは初めてだった。ノエルは首をすくめる。

「ベッドに押し倒されそうになってたもんね。貞操の危機ってやつ？」

脱力する。こいつは何を見ていたんだ。訂正する気力が湧かない。

あくびをした。瞼を閉じれば、すぐに眠気が忍び寄ってくる。ぼくは何のために香港にいるのだろう。七百万都市の片隅に居場所はあるだろうか。まどろみながら、過去へと落ちていく予感があった。

断章　十六歳

ここを訪れるのは何度目だろう。初めての訪問から一つずつ思い出し、今日で七度目だとわかった。昨年の八月から、だいたいひと月に一度のペースで来ていることになる。

四月の陽気に、背中や腋が汗ばんでくる。昇禮大廈の天臺屋《ルーフトップ・スラム》へたどり着くには、十階分の外階段を上らなければならない。考え事でもして気を紛らわせないと、単調で仕方ない。

昨日の授業を思い出しながら足を動かす。カナダ人の男性教師が、授業の合間にこんなことを言っていた。

「カナダ人は、イギリス人からはアメリカ人だと思われ、アメリカ人からはイギリス人だと思われる。実態はどうか。実はぼくらは、驚くべきことにどちらでもないんだよ。ぼくらはカナダ人だからね」

教師が皮肉めいた台詞を口にしたのは、その授業にイギリス人もアメリカ人もいなかったからだろう。ぼくだって、同じようなものだ。香港の場合は似ているが正反対の状況にある。イギリスからはイギリスの一部だと思われ、中国からは中国の一部だと思われている。

今ではネイティブの教師の発言もほとんど聞き取れるが、インター校に入学してから、ずいぶん苦労した。

日本語と広東語はできても、もともと英語は得意ではなかった。それなのにインター校の授業はすべて英語だし、そもそも英語しか話せないという生徒も多い。困った時は小野寺たち日本人の同級生に教えてもらいながら、どうにか試験をクリアした。自慢じゃないが、勉強はできるほうだ。日々鍛えられたお陰で英会話は格段に上達したが、今度は日本語を忘れそうだった。

途中、踊り場で一息つく。眼下には週末の旺角が広がる。彌敦道《ネイザン・ロード》は人でごった返しているが、並走する小路の人混みはまちまちだ。出店が並び、活気に溢れる通りがあれば、日中だというのに野良猫一匹いない寂しい通りもある。異常な人口密度を誇る香港も、ミクロの視点で見れば濃淡がある。

天臺屋への階段を再び上りながら、今度は二度目に来た日を思い出した。


初めて昇禮大廈に来た日、阿賢《アイン》からは二度と来ないよう諭された。それがぼくのためでもある、と。阿賢の態度からは誠実さを感じた。だから、ぼくは素直に従うことにした。だが、我慢は二か月しか持たなかった。慣れないインター校の生活に戸惑うぼくは、事あるごとに梨欣《レイヤン》の笑顔を思い出した。ここに彼女がいたら、と詮無いことを妄想した。

意を決して昇禮大廈を再訪した。梨欣の住むバラックを訪ねると、出てきたのは弟の阿武《アモウ》だった。ランニングシャツを着た阿武は、首筋を掻きながら応対した。

「あれえ。姉貴の知り合いの日本人だ。お土産ないの？」

その声に呼ばれるように、梨欣が玄関まで顔を出した。今日は柿色をした長袖のワンピースを着ている。

「久しぶり。もう来てくれないかと思った」

そう言って微笑する梨欣は、ぼくの妄想のなかより何十倍も可愛らしかった。促されるまま、室内へと足を運ぶ。部屋の奥では腕を組んだ阿賢が今にも舌打ちしそうな顔でぼくを睨んでいた。両親の姿は見えない。

「どうして来た」

「別に来たっていいじゃない。彼の自由でしょ」

「姉貴に賛成。自分からこんなとこ来るなんて、物好きには違いないけど」

居心地の悪さを感じつつ、三人の会話に耳を傾けた。阿賢、梨欣、阿武は、仲の良いきょうだいにしか見えない。一人っ子のぼくは不貞腐れたような気持ちでそれを見ていた。両親は仕事に行っているらしい。

「お客さんがいるのに、私たちだけで話してどうするの。ねえ。普段は何してるの」

「普段、って」

「仕事とか、学校とか。家はどこ？」

梨欣に仲介される格好で、少しずつ阿賢や阿武とも言葉を交わした。インター校に通っていると話すと、三人ともピンとこない様子で「どうして日本人が英語の学校に通うんだ」と尋ねられた。説明に窮しつつ、「日本語の高校がないから」と言うと、「地元の学校でいいだろう」と返された。

「親が決めたことだから。英語も身に付くし」

「要するに、考えてないってことか」

阿賢の指摘が胸に刺さる。図星だ。十五歳にもなれば、自分で進路を決めて然るべきだ。父や母はインター校を勧めたけど、日本の学校で寮生活を送ったってよかったし、他にも選択肢はあった。真実、ぼくは何も考えていなかった。

「名前、なんだっけ」

「……瀬戸和志《ライウーウオジ》」

「じゃあ阿和《アウオ》でいいね」

阿武が提案し、それからは三人とも〈阿和〉と呼ぶようになった。悪い気はしない。愛称で呼ばれるだけで、距離が縮まったような気がした。

梨欣はぼくと同じ十五歳だった。そのことも、不思議な縁のように思えた。阿賢は二歳上の兄で、阿武は二歳下の弟。男兄弟はよく似ているけれど、梨欣は大きな目といい、とがった顎といい、二人とはあまり似ていない。ただ、意志の強そうな濃い眉は共通していた。

話題はぼくの生活が中心だった。いつから香港にいるのか。なぜ香港へ来たのか。日本に帰りたいとは思わないのか。代わる代わる飛んでくる質問に答える形で、気が付けば二時間近くも話していた。

「ある意味、阿和も日本からの新移民《サンイーマン》だね」

「私たちと一緒にされたら困るでしょう」

なにげない阿武と梨欣のやり取りが引っかかった。

「三人とも、新移民なの」

新移民という言葉は普通、大陸から香港にやって来た移民を指す。多くの新移民にとっては、貧しい故郷を離れ、発展した香港で金を稼ぐのが目的だ。

ぼくの質問になぜか三人とも押し黙ってしまった。梨欣は目を泳がせ、阿賢は冷ややかな視線をこちらに向けている。蔑んだつもりはなかった。より良い働き場所を求めるのは、普通のことだ。

「ごめん。気に障ったかな」

「それより、そろそろ帰ったほうがいいよ。もうすぐ親が帰ってくる」

阿武が場をとりなすように言った。最初の訪問で、父母からはあまり良い印象を持たれていないことを知っている。慌てて腰を浮かせると、「送るよ」と阿武が立ち上がった。本当は梨欣に送ってほしかったけど、そんなことが口にできるはずもなかった。

「じゃあ、今日はこれで」

阿賢の顔は険しいままだったけど、梨欣は最後にもう一度微笑んでくれた。次はいつ会えるかわからない。その可憐な表情を網膜に焼き付け、バラックから離れた。

外階段に出て一階目指して下る。阿武が前、ぼくが後ろを歩いた。ビーチサンダルを履いた阿武は、三階で急に立ち止まり、振り向いてにかっと笑った。両目が線のように細くなる。

「飯でも行かない？」

突然の提案だった。まさか最初からそのつもりで送ってくれたのか。

「二人はいいの？」

「誘っても来ないよ。いいから、行こう。面白い話を聞かせるから」

再び歩きだした阿武についていく格好で、ぼくらは自然と通りを歩きだした。阿武は迷いなく、昇禮大廈からほど近い粥麵専家《ゾッミンジュンガ》に入っていく。判断する暇もなく、なかば強制的に店内へと吸い込まれた。

奥に細長い店内は真ん中が通路になっていて、両側に椅子と机が押し込まれている。天井付近の扇風機がぬるい風を送っていた。席に着くなり阿武は店員を呼び、車仔麵《チェーチャイミン》という聞き慣れない料理と、いくつかの点心を注文した。

「それ、どんな料理？」

「好きな具を選んで載せられる」

言いながら、阿武は手元の紙に鉛筆でいくつも印をつけている。肥牛《フェイアウ》とか魚蛋《ユーダーン》といった項目が丸で囲まれていた。いくつ具を載せるつもりなのだろう。ぼくはあまり腹が減っていなかったけれど、雲呑麵《ワンタンミン》を頼んだ。

「それで面白い話って？」

「さっき、俺たちが新移民なのかって尋ねただろう」

向き合って座る阿武は、手練れの占い師のように両手を擦り合わせる。

「俺たち三人は正規の新移民じゃない。小人蛇《シウヤンセー》なんだよ」

小人蛇。ニュースなどで耳にする単語だが、実際の小人蛇と顔を合わせるのは初めてだった。

大陸から香港への新移民は、一日あたり七十五人までと定められている。單程證《ダーンチンジン》――一方通行の許可証――を持っていないと、入境は認められない。しかし移民希望者はその数をはるかに上回っている。需要のあるところには商売が生まれる。この数年、違法業者が大陸人を香港へ送り届ける商売が盛んだと聞いたことがある。そうした不法移民は人蛇《ヤンセー》と名付けられ、子どもの場合は小人蛇《シウヤンセー》と呼ばれる。

「俺たちはもともと、惠州《ワージャウ》の田舎に住んでいた。でかい工場がある町で、その地域の連中はみんなそこで働いていたけど、とにかく賃金が安かった。車で半日の場所に香港があるっていうのに、なんで俺たちの給料はこんなに低いんだって、みんな思っていた。だから香港への憧れは、生まれた頃からの刷り込みみたいなもんだ」

阿武の車仔麵が運ばれてきた。薄切り肉やすり身の団子、豚足やソーセージが丼からはみ出しそうなほど載せられ、麵が見えなくなっていた。阿武は箸をつかみ、具を頰張りながら口を動かす。ぼくは雲呑麵を食べながら話を聞いた。

「長年待って、やっと順番が回ってきた。最初に親父とお袋が、單程證を取って正規ルートで香港へ渡った。でも、俺たちは大陸に残された。移民政策がクソなせいで、子どもだけ後回しってのはよくあることだ。だから小人蛇が増える……とにかく俺たち三人は、いったん惠州の親戚に預けられた。

でもそこの親戚だって、いつまでもタダ飯を食わせてくれるほど親切じゃない。それに、順番を待ってたらいつになるかわからない。だから蛇頭《セータウ》を頼って密入境したってこと」

「いつ香港に？」

「四年前。飯も食わされずに、山のなかを何日も歩かされたよ。このまま金持ちの奴隷にでもされるんじゃないかと思ったね。ほら、その時潰れた血マメの跡がまだ消えない」

サンダルを脱いだ阿武が、右足の裏を見せた。指の付け根に赤黒い跡が残っている。つい目を背ける。

「兄貴も姉貴も俺も、本当はここにいるはずのない人間ってこと。まあ、小人蛇なんてそこらじゅうにいるけどね」

「そうかな。知り合いにはいないけど」

阿武は麵を口の端から垂らして、皮肉な笑みを浮かべた。

「そりゃ高級住宅街に住んで英語学校に通ってれば、小人蛇とは会えないだろうね。でもそれじゃ、香港に住んでいても住んでいないのと同じだよ。日本やイギリスにいるのと変わらない」

車仔麵は物凄い速さで減っている。阿武は甘辛いタレの絡んだ麵や具を咀嚼《そしゃく》しつつ、話すのをやめなかった。

「香港へ来る時、人蛇の集団に父親が菓子工場で働いていた一家がいた。その一家は工場からくすねてきた大量の月餅《ユッベン》を持っていた。俺たちは一家の子どもからその話を聞いて、どうしても月餅が欲しくなった」

思い出話だろうか。ぼくはエビの雲呑を口へ運び、黙って耳を傾けた。

「最初に俺が動いた。一家の目を盗んで、風呂敷に包まれていた月餅をくすねた。次に阿賢が動いた。

自分がどれだけ空腹か説明して、拝み倒して月餅を分けてもらった。最後に梨欣だ。梨欣は何日もかけて、その家の子どもと仲良くなった。しばらくすると、子どものほうから進んで月餅を分けるようになった。梨欣は口では遠慮しながら、結局誰よりもたくさんの月餅を手に入れた」

丼の中身を空にした阿武は、次に皿の上の点心に手をつけた。焼賣《シウマイ》や腸粉《チョンファン》を口一杯に頬張る姿は、小動物のようだ。

「俺たちきょうだいの特徴が、よく表れていると思わないか」

「どういうこと？」

「欲しいものがあれば、俺なら無理にでも盗む。阿賢は正面から要求する。そして梨欣は、相手が気づかないうちに、そうなるように仕組む」

発言の意図が読めない。困惑するぼくを前に、阿武は皿を重ねた。

「わからないなら忘れて。ああ、食った」

大量の料理を平らげた阿武は背もたれに身体を預け、腹をさする。

「代金、どうしようか」

「どうしようって……金はあるのか」

「ないんだよね。借りてもいいかな」

悪びれる様子もない。さすがにぼくも理解する。阿武は最初から、金を払わせるつもりでぼくを食事に誘ったのだ。断ることはできない。さんざん話を聞いておいて、とごねるに違いない。

「わかった」

支払いは全部ぼくが持った。幸い、小遣いで支払える額だった。店を出ると、阿武がまた人懐こい笑みを見せた。

「ありがとう。飯を奢ってくれた人はみんな兄貴分だ。これからは和哥《ウォコー》って呼ぶ」

名目上は貸したはずだが、いつしか奢ったことになっている。まあいい。最初から金が戻ってくるとは思っていない。それより、香港映画のチンピラのような呼び方がくすぐったい。

「またそのうち来てくれよ」

「行ってもいいのか」

「平気、平気。俺と姉貴は歓迎だし、兄貴もそのうち諦める」

「両親は？」

「あー……親はうるさいな。今日と同じ、平日の昼過ぎに来るといい」

腹が膨らんで気が済んだのか、阿武は「じゃあ」とあっさり立ち去った。

駅は逆方向だったが、ぼくはなんとなく彼を見送った。強い風が吹き、ランニングシャツの裾がめくれて、腰の辺りに入った蓮の花の刺青が見えた。

阿武が送っている生活は、きっと想像の範囲を超えている。雲呑麵でくちくなった腹を抱えて旺角駅へと向かった。


それからも、折を見て昇禮大廈へ足を運んだ。本当は週に一度くらい行きたかったが、彼女の両親と鉢合わせするのが怖かった。

梨欣たちとの会話は大抵、とりとめのない雑談だった。ぼくは学校生活や日本の様子を紹介することが多かった。三人が小人蛇だということは、いったん忘れることにした。

――ぼくに隠し事があるように、梨欣にも隠したいことはある。

香港の冬が終わり、春が来た。

ぼくは十六歳になっていた。

十階まで上り、内階段で屋上に出る。脇目もふらず胡《ウー》一家の小屋を目指す。慣れたといっても、ここはスラムだ。自宅やインター校がある太古城《タイクーシン》とは雰囲気がまるで違う。親に内緒でここに来ているという負い目もある。とにかく厄介事だけは起こしたくなかった。

迷路のようなバラックの隙間を縫い、目当ての一軒にたどりつく。扉をノックすると、間を置いて内側から開いた。梨欣がぼくの顔を見て、はにかむように笑った。黒い水玉模様のワンピースだった。

「遅かったんじゃない？」

「そうかな。急いで来たんだけど」

「嘘。先月より遅い」

今日ここに来ることは、前回伝えていた。他愛もない会話をしながら、屋内へ足を踏み入れる。

「今日は一人？」

「うん。二人とも仕事行ってる」

阿賢は画廊の警備員をしている。阿武の仕事は詳しく知らないが、あの刺青が生活ぶりを雄弁に物語っている気がした。梨欣と二人きりという事実に、急に緊張が高まる。インター校でも女子と二人きりになったことなんかない。

いつもなら座るよう勧めてくれるが、なぜか梨欣は早々に隣室へ移ってしまった。ぼくは居間で立ったまま彼女を待った。

「ごめん。お待たせ」

奥の間から戻ってきた梨欣の手には、細長い箱があった。彼女に贈ったネックレスの箱だ。

梨欣はそっと箱を開けた。収められていた銀色のネックレスをつまみ上げ、箱をテーブルに置くと、左右の手で両端をつまんだ。その手を首の前から後ろへと回す。長い黒髪に隠れた両手が現れると同時に、梨欣はぼくの正面を向いた。

「綺麗？」

胸元で三日月のペンダントトップが輝いている。買った時は地味すぎるかもしれないと思ったが、よく似合っている。物腰のせいか、梨欣は同じ年とは思えないくらい大人びている。彼女は期待のこもった目でぼくを見ていた。

「綺麗だと思う」

照れのせいで、遠回しな言い方になった。それでも梨欣は「本当に」と喜んでくれた。

「普段はつけてないの？」

「スラムの子がこんなネックレスしてたら不自然でしょう。特別な日につけるの」

台所の壁面に掛けられた鏡を見ながら、梨欣は答えた。迂闊な質問をしたことを悔やむ。彼女らといると、自分がいかに世間知らずで機転が利かないか思い知らされる。ぼくが肩を落としていることに気付いたのか、梨欣が振り向き、明るい声で言う。

「今度から、阿和と会う日にはつけるようにする……特別な日だから」

最後の一言だけ、声量が小さかった。ただし視線は照れることなくぼくを見ている。相手の目を見て話すのは彼女の癖だ。

特別な日。梨欣にとって、ぼくは特別な存在だということだろうか。たちまち舞い上がった。我ながら現金なものだ。

「この間、天臺屋に新しい人が来たの」

鏡に向き直った梨欣は、とりとめのない話をした。

「最近まで九龍城砦《カオロンシンジャイ》に住んでいたんだけど、とうとう住民退去がはじまって、住んでいられなくなったんだって」

九龍城砦といえば胡一家のかつての住まいであり、梨欣と出会った場所だった。ぼくが香港に越してくる前から取り壊しが決まっていたが、ついに実行に移されるらしい。

「懐かしい。あれ以来、行ってないな」

「じゃあ行ってみようよ」

視線をぼくの顔に戻して、梨欣は言った。

「今から？」

「なくなる前に、もう一度見ておきたくない？」

質問に質問で返すと、裸足だった梨欣は玄関に揃えてあった靴に足を通した。パンプスというのだろうか、甲の部分が開いた平らな布靴だった。きっと普段履きではない。長い髪を後ろで束ねているのは、小さな花の飾りがついたヘアゴムだった。

そこでようやく、今日の彼女がおめかしをしていることに気が付いた。これは、デートと呼んでもいいのだろうか。

「行くの？　行かないの？」

梨欣に問われ、返事をしていなかったことを思いだす。「行こう」と言うと、彼女は「そうこなくちゃ」と満足そうに鼻を鳴らした。

天臺屋を後にしたぼくらは、一緒に昇禮大厦を離れた。バスを使うつもりだったが、「どうやって行こうか」というぼくのつぶやきに、梨欣は「徒歩でしょう？」と言った。

「歩いて行けるの」

「亜皆老街《アーガイル・ストリート》を東にまっすぐ行けば、一時間もかからないよ。歩こう」

彼女はすでにそうすると決めているらしく、先に立って歩きだした。戸惑ったが、梨欣と二人で歩くのも悪くない、と思い直す。振り返れば、二人きりでじっくり話すのは初めて会った日以来だ。左右を高層ビルに挟まれ、激流のように自動車が行き交う車道を横目に見ながら、ぼくらは東へ向かった。表通りを並んで歩きながら、色々な話をした。

小野寺の話をした。父親の仕事の話をした。建物のスケッチが好きだと話した。梨欣は家族の話が多かった。阿賢には長らく友人と呼べる存在がいなかったが、最近は警備員仲間と食事に行くことがあるという。阿武はやんちゃが過ぎて、この先が心配だと嘆いていた。

「お父さんとお母さんは、元気？」

彼女の両親とは一度しか会ったことがない。もう顔も記憶になかった。

「お父さんが、足を怪我したんだよね」

呼吸と勘違いするくらいの短い沈黙を挟んで、梨欣が言った。

「最初は我慢してたけど、だんだん痛くなってきて、しばらく立ち仕事はできないって。病院に行ったんだけど治る見込みもないし。前の工場で働けなくなったから、収入がすごく減っちゃって」

「そうか」としか言えなかった。世間知らずの十六歳には、どんな台詞が相手を元気づけるのか見当もつかない。

「だから私、もっと給料がいい仕事に移ろうと思う」

一転して、ことさら明るい口調になった。ぼくはそこに無理を感じたが、見て見ぬふりをした。それがマナーだと思った。

「どんな仕事？」

「夜勤の単純作業。結構割がいいんだ。今、家もいろいろ大変だから」

阿賢も、警備員の仕事は夜勤の希望者が多いと言っていた。手当てがいいからだろう。家庭の事情に深く首を突っ込んではいけないような気がして、その話題に触れるのはやめた。隣を歩く少女から目を逸らし、流れる車列を眺めた。

三十分ほど歩くと、街並みが繁華街から下町へと変わってくる。古い唐楼《トンラウ》が顔を揃え、自動車が所構わず歩道や路地に停められている。轟音が行く手から聞こえてきた。啟徳《カイタック》空港を飛び立つ航空機だ。

「こんなにうるさかったんだ。住んでる時は慣れちゃってたけど」

梨欣が頰を緩めた。表情が和らぐだけで、こちらも嬉しくなる。

いざ九龍城砦に到着すると、その全容はまだ保たれていたものの、敷地の周りは塀で囲まれていた。住民はすでに退去済みらしい。突き出た看板やアンテナは残されているが、人影はおろか、洗濯物などの生活の痕跡もない。ただ、入れ物だけが残されている。それは九龍城砦であって、すでに九龍城砦ではなかった。檻のなかに横たわっているのは、巨獣の抜け殻だった。

「なかには入れないんだ」

梨欣は塀越しに九龍城砦を見上げ、悔しそうに言った。ぼくらはひとしきり周囲を巡って抜け道を探したが、そんなものは見つからず、じきに諦めて塀から離れた。工事予定地に設置されていた低い柵に腰かけ、横並びで無人の九龍城砦を眺める。

「相変わらず、嘘みたいな建物だ」

むしろ少し離れたほうが、その巨大さを実感することができる。つぎはぎだらけの魔窟は、取り壊しのときを静かに待っている。

「建物のスケッチが好きなんでしょう」

並んで座る梨欣に問われた。

「まあね」

「なら、建築家になれば？」

建築家。考えてもみなかった、と言えば嘘になる。だけど、本気で目指そうと思ったことはなかった。スケッチすることと、建物を設計することは別物だ。

「単純だな」

「そう？　目標があるのはいいと思う」

「梨欣の目標はあるのか」

「あるよ。阿和には絶対言わないけど」

「なんだよ」

「教えない」

気になったけれど、梨欣にはぐらかされた。

「それで、九龍城砦はもう描いたの」

「いや、描いてない」

昨夏はこの建物をスケッチするつもりでここに来たが、描かずに終わってしまった。

「今日描かないと、二度と描けなくなるんじゃない」

確かに、取り壊しはいつはじまるかわからない。しかし今日は九龍城砦に来るとは思っていなかったため、スケッチ道具を持っていない。迂闊だった。

「また、すぐに来る。その時にスケッチする」

「すぐに描いてよ。じゃないと、知らないうちになくなっちゃうから」

梨欣の発言は別の意味を持っているように感じられた。だが、具体的に何を指しているのか、鈍いぼくには察することができなかった。

それから、どれくらい時間が経っただろう。航空機が何度か頭上を飛び、轟音を撒き散らしていった。春の温《ぬる》い空気が漂っていた。

いいかげん、ぼくは真剣に彼女と向き合わなければいけない。とうの昔に、自分の恋心には気づいている。

――言わなければ、ここから先に進めない。

「ぼくには、李小龍《ブルース・リー》と共通点があるんだ」

できるだけ軽く聞こえるように切り出した。怯《おび》える内心をごまかすために。梨欣は無邪気な表情で振り向く。緊張で、舌が頬の裏に張り付いている。

「どんな？」

「佛山《ファッサン》にルーツを持っていること」

惠州出身の彼女なら、広東省中部にある佛山は当然知っているだろう。功夫《カンフー》の盛んな土地であり、高級シルクである香雲紗《ヒュンワンサ》の産地としても有名だ。李小龍の父方は佛山の出身といわれている。

「両親が、佛山の生まれなんだ」

「……でも、阿和は日本人なんでしょう」

「帰化しているからね。三歳の時に」

話しながら、自分の足元だけを見ていた。スポーツブランドのスニーカーが視界に入る。去年の正月、日本へ帰った時に購入したものだ。メイド・イン・ジャパン。日本で生まれたという意味では、ぼくも同じだ。ただ、両親が中国人だった。それだけだ。

「両親は中国人だったから、ぼくも日本で中国人として生まれた。三歳の時に家族で日本に帰化して、趙和志《ジウ・ウォジ》から瀬戸和志《ライウーウォジ》になった」

両親は二人での会話には広東語を使い、ぼくとの会話には日本語を使った。ぼくの母語は日本語だけど、両親の影響で、香港に来る前から広東語も話せた。

「ごめん。いきなり変な話で」

日本で生まれ、日本で育ち、日本語を母語とし、日本人に囲まれて暮らした。それでも、ここは居場所じゃない、という気持ちが常に付きまとっていた。中国に居場所があるという意味でもない。ぼくはどちらからも受け入れられない。どこかで常に周囲を騙している気がしていた。騙していることなんか何もないのに。

一方、中国人の親戚にとって、日本国籍を取得したぼくや両親は外国人らしい。佛山の祖父母には会ったことがない。いっそ中国国籍のままなら楽だった、と思うこともあった。それなら、自分の意思とは関係なく行われた帰化について悩むことはない。かつて、日本の永住権を取得した中国人が、「裏切り者だと思われたくないから帰化はしない」と語っていた。父の取引先の人で、父はそれを笑って聞いていた。

カナダ人教師の言葉を思い出す。ぼくの場合、日本では中国からの帰化者であり、中国では日本人として扱われる。このどっちつかずの立ち位置から、死ぬまで抜け出せない。

柵に腰かけた梨欣は右手でネックレスをいじっていた。三日月形のペンダントトップが日差しを反射してきらめいている。退屈しているようにも、考え事をしているようにも見える。出し抜けに妙な話をしたせいで、戸惑っているのだろう。無人の九龍城砦は何も語らず、静かに眠っている。

「香港人《ホンコンヤン》って、不思議な言葉だと思わない？」

梨欣はかつて住んでいた建物を仰ぎ、嘆息した。

「今では香港人だって自称している人たちも、元は他所の地域から来ているでしょう？　生まれた場所もバラバラ。大陸から来た人が多いけど、イギリス人もいるし、インド人もいるし、フィリピン人もいるし、日本人もいる。でも香港にいれば誰もが香港人になる。そういう不思議な土地なんだよ。誰もこの街の引力には勝てない」

この土地には、確かに言い表せない引力がある。初めて訪れる場所の一つひとつに懐かしさを感じる。長い時間を過ごしてきたかのような安心感がある。

「だから阿和のルーツがどこにあったとしても、どこで生まれ育ったとしても、今だけは香港人ってこと。悩む必要なんかない。私もそう」

梨欣はわずかに口をつぐんで、まっすぐにぼくを見た。

「実は小人蛇なんだ。広東省から渡ってきた。阿賢も、阿武も。不法移民なんだよ」

「……ごめん、知ってた。阿武に聞いた」

わざと驚くような器用さは持っていなかった。こわばっていた梨欣の頬が緩んでいく。

「なんだ。そうだったの。でも先に秘密を明かしてくれてありがとう。ずっと怖かった。阿和に知られたら、軽蔑されるんじゃないかって」

「軽蔑なんて、するわけないよ」

「でもね。たとえ不法移民でも、ここに住んでいる限りは香港人。誰にも否定なんかさせない。だって私が今立っているのは、紛れもなく香港だから」

今さらながら、梨欣の強さに驚かされた。小人蛇であることを恥じる一方で、自分は自分だと開き直る強さがある。日本人学校でも、インター校でも、もちろん日本の学校でも、こんな女の子は見たことがなかった。

「それに、どこで生まれても、どこにいても、阿和は阿和だよ」

そんなことを言ってくれたのは、梨欣が初めてだった。

彼女の視線が一瞬、こちらを向いた。その潤んだ瞳に息を呑む。地面に目を落としたかと思うと、再び九龍城砦のほうを見上げた。あらゆる挙動に目が奪われる。梨欣は何かを待っている。その答えを手にしているのは、この世でぼく一人だった。

言えば、この関係は終わってしまうかもしれない。ぼくの勘違いということだって大いにあり得る。でも、言わなければ永遠に伝わらない。いつ日本に帰るかわからないぼくには、そう多くの機会は残されていない。

今日、最も長い沈黙の後で、わざとらしい咳払いをした。梨欣が振り向く。

「……我中意你《ンオジョンイネイ》（好きだよ）」

一機のジャンボジェットが空港の方角から飛んできた。耳障りな轟音も、今だけは聞こえない。ぼくの視線は彼女の唇に釘付けになっていた。たとえ飛行機が墜落しても、彼女の返事を聞くまでここから動くことはできない。

「我都《ンオドウ》（私も）」

梨欣はぎりぎり聞き取れるくらいの声でささやいた。声量は小さいが、絶対に聞き間違いではない。紛れもなく、我都、と言った。つい口元がほころぶ。吐息が漏れたのは、緊張から解放されたせいだ。

「よかった」

それが本心からの感想だった。

「これからも、ずっと一緒にいてほしい」

「もちろん」

梨欣は赤らんだ顔で答えた。彼女の髪を春の風が吹き乱す。朽ちかけた異形の集合住宅が、ぼくらを見下ろしている。九龍城砦は間もなく崩れ去ってしまうが、ぼくらが互いを想う気持ちだけは、これからも永遠に続いていくような気がしていた。

第四章　マージナル・ピープル

裏通りにうずくまるぼくの目の前を、多くの人々が流れていく。あたかも人種の見本市のようだった。アジア人や白人、インド系、中東系、アフリカ系の男女が右から左から、続々と現れては去っていく。

ぼくは縁石に腰を下ろし、通路を挟んではす向かいにある布埃納大廈《ブエナビル》の出入口に目を光らせていた。老朽化した八階建てのビルは、夜の繁華街でひっそりとたたずんでいる。出入りする男たちはどこか人目を忍ぶように、一目散に屋内へ入っていく。

尖沙咀《チムサーチョイ》東部、尖東《チムトン》と呼ばれる地区にこの売春ビルはある。かの有名な重慶大廈《チョンキンマンション》は徒歩数分の距離だ。

首筋を冷気が這い、思わず肩をすくめた。それにしても寒い。マフラーに顔の下半分を埋める。コートの内側に貼った使い捨てカイロは、すでに冷えた砂利と化していた。温暖な香港とは言え、一月下旬の夜は一桁台まで下がる。

年が明け、一九九七年になった。香港回帰まで残り半年を切っているが、巷の様子に変わったところはない。宗主国がイギリスから中国に変わったところで、庶民の生活には大差ないはずだ。それが、ほとんどの香港市民にとっての本音かもしれない。

年末年始は、日本へ帰らなかった。年明けに実家へ国際電話をかけたら、母親から、大晦日と三が日くらいは帰ってこい、と叱られた。二月の春節《チュンジ》には絶対に帰ってくるよう厳命されたが、守るつもりはない。のほほんと連休を楽しんでいる暇はないのだ。

待ち伏せするのは四度目だった。阿武《アモウ》いわく、ここに来れば梨欣の常連客だった白人と会えるはずだ。

普通の勤め人なら、現れるのは平日の夜、あるいは休日だろう。一度目と三度目は月曜の夜、二度目は土曜の夜、そして今日は水曜の夜だった。白人は時折見かけるが、あの現場で見た男の特徴とは合致しない。百九十センチ近い長身に、突き出た腹。年齢は四十代くらいで、髪はブロンド。たった一度見ただけだが、顔立ちもはっきり覚えている。

もしかしたら売春宿通いをやめたのかもしれない。阿武がでたらめを口にした可能性だってある。それでもぼくは、この可能性に賭けるしかなかった。他にあの男へとつながる手掛かりはない。

最初は妙なクスリの売人に声をかけられたり、酔客に絡まれたりしたが、今では自分の存在を気にする通行人は誰もいない。ひたすら路傍で息を殺していると、石ころにでもなったような気がする。

腕時計を見る。すでに十一時を回った。もう四時間もここでうずくまっている。今夜はそろそろ潮時だろうか。

しばらくすると、別の通りから阿賢《アイン》が近づいてきた。正面で足を止める。

「どうだ」

「現れなかった。そっちは?」

阿賢は活動家のツテを頼りに、あの男を探している。今日はイギリス人コミュニティに顔が利く民主党党員へ、話を聞きに行くと言っていた。ぼくの隣に腰を下ろす。渋い表情から察するに、収穫は期待できない。

「仕事も名前も顔もわからないのに、どうやって探すんだって怒られたよ」

「顔はわかる。覚えている」

「阿和《アウォ》が覚えていても他人に説明できなきゃ意味ないだろ。せめて似顔絵でも描いてくれ」

互いに無口になる。そこはかとない徒労感がのしかかっていた。

昨年末、警察署からの帰路で阿武と再会したことを伝えると、阿賢は喜んだ。兄である自分に連絡がないことは寂しがっていたが、それも些末なことだと割り切ってくれた。しかも例の白人に関する情報まで手に入った。ぼくらの調査は、一気に核心へ近づいた気がした。

しかしそこからひと月、状況はまったく進んでいない。勇んで布埃納大廈《ブエナビル》の前を張り込んだぼくらは、一向に成果が得られないことに焦り、戸惑い、くたびれた。真冬の寒さも、辛さに追い打ちをかける。

それでも止めるわけにはいかない。これ以外に、梨欣につながる道はないのだから。

座り込んだまま、ぼくらはひたすら黙っていた。好色な男たちが満足げに立ち去っていくのを見物し、弱々しい街灯の下、彼らの顔を必死で見分けた。日付が変わった直後に阿賢がのそりと立ち上がった。

「今日はここまでだ」

勝手に決めるなよと思いつつ、それに従った。長い間同じ姿勢を取っていたせいで、手も足も固くこわばっている。背中や腰も痛い。ずっと冷気にあたっていた皮膚は感覚を失っている。

駅に向かい、暗い路地をとぼとぼと歩く。四度目の張り込みも空振りに終わった。

「このところ、何のために活動をしているのかわからない」

肩を並べる阿賢が、珍しく弱音を口にした。

「ついこの間まで、民主派では保釣運動や軍票問題が流行っていた。反日というキーワードは受けがいい。今までその使い勝手に甘えていた。だけど、最近はどうだ。筋金入りのやつらは別として、流行に乗っていただけの連中はもう誰も反日なんて口にしていない。ブームが去ったからだ」

ぼくはテレビ画面で見た、日本領事館での阿賢の姿を思い出していた。

「その連中には、阿賢も含まれる？」

「そういうことだ」

得意の屁理屈をこねるかと思ったが、意外と素直に認めた。

「董建華《トン・キンワー》が選ばれたことで、ようやくみんなの目が覚めた。日本への抗議をやってる場合じゃない。もっと近いところに危機があることを思い出した」

昨年末、実業家の董建華が香港特別行政区の初代行政長官に選出された。選出したのは香港市民ではなく、共産党が指名した推薦委員会の面々。要するに、間接的に中国共産党が選んだ代表ということだ。当然ながら、北京寄りの思想の持ち主なのだろう。

共産党員の孔《フン》教授はこれからもますます活躍し、アガサは怒りに駆られることになる。

「活動家としての阿賢の目標って、何なの」

「香港が一国家として独立することだ」

間髪を容れず答えが返ってきた。

「香港には独自の文化がある。金を稼ぐ力もある。数十年間、市民による自治を通してきた。今になって中国の地方都市に成り下がる理由はない」

阿賢はかつて山道を歩いてやって来た、小人蛇《シウヤンセー》だった。その彼が、今は香港独立を夢見て活動している。広東省に生まれ育った男が、香港のために働いている。

「阿和の目標はあるのか」

答えに窮する。他人に訊いておきながら、ぼくはその質問に対する回答を用意していなかった。

「梨欣が亡くなった時の状況が知りたいだけだ」

「そういうことを訊いているんじゃない。もっと大きな目標だ」

阿賢の口ぶりに苛立ちが混じった。

そう言われても、大きな目標などない。香港に来たのもただ焦燥感に突き動かされたからだ。この交換留学と、将来とを結びつけるつもりはない。

今年の夏が終われば日本へ帰る。それから先、どんな人生を歩めばいいのだろう。おとなしく父の会社で働くべきか。それとも建築家を目指す？　そもそも、ぼくは本当に建築家になりたいのだろうか。

「ごめん。本当にわからない」

真剣になればなるほど、答えは出なかった。

阿賢は不服そうに首をかしげたが、それ以上は問わなかった。


下期の〈都市論《アーバニズム》〉最初の授業に出席するため、紐魯詩樓《ノウルズ・ビル》の講堂へと足を運んだ。開始十五分前だというのに、席の大半はすでに埋まっている。理由はわかっていた。上期と同様、初回の授業では孔教授が登壇するという噂だった。ＨＫＵの建築学院が誇る名物教授の講義を聴くため、学生たちは集まっているのだ。

空席を探していると、視界の隅で誰かが手を振っていた。中ほどに座ったアガサだった。バッグを置いた隣席を示している。その誘いに甘えることにした。学生たちの合間を縫って、アガサの隣にたどりつく。

「孔教授の講義だから、来ないかと思った」

「単位は取らなきゃいけないんだから、しょうがない」

彼女は肩をすくめた。レンズの奥で眉がひそめられる。

「パトリックもいるかな」

「さあ。どうせ、前のほうに陣取ってるんじゃない。敬愛する孔教授が出るんだし」

アガサは吐き捨てるように言った。

昨冬に灣仔《ワンチャイ》の事務所を訪れてからというもの、アガサとパトリックの間には微妙な距離が生まれている。互いに反目しているというより、アガサがパトリックのことを軽蔑している感じだ。一方は共産党員としての孔耀忠《フン・イウジュン》を憎んでいるのに対して、もう一方は世界的建築家として尊敬している。どちらかが誤っているわけではない。

「学生会のほうはどう?」

「まあ、色々。ちょっと忙しくてね」

心なしかアガサの顔色は優れない。多くのメンバーをまとめる秘書長という立場は、さぞかしストレスが溜まるだろう。

「新しいオブジェができるって話、聞いたよ」

「〈國殤之柱《ピラー・オブ・シェイム》〉ね」

肩をすくめたアガサは、少しだけ誇らしそうな顔をしていた。

テラスの寮生から聞いた噂によれば、デンマークの彫刻家が、天安門事件をモチーフに巨大オブジェを造っているという話だった。そこにはＨＫＵの学生会を含む、香港民主派が大勢関わっているらしい。

　毎年六月四日には、天安門事件の追悼集会が開かれる。民主派が開く大規模な追悼集会で、オブジェはお披露目になる。その後は維多利亞公園《ビクトリア・パーク》に安置され、新しい民主派のシンボルとなるらしい。

「これからは、やることがもっと増えるんじゃないか」

「そうね……でも、もう手遅れじゃないかって思うこともある」

　アガサには似合わない後ろ向きな発言だった。阿賢といい、今年に入ってから民主派の面々はどこか疲れている。回帰が目前に迫り、焦りが募っているのだろうか。

「表面上はまだ自治を保っているけど、香港はとっくに共産党の支配下にある。準備委員会は好き勝手なことばかりしているし、それを止める力を誰も持っていない。正直、暗い気分。北京が一國兩制《ヤッゴクレンジャイ》を遵守する保証なんかどこにもない」

　北京政府の息がかかった準備委員会は、行政長官や議員を選出した推薦委員会の裏で糸を引いている連中だ。その一員には長官就任予定の董建華もいるというから笑ってしまう。間接的に、自分たちの身内を選んだに過ぎない。

　テラスのロビーで寮生たちと話しているだけでも、香港の現状は耳に入ってくる。残念ながら、アガサのような悲観論者は少なくない。かく言うぼくも、北京が額面通りに約束を守ってくれるとは思えなかった。

「きっと、大陸回帰が決まる前まで戻らないと、どうしようもないのね」

「それは無理だ。タイムマシンがあればいいけど」

「早く発明してよ。そうしたら、中英声明の出た一九八四年に戻って抗議するから」

　タイムマシンが欲しいのはぼくも同じだ。そうしたら、梨欣が亡くなる前に戻る。だが――過去に戻って、彼女になんと声をかければいいのかはわからなかった。

定刻、孔教授はいつもの笑みで壇上に現れた。顔に張り付いた仮面の笑顔。ロマンスグレーに銀縁眼鏡、スーツという出で立ちは上期と変わらない。香港の最高学府で教授を務める中国共産党員に、アガサは尖った視線を向けている。

「このなかで、ジュール・ヴェルヌの『プロペラ島』を読んだことがある人は？」

よく通る低音で呼びかけたが、手を挙げる学生はいない。ヴェルヌが小説家だということは知っているし、『十五少年漂流記』なら読んだことがあるけれど、『プロペラ島』は初めて聞く作品名だった。

孔教授は講堂を見渡し、軽くうなずいた。

「このSF小説にはスタンダード島という架空の楽園が登場します。スタンダード島は太平洋を旅する巨大な人工島で、タイトルの通りプロペラで自走します。島では高速鉄道や動く歩道が整備され、常に快適に過ごせるよう、天候は人工的に操作されています。あらゆる日常の雑事が機械化され、住人は理想の生活を送ることができる。科学技術の粋を集めた、すばらしい人工島です」

口元に微笑をたたえ、見てきたように語る。聴衆はその挙動から目を離せない。まるで舞台俳優だ。

「ですが、このスタンダード島を理想の都市と呼ぶことはできるでしょうか？」

明るい調子で話していた孔教授が、急に声をひそめた。

「物語は前半、冒険精神に富んだエンタテイメントとして楽しめます。しかし後半は一転して、島内の政治抗争が描かれる。住民たちの派閥争いが激化した結果、楽園はあっけなく破局を迎えます」

残念でならない、という表情で首を横に振る。

「私はこう思います。都市というのは、建築や道路のような入れ物だけでできているわけではない。そこに住む人がいて、初めて都市は成立するのです。住人のいない都市は、どんなに優れた建築があっても都市とは呼べない」

「よく言うよ。〈鬼城《ゴーストタウン》の建築家〉が」

アガサが憎々しげにつぶやいた。ぼくもアガサと同意見だ。大陸で無数のゴーストタウンを作ってきた孔教授の発言としては、さすがにしらじらしい。しかし学生の大半は真剣な顔つきで講義に聞き入っている。この講堂のどこかで、きっとパトリックも陶酔しているのだろう。なんだか馬鹿らしくなる。

「下期の〈都市論〉では、皆さんにとっての理想都市とは何かを考えてもらいます。私が伝えたいのは、常にそこで暮らす住民を意識して議論してほしいということです。顔のない抽象化された住民ではなく、どれくらいの人数で、どんな年齢層で、どういう生活を営んでいるか、そこまで想像してください」

壇上の孔教授は、そこでいったん言葉を切った。

「建築家は、設計の能力が優れているだけでは不十分だ。その土地を理解し、住民を理解し、そのうえで自らの志を追求する。ジレンマや葛藤を抱えながら、それでも、一ミリでも自分の理想に近いものを作ろうとする。それが建築家の本質だ」

それまでの流れるような語り口とは、少しだけ隔たりがあった。顔に張り付いた仮面がわずかに破れたようだった。

「鬧劇《ナウケク》」

アガサが広東語でつぶやいた。〈茶番〉という意味だ。

講義が終わり、連れ立ってビルを出た。苛立ちを引きずる彼女は、中山廣場《サンヤッセン・プレース》を歩きながら憤懣を発散させていた。

「あんな人が天水圍《ティンソイワイ》や大嶼島《ランタオ》の開発責任者なんだよ。あり得ない。香港がゴーストタウンにされちゃう。大陸の二の舞」

アガサの批判は辛辣だが、ある程度は的を射ている。住みたいと思える都市でなければ、当然住民は寄り付かない。ゴーストタウンを大量生産している孔教授に、魅力的な都市計画が展開できる保証はない。

ただ、アガサの場合は都市計画の専門家としての資質より、共産党員であることのほうが気になるようだった。

「要するに、あの人は改革開放の片棒を担いでいるだけ。ニュータウンを次々に作って、不動産屋と役人と土建会社を肥え太らせるのが目的なんだから。そんなの、見せかけの経済活性化だと思わない？」

「でも、香港に家が足りないのは事実だ」

小さな香港の土地に、現在も七百万の住民がひしめいている。住宅不足はこの地域の永遠の悩みだ。

「だからって、新しく作る必要はない。既存のニュータウンで開発を進めればいいし、そう、香港島にも手付かずの土地はある」

詭弁めいた発言に、つい苦笑が漏れそうになる。既存のニュータウンでは収まらないから、新しく作るのではないか。孔教授のことになると、アガサは感情的になる。

「とにかく。香港の未来を共産党員が握っている状況が許せない」

彼女の主張は、その一言に要約される。

徐朗星文娯中心《シュウ・ロンシン・アメニティーズ・センター》でアガサと別れた。彼女は学生会に顔を出しに行き、ぼくは実家に電話をかけるため公衆電話の受話器を持ち上げた。気が重いが、そろそろ連絡しなければまずい。春節も日本へ帰るつもりはない、ということを伝えなければ。阿賢からもらったPHSを使わないのは、母に番号を知られたくないからだった。

実家の番号を押し、受話器に耳を押し付ける。一度、二度とコールが鳴る。五度鳴っても電話は取られない。留守なのかもしれない。七度目のコールが終わり、受話器を置きかけたところで「はい、瀬戸ですが」と男の声がした。

父だった。

口のなかに苦味が広がる。電話に父が出るのは初めてだった。平日の夕方に在宅とは、珍しい。舌打ちが出そうになるのを堪え、「和志です」と名乗った。

「お前か。国際電話だから何かと思った」

流暢な日本語が返ってくる。両親はぼくと話す時には日本語を使う。三歳で帰化したぼくは、日本人として育つことを求められてきた。

「何の用だ。母さんは出かけてるぞ」

「別に大したことじゃない。春節のことで」

「ああ。いつ帰ってくるんだ？」

受話器を握る手に力が入る。この人はいつだってこうだ。自分で勝手に相手の行動を決めて、少しでもそこから外れると機嫌を損ねる。日本への帰化も、香港へ移り住むことも、日本へ帰ることも、全部ぼくの意思とは無関係に決められた。

「そっちには帰らないから」

反射的に言い放っていた。数秒、沈黙が流れる。

「理由は？」

今度はこれだ。父には、端から相手の理由に耳を傾けるつもりなどない。論理的にねじ伏せるつもりで尋ねているのだろうが、その手には乗らない。

「理由なんかいらない。とにかく、帰らないって決めたから」

「それは通らん。正月にも帰らなかっただろう。せめて春節には帰れ」

「忙しいんだよ」

「母親を悲しませて、楽しいのか?」

挑発するような物言いに、目の前が白くなる。

「夏には帰ることになる。少しくらい帰らなくても平気だろ」

「お前が相手の気持ちを想像できていないだけだ。どうせ大学で遊び呆けているんだろう。横浜に帰って、墓参りにでも行け」

祖父の顔が目に浮かぶ。一昨年亡くなった、義理の祖父だ。父の養父であり、瀬戸という姓を与えてくれた男性。

「コインがなくなるから切る。じゃあ、また」

嘘をつき、一方的に通話を終えた。

疲労感を引きずりながら屋外へ出る。アガサは孔教授のことになると感情的になるが、父と会話する時のぼくよりはましだ。

*

父は二つの名を持つ。一つは瀬戸文雄、もう一つは趙文攀《ジウ・マンパン》。

生まれたのは、広東省の佛山《ファッサン》にある工業地域の一角だった。工員の次男坊で、実家は貧しかった。当時の広東省は所得水準も成長率も国内平均より低く、経済的には後進地域だったらしい。

初級中学を卒業した父は大きな働き口を求め、廣州《グオンジャウ》の電子部品工場に就職し、ラインの作業員として働きはじめた。大躍進と名付けられた世紀の愚策が、毛沢東によって実行されている真っ最中のことだった。父の住んでいた工業地域でも、飢餓は無縁ではなかった。親戚の農家は一家で餓死し、父の母親も栄養失調で心不全を起こした。一命はとりとめたものの、不整脈がひどく、まともに家事や仕事ができる状態ではなかった。

中国共産党への不信感が、父のＤＮＡに刻み込まれた。この国は、自分たちのために何もしてくれない。いざとなれば国を捨てるしかない。

溶接、組み立て、シール貼り、検品、梱包。工場での作業に父は全力を傾けた。親を養い、生き延びるための金が必要だった。その働きぶりは目覚ましく、二十歳でライン長を任されるほどだった。

この時期の武勇伝は、暗誦できるほど繰り返し聞かされた。

例えば、工場がストライキに入り他の作業員がいない状況下、責任者である父が一人ですべての工程をこなして無事納期に間に合わせた話。四川省の顧客に製品を至急納品するため、三晩徹夜で車を運転し、帰ってきてそのままライン作業に入った話。日本のサラリーマン顔負けの奉仕精神だが、勤務先への忠誠心がそうさせたのではない。すべては父とその家族が生きていくためだった。

二十二歳で、地元の役人の娘と結婚した。ぼくの母だ。

大躍進は失敗に終わり、代わって主席の座に就いた劉少奇が市場経済を導入した。工場は年々業績を上げ、父の所得も増えていく一方だった。

転機は、文化大革命だった。

結婚と同じ年、紅衛兵が〈革命無罪〉を旗印に、武力闘争を巻き起こした。富農や地主、資本家は危害を加えられ、殺されることも珍しくなかった。父の勤務先も例外ではなかった。夜の工場に男たちが押し込み、作業員たちを殴り倒して、事務所にあった金庫を強奪した。工場の操業には大きな影響がなかったものの、運の悪い工員が四名犠牲になった。そのなかには父の顔見知りもいた。

共産党への不信感はピークに達した。

折しも、日本は高度経済成長に沸いていた。中国政府は日本との国交を正常化するどころか、外交そのものが麻痺していたため、日本の好景気は大半の中国人にとって他人事でしかない。だが、父は日本に活路を見出した。すぐ近くに世界一の経済成長を遂げている国があるのに、その波に乗らない手はない。

二十三歳になった父はライン作業の合間、独学で日本語を学んだ。古書店で手に入れた怪しいテキストを使い、日常会話から勉強をはじめた。テキストの一ページ目から、〈こんにちは〉と書いて〈コンニチワ〉と発音することに戸惑ったらしい。レベルはともかく、父は自力で片言の日本語を身に着けた。語彙力は小学生以下だったが、まずは話せることが大事だ。

廣州では年に二回、廣州交易会という大規模な国際展示会が開かれる。日本企業も参加する。そこに目をつけた父は交易会の会期中、会場の近くで〈日本語　通訳〉と大書した板紙を掲げて立った。日本語話せます、とか、通訳です、と叫びながら道行く人々に呼びかけた。立ち続けて二週間、諦めかけた父に近づいてくる人がいた。背広を着た四十代くらいの男で、雰囲気から日本人と察せられる。

「通訳ができるのか」

この日本人がぼくのおじいちゃん――瀬戸だった。

父は瀬戸に同行したが、その時はまともな通訳ができるほど日本語に通じていたわけではない。ただし自信ありげな態度だけは崩さなかったという。実際、単語や数字を訳するだけでもいないよりはましだっただろう。

翌日も、翌々日も、父は瀬戸に呼ばれた。父は毎日、帰宅して徹夜で日本語を勉強し直した。商談相手は電子部品メーカーの代表や幹部だったから、エレクトロニクスの本を買い、電子部品の名前を頭に叩き込んだ。

四日目、父はつたない日本語を駆使して「日本で働きたい」と瀬戸に訴えた。瀬戸は考え込んで、こう答えた。

「一年後にまた交易会に来るから、その時までにしっかり日本語を勉強しておきなさい」

父は持ち前の分厚い面の皮で、その言葉を前向きなものと受け止めた。家族の有無を問われ、妻がいると告げると土産に月餅を持たせてくれた。涙が出るほど感激した。

なんとしても日本に行きたい。

その日から、父の猛勉強がはじまった。元いた工場は無断で休んでいたため、とっくにクビになっている。新しい勤務先に選んだのは、もちろん電子部品工場だ。父はいくつかの工場を転々とし、さまざまな製造工程について実地で学んだ。日本語の学習は一日も欠かさない。母も一緒に学んだ。父が日本に住むなら、母も同行することになる。夫婦は互いを教師として、独学で日本語を身につけた。

一年後、廣州交易会の会場に背広を着た中年の日本人が再び現れた。

「懲りないな、きみも」

瀬戸は苦笑し、父を商談へ連れて行った。一年前と同じように。

父は瀬戸の信用を勝ち取ったが、出国手続きに手間取り、実際に日本へ渡ったのは四年後だった。

まだ中国市民の海外渡航が一般的ではなかった時代だ。その間に日本語だけでなく、普通話と簡単な英語も勉強した。

二十八歳で日本へ赴いた父は、瀬戸の会社で働きはじめた。電子部品の輸入と販売を担う代理店で、瀬戸の伯父にあたる人物が社長を務めている。当時すでに高齢で、甥の瀬戸が次期社長と噂されていた。瀬戸の手配で、父だけではなく母にも就労ビザが下りた。事務所は横浜の関内にあり、父と母は伊勢佐木町のアパートに居を構えた。

父は営業部に配属された。日本人ばかりの会社で、常に軽蔑と懐疑の視線を向けられていたが、そんなことに構っている余裕はない。とにかく仕事で名を挙げなければ、瀬戸の恩義に報いることができない。昼夜を分かたず働いた。無数の飛び込み営業をこなし、食らいついた相手は絶対に離さなかった。

仕事で手柄を立てるにつれ、父への陰口は鳴りを潜めた。担当ゼロからはじめて、営業部随一の成績を挙げるまで二年かからなかったという。そして三年後、副社長である瀬戸の直属の部下となり、秘書として彼の仕事を支えることになった。

一方、総務部のパートとして採用された母は、中国語の文書を日本語に翻訳する仕事を担当した。会社は中国との民間貿易ができる友好商社に指定されていたため、中国語での事務処理がよく発生していたのだ。

趙《ジョウ》夫妻は、次第に会社での存在感を増していった。

ぼくが生まれたのはその時期だ。生活が安定し、父と母はようやく子どもをつくる決心がついた。日本に慣れるまで子どもは我慢しよう、と決めていたそうだ。

二人は、野毛の産婦人科で生まれたぼくの命名を瀬戸に託した。日本人としても通用する名前、というのが父の希望だった。瀬戸は届出期日まで悩んで、〈和志〉という名前をつけた。

瀬戸は独身で子がなく、命名するのは初めての経験だったらしい。伊勢佐木町のアパートをたびたび訪ね、まるで孫のようにぼくをかわいがってくれたという。

母は仕事で多忙な父の手を借りることなく、すべてを一人でこなした。育児をしながら父の世話も、家事もすべてを担った。その意欲と体力には素直に感心するが、子どもが大きくなっても母が子離れできないのは、手をかけてきたという自負が強すぎるせいかもしれない。

息子が生まれたことで、両親は日本に骨を埋める覚悟を決めた。ある夜、日本への帰化を目指すつもりだと瀬戸に打ち明けたところ、養子になることを提案された。

「日本で暮らしていくなら、後ろ盾がはっきりしていたほうがいい」

恩人が自分の養子になるよう勧めてくれたことに父は感激し、その場で「よろしくお願いします」と応じた。

帰化申請も面倒だが、中国から出る時のことを思えばずっと楽だったという。日本国籍を取得したのはそれから二年半後、ぼくが三歳の年だ。父は趙文攀から瀬戸文雄になり、母も日本名を取得した。ぼくは瀬戸和志として人生を歩んでいくことになった。

初めて過去を聞かされたのは、小学校の低学年あたりだったと思う。それ以前から、両親が中国出身だということはなんとなく知っていた。両親の会話は広東語だったし、食卓での会話にはしょっちゅう中国の話題が上った。

物心ついた頃、すでに父は営業部長に就任していた。社長は瀬戸――ぼくにとっての〈おじいちゃん〉だ。

父の経歴は、その後も繰り返し聞かされた。食事をしながら。一緒に風呂に入りながら。車で移動しながら。父と母は同じことを飽きることなく、何度でも話した。

両親の行動は矛盾している。息子を純然たる日本人として育てながら、ルーツが中国にあることは決して忘れさせてくれなかった。それでも、意識の上ではぼくはずっと日本人だった。日本で生まれ、日本で育ち、日本に住民票があり、日本のパスポートを持っている。母語は日本語だし、日本のテレビが好きだった。

でも、ぼくの周囲はずっと薄い膜で包まれているみたいだった。

国語の漢字テストで点数がいいと、同級生から「さすがだね」と言われることがあった。中国人は漢字が得意という、くだらない思い込みからの発言だ。何か言い間違えると、「それ中国語？」とからかわれた。

小学五年生から通いだした学習塾では、新しい友達ができた。ある日、他校に通う仲のいい友達から面と向かって訊かれた。

「和志って、中国人なの？」

ぼくは「日本人だよ」と断ってから、両親が中国出身であること、三歳の時に日本へ帰化したことを根気強く説明した。同じような質問は、小学校の低学年からずっとされている。何度も説明していれば自然と慣れる。

「じゃあ、もともと中国人だったけど、途中から日本人になったんだ」

「まあね」

友達はどこかほっとした表情で「そうだよね」と言った。どうして帰化したの、とは訊かれなかった。日本人になりたいと思って当然だよね、中国人のままじゃ嫌だよね、という感情が透けて見える。

その反応に、なぜか頭に血が上った。

ぼくは中国人が嫌だなんて、一度も言っていない。選択の余地もなく、親の判断で日本国籍になっただけだ。日本人にしてくれ、なんて頼んでいない。

その友達とは疎遠になったが、後々、彼がぼくのことを陰で〈チャイナ〉と呼んでいたことがわかった。縁が切れてよかった、とせいせいすると同時に、どうしようもない寂しさを覚えた。

肩身の狭い思いをしているぼくから見れば、父は常に堂々としていた。瀬戸から認められたという事実があるおかげか、自分は中国人であると同時に日本人でもあると自負している。だけどぼくは、中国人でも、日本人でもないような気がしていた。

母はぼくが学校でいじめを受けることを心配していた。十歳を過ぎてもまだ赤ん坊と同じように扱おうとした。一時は私立中学の受験を勧められたが、私立にもいじめはあるよ、というぼくの一言で諦めた。

公立中学に進んだぼくは、帰化したことをできるだけ隠した。知られれば面倒なだけだ。幸い、小学校からの持ち上がりの同級生はほんの数名だった。普通の日本の中学生として、ぼくは学校生活を過ごした。

父は家を空けることが多くなっていた。中学進学の直前に香港の会社から大口の契約を取ってきたため、香港出張の機会が増えたのだ。父は単なる営業マンではなく、技術指導者として現地へ行っているらしい。ぼくにとっては営業だろうが技術指導だろうが、どちらでもよかった。

中学二年の春、唐突に父が宣言した。

「これから数年間、家族で香港に移り住む」

相談ではなく、決定事項だった。十三歳のぼくに抵抗の術はない。

「そんなこと、いつ決まったの」

「ついこの間だ。心配するな。何年かすれば日本に帰ってくるから。それに香港は広東語が通じる。すぐ慣れるだろう」

そうのたまう父の無神経さには呆れるしかない。

それから転居までの一か月ほど、母は面倒な手続きや転居先の手配に追われていたが、どこか嬉しそうでもあった。日本人になったとは言え、故郷の言葉が通じる地域での暮らしを楽しみにしている節がある。

日本生まれのぼくと、父や母では、ふるさとの意味が違う。

学校や空手教室の友達に別れを告げ、家族三人で香港へ引っ越した。香港では日本人学校に編入したため、日本語が通じるという意味では横浜にいた頃と同じだ。新しい友達には、帰化について明かさなかった。意図的に隠したというより、もはや口にする理由がなかったし、そういう機会もない。

引っ越す前はただただ不安だったけど、生活がはじまってみればじきに慣れた。悔しいけど、その点では父の発言の通りだ。

日本を離れたことでむしろ安堵さえ感じていた。香港には大陸から移り住んだ人が多く、中国を裏切ったという自責の念に苦しめられずに済む。日本にいる時の、あの間借りしているような気持ちを味わうこともない。

インター校に進学してからも、帰化のことは伏せていた。小野寺にさえ話していない。伝えたところで関係が変わるとは思わないけれど、伝えずに済むならそのほうがいい。言われたって、相手も戸惑うだけだ。

だけど、周囲に膜が張ったようなもどかしさは常にあった。あっても困らないけど、どこか目障りな半透明の膜。

　小学校を卒業して以降、自分からルーツを明かした相手は梨欣《レイヤン》だけだ。住民の消えた九龍城砦《カオロンシンジャイ》を前に、ぼくらは互いの過去を打ち明けた。心と心がつながった。どこにいても違和感を抱いていたぼくに、居場所を与えてくれた。初めて膜が破れた。

　ぼくは梨欣が好きだったし、彼女もぼくを好きなはずだった。

　梨欣の言葉が、ぼくの心を今も支えている。

　だから、彼女の死をうやむやにしたままでは前へ進めない。


　二月十日。春節から二日が経った正月三日、初三《チョウサム》と呼ばれる日だ。

　一人、夕刻の尖東を歩いていた。すでに日は沈んでいる。街角には桃の枝がずらりと並んでいた。この時期の風物詩だ。街灯には赤い提灯が吊るされている。ほとんどの飲食店は閉まっているが、シャッターの前で軽食の屋台が湯気を上げていた。

　いつもと同じように、布埃納大廈《ブエナビル》の出入口が見える歩道の縁石に腰かける。ぼくの定位置だ。さすがに人通りは少ないが、今日も例のビルでは春が売られている。出入口へ消えた男たちは、しばらくするとすっきりした表情で表へ出てくる。

　このところ、ほぼ毎日ここに通っている。もう何度目だろう。十を超えてからは覚えていない。

　他にやるべきことがあるのはわかっている。授業のレポートや課題図書の予習。上期は真面目に取り組んでいたが、昨年末に阿武と会ってからというもの、学業への熱意は急速に薄れた。尖沙咀の片隅にある売春ビルを見張っていれば、あの白人に遭遇するかもしれない。そう思うと、居ても立ってもいられなかった。そもそも、ぼくが香港に来たのは梨欣が亡くなった経緯を知るためで、その目的を優先することは当然だ。

そう言い聞かせながら、胸には一抹の罪悪感がある。

こんなことをしていていいのか？　いつまでこの探偵ごっこを続ける？　自分の声が耳元でそうささやいている。

リュックサックから、退屈しのぎに持ってきたスケッチブックを取りだす。街灯の明かりに照らされた紙面。そこにシャープペンの先端を走らせる。暗闇にそびえる、老朽化した売春ビルを描き出す。何の変哲もない、つまらない建物だった。

建物のスケッチは久しぶりだ。二月の寒気で冷えた手に、息を吐きかける。

そういえば、九龍城砦をスケッチしたのも二月だった。香港を去る直前。取り壊しがはじまろうとする時期だった。あのスケッチはたぶん、横浜の実家にある。日本に帰ってからは一度も見返していない。見れば辛いことばかり思い出す。

布埃納大廈の外観を改めて観察する。直方体の立面に、内側から目隠しされた窓。風雨に削られくすんだ外壁が、利用者たちの後ろめたさを覆い隠している。あの建物でどんな痴態が繰り広げられているのか、想像するだけで憂鬱になる。

そういうことに興味がないわけじゃない。行為に及んでみたいという欲求はある。ただ、その相手は自分の恋人がいいというだけのことだ。初対面の人間と素っ裸になって抱き合う勇気は、持ち合わせていない。

ぼくはいわゆるヤラハタ——やらずに二十歳——というやつだ。小野寺からさらりと女性の話を聞かされるたび、男としての未熟さを突き付けられている気分になる。それでもやっぱり、最初は好きな相手がいい。

一時間もすると精密なスケッチが完成した。スケッチブックをしまい、今度は尻と縁石の間に両手を挟む。次は座布団でも持ってこよう。

空腹を覚え、夕食休憩でも取ろうと思った矢先だった。

一人の男が、せかせかとした足取りでビルの出入口へ向かっている。暗がりでよく見えないが、身長はかなり高い。百八十は優に超えている。細い両足を動かして、布袋様のように突き出た腹を揺らす。おそらくは白人だ。

「えっ」

戸惑いが口から転げ出た。視線が離せない。中腰のまま相手を凝視する。

街灯が男の横顔を映し出した。高い鼻にたるんだ頬。横分けにした金色の髪が光を反射している。深緑のジャケットにベージュのパンツ。右手には革の鞄を提げている。

おぼろげだった記憶が鮮明によみがえる。

間違いない。現場で見た、あの男だ。

全身の血圧が上がる。阿武は嘘をついていなかった。そしてあいつは、今も女を買っている。梨欣が亡くなった現場に居合わせていたというのに。

怒りのあまり視界が点滅する。気が付けば、リュックサックを背負い直し、出入口に消えた白人の背中を追っていた。

ビルの内部に入るのは初めてだ。出入口の先は短い通路になっていて、突き当たりにエレベーターがあった。男は扉の前で箱が来るのを待っている。通路の壁には、卑猥な単語の躍る紙がびっしりと貼られていた。イラスト入りのものもある。大股で通路を直進し、背後に立つ。

足音に、相手が一瞬振り向いた。至近距離でその横顔を目にする。琥珀色の瞳がぼくを捉えたが、すぐにエレベーターの扉へ戻った。

やはり間違いない。あの現場にいた白人だ。

さて、ここからどうする。

話しかける手順も、質問する内容もすべて考えておいたはずなのに、いざ遭遇すると頭が真っ白になった。いきなり声をかけて警戒されないだろうか。お前は誰だ、と言われたらどうする？　苛立つ。焦る。そうこうしている間にも時間は経っていく。

じきにエレベーターの箱が降りてきた。なかには誰もいない。扉が開き、白人が乗りこむ。その後に続いた。ここまで来て踵を返すわけにもいかない。男は八階のボタンを押した。ぼくはボタンを押さず、できるだけ平静を装って階数表示を見上げた。

モーターが唸《うな》りを上げ、のろのろと八階まで上昇する。

今ここで凶器を突きつけて脅せば、真相を吐くだろうか。いや、駄目だ。凶器など持っていないし、一対一でこの大男に勝つ自信もない。第一、心の準備ができていない。

八階に到着するまでの数秒が、異様に長く感じる。

やがて扉は開いた。その光景に唖然とする。どぎついピンク色の照明が輝き、狭い通路の両側には、安アパートのように扉がずらりと並んでいる。男は一度も振り向くことなく箱を降り、通路を一目散に進んでいく。ぼくは距離を置きつつ、相手から目を離さずに後をつける。迷路のような怪しい通路で、赤い消火器が場違いだった。

男は角を折れ、ある扉の前で立ち止まった。〈歓迎光臨《フンイングオンラム》（いらっしゃいませ）〉の札にちらりと目をやってから、二度ノックする。ぼくは角の手前に隠れる格好でその様子を盗み見た。内側から扉が開いたが、角度が悪く、出てきたであろう女性の顔が見えない。男が室内に身体を滑りこませると、にゅっと伸びた白い腕が札を裏返した。すぐに扉が閉まる。

こわごわ通路を進み、閉められた扉の前に立つ。裏返された札には〈稍等一下《サウダンヤッハ》（少々お待ちください）〉と書かれていた。室内から女性の声が聞こえたが、内容は聞き取れない。耳を澄まそうとした時、何者かが背後を通過した気配がした。振り向くと、人相の悪い男が少し先で立ち止まり、こちらを見ている。

用心棒だろうか。どう見てもぼくを怪しんでいる。

さっと顔を逸らし、早足でエレベーターへ逃げた。後を追う足音はない。降下のボタンを押してから振り向いたが、あの男はいなかった。

ビルを出て、定位置の縁石に腰を下ろす。先ほど目にした光景に虫唾《むしず》が走り、顔がゆがむ。しばし路傍にうずくまって思案する。このビルに入った男たちは、だいたい一時間かそこらで出てくる。やつが出てきたらどうするか。尾行して正体を突き止めるか。それとも、この場で脅して真相を吐かせるか。PHSで阿賢に電話をかけたが、一向に出ない。この大事な時に！

一人で脅すには体格差がありすぎる。ならば相手の弱みを握るのはどうか。例えば、売春ビルから出てくるところを写真に収める。家族や勤務先にばらされたくなければ真相を教えろ、と迫る。

無理だ。自宅も、仕事も知らない。氏名さえわからない。いずれにせよ、まずは正体を知る必要がある。ビルから出てきた相手を尾行することに決めた。ビルまで歩いてきたということは、おそらく電車か自家用車で来ているのだろう。車に乗りこんだら、タクシーでもつかまえて追跡しよう。

ちょうど一時間が経った頃、出入口から太った白人が姿を現した。のっそりとした足取りで表通りに出てくるその背後を、離れて追いかける。男は車道の傍に立ち、さっと手を挙げた。電車でも自家用車でもなかった。こいつもタクシーか。想定していなかった自分を内心で罵る。

一台のタクシーが路肩に停まる。あっと思った時には、巨体が車中に飲み込まれていた。慌ててこちらも捕まえようとするが、こういう時に限って走っていない。あたふたするぼくを尻目に、タクシーはどこかへ走り去った。

「くそ！」

夜の路上で叫んだ。とっさに日本語が出る。

せっかくのチャンスをふいにした。だが、まだできることはある。すぐに方向転換し、再度ビルの内部へ入った。

エレベーターで八階へ上がり、桃色の光のなかを進む。行き先は一つ。目当ての扉の前に立つと、〈歓迎光臨〉の札がかかっていた。やつの相手をした女性は、すでに次の客を待っている。ノックしようとした手が止まる。覚悟を決めたつもりでも、いざとなると及び腰になった。

視線を感じた。例の用心棒が、またこちらを見ている。その圧力に急かされ、強く扉をノックした。内側で解錠の音がする。

化粧の濃い、若い女が顔を出した。ぼくと同じ年か、少し上に見える。黒く長い髪。小さい顔にはまだあどけなさが残っている。ワンピースの裾はでたらめに短く、すらりとした白い足が伸びている。風貌は似ていないはずなのに、どこか梨欣を髣髴《ほうふつ》とさせた。

「すみません。話を聞きたいんですが」

広東語で言うと、相手は怪訝そうな顔で両手の指を三本ずつ立てた。

「三十分で六千。前払いね」

ここは売春宿だ。金なら財布に入っている。行為に及ぶつもりはないが、手っ取り早く話を聞きたい。ぼくは頷き、あの男が後にしたばかりの部屋へと入った。彼女の手が伸び、札を裏返してから扉を閉める。

部屋はセミダブルのベッドと小物を入れる棚、小型テレビで一杯だった。室内までピンクの照明だ。奥には狭いシャワールームもある。とりあえずリュックサックを背中から降ろす。

その気はないけれど、緊張はする。

「名前は？」

「ニーノ」

問うまでもなく、源氏名だろう。どう見ても中華圏の出身だ。こちらの名前は訊かなかった。それがマナーなのだろうか。

「香港人《ホンコンヤン》？　日本人《ヤップンヤン》？」

少し迷ってから「日本人」と答えた。

「そうなんだ。広東語、うまいね」

お世辞のつもりだったのかもしれないが、別に嬉しくない。

ニーノが「前払い」と言って差し出した右手に六千蚊《マン》を差し出す。無感動に受け取った彼女は、棚のなかの金庫にさっと紙幣をしまった。枕元のキッチンタイマーをいじってから、流れるような動作でワンピースの裾に手をかける。

「ちょっと。待って、待ってください。脱がなくていいから」

慌てて制止すると、下腹部が露わになった半端な状態で手が止まった。丸見えになっている下着から視線を逸らす。顔が熱い。

「話が聞きたいだけなんです」

そう言うと、ますます怪訝そうな顔になる。彼女が手を離すと、ワンピースの裾がすとんと落ちた。

神妙な表情でこちらを観察している。

「警察《ギンチャー》？」

彼女の目には一抹の怯《おび》えがうかがえた。組織売春の捜査員と勘違いしているのだろうか。話がなかなか進まない。

「違う。本当に話を聞きたくて来ただけで、下心はないから。六千蚊はその謝礼だと思ってくれていいんで」

「話って？　何の話？」

「さっきここに来ていた、太った白人のこと」

ニーノの眉間に深い皺が刻まれた。

「警察じゃないの？　本当に？」

「普通の学生です」

「学生がどうしてこんなことしてるの」

「理由は言えない。とにかく、気になることがあって」

立っていたニーノがそろそろとベッドに尻を下ろした。警戒を解いたわけではないが、一応は信じる気になったらしい。黒髪のつむじを見下ろしていると、不機嫌そうに「座れば」と言われた。ここであの男が腰を振っていたと思うと気が進まないが、相手の気分を損ねるのもまずい。距離を置いてベッドに腰かけた。

「どういうこと？　あの男の、何が知りたいの」

「なんでもいい。例えば、名前とか」

「名前ね……スミスって言ってた」

「スミス？」

それが名前なのか。いや、本名ではないかもしれない。売春宿で本名を名乗る義務はない。

「家とか、仕事とか」

「なんにも知らない。知る必要もないし」

道理だ。性交渉をするためだけに、個人情報を知っておく必要はない。

「あいつはニーノの恩客《ヤンハク》？」

「まあね。あいつ、一年おきくらいにお気に入りの女の子を変えてるみたいだけど」

「どれくらいの頻度で来るの」

「月に二、三回かな」

「いつからきみのところに通っている」

「半年くらい前から。来るのは決まって平日の夜」

軽妙なテンポで答えてくれるのは助かるが、それにしてもニーノは口が軽い。あるいは、あの男にちょっとした恨みでもあるのだろうか。家や仕事を知らないと言っていたのは方便ではなく、本当に知らないようだ。

「いつからここで働いてるの」

「三、四年前からかな。その時は短期でちょこちょこ働いてたけど、今は通年」

「昔、ここで胡梨欣《ウー・レイヤン》って女の子が働いていたのを知らない？」

仮にスミスと名乗る男が昔からここに通っているとしたら、梨欣とニーノが知り合いだった可能性もゼロではない。期待を込めて尋ねたが、ニーノは噴き出した。

「それ、本名？　だとしたら絶対わからない。本名で働いてる子なんていないもん」

確かにそうだ。写真を見せようにも、手元にない。トゥイが預かったままだ。

視線を動かすと、備え付けの化粧台に小ぶりの青い花束が置かれていた。いかにも持て余している風情で、自分で買ったようには見えない。

「あれは、きみの？」

尋ねると、ニーノは苦笑した。

「スミスが持ってきた。少し早いバレンタインデー、だって」

香港では、バレンタインデーは男性から女性に花を渡して愛を告白する日だ。あの白人は手に花を持っていなかったから、鞄にでも入れていたのだろう。よく見れば、花弁が少しひしゃげている。

「おかしいでしょう。十回かそこら、客として寝たくらいでもう恋人気取りなんだから。金を払うから抱ける相手だってこと、完全に忘れてる。自由恋愛だと思うのは結構だけど、こっちにまでそれを求めないでほしいよね」

きつい口調だったが、不当な意見だとは思わなかった。彼女たちはあくまで金のために男と寝ている。梨欣もそうだったはずだ。彼女たちのサービスを好意と勘違いするのは、男たちの責任だ。

「よくプレゼントされる？」

「たまに。花とか、しょぼいアクセサリーとか、そんなのだけど」

「ボーイフレンド気取りなんだ」

「そう。気持ち悪い……でも、回帰《ウイグワイ》までの我慢」

「どうして」

「あいつが本国に帰るから。あと四か月で香港からいなくなると思うと、せいせいする。常連がいなくなるのは残念だけど、あいつは面倒くさいから消えてくれて結構」

回帰前に香港へ来たのは正解だった。大陸へ回帰すれば、多くのイギリス人たちが母国へ帰る。七月一日以降、ここは英国植民地ではなく中国の一都市になるのだ。そしてあの白人は回帰の少し前にイギリスへ帰る。

「まあ、もっと面倒なやつもいるけどね」

「どういう意味？」

「変態客って多いの。おしっこ飲ませてくれとか、変な薬飲ませようとするやつとか」

想像するだけで気分が悪くなったが、萎えかける気持ちを無理に奮い立たせる。

「それで、スミスはいつ帰るって？」

「わかんない。六月って言ってたけど。最近は『結婚して一緒にロンドンへ行こう』ってそればっかり」

「結婚、って言った？」

「うん。ちょっと前にあいつからプロポーズされた」

ニーノは棚の引き出しを開け、ごそごそとやりだした。化粧品やヘアゴム、ドライヤーをかきわけ、灰色の小箱を取り出す。上下に開くと、銀色に光る指輪が現れた。

「あいつが押し付けてきた指輪。笑えるよ。ベッドのそばにひざまずいて、結婚しよう、って真剣な顔で言うんだから。一緒にロンドンに帰ろう、って。馬鹿でしょう。本気で受け入れてもらえると思ってるんだから、もうおかしくて、笑い堪えるのに必死」

彼女の話を聞きながら、梨欣の身に起こったことを想像してみる。たとえば。常連客からプロポーズを受け、イギリスへの移住を誘われた。相手はどこまで本気だったかわからない。だが、梨欣がその提案を真に受けた可能性は、ゼロではない。

「どう答えたの」

「適当にごまかしてる。そんなの、本気にするわけないじゃん。どうせ向こうも本気じゃない」

ニーノは乾いた笑い声を立てた。

枕元のキッチンタイマーから電子音が鳴った。

「時間だ。もういいでしょ」

ニーノは小箱を閉じ、引き出しにしまう。ぼくはどこか現実離れした気分でベッドから立ち上がった。六千蚊で得た三十分。ぼくはいつだって、欲しいものは金で手に入れてきた。トゥイの情報も、ニーノの時間も、梨欣へのプレゼントも、金と引き換えだった。やっていることはあの男と同じだ。

扉に向かいかけたぼくの背中に、彼女のため息が吹きかけられた。

「次に来るのは、たぶん三月末。来週からマカオでバカンスだから、しばらく来ない」

振り向くと、ニーノは呆れたような顔で腕組みをしていた。

「教えるか迷ったけど、あんたも冗談でやってるとは思えないから。あとはあんたの好きにしたらいいよ」

「……ありがとう」

心からの感謝を伝えたつもりだったが、かすれて泣きそうな声になった。通路に出ると、すかさず手が伸びて〈稍等一下〉だった札を裏返した。エレベーターに乗って一階に降り、いつもの縁石に腰かけた。ニーノのベッドよりも固く冷たかったが、ぼくにはこちらのほうが落ち着く。

吐息が白い靄となり、散り散りに消えた。

懐のＰＨＳが鳴った。阿賢の番号だ。

「もしもし」

「俺だ。どうした、急な用事か」

「もう終わったよ」

　ぼくはこの二時間で判明したことを、かいつまんで説明した。あの白人が今も女を買っていること、厚顔無恥なプロポーズで気を引こうとしていること、回帰前にロンドンへ帰る見込みであること。しばらくマカオに滞在するため、ニーノの元には現れないこと。

　香港在住のイギリス人は、三月中に外国から再入国すればビザなし滞在の期限が一年延長される。最も近い外国であるマカオにイギリス人が殺到し、その流れから、長期休暇をマカオで過ごすのがちょっとしたブームになっている。

　阿賢は相槌を挟みながら、ぼくの話に耳を傾けた。

「要するに、お気に入りの女に誰彼構わず求婚する癖がある糞野郎ってことだな」

「いや、梨欣にもプロポーズしたとは限らないけど」

「……阿和《アウォ》。お前、梨欣に指輪を渡したことはあるか」

　嫌な予感を覚えながら、ぼくは「ない」と答えた。

「あいつ、指輪を持ってた。灰色の小箱に入った指輪だ。俺はてっきり阿和からもらったものだと思ってた。だがお前じゃないなら、別の誰かにもらったんだな」

　電波に乗って聞こえてくる阿賢の声は、さっきよりトーンが下がっていた。

　ニーノは恩客からのプロポーズを笑い飛ばした。本気にするわけがない、と。だが、心から外国籍を欲している女性なら、藁にもすがる思いでそのプロポーズを受ける可能性はある。イギリス国籍を手に入れられるかもしれない、と。

　梨欣の困惑した視線を思い出す。当時、ぼくは十七歳だった。落ちてゆく梨欣は、自分がこんな目に遭うとは想像もしていなかったのだろう。ぼくの答え方が違えば、すべてが違っていたかもしれない。もう何十回目になるかわからない後悔。

　通話を切ったぼくは、春節で賑わう初三の街中を、駅に向けて歩きだした。

　旺角《モンコック》の昇禮大廈《シンライ・マンション》を訪れるのは三か月ぶりだった。一階のピロティに寒風が吹き抜け、停められた大量の廃車のなかでは毛布をかぶった住人が震えている。

　ここに来るたび、死の影が視界の端をよぎる。梨欣が落下し、身体だったものが飛び散る光景がありありと瞼の裏に浮かぶ。この記憶にけりをつけない限り、ぼくは死の影に追いかけられ続ける。

　訪れたのは、梨欣の写真を返してもらうためだった。再発行した学生証はともかく、梨欣の写真はこの世に一つきりしかない。天臺屋で初めて会った時、トゥイに取り上げられたままだった。

　いざ近くまで来たものの、階段を上るべきか迷っていた。正面からトゥイにぶつかっても、まず返してもらえない。少なくとも相応の対価と引き換えだろう。一応、一万蚊の現金は財布のなかに入っている。一葉の写真に十万円以上も支払うのは馬鹿げているようだが、ぼくにとってはそれだけの価値がある。怖いのは、現金を巻き上げられたうえに写真も返ってこない恐れがあることだった。刃物を突きつけられたら、お手上げだ。

　妙案は浮かばない。ぼくはピロティの陰で、二十分ほど考えこんだ。寒さに耐えるのは待ち伏せで慣れたものだ。

　そうこうしているうちに、靴裏が軽やかに金属板を叩く音が聞こえた。誰かが外階段を降りてくる。顔を出すと、若い女性が地上に到着したところだった。

　路地を歩きだす女性はトゥイだった。車体で隔てられているせいか、ぼくに気付いている様子はない。ライトグリーンのブルゾンがいやに目立つ。

名前を呼ぼうとして、寸前でやめた。

これはトゥイの私生活を知る絶好のチャンスだ。彼女の弱みを握れば、写真を返してもらえるかもしれない。我ながら性格が悪いが、刃物でおどして現金を強奪したやつが相手だと思えば少しは気が楽だ。

トゥイは一度も振り向かず、路地の角を折れた。慌てて飛び出し、後を追う。表通りはそれなりに混雑していたが、上着のライトグリーンが目印になった。

一定の距離を置きながら、トゥイの後をゆっくりと歩く。最近は待ち伏せとか尾行とか、そんなことばかりしている。

彌敦道《ネイザン・ロード》をまっすぐに南下し、伊利沙伯醫院《クイーン・エリザベス・ホスピタル》の手前で脇道に入る。上海街《シャンハイ・ストリート》をさらに南へ進むと、佐敦《ジョーダン》の猥雑な街並みが現れる。途中で小路に曲がったトゥイは迷いなく進んでいく。

じきに、トゥイは見覚えのある雑居ビルにたどりついた。安員越南餐廳《オンユン・ベトナミーズ・キッチン》の看板が出ている。最初に阿賢と待ち合わせた場所だ。いつまでも来ない阿賢を待ちながら、ブンチャーなる北ベトナムの料理を食べた店。トゥイは慣れた足取りで店内へと入っていく。ちょうど昼過ぎだった。なじみの店でランチでも食べるつもりだろうか。離れた雑貨店で商品を物色するふりをしながら、時間をつぶした。

しかし三十分待っても、トゥイは店から出てこない。

休日に、わざわざ何をしているのだろうと虚しくなってきた。授業の課題はうんざりするほど溜まっている。すぐにでもテラスに帰って、課題を消化しろともう一人の自分が叫んでいる。だが梨欣の写真を取り戻すためなら、単位の一つくらい落としても構わない。

一時間経ってもトゥイは現れなかった。ランチにしては長すぎる。

こっそり店内をのぞこうと近づいたら、店のなかから私服の女性店員が出てきた。長袖シャツの上にエプロンをつけている。ふと視線が合い、互いに目を見開く。店員はトゥイだった。

「何やってるの」

口を開いたのは、向こうが先だった。

「……食事を取りに」

「それはそうでしょうね」

「用事で佐敦に来たから、この店を思い出して。ここで働いてたんだな」

「まあね。それで？　入るの、入らないの」

食事を取りに、と言った手前、入らないわけにはいかない。

備えつけの扇風機は止められ、店の隅で電気ストーブが熱を放っている。ピークの時間帯を過ぎたせいか、先客は二組しかいない。前回と同じ四人掛けテーブルにつく。

「注文は？」

「ブンチャーを」

「それしか知らないくせに」

憎まれ口を叩いて、トゥイは調理場のほうへ引っこんだ。ぼくはセルフで水を汲む。彼女がここで働いている可能性を思いつかなかった迂闊さに、自分で呆れる。人は働かなければ生きていけない。住んでいるのが高層ビルだろうが、天臺屋だろうが。

間もなくトゥイがブンチャーをテーブルに運んできた。米粉麵を汁に浸して口に運ぶ。水蘸汁《ニョクマム》の旨味と香草の青さが舌の上に広がる。空腹も手伝い、箸が止まらなかった。トゥイは退屈を持て余しているのか、トレイをテーブルに放り、どっかと向かいの席に腰を下ろす。ちょうど阿賢を待っている時と同じ席だ。しばらくぼくの食事風景を黙って眺めていた。

「マフィアの下っ端とは会えた？」

質問に答えるため、麵と具を咀嚼《そしゃく》して飲み下す。

「おかげさまで」

「それなら、礼に来るのが筋ってものじゃない。ずいぶん経ってるけど」

「じゃあ今、礼を言う。ありがとう」

再び箸を動かす。トゥイは首を鳴らしたり通りを眺めたりしている。

「いつからこの店で働いてるんだ」

あからさまに暇そうな彼女に、つい声をかけていた。

「二年とちょっと前。初めて出勤したのが、富都酒店《フォーチュン・ホテル》の壁が崩れて死亡事故が起きた日。タイミングが違えば、巻きこまれてたかもしれない」

二年とちょっと前は日本にいたため、事故については知らなかった。とにかく今日のトゥイはよく喋る。

「その前は」

「前って？」

「仕事。何してたのかと思って」

「あんたは十六歳の時に仕事してたの？」

返す言葉もない。仕事どころか、香港の街中を歩くのでやっとだった。

「……悪い。言い方を間違えた」

「間違えたんじゃなくて、それが本心なんでしょう。別にいいよ。あんたが思っている通り、私は貧しかった。今も貧しいけど。だからずっと働いてはいた。古着売ったり、使用人やったりね。ベトナムでは普通の商売だし、恥ずかしいとも思わない」

新しい客が来た。トゥイは一瞥をくれただけで、立ち上がろうともしない。代わりに別の店員が注文を取りに行った。

「行かなくていいのか」

「休憩中。退屈しのぎにあんたと話してるだけだから」

暇を持て余している理由がわかった。

ブンチャーを八割方平らげたあたりで、思い切って尋ねてみた。

「天臺屋で一緒に住んでいるのは、家族なのか」

トゥイの家には他に三人のベトナム人がいた。小柄な老人、二十代の男、中年の女。トゥイを含む四人は家族のようであり、そうでないようにも見える。絆は感じられたが、血のつながりとは少し違う気がした。

「家族みたいなもの」

彼女の返答はさりげなかった。阿賢と天臺屋を訪ねた時、老人は自分たちのことを難民《ナンマン》ではなく船民《シュンマン》だと言った。経済的な理由でベトナムからやって来た移民だと。

今度は慎重に言葉を選ぶ。いつしか、ぼくは彼女の生い立ちに興味を引かれていた。

「香港に住みはじめて、長いのか」

「八八年に来たから……九年？　短くはないね」

その長さに気が付いて呆れたように、トゥイは苦笑した。

「昇禮大廈の前はどこにいたんだ」

彼女はすぐに答えなかった。ブンチャーの皿はすでに空だった。

「ここから先は一万蚊払えって言ったら、どう」

トゥイらしい提案に、こちらも苦笑が漏れる。

「気が向かないなら、話さなくていい」

「水、持ってきて」

二つのグラスに水を満たし、一つを手渡す。

「暇だから、話してあげる」

トゥイはグラスの半分ほどを飲んで、手の甲で口を拭った。黒目の奥がらんらんと光り、瞳のスクリーンに彼女の歩んできた道のりが映し出された。

＊

香港に渡ったとき、あたしは十歳だった。

ほとんどの農村と同じで、あたしが住んでいた集落も貧しくて、戦争が終わってドイモイが導入されても暮らしはよくならなかった。戦地から離れていたおかげで戦争の影響は少なかった代わりに、好景気の影響もない。

うちは父さんと母さん、叔父さん、二歳上の姉さん、あたしの五人家族だった。

両親は農家に生まれて、ずっと農業をやってきた人たち。

叔父さんは北部の軍隊にいた人で、サイゴン陥落にも歩兵として参加したって言ってた。でも戦争のせいで頭がおかしくなっちゃって退役させられた。実家に帰ってからは農作業を手伝ってたよ。頭はちょっとあれだけど、体力はあるし真面目だから、集落でもつまはじきにはされなかった。年の離れた兄貴って感じ。

姉さんは身体が弱いけど、頭はよかった。学校には行けなかったけど、文字が読めたし、自分で考える力があった。生きていたら、大学生にでもなってたかもしれない。香港《こっち》の大学は奨学金があるし。

あたしが物心ついた時には、もう戦争が終わって何年か経っていて……危険を察知した目ざとい人はとっくにベトナムから逃げ出してたし、残る覚悟をした人は国内でうまくやるための準備をしていた。国から逃げるなら、目指す先は香港。そこがベトナム難民の第一収容港だってことは、僻地の農民でも知ってた。香港に行けばベトコンでも特赦をもらえるって噂もあったね。

でも、うちの集落はそういう流れから取り残されてた。要するに決断が遅かったってこと。農家は畑を手放したら、なんにもできないからね。逃げるわけでもなく、かといって内紛がまたいつはじまるかもわからない。怯えはするけど、逃げもしない。

潮目が変わったのは、村長の一家が消えてから。ある日、朝になったら村長と妻と子どもたちが家から忽然と消えてた。夜のうちに、村の人の目につかないようこっそり逃げ出したんだ。本当なら集落の長としてみんなを指揮しないといけないのに。

もちろん、みんな怒った。でもそれ以上に恐れた。村長が逃げ出したのには何かしらの根拠があったんじゃないか、早く逃げないとこの集落は大変なことになるんじゃないかって空気が広まった。

それからはもう、どの家も我先に逃げ出した。貯蓄のある家は有り金をはたいて船を手配したし、金がそんなにない家は材料だけ買って自分たちで船を作った。どこからか持ってきた不発弾の筐体を、ボートに仕立てた人もいたよ。

問題は、もう八〇年代も後半だったってこと。後でわかったことだけど、狭い香港はベトナムからの難民ですでにあふれていて、香港政府は難民を選別しようとしていた。戦争のせいで逃げてきた難民《ナンマン》と、経済的な理由で渡ってきた船民《シュンマン》に。でもあたしたちは、そんなこと知らなかった。どこからか、香港に移住した村長たちは、向こうで不動産業者になって大金持ちだって噂が流れてきた。

香港に行けば、金持ちになれる。香港に行けば、豊かな生活を送れる。父も母も叔父さんも、十歳だったあたしも、無邪気にそれを信じた。

反論したのは姉さんだけだった。夜逃げ同然で集落を出て行った村長一家が、見知らぬ土地で簡単に不動産業者になれるはずがない。なったとしても、地縁も財産もないベトナム人が一年足らずで成功できるほど香港は甘くない。そんなことを主張してたけど、大人は相手にしなかった。ここよりましならどこでもいい、というのが両親の口癖だったから、家族会議を開くまでもなく、香港に渡るべきだって結論が出た。

同じ集落の人たちとお金を出し合って船を手配した。小型船は人がすし詰めになって、子どもが圧死するって噂があったから、知人のつてを使って中型のボートを買った。

初夏の夜中、人目を忍んで逃げ出した。袋や籠に荷物を入れて、五つの家族が村を離れた。リーダー役の父さんが先導して、あたしも埃っぽい麻袋を抱えて走った。その頃にはもう、集落の三分の一がいなくなっていたんだけど。

林道や街中を数日かけて歩いて、錦普《カムファ》の漁港にたどりついた時は、これでやっと逃げられると思った。

でも、引き渡された船を見てびっくりした。岸辺で貝を獲るのに使うような小型の漁船で、どう見たって十人も乗れない。そこに五家族が乗りこむんだから、当然のように大喧嘩。責任のなすりつけ合いが起こったけど、疲れ果ててたからとにかく一晩休もうってことになった。

夜中、母さんに起こされた。「これから逃げる」と言われて、頭が真っ白なまま小屋から浜辺へ出たら、浜では父さん、叔父さん、姉さんと、仲の良かったもう一つの家族が待ってた。抜け駆けだ、と悟ったよ。男の人たちが力を合わせて小船を海に出した。船に乗れたのは、二家族の九人だけ。異常に月光の強い夜だったな。

沖に出た船は、最初は快調だった。岸から離れすぎないよう注意しながら、少しずつ東に進んでいった。晴れの日が続いて、のどかなものだったよ。

何日かしたあたりで様子がおかしくなってきた。目印にしていたはずの海南島《ダオハイナム》が一向に見えてこない。いったん不穏な気配が立ちこめると、そこから先は一気に転げ落ちた。懲りもせず責任のなすりつけ合いがはじまって、険悪な空気になった。

数日雨が続いて、強い風が吹いて、嵐のど真ん中に放り込まれたみたいだった。食料が全部びしょ濡れになって、あたしたちは互いに抱き合って寒さに震えた。そのタイミングで燃料まで切れた。どこに流されてるのかわからないまま、男の人たちが一生懸命に櫂を漕ぐ。何日も、何日も。それでも陸は見えない。

ものすごい風と波の夜、父さんが叔父さんの名前を呼ぶ声がした。跳ね起きると、舳先にいたはずの叔父さんの姿が消えている。父さんは突っ伏して泣いていた。叔父さんがサイゴン陥落に居合わせたことも、嫌な記憶も、故郷に帰ってからの日々も、全部波に飲まれて消えた。父さんはそれからめっきり口数が少なくなった。

それでもなんとか嵐を乗り切った。転覆しなかったのは奇跡。もしくは偶然。

一週間ほどして、あたしたちはもうボロボロ。食料も水もほとんど底を突いていた。

姉さんは日に日に弱っていく。ほとんど動けなくなって、一日中横になっていた。母さんはずっと姉さんに謝ってた。反対してたのにごめんね、って。姉さんは肯定も否定もしなかった。

どう思う？　あの時、姉さんは怒っていたのかな。

快晴の日に姉さんは死んだ。脂肪がみんな削げ落ちて、骨格に皮が張りついたみたいになって。父さんも母さんもあたしも、泣くための体力は残っていなかった。

もう一つの家族の父親が、「もう食べるものがない」って言った。姉さんが死んだ直後に。どういう意味か、両親はすぐに察したらしい。父さんは物凄い剣幕で怒り出した。母さんは姉さんの遺体を抱きしめた。その反応に、言い出した当人は気まずそうに首をすくめてた。

遺体は海に沈められた。叔父さんも姉さんも、ついこの間まで生きて動いてたのに、今では海の底に眠っている。現実が現実じゃないみたいだけど、とにかくお腹が減っていて、意識もあるのかないのかわからなかった。

もう一つの家族も、子どもが一人飢えで亡くなった。あたしはその遺体から目を逸らす。間違っても食欲をそそられたりしないように。

みんな、あとは死ぬのを待つだけだった。

日付なんかとっくにわからなくなった朝、海上に大型船が見えた。父さんが立ち上がって、シャツをばさばさ振る。同じようなことは何度もあったけど、助けてくれたことはなかった。

でも今度の船は違う。船影が少しずつ大きくなって、三十分後には船の外壁が目の前にそそり立っていた。イギリス国籍の商船に、死ぬ間際でかろうじて救出された。

船員は小部屋をあたしたちの居所にして、パンを分けてくれた。初めて家族以外の人に助けてもらった気がした。飢えが収まると、今さらのように叔父さんと姉さんのことを思いだして泣いた。驚いたのは、漂流していたのが南シナ海の北部だってこと。とっくに太平洋へ出たと思っていたのに、中国の海域から出てすらいなかったの。

命の恩人たちは、希望通り香港へ連れていってくれた。ようやく新しい生活がはじまる。仲違いしていたことも忘れて、もう一つの家族と抱き合って喜んだ。

でも、そこからが新しい地獄のはじまりだった。

香港に上陸したのは六月二十九日。ついてなかったのは、その二週間前から香港政府が甄別《スクリーニング》政策をはじめていたこと。政治的な難民と、経済的な船民を区別する政策。あたしと両親は他の移民たちと一緒に、拘置所のような場所へ押しこめられた。狭くて汚かったけど、食事が手に入るだけ海上よりましだった。

拘置所ではラジオが流れていたの。当時は広東語がわからなかったけど、日に何度かベトナム語の放送が流れた。

――これから《バッダウトゥーナイ》、香港ではベトナム船民のための新政策を施行します。経済的問題のために香港へ来たベトナム船民は、不法入国とみなされます。不法移民は第三国に移住することができず、ベトナムへの強制送還まで投獄されることになります。

今でもラジオをつけるとこの放送が流れてる。あんた、聴いたことある？　香港人はベトナム語を真似して、不漏洞拉《バッラウドゥンライ》って呼んでる。聴くたびにあの拘置所を思い出して嫌になる。悔しくて涙が出る。犬以下になったみたいなみじめさ。死ぬ思いをしてここまで来たのに、なんで馬鹿にされなきゃなんないの。

その時点で、父さんと母さんは覚悟していたと思う。あたしは何がなんだかわからないまま、疲れ果てなりゆきに身を任せてた。あるかないかの面接が終わって、案の定、あたしたちは政治的難民とは認定されず、経済的理由で渡ってきた船民――要するに不法移民ということになった。

あたしたちは元朗《ユンロン》の近く、石崗《セッコン》まで移送された。そこには大規模な収容センターがあって、何千人ものベトナム人が住んでいる。ほとんどが経済的船民で、香港で生活できる資格なんかもらえなかった。

与えられたのは毛布一枚だけ。食事は毎日取り合いで、ごまかしや盗みは当たり前だった。収容センターの周囲は警察が見張っていて、逃亡は難しい。仮に脱出できても、ボートピープルにはこの国で生きていく術がない。

両親とあたしは北部出身者が集まる棟で寝起きした。大きな部屋に雑魚寝で、床が石みたいに固いの。しょっちゅう、海上を漂流した時の夢を見た。叔父さんと姉さんは、目の前で何度でも繰り返し、死んだ。

そこで暮らしたのが三年半。

とにかく長くて……終わりなんか見えなかった。どうして香港で生活しているのか、理解できなくなってた。確かにあたしの故郷は貧しい。でも、叔父も姉さんも生きていたし、両親も元気だった。中央から取り残された田舎だけど、人として生きることができた。収容センターにあるのは怒りと、悲しみと、不潔で不快な毎日だけ。

センター内での南北対立はひどかった。南部人が北部の場所に住んでいるとか、北部人が南部のものを盗んだとか、そんな小競り合いが毎日のように起こる。素手の殴り合いならまだいいほうで、石やナイフを使う喧嘩もあったし、重傷を負う人や、死んじゃった人もいた。

ここが香港だとか関係ない。南北の恨みはしつこく残っている。南部人の区域には絶対に立ち入るなって言われたけど、北部人の区域だけで暮らしていても危ない目には遭った。後ろから抱きすくめられて犯されそうになったり、連れ去られそうにもなったけど、そのたびに集積所で拾ったナイフで相手を刺して、どうにか逃げた。

その三年半で、人間が腐っていくのを見た。父さんも母さんも、日に日に生気が抜け落ちていく。

そのうちあたしは、他の北部人と交流するようになった。

広東語を話せる古着商のおじさんがいた。そろそろおじいさんと言ってもいい年齢のね。暇つぶしを兼ねて、仕事を手伝うようになった。客の相手をする合間、おじさんは広東語を教えてくれた。何かを勉強すること自体が面白くてしょうがない。勉強がこんなに楽しいなんて知らなかった。

おじさんは北部人の区域で、一人で暮らしていた。子どもがいたけど、石崗に来てすぐに病気で亡くなったみたい。他に家族はいない。だから一人。でも、友達ならいる。そう言って私に笑顔を見せてくれた。

よく顔を合わせる、二十歳くらいの兄弟がいた。男兄弟に憧れていたから、あたしはその二人にすぐ懐いた。兄弟は雨漏りを直したり、ドアの蝶番を直して、ちょっとした見返りをもらってた。けど、ほとんどタダ同然。

古着を求めて来る、気さくな中年の夫婦がいた。荒んだ生活のなかで、夫婦はファッションを楽しむことに生きがいを感じていた。

あたしは十四歳になった。無邪気ではいられないけど、かろうじて人らしさを失ってもいない。

事件が起こったのは二月。外気と変わらない気温のなかで、あたしたちは震えながら浅い眠りをむさぼっていた。

——火事だ！

誰かの叫び声で起きたのは、夜更けだった。寝ぼけた頭で辺りを見回すと、大人も子どもも我を忘れて走り回っている。父さんと母さんは知り合いを捕まえて、事情を尋ねた。断片的な話をつなぎ合わせると、一階から火の手が出たって話。あたしたちがいたのは二階。すぐに手荷物を毛布でくるんで、階段へ急いだ。

階段は下がろうとする北部人で一杯だった。しかも行列は一向に前へ進まない。炎が階段にまで達しているらしい。階段で逃げるのを諦めた父さんは窓に駆け寄って、あたしを抱きかかえたまま、外へ飛び降りた。あっという間の出来事。父さんに抱えられたまま、固い地面に墜落した。背中を打った父さんはうめいていたけど、大した怪我はしていない。

二階には母さんが取り残された。飛び降りるのを躊躇して、窓から顔だけ出している。そうこうしているうちに二階まで火の手が回って、窓から次々に北部人が飛び降りてきた。背後からも人が押し寄せてくる。母さんは、誰かに突き飛ばされて、いきなり頭から地面に落下した。最後の瞬間、目を剝いてこっちを見ていた。

地面に落ちた母さんの首はあり得ない方向に曲がっている。近づかなくても即死だってわかった。二階の高さでも、落ち方が悪ければ人は死ぬんだよ。あたしは泣きながら母さんに駆け寄ろうとしたけど、人の波がどんどん向かってきて、とても近づけない。炎は建物を包んで、周囲にまで延焼しそうな勢いだった。父さんに腕を引かれて、仕方なくその場を離れた。

収容センターは大混乱だった。脱出した北部人たちが、そこらじゅうを逃げ回っている。夜が焼かれている。建物はますます燃え盛って、辺りに黒煙が立ち込めていた。小さい子どもが道端に突っ伏して倒れている。

――南部人の仕業だ！

誰かが叫んでいたけど、それどころじゃない。とにかく無事でいることが先決。あたしと父さんはがむしゃらに走って、北部人が集まっている広場にたどりついた。そこにはあの古着商のおじさんがいて、顔見知りと再会したことで安心したあたしはわんわん泣いた。

あたしをそこに置いて、父さんはどこかへ行こうとした。待って、と服をつかんだら、母さんを連れてこないといけない、と父さんは言う。あそこに放置していたら、焼かれてしまう……うちの地域では土葬が普通だったし、遺体が焼かれる前に母さんを一目見たいというのも本音ではある。

だからあたしは、手を放した。

北部人たちが膝を抱えるビニールシートに取り残された。父さんの背中が消える前に、立ち上がって追いかけようとしたけど、古着商のおじさんに肩をつかまれた。

――ここで待てと言われただろう。

おじさんの力は意外なくらい強い。あたしは抗いきれなくて、その場で泣くしかなかった。

広場の北部人は増える一方だった。顔見知りもいる。建物の修繕をしている兄弟の、兄貴のほうがやってきた。気さくな中年夫婦の、奥さんのほうがやってきた。みんな一人きりで、疲れ果てて、表情は絶望一色に染まっている。あたしたちは一言も口を利かず、それぞれの家族が現れるのを待ち続けた。疲労も空腹も感じない。

夜が明けても、父さんは戻ってこなかった。

昼前、話事人《トーカー》と呼ばれていたまとめ役の北部人が現れた。警察が遺体の検分をやっているから、心当たりのある者は来てほしいと呼びかけている。その人自身も全身煤《すす》だらけで、疲弊しきっている。

あたしは、古着商のおじさん、若い兄弟の兄貴、中年夫婦の奥さんと四人で、連れ立って現場に向かった。

あたしたちが寝起きしていた棟は焼けつくされて、炭みたいな骨格しか残っていなかった。そのかたわらに、二、三十の遺体が寝かされている。忙しそうに立ち回っていた中華系の警察官が、あたしたちを見るなり顔を歪めた。汚いものを見るみたいに。

中年夫婦の奥さんが、突然叫び声をあげた。黒ずんだ旦那さんの遺体に、奥さんは取りすがって泣き叫ぶ。少しだけ残った衣服の模様には、たしかに見覚えがあった。

若い兄弟の兄貴のほうがひざまずいてうなだれた。遺体は全身の皮膚が引き攣れて、元の顔がわからなくなっているけど、兄貴はそれが弟だと確信していた。遺体の腕や肩に触れながら、悲しげな顔でぶつぶつとつぶやいている。

古着商のおじさんは、無表情でそれを見ていた。薄情なんじゃない。心を殺していないと、耐えられないから。

市場の魚みたいに並べられている黒い遺体は、どれもが苦痛に満ちた表情を浮かべている。恐怖を押さえこんで、歯を鳴らしながら、顔を確認していく。一人ずつ顔をのぞきこんで、別人なら口に出して「違う」と言った。

違う、違う、違う、違う……

独り言が止んだのは十数人目だった。数少ない、焼けていない遺体。顔を確認しなくても、折れた首を見ればわかる。あたしは唇を噛んで泣くのを我慢した。母さんが死んだ光景はこの目で見たんだから、わかっていたことだ。

でも、その隣にある遺体は駄目だった。

目を閉じて仰向けに横たわった父さんは、呼吸をしていない。口元に顔を近づけても、そよ風さえ感じない。そっと胸に手を当てたけど、肋骨の内側は静まりかえっていた。眠っているだけにも見えたけれど、紛れもなく、父さんの心臓は止まっている。

——父さん。

返事はない。他の遺体に比べればほとんど外傷を負っていないから、一酸化炭素中毒だったのかもしれない。

——嘘でしょう。

父さんの頬についていた煤を指先でこすり取った。肌は朝露と同じくらい冷たかった。

両親の遺体の間に突っ伏して、頭を掻きむしった。あたしはもう十四歳で、子どもじゃない。それなのに両親が死んでいくのを、指をくわえて待っていた。何かができたはずなのに。せめてあの時ついていけば、父を死なせることはなかった。

誰かがあたしの肩に手を置いた。古着商のおじさん。迷いなくその顔を殴り飛ばした。そばにいた警察官が驚いている。

——あんたがあたしを止めなければ、父さんは死ななかったのに！

自分でも八つ当たりだってわかってる。でもそうしないと気が済まなかった。

それからのことはあんまり覚えていない。別の棟に無理やり押しこめられて、以前にも増して狭苦しい生活だった。

顔見知り同士、なんとなく四人で集まっていた。おじさんと、兄貴と、奥さんと、あたし。とにかく皆、他人の温もりが欲しかったのかもしれない。

何日かして、あの件は南部人の仕業だって噂が流れてきた。

真冬のあの日、いつものように北部人と南部人との間で喧嘩が起こった。お湯の配分が不公平だとか、密造酒の取り分がおかしいとか、そんなことが原因らしい。北部人の当事者は、あたしたちと同じ棟に寝泊まりしている連中だった。

怒りに駆られた南部人の犯人は、真夜中、燃やした毛布を窓から建物のなかに放り込んだ。小火《ぼや》で脅かす程度のつもりだったのかもしれないけど、炎はあっという間に燃え広がって、二十数名が命を落とした。

噂はすぐに広まる。憤怒の形相で南部人の居住棟へ乗りこもうとする北部人もいたけど、あたしは同調できなかった。復讐するには疲れきっていたから。永遠に続く対立の虚しさに、胸が潰れそうだった。それよりも、こんな場所から逃げ出したい。

話事人《トーカー》を通じて、北部人たちに引っ越しの予定が通知された。数千人の北部人が、離島の喜霊洲《ヘイレンツァウ》へ移送されることになったから、転居の準備をするように……そんな内容。当局もようやく南北の出身者を一か所に集める危険性に気付いたってこと。

この機会を逃す手はなかった。どうせ監視なんてあってないようなものだ。

あたしは三人の仲間に逃亡計画を打ち明けた。誰もついてこなくても、あたし一人で逃げるつもりだ、とも。これ以上、忌まわしい記憶が染みついた収容センターで暮らしていたら、気が狂ってしまう。

奥さんと兄貴は最初、黙っていた。家族を失ってから、考える気力までなくしている。でも古着商のおじさんが、声高らかに賛同してくれた。

――トゥイの言う通りだ。こんなおぞましい思いをするのは二度とごめんだ。

おじさんはしつこいくらい、二人を励ました。残された者は生きていくのが義務だ。たとえ辛くても、よりよい生を求め続けるんだ。そんなことを繰り返し口にしていると、二人は少しずつ元気を取り戻した。

あたしたちは決めた。四人でここを脱出する、と。

移送当日、大人数が一斉に移送車に乗りこむため、収容センターは大混乱をきたした。職員の監視が行き届くわけがない。あたしたちは人混みに紛れてセンターの敷地の端へ逃れ、張り巡らされた金網にしがみついた。いったん乗り越えてしまえば、逃亡はあっけないくらい簡単だった。職員も半ばそれを望んでいたのかもしれない。やつらはベトナム船民を、香港に寄生する虫くらいに思っているから。

とにかく、あたしたち四人は石崗の収容センターを脱走した。錦田《カムティン》の農家で食べ物を盗んで、徒歩で元朗に出る。そこで数日野宿して仕事をさがしたけど、身分証明書もないベトナム人がすんなり働けるほど甘くない。唯一、古着商のおじさんはどこからか古着を調達して路上販売をしたけれど、一日の稼ぎじゃ四人で粥一杯がやっと。もっと栄えた場所に行けば仕事にありつけるかもしれない。そう考えて、九龍半島を目指した。生まれて初めて電車に乗ったら、上下する震動に海上のボートを思い出した。緊張で気が遠くなったよ。

それからは色んな仕事をやった。まずはおじさんの古着商の手伝い。広東語を勉強して、イギリス人家庭の家政婦として働きはじめたけど、泥棒の濡れ衣を着せられて二か月でクビ。露店の番もやったけど、給金が払われないから辞めた。そうして落ち着いたのが、この店の店員。兄貴も奥さんも苦労しながら、どうにか仕事を見つけた。

住居も転々とした。空き家に潜り込んだこともあったし、籠屋《ケージ・ハウス》にも住んだ。昇禮大廈の前は、もう少し東にある板間房《ボード・ハウス》に住んでた。ベニヤ板で仕切られた家で、私生活も何もあったもんじゃない。そこから考えたら、今の天臺屋は天国みたいなもんよ。

日本人のあんたには想像もつかないでしょうけど。

トゥイはグラスを持ち上げたが、中身はすでに空だった。

「おかわり、ちょうだい」

ぼくは黙ってグラスに水を注いだ。一気に感覚が現実に戻る。話しはじめてから一時間が経っていた。店内は閑散として、ぼく以外には一人しか客がいない。

「休憩時間、過ぎてないか」

「あってないようなものだから。暇なら休憩して、忙しければ働く。仕事ってそういうものでしょう」

ぼくが置いたグラスに口をつけ、トゥイは喉を潤す。

それにしても。どう感想を言えばいいかわからなかった。黙って話を聞いていただけなのに、動悸が止まらない。

ぼくが反応に困っているのを見て取ったのか、トゥイは手のひらをひらひらと振った。

「話しすぎた。忘れて」

「いや、待って」

腰を浮かせかけた彼女を呼び止めた。怪訝そうにこちらを見る。

「ありがとう」

虚を衝かれたように「はっ？」とトゥイは言った。

「話す義理なんかないのに、自分から全部明かしてくれた。それって、結構勇気が要ることだと思う。だから、ありがとう」

トゥイはぽかんとした表情のままだった。でも、これで終わりじゃない。ぼくにはまだ話すことがある。

「実はこの店に入ったのも偶然じゃない。昇禮大廈の前でたまたまトゥイを見かけて、後をつけてきた。弱みが握れるんじゃないかと期待して。弱点を握れば、梨欣の写真も返してもらえるんじゃないかと……わかってるよ。姑息だよな」

トゥイの視線がぼくの顔の上を泳ぎ、両目で止まった。

「目」

「目？」

「こんなに目を離さない人、他にいないよ」

そう言うと音を立てて椅子を引き、店の裏手へと消えた。戸惑う間もなく戻ってきたトゥイは、梨欣の写真を手にしていた。ぼくの財布に入っていたものだ。

「返す」

つっけんどんな口調で差し出された写真を、両手でおずおずと受け取る。梨欣の顔は綺麗なままだ。新しい折り目や皺はついていない。少なくともぞんざいに扱われた形跡はなかった。写真を財布のもとの位置にしまってから、頭を下げた。

「ありがとう」

「ありがとうも何も、こっちは無断で奪ったんだけど」

ちょうど新しい客が来た。トゥイはけだるそうに応対する。ぼくは別の店員に代金を払い、長居しすぎた店を出た。

MTRの駅を目指し、ゆっくりと佐敦を歩いた。ここはあと数か月で中国になる。期待感や高揚などない。あるのは諦めと無関心だけだ。中国政府のいう一國兩制《ヤッゴクレンジャイ》が守られる保証はない。それでも香港人はこの街で生きていく。

香港人は、境界の人々《マージナル・ピープル》の別名だ。黒と白の混沌をはらんで、なお平然とすること。それこそが香港人のアイデンティティだった。ぼくらは境界に立った瞬間から、この土地の一部となる。

胸をそらし、風を切って歩く。今だけは堂々とこの街を歩きたかった。

断章　十七歳

旺角の片隅にそびえ立つ昇禮大廈《シンライ・マンション》が、いつもより高く見えた。

梨欣《レイヤン》にどう切り出すべきか、結論が出ないままここへ来てしまった。階段を上る足は普段よりさらに重い。真冬の空気に擦られた皮膚が、じんじんと痺れている。

――日本へ帰ることになった。

その一言を頭のなかでなぞってみる。梨欣の悲しげな表情が目に浮かぶ。それでも、もう先送りにはできない。無言で別れることができるほど、ぼくは思い切りのいい性格じゃなかった。

見慣れた天臺屋を歩き、胡《ウー》一家のバラックの扉を叩く。

「どうぞ」

室内から梨欣の声が返ってくる。ゆっくりと押し開けると、梨欣は丸椅子に腰かけていた。椅子なんて以前はなかったはずだが、いつの間に手に入れたのか。微笑するその顔には、ほのかな憂いの色がある。

昨年四月、九龍城砦《カオロンシンジャイ》のそばで梨欣に気持ちを打ち明けた。彼女も同じ気持ちだと言ってくれた。人生で初めての告白は、成功だった。

だからと言ってぼくらの関係が急激に変わることはなかった。相変わらずぼくは月に一度のペースで天臺屋に通い、梨欣や阿賢《アイン》、阿武《アモウ》と雑談をして過ごした。ただ、梨欣と二人きりの時に流れる親密な空気は、今までとは違っていた。彼女は気軽にぼくの腕や足に触れ、すぐ近くまで顔を寄せてくるようになった。小野寺なら肩を抱き寄せて唇を重ねている場面かもしれないが、ぼくにはそんな芸当はできない。ただ、どぎまぎと視線を逸らすだけだった。

「結婚って、どう思う?」

そう問われたこともあった。結婚。それは十七歳のぼくにとって、実態のない言葉だった。ずっと一緒にいてほしい、とは言ったけど、現実的に籍を入れることまでは想像していなかった。

「梨欣と結婚したら、楽しそうだな」

訊かれたままの印象を答えると、梨欣はさらに身を乗り出してくる。

「結婚したら日本に住む?　それとも香港に残る?」

「いつか戻らないといけないから、日本に来てほしいかな」

「本当?　じゃあ日本語の勉強、しておかないと。家は?」

「最初はアパート。だけどいつか戸建てに引っ越したい」

「戸建てって、住んだことない。子どもがいるなら広いほうがいいよね」

何の根拠もない空想で盛り上がった。

会うたびに、梨欣は大人びていった。どこがどう変わったとは言いづらいけれど、子どもっぽい無邪気さが影を潜め、代わりに大人の女性に似つかわしいけだるさが漂うようになった。どこか疲れを帯びた横顔を見るたび、抱きすくめたい衝動に駆られた。でも、嫌われたくない一心で耐えた。

「男の人って二つ脳みそがあるんだよね。頭と、下半身」

出し抜けにそう言いだした時は驚いた。いったいどこでそんな考えに触れたのか。

「阿和もそうなのかな。頭では私が好きでも……」

「まさか」

「そうだよね。阿和は違うよね」

ますます、不用意に抱きつくような真似はできなくなった。

「阿和といる時だけは、私が私でいられる気がする」

穏やかな笑顔でそう語る声に偽りは感じられなかった。

いつか約束した通り、彼女はぼくと会う時、必ず贈り物のネックレスをつけた。胸元で輝く三日月形のペンダントトップは、二人の間にまだ愛情があることの証明だと思っていた。

キスどころか手もつなげないまま半年が過ぎた。秋が深まり、冬になろうとしていた。

仕事に目処がついた、と父が言いだしたのは、両親と銅鑼灣《コーズウェイベイ》で食事をしている最中だった。週末の日本食レストランで、父は平然と言った。

「三月に、日本へ帰ることにした」

寝耳に水だった。いつかは帰るのだろうと思っていたが、あまりにも急すぎる。父の口ぶりは相談ではなく、決定事項の通達だ。母は素知らぬ顔で普洱茶《ポーレイチャ》を飲んでいる。助け舟を出してくれる雰囲気はない。

「そんな……早すぎる」

「早い？　どうせ日本の大学に行くんだから、ちょうどいい時期だ。これから一年、受験勉強を頑張れ。香港と日本じゃ学習内容も違うだろう」

「香港の大学じゃ駄目かな」

「お前には建築を勉強させてやる。その代わり日本の大学に通う。前にそう決めたはずだ。話し合いの余地はない」

まるで商談のように、冷たく乾いた口調だった。

「それにしても急だって。友達にもまだ言えてないし」

本当は、頭にあったのは友達ではなく梨欣の存在だった。

「四か月もある。別れを告げるには十分だろう」

煮魚を箸の先でほぐしながら父は言い放った。父も母も、先端の尖った日本式の箸で、綺麗に魚の身をほぐす。そのことが妙に腹立たしい。日本に移り住み、日本語を話し、日本人になった人たち。ぼくらは日本人になるために、そこまで努力しなければならないのだろうか。

いくら抵抗しても、翌年三月の帰国は覆らなかった。

学校の友人たちは帰国をすんなりと受け入れてくれた。インター校では転入も転出も日常茶飯事だ。同じような経験を何度もしてきた生徒たちは、友人の転校に慣れている。小野寺は「寂しくなる」と言ったが、湿っぽい感傷は見せなかった。

問題は梨欣だった。しばらくの間、昇禮大廈から足が遠のいた。梨欣に会えば、帰国のことを告げないわけにはいかない。想像するだけで気が重くなり、どうしても行く気になれなかった。

重い腰をようやく上げたのは、年末のことだった。意を決して昇禮大廈を訪ねたが、天臺屋のバラックにいたのは阿賢だけだった。梨欣には自分の口から伝えたかったから、帰国のことは言わなかった。ぼくの訪問の意図を察した阿賢は、年明けの木曜に来るよう助言してくれた。その日なら梨欣が日中家に一人でいるはずだ、と。

そして今、ぼくはこうして天臺屋を再訪している。バラックのなか、梨欣と二人きりで向き合っている。ズボンの尻ポケットには使い捨てカメラをねじこんでいた。日本に帰れば、梨欣を思い出すものは何もない。せめて一緒に写真が撮りたかった。

「座ったら？」

促されるまま、別の丸椅子を引き寄せて腰かける。どこからか冷たい隙間風が吹き、首筋を撫でた。梨欣はブラウスの上にカーディガンを羽織っていた。スカートの裾がくるぶしを覆い隠している。

「久しぶりだね。会えなくて寂しかった」

余韻が悲しげに響く。今日の梨欣は特に陰影が濃く感じられた。

「忙しかった？」

「色々あって。学校の試験とか」

「高中生《コウジュンサン》（高校生）は大変なんだね」

その一言は学校に通っていない彼女の皮肉として聞こえたが、きっとぼくの卑屈さがそう聞こえさせたのだと思う。この期に及んでも、どう切り出すべきか迷っていた。気まずい沈黙が続き、風の吹く音が鳴った。

「何か言いたいことがあるんじゃないの？　阿賢がそんなこと言ってたけど」

梨欣は部屋に満ちた緊迫感から、これから何かが起こると悟っていた。ぼくは胸に空気を送り込み、「聞いてほしいことがあって」と切り出した。

「三月、父親の仕事の都合で日本に帰ることになった」

早口になった。きょとんとした梨欣の顔から目を逸らす。

「違うんだよ……家族みんなで帰るってことは、ぼくが聞いた時にはもう決まってて……一人でも香港に残りたかったんだけど……梨欣とも会えなくなるのが本当に辛いし、悲しいんだけど……ぼくだけの力じゃどうしようもなくて」

途切れ途切れの言い訳ばかりが口を衝いて出る。彼女の目を見ることができなかった。どんな表情で聞いているのか、知る勇気がなかった。

「日本に帰るの？」

ぼくは頷いた。嘆くようなため息が聞こえる。

「いつ？」

「あと二か月半」

「本当に？　そんな、急に？」

「ごめん。親が決めて」

本当はもっと前からわかっていた。早く言うべきだったのに、ここまで引き延ばしたのはぼく自身だ。でも、さらに責められるのが嫌だった。だから親のせいにした。

「ねえ。阿和は……親が決めたから従うの？」

悲痛な声だった。ぼくはまだ顔を上げられない。

「二度と会えなくなるかもしれないよね」

「だから、残りたいんだけど」

「だったら残ってよ。駄目なら連れて行って。日本に来てほしいって言ったじゃない」

「それは仮に、の話だろ」

「仮、ってどういうこと。私のこと好きだっていうのも、仮の話なの」

「そんな訳ない。だからさ」

その先の言葉が出てこない。こんな会話を続けても、梨欣を苛立たせるだけだ。それがわかっているから、口ごもるしかない。かけがえのない思い出が、今は重荷としてのしかかってくる。

「日本に帰るから別れてほしいってこと？」

「別れたいわけじゃないけど、そうするしかないって言うか」

「ちゃんと教えて。私のこと、好きじゃないの」

「梨欣のことはもちろん好きだけど。十七歳で、この国で一人暮らしなんか無理だし」

「どうして無理なの」

今まで聞いたことがないほど強い口調に、はっとした。おそるおそる視線を上げると、梨欣は据わった目をしている。目の色にははっきりと悲しみが表れていた。

「香港には、一人で暮らしている十代なんていくらでもいる。家族や仕事を失った新移民《サンイーマン》とか、こっそり入境した出稼ぎとか、フィリピン人の阿媽《アマ》(住み込み家政婦)とか。あなただけが十代で一人暮らしできないわけじゃない」

彼女の語りは滔々《とうとう》と流れる。

「私はあなたと一緒にいたい。あなたも私と一緒にいたい。だったら、選択肢は二つ。私を日本に連れて行くか、それが無理ならあなたが香港に残って」

「待ってくれ。きみが大事だから、これから色々考えて……」

「いい加減にしてよ。いつまで待てばいいの?」

梨欣は天臺屋に響き渡る声で叫んだ。

「あなたがこの半年、私に何をしてくれたの。ただ会って、話して、恋人ごっこをして、それで終わりじゃない。ずっと待ってたのに。あなたがもっと決定的な行動に出てくれるはずだって、ずっと待ってたのに。それなのに、父親の仕事の都合で日本に帰るって? それだけ? ねえ、私とあなたが一緒に過ごした時間って、何だったの?」

今まで一度も、梨欣から批判めいたことは言われなかった。いつも優しく気丈に微笑んでいる少女。

そう思っていた梨欣が、はあ、と声に出して息を吐いた。

「最初に会った時と同じなんでしょう。一人で九龍城砦に入って、迷子になって誰かが助けてくれるのをただ待っていた、あの時と。あなたはずっと、私が何とかしてくれるのを待っていただけ。それで親に帰るって言われたら、そっちを優先するなんて」

堰を切ったように不満があふれ出す。今までの梨欣じゃない。彼女の仮面が剝がれていく。いや、剝がしたのはぼくだ。唇を嚙んで耐えた。

「確認させて。ずっと一緒にいてほしい、って言ったのは噓なの？」

「噓じゃない」

「なら態度で証明してよ」

悪いのはぼくだと思いつつ、激しい口調にむっとしたのも事実だった。

「どうしてそんなに結婚にこだわるんだよ。まるで国籍が目当てみたいだ」

すぐに否定の台詞が返ってくると思っていた。だが、梨欣は一瞬、言葉に詰まった。絶望的な気分に襲われる。

「待ってくれ。それがきみの本音なのか」

思いがけないほど低い声が出た。泣くのを我慢すると声が低くなるらしい。

「違う。そんなこと言ってない」

「言ったのと同じだ」

「……阿和と結婚すれば、外国籍になれるとは思った。それは認める」

いつか阿武《アモウ》が言っていた。欲しいものがあれば、梨欣は相手が気づかないうちに、そうなるように仕組むのだと。やっと腑に落ちた。

中国共産党の支配に怯《おび》える香港では、カナダやオーストラリアに移住して、現地のパスポートを取得するのは特別なことではない。しかし財力がなければ、おのずと手段は限られてくる。最も容易なのは、外国籍の人間と結婚することだ。

「外国籍がそんなにいいのか」

「……阿和にはわからないでしょうね」

「なんだって」

知らず知らず、声が震えていた。今度は梨欣が目を逸らした。

「密入境した小人蛇《シウヤンセー》には、いつまで経っても身分は与えられない。あと何年かすれば香港も中共が支配する。ここも私が生まれたあの町と同じ運命をたどる。その前に外国籍が欲しいのは事実。でも、それとあなたのことは」

「やめてくれ。もういい」

ここに来るまでぼくは自分を責めていた。だが梨欣にだって、責められるべき部分がある。そうとわかった途端、制止が利かなかった。

「国籍目当ての女を本気で好きになったぼくが、バカだった」

梨欣の目の色が、悲しみから怒りに変わる。

「何それ。ひどい」

「ひどいのはそっちだろ。そこまでしなくても故郷に帰ればいいだけだ。惠州《ワージャウ》に帰れば、大手を振って歩ける」

「故郷に帰って、何が待っていると思う？　役人に支配されたみじめな生活だけ。私の両親はそれが嫌で逃げてきたの。やっとの思いで香港に入境したのに、今帰ったら何にもならない。私はあなたと結婚したかった」

「国籍が目当てだったからだろう」

「そうやって、問題を単純にする。あなたはもっと、弱い人間のことがわかる人だと思っていた」

興奮を抑えきれないのか、梨欣は立ち上がって室内をうろうろと歩き回った。

「今ここで行っちゃったら、私、別の人を好きになるかもしれない。それでもいいの」

「そういう相手がいるの？」

彼女はまた沈黙した。気まずさからの沈黙というより、あえて黙ってぼくの反応を見ているようだった。今度こそ絶望の底に落とされる。まさか他にも男がいるのか？　だとしたら、なぜ？　確実に国籍を得るため？

「阿和は私のこと好きなんでしょう」

答えられない。うつむくぼくの顔を、梨欣が両手でつかむ。無理やりに顔を上げさせられる。中腰になった梨欣の顔が接近してきて、唇が重ねられる。彼女の唇は冷たく、ぬるぬるして気持ち悪かった。ずっと夢見ていた梨欣との口づけ。それなのに、自分でも驚くほど冷静だった。ただ唇を重ねるだけの行為は、どこまでも虚しい。

「あなたが欲しいっていうなら、全部あげる。私の身体も好きにしていいから。だからお願い。好きだって言ってよ。もう一度。お願いだから……」

とうとう、梨欣は泣き出した。

「だいたい、あなたも同じ新移民じゃない。私は大陸から直接密入境した。あなたは日本を経由して、飛行機でやって来た。それだけの違いでしょう。唔公平《ンゴンピン》（不公平）だと思わない？」

泣きながら梨欣が言っていることは支離滅裂だった。ただ、唔公平、という言葉が彼女の感情を象徴していた。

「もういいよ」

「よくない。話はまだ終わってない。私たち、恋人同士だったんだから」

すでに過去形だった。

右手の指先が、ズボンの上から使い捨てカメラに触れる。梨欣と過ごした日々は、美しい記憶になるはずだった。彼女の写真は大切な思い出の一枚になるはずだった。それなのに、すべてが台無しだ。

とっさにポケットからカメラを抜き取り、両手で構えた。ファインダーの向こうで梨欣は不審げにこちらを見ている。ダイヤルを巻き、シャッターボタンを押す。かしゃっ、という間の抜けた音と一緒にフラッシュが光った。三日月の形をしたペンダントトップが胸元で光る。眩しそうに顔をしかめた梨欣は、「どういうつもり?」と訊いた。

「入管に突き出す。この女性は小人蛇だって」

本気だった。当局に摘発させて、広東省へ送り返す。仕返しのつもりだった。梨欣は充血した目でぼくを睨んでいる。

「……じゃあ。もう話すこともないだろうから」

扉のノブに手をかける他に選択肢はなかった。薄く扉を開き、最後に一度だけ振り返る。梨欣は椅子に腰かけたまま、虚ろな顔をしていた。

「あなただって、偽物の日本人じゃない」

一瞬、呼吸が止まった。

こわばる腕や足を動かして、どうにか扉の隙間から外へ出たが、しばらくはそこから動けなかった。

数分の間、身じろぎ一つせず、両手を垂らしてマネキンのように突っ立っていた。

見知らぬ天臺屋の住民が目の前を通過する。綿入れを着た中年の男だ。煙草の臭いを発散させた男は、うさんくさそうにこちらを見ながらどこかへ消えた。サンダル履きの子どもと目が合うと、逃げて行った。

この狭いスラムで、異端なのはぼくのほうだ。

中国を知らず、日本になじめない、偽物の日本人のぼくがようやく見つけた居場所のはずだった。蓋を開けてみれば、すべては香港の街が見せた幻想だった。ばかばかしい。最初から失うものなんてなかったのに、何かを失った気分になっている。

カメラをポケットに突っこみ、甘い幻想を見せてくれた昇禮大廈を後にした。


結局、梨欣の密入境は誰にも告げなかった。

同じような密入境者が香港に山ほどいることは想像に難くない。たった一人の小人蛇のために入管や警察が動くとは思えない。結局ぼくの本気なんて、ただの瞬間的な思い付きだった。

時が経つにつれ、梨欣への怒りが薄れていたこともある。潮が引いて砂浜が現れるように、怒りが薄れて別の感情が表出してきた。それは恋心だった。自分でも呆れることに、ぼくはまだ彼女への想いを断ち切れていない。

あの後すぐに現像した写真には、真正面を見つめる梨欣が写っている。泣き腫らした目でこちらを睨み、固く口を引き結んでいる。この写真を見るたび、あの日の会話を鮮明に思い出した。同時に、かすかなときめきを胸の奥に感じる。写真は財布に入れて、常に持ち歩いていた。

相手が国籍目当てだとしても、ぼくはまだ梨欣のことが好きだった。

再度、昇禮大廈を訪れようと決めたのは、帰国が一週間後に迫った三月だった。

旺角の街角に降り立つのも最後と思うと、妙な感傷がある。次に来る時があるとしても、すでにここは英領ではなく中国の一部になっているかもしれない。今の香港とはまったく違っているかもしれない。

なんとなく直行する気になれず、花園街《ファユエン・ストリート》や通菜街《トンチョイ・ストリート》をぶらついた。雑踏の体温を肌に感じ、かしましい広東語を聞き、屋台の湯気の匂いを嗅ぐ。五感で街を感じる。身体に香港を染み込ませる。

高層ビルの並ぶ塔の国を出て、ぼくは日本に帰る。日本の大学に進んで、いずれ父の会社に入る。決まりきった将来。安定した未来。羨ましいという人はいると思う。でもそれは、望んで得たものではないし、自分で選び取った道でもない。

ぼくが自分で手に入れたと胸を張れるものは何一つない。

一時間ほどして、ようやく足を向ける決心がついた。近づくにつれて胸の拍動が高鳴り、手に汗をかく。

青空を背景に、昇禮大廈はいつもと変わらずそこに佇んでいた。廃車で一杯のピロティ。板を打ち付けられた連続窓。くすんだ出で立ち。そして屋上には、平生と変わらない天臺屋がある。

しばし、ぼくは正面の道路に立って、下から屋上を見上げていた。屋上のスラム街で、今日も梨欣は生きている。彼女の両親も、阿賢も、阿武も、他の住民たちも。この建物は古く、衛生的とは言えないかもしれないが、確かに生きている。雨垂れの付着した壁から、人々の呼吸を感じた。

その時。

青空のなかに、ぽつりと小さな影が躍り出た。空飛ぶ鳥の影かと思えたそれは、見る間に大きくなっていく。九階、八階、七階、六階。人の形をした影は、猛烈な速度で落下してくる。

肌が粟立つ。誰かが屋上から落ちたのだと直感した。

路上を数歩、後ずさった。逃げ出したくても足がすくんで動かない。数秒後に展開される惨状を予感して、寒気が走る。目を逸らしたくても、人影から目を離せない。巻き添えを食らわないために。

その間にも人影は速度を増して落下する。

五階、四階。

その時ぼくの目は、はっきりと、落ちてくる人物を認識した。

長い髪を乱し、頭からさかさまに落ちてくるワンピースの少女は、梨欣だった。

三階、二階。

叫びは間に合わない。その場に縛りつけられ、ただ見ていることしかできない。

間違いなく、ほんの一瞬、彼女と視線が合った。互いを認識するのに時間はかからない。梨欣は目を見開いていた。なぜ私は落ちているの？　彼女の両目は、戸惑いを雄弁に語っていた。

一階。

その瞬間まで、ぼくは目を離せなかった。

ゼロ。

赤い爆弾が破裂した。飛び散った鮮血が視界を赤一色に染めた。全身に、数秒前まで梨欣だった何かを浴びる。熱く、ねばついている。下腹部から胸に酸っぱい塊がこみあげてくる。堪えきれず、ぼくはその場に嘔吐した。口から唾液と胃液しか出なくなっても、内臓はまだ痙攣している。

救急車を呼んでも、梨欣は助からないだろう。眼前の血だまりを見ればそれくらいのことはわかる。

きっと即死だ。

路上には他にも通行人がいる。女性の悲鳴が上がり、狭い路地は混乱の渦に巻きこまれた。ぼくの頭も混沌にまみれている。なぜ、梨欣が屋上から落ちてきたのか。天臺屋でいったい何があったのか。涙のにじむ視界で、外階段を降りてくる何者かを捉えた。

焦茶色のジャケットを着たブロンドの白人だった。背が高く、腹が突き出ている。アンバランスに細い脚をせかせかと動かし、大慌てで階段を降りていた。その顔を凝視する。高い鼻、褐色の瞳。顔は恐怖と焦りで引きつっていた。

梨欣が屋上から落ちてきた直後、階段を降りてきた。どう考えてもあの男が絡んでいる。今すぐ胸倉をつかんで事情を問いただしたかった。事故なのか。事件なのか。それとも、彼女がみずから身を投げたのか。

逃げ去ろうとする男を追いかけようと一歩踏み出したところで、再度吐き気を覚えた。耐え切れずその場にうずくまり、黄色い胃液を吐く。手足が痺れる。呼び止めようとするが声も出ない。走る男の背中はどんどん小さくなり、角を曲がって消えた。

逃がしたが、目撃者はぼくだけではない。他の通行人も逃げ去るあの男をしっかり見たはずだ。騒ぎを聞きつけて集まった大勢の野次馬もいる。警察の事情聴取で、すべては明らかになるはずだ。

警察。

今になって、その存在を思い出した。通報しなければと考えているうちに、二人の制服警官が現れた。彼らは横たわる梨欣を囲むように立ち、野次馬たちを遠ざけた。胃のなかのものを吐きつくしたぼくは、這いつくばるようにして離れた。

いつしか、狭い路地は人でごった返していた。物見高い市民たちが集まり、昇禮大廈の周辺は今までにないざわめきに覆われている。だが、ぼくの周囲だけ人がいない。自分が血まみれであることを思い出す。とにかく静かな場所に行きたい。冷たい水でも飲んで落ち着きたい。血を浴びたままの格好で表通りに出て、ふらふらと歩きだす。

悪夢を見ているようだった。ほんの十数分前まで、ここには日常が流れていた。梨欣が屋上から落ちてくるまでは。

脱力して、路傍にうずくまる。頭がおかしくなりそうだ。いや、もうおかしくなっている。梨欣が頭から地面に激突する瞬間が、繰り返し再生される。困惑する二つの目がこちらを見ている。赤い粘液が飛び散る。

「おい。お前、何している」

男の声だった。視線を上げると、制服の警官がいる。涙と鼻水でぐしゃぐしゃの顔を拭うと、上着の袖に血がついた。血まみれで歩き回るぼくを不審に思った誰かが、警察を呼んだのだ。

放心状態のまま、最寄りの警察署まで連れていかれた。

警察での取り調べが続いたせいで、帰国は五日遅れた。

ぼくは梨欣と知り合った経緯を洗いざらい話した。家族とも面識があり、彼女と会うために昇禮大廈を訪れたことも説明し、逃げ去った白人の男についても話した。取り調べを担当した職員は、最初こそ平易な言葉を選んでいたが、広東語を話せるとわかると気安い口調に変わった。

「その白人は今まで見たことがないんだな」

「ないです。その日、初めて見ました」

「本当に、スラムの住人という可能性はないか」

「あそこで白人を見たことはありません。着ているものもそういう感じじゃなかった」

職員はぼくの証言に興味を引かれたようだった。

「じゃあなんで、あの日に限って屋上にいたんだ」

「わかりません。でもすごく焦っていたんです。絶対に何か知っているはずです」

同じような問答を何度か繰り返し、ようやく取り調べは終わった。心の底から疲れ果てていたが、それでも一つだけ、どうしても訊いておきたいことがあった。

「ぼくからも伺いたいんですが」

「どうした」

「梨欣は、ネックレスをしていませんでしたか」

「捜査情報は答えられない」

職員の返答はにべもない。それでも、気力を振り絞って頭を下げた。

「お願いします。ぼくの贈り物なんです」

気まずさに耐えかねたように、職員はため息を吐いた。

「……あんまり我々を悪者にしないでくれよ」

それからバインダーの資料にさっと目を通して、口を開いた。

「ネックレスは、していなかった」

落胆するのは筋違いかもしれない。ぼくらの関係はもう終わっている。贈ったネックレスなんて捨てていてもおかしくない。それでもやるせなさはあった。

警察に証言したのと同じ内容を両親にも話したが、梨欣のことはあくまで〈友達〉と表現した。無断で九龍城砦や旺角を遊び歩いていたことは、どさくさに紛れて咎められなかった。母親は日本に帰ったらぼくをメンタルクリニックに通わせる、と宣言した。どうでもよかったが、安心させるためにその場では頷いておいた。

父親は「早く忘れろ」と言った。

「もう香港に来ることもない」

帰国の間際、取り調べを担当した職員に会いに行った。じかに警察署へ行き、名前を出して面会を求めた。二時間待たされたけど、職員はちゃんとロビーに来てくれた。ただし顔を合わせた時から、迷惑そうな表情だった。

「逃げた男は捕まったんですか。何かわかりましたか」

開口一番尋ねると、職員の眉間の皺が深まった。

「あれはな、事故だった」

互いの反応をうかがうわずかな沈黙。機先を制したのは職員だった。

「亡くなった女の子は、不注意で屋上から足を踏み外して落ちた。それだけだ」

「……あの、白人の男は？」

職員は無言で首を振った。

「悪いが、局外人《グクンオイレン》（部外者）に話せることはない」

そう言われて初めて、自分が部外者だと自覚した。ぼくは梨欣の家族でもなければ、事件の真相を知る人間でもない。ただの知り合いであり、目撃者だ。唇を噛むぼくを職員は疎ましそうに見やり、「それでは」と去った。

梨欣の死は、不注意による事故として処理された。

あの日から、誰と話すときも目を逸らせなくなった。目を離せば、大事なものを見落としてしまう気がする。見ていればよかったと後悔するくらいなら、見たせいで悪夢に苛まれるほうがずっとましだ。

たとえ、何万回と死の瞬間が再生されるとしても。

第五章　老人はすべての若者を殺せない

「年末はともかく、春節《チュンジ》には帰国するって約束したじゃない」

電話の向こうからがなり声が聞こえてくる。反射的に受話器を遠ざける。

「覚えてない。色々忙しいんだよ、こっちも」

「何が忙しいの。お父さんもあっさり了承して……春節は大学も休みでしょうが。アルバイトもしてないのよね？　正直に言いなさい。遊び歩いているんでしょう」

「日本とは課題の量が比べ物にならないんだって」

言い訳を口にしながらうんざりする。ぼくは今、何歳だ？　もう二十一になった。ちょっと帰省しなかっただけでこれだ。

「いいだろ、それくらい。夏にはそっちに戻るんだし」

説教し足りない様子の母親を振り切り、国際電話を切った。十分ほどの通話だったが、くたくたに疲弊している。ビルを出て、中山廣場《サンヤッセン・プレース》を通過する。平日夕方のキャンパスを行き交う学生たちの表情は、心なしか憂鬱だ。卒業を控えた今の時期、学生の主な話題は進路と卒論だ。うまくいっている者はいいが、ＨＫＵの卒業へのハードルはそう低くない。日本の大学のように形だけ整えればよいというわけではなく、内容によっては容赦なく落とされるという噂もあった。

交換留学生には関係ない話だ。ぼくはあと四か月で日本へ帰る。

——あと四か月。

残された時間の短さを再認識する。すでに香港に来てから三分の二が過ぎた。

この一か月、進展はない。マカオから帰っているはずのスミス——あの白人《アイン》がニーノに名乗っている仮名——は、四月に入っても布埃納大廈《ブエナビル》に現れていなかった。三月末から阿賢と交替で連日ビルの前に張り付いているが、それらしき人物は訪れていない。スミスがイギリス人であれば、大陸への回帰前にイギリス本国へ帰る可能性も低くない。そうなればお手上げだ。素性のわからない男をイギリスまで追いかけるのは事実上不可能だった。

今夜の張りこみは阿賢の番だ。ぼくはテラスへ帰り、課題をやらなければならない。勉強と無関係なことに時間を取られているせいで、下期に入ってからは課題もろくに手をつけていない。

三〇二号室を開けると、ノエルがベッドの上に座って本を読んでいた。まともに勉強している様子のなかったノエルも、最近はよく課題図書を読んだり、レポートを書くところを見かける。緑色に染めていた髪も、根元のほうが地毛であろう焦茶色になっている。

視線で挨拶を交わすと、ノエルが本を閉じた。

「恋人と電話か」

脈絡のない発言はいつものことだ。すぐに「違うよ」と応じた。

「電話する恋人もいないし」

「へえ。最近はほとんど夜にいないから、恋人のところに行っていると思ったけど」

なるほど。他人の目からはそう見えるのか。

「つまらない用事だよ」

「大学の授業より?」

「同じくらい」

「意外だな。授業より優先順位の高いものがあるとは」

「そりゃあ、色々あるよ」

ぼくは寛いだ気分だった。ノエルとの同室生活がはじまってからしばらく、イライラさせられることばかりだったが、今はそうでもない。相手が良くも悪くも、素直な性格だからかもしれない。

「日本人の友達は、彼女とうまくいっているのか」

「小野寺のことか。たぶんね」

最近は小野寺とも会っていないが、つい先日、久しぶりに電話がかかってきた。バースデーパーティの誘いだった。蘭桂坊《ランカイフォン》のバーを借り切るらしい。二十歳そこそこの若者が開くにしてはずいぶん豪勢だ。小野寺の誘いとあっては断れず、出席を約束している。

「ノエルにはいるのか。恋人」

自然な流れで、ぼくは尋ねた。

「去年までいた」

「イギリスに？」

「俺の故郷は、北アイルランドのアントリムってところだ。そこにいた」

ノエルは物憂げに視線を逸らした。緑の毛先が揺れ、端整な顔立ちが曇る。小野寺が言っていたことを思いだす。ノエルは、男のほうが好きなんじゃないか、と。

「その……相手は、男、なのか？」

口を開いたまま、ノエルは数秒無言だった。真面目な顔で「なんで」と問い返す。ぴりついた空気に焦る。多少距離が縮まったとはいえ、さすがに不用意な質問だった。

「いや、別に……小野寺に怒ってたみたいだから。きみは結婚できるんだから、って。だから結婚できない人が相手なんじゃないかって……ごめん。適当なことを言った」

ベッドの上で居住まいを正して頭を下げる。上目遣いに見ると、ノエルは片頬を歪め、苦笑いを浮かべていた。

「なるほどな。人の話をよく聞いてる」

「無責任なこと言ってごめん。謝る」

「無責任なのは間違いないけど、それくらいで機嫌が悪くなるほど小さい器じゃない。それに、同性愛にネガティブな印象もない」

ごく当然のこととして言い放ったノエルに、恥ずかしくなる。同性愛に過剰な反応をしていたのはぼくのほうだ。

「まあ、目の付け所は間違っていない。俺はその恋人との交際を反対されて、別れた。幸せな結婚をしたくても、できなかった」

思わぬ話の流れだった。

「和志は北アイルランドがどんな状況か知ってるか」

躊躇したが、正直に首を横に振った。アイルランドはおろか、イギリスの現代史すら知らない。ノエルは「簡単に話す」と言った。

「北アイルランドではこの三十年、連合主義者《ユニオニスト》と独立主義者《ナショナリスト》の間で抗争が続いている。イギリス連合の一部であり続けることを望むか、北アイルランドの独立を望むか。背景には宗派の問題とかあるけど、まあ一言で要約すればそんなところだ」

トゥイが話していた、ベトナムの南北対立を思い返す。

「話は簡単だ。俺の家はユニオニストで、俺自身もそうだった。十四から付き合いだした彼女も、最初はこちら寄りの中立だった。でも全寮制高校《ボーディングスクール》に進んでから、だんだん独立主義に傾いていった。顔を合わせるたび、責められるようになった。ユニオニストの俺は間違ってるってね。それでも決定的な破綻にはならなかった。政治思想と個人的な情愛は別物だ。俺は愛する彼女と結婚したいと思っていたし、彼女も別れようとは言わなかった」

テラスの廊下は静まりかえっている。室内にはノエルの声だけが響いていた。

「でも結局は夢物語だった。彼女と結婚したら絶縁するって、親族全員に言われた。俺は彼女と家族を秤にかけて、家族を選んだ。自己嫌悪だよ。別れる時に見せた、心底憎そうな彼女の目が今でも忘れられない。その時、香港に行くことを決めたんだ。彼女が――ナショナリストが主張するように、イギリスでなくなった都市がどうなるのか、この目で確かめるためにね」

壁に向けられた青い瞳は、どこか遠い場所を見ていた。ノエルは香港にみずからの故郷を重ねている。かつての恋人が目指す、イギリスから独立した北アイルランドの姿を見ようとしている。

「和志は人の話を聞くのがうまいな」

どう反応するべきか迷うぼくに、ノエルは言った。そんなことを言われるのは初めてだった。

「そうかな。話術なんか持ってない」

「話を聞くのに技術なんかいらない。言葉すらいらない。必要なのは誠実さだけだ」

それこそ買いかぶりだ。ぼくは誠実なんかじゃない。ぼくはノエルのように、自分の過去をさらけ出すことができない。彼はベッドから身を乗り出し、右手を差し出した。

「聞いてくれてありがとう」

ノエルと握手をする資格が、ぼくにあるだろうか。問いの答えが出ないまま、手を握り返す。これで、握手をするのは二度目だ。やっぱりぼくは誠実なんかじゃない。

「こちらこそ」

そう言うと、青い瞳の青年は優しく笑った。


その日は突然訪れた。

いつものように、売春ビルの向かいの縁石でうずくまる夜。最近はあまりに足繁く通うため、近くの店の従業員と知り合いになった。座っている理由を問われるたび「暇つぶしだよ」と答えを濁す。この辺りでは、ぼくは日本社会をリタイアした風来坊ということになっている。運がよければ食事を奢ってもらえることもあった。

四月中旬。すでに寒さの底は脱している。屋台から流れる甘辛い香りに腹を空かせながら、缶コーヒーをすすった。

張り込みから一時間ほど経った午後七時半、金髪の白人が現れた。

「あっ！」

シルエットから一目でわかった。二か月ぶりに見るスミスだ。風貌といい歩き方といい、間違いない。スミスの影は建物に吸いこまれていく。

できるだけ周囲から不自然に見えないよう、何気なく腰を上げた。消える間際に見えた深緑のジャケットは、前回見たものと同じようだ。

再び縁石に腰かける。発見しても追いかけないと決めていた。万が一、顔を覚えられていたら怪しまれる。一時間もすれば出てくるはずだ。ＰＨＳで連絡を入れると、阿賢はすぐに出た。

「来たか」

「ついさっき、ビルに入った」

「今から行く。一時間以内に着く」

すぐに通話は切れた。ぼくが張り込みの日に見つけたら、阿賢が車で来る手はずになっている。やはりこれも、知り合いから借りているらしい。活動家に必要なのは何よりも人脈だ、とうそぶいていた。

阿賢が来るより先にスミスが出てこないことを祈りつつ、売春ビルの出入口を注視した。これを逃せば、次のチャンスは二度と来ないかもしれない。

祈りが通じたのか、ものの四十分で阿賢は到着した。

「早かったな」

「海底隧道《クロスハーバー・トンネル》が空いてた。まだ出てきてないか」

「まだ。ちょうど今、ニーノと一緒にいるんだろう」

阿賢は返事の代わりに舌打ちをくれ、隣に座りこんだ。細身の身体にイギリス軍のミリタリーコートをまとっている。香港独立を主張する活動家としてそのファッションはどうかと思うが、黙っていた。

緊張で全身を硬直させながら、やつの登場を待った。阿賢は途中、少し離れた場所で紅雙喜《ダブル・ハピネス》を吸った。ヘビースモーカーではないが、最近は吸いたくなる頻度が増えているらしい。

スミスが売春ビルから現れたのは、入ってからきっかり一時間後だった。

「あれだ」

声をかけると、隣にいた阿賢が率先して立ち上がった。しかし駐車場へ向かおうとするその足が、一歩目で止まった。視線が釘付けになっている。

「どうした」

「……阿武《アモウ》だ」

視線の先を追う。スミスの背後を影のようについて歩く男がいる。目を凝らせば、商店から漏れる光に照らされる横顔は、阿賢とよく似ている。スミスがこのビルに通うことを教えた張本人だった。阿武が話しかけると、スミスはうっとうしそうに頷いていた。偶然、一緒にいるわけではないようだ。なぜ一人で入ったスミスが、阿武と一緒に出てきたのか。困惑するぼくを、阿賢は「行くぞ」と促した。

「とにかく追いかける。考えるのはその後だ。阿和は二人を見てろ。俺は車を回す」

阿賢は即座にその場を離れた。ぼくはスミスと阿武を見逃さないよう、距離を取って後をつけた。背後を歩いていた阿武はスミスの隣に並んだ。時折短い会話をしながら、どこかへ歩いている。夜の佐敦はまずまずの人出だったが、まばゆいネオンのお陰で二人を見失うことはなかった。

しばらく歩くと、二人は佐敦道《ジョーダン・ロード》沿いの小さな駐車場に入り、黒のセダンに乗りこんだ。運転は阿武だ。看板の裏に隠れて、ＰＨＳで阿賢に連絡を入れる。そうこうしているうちに、阿武の運転するセダンは佐敦道を走り去っていった。

阿賢は予想より早く、三分もしないうちに登場した。だが、その姿を見て唖然とする。赤い自動二輪にまたがった阿賢が目の前に停まり、自分のかぶっているヘルメットと同じものをぼくに差し出した。

「車って、摩托車《オートバイ》かよ」

「いいから早く乗れ。あいつら、どこに行った」

二人乗りなどしたことはないが、躊躇している暇はなかった。ヘルメットをかぶって後ろにまたがり、阿賢の腰をつかむ。「あっちだ」と二人が消えた方向を指さすと、返事より先に阿賢は右手でアクセルをひねっていた。

佐敦道から西九龍走廊《ウェスト・カオロン・コリドー》に入る。エンジン音を撒き散らしながら、二輪は見る間に速度を上げていく。それに応じて心拍数も上昇する。阿賢の腰をつかむ力が自然と強くなる。前方に自動車が現れるたび、速度を落として巧みにすり抜ける。サイドミラーに擦る間際、数センチのところでギリギリ追い越した時は呼吸が止まった。

「まだか」
四、五台追い抜いたあたりで、痺れを切らした阿賢が言った。あの黒いセダンは見えてこない。さらに数台追い越し、理工大の周辺でようやく追いついた。
「……あれだ！」

指さすと、阿賢は無言で頷いた。セダンは大きく孤を描くような回廊を進み、康荘道《ホンチョン・ロード》を南下した。ぼくらのオートバイも一定の距離を保ち、それを追う。阿賢が言っていた通り、九龍半島と香港島をつなぐ海底隧道はさほど混雑していなかった。別の車影に隠れながら、黒のセダンを追う。

「この国で民主活動をやってると、いろんな経験をする」

ハンドルを握る阿賢が問わず語りに口を開く。反響するエンジン音に負けないよう、声を張りあげる。

「ただデモ行進をするだけじゃない。日本領事館にも突っ込んだし、新華社の前で座り込みもやった。警察や警備員と揉み合いになったのも一度じゃない。ただ、黒社会《ハクセーウィ》の連中とやり合ったことは今までない」

「なんで黒社会の話になるんだ」

「阿武が一人で動いているとは限らない」

ぼくは沈黙する。阿賢の言う通りだった。阿武がスミスと行動をともにしている理由は不明だが、それが彼一人の考えからなのか、所属する組織からの指示でやっているのか、それすらも推定できない。下っ端であろうと、新義幇《サンイーボン》という組織の一員だ。香港島へ渡った先で待っているのは組織の仲間たちかもしれない。

「もう引き返せないからな」

念を押すように阿賢が言う。「当たり前だ」と返すぼくの足は小刻みに震えていた。

トンネルを抜けたセダンは、幹線道路をさらに南へ進む。見覚えのある高架橋を通過する時、記憶の断片が呼び覚まされた。日本人中学に通っていた頃、母親の付き添いでこの辺りに来たことがある。確か、この先に富裕層向けの町があったはずだ。

競馬場の西側の道を南下したセダンは、跑馬地《ハッピー・バレー》の中心部へ入った。周囲は鉛筆のように細長いビルが林立している。速度が落ちるため尾行は容易だが、気づかれないよう慎重に進まなければならない。

セダンはある集合住宅の敷地へ入っていく。六階建ての、外資系ホテルのような建物だった。阿賢は敷地の手前でオートバイを停め、路上に駐車した。ヘルメットを脱ぐと、迷いなく敷地のほうへ歩いていく。

「ちょっと待てよ。阿武に気付かれたらどうする」

「待ってたら見失うぞ」

そう言われると反論のしようがない。黒のセダンが消えた方向へ、早足で進む。

セダンはエントランスの前で停まっていた。スミスが助手席から降りてくる。阿武は運転席に座ったまま、スミスと何か話していた。十メートルほど後方でそれを見ながら、阿賢はぼくの耳に顔を寄せてきた。

「俺が運転席側から阿武に話しかける。お前はその隙に、建物に入れ」

驚いて見返すが、阿賢はこちらに視線すらくれない。異を唱える暇もなく、スミスと阿武の会話が終わった。スミスは自動ドアを抜けてロビーのなかへ入っていく。すかさず阿賢が飛び出し、セダンの右側に回り込んだ。運転席の窓をノックすると、ドアが開いた。

「お前、こんなところで何やってんだ！」

唐突に阿賢が怒鳴り散らす。もちろん注意を引くためだろう。阿武の表情は見えないが、運転席に座ったまま何かぼそぼそと答えている。

考えている余裕はない。ぼくは頭を真っ白にして走り出した。阿武が見ていないことを横目で確認しながら、足音を殺してポーチへ走りこむ。ぼくがセダンの真後ろまで来ると、阿賢は阿武の胸倉をつかんで何事かを叫んだ。阿武も怒鳴り声で応じる。兄弟の罵り合いを背中で聞きながら、自動ドアをくぐった。守衛室の小窓からのぞくと、制服を着た老人はテレビを見ていた。

ロビーを抜けると内廊下と階段があった。エレベーターは箱が一階で待機しており、動いた形跡がない。階上から足音が聞こえる。階段を一段飛ばしで駆け上がった。

足音は三階から聞こえていた。そこでいったん立ち止まり、内廊下をのぞく。深緑色のジャケットが、扉の奥に消えるところだった。そっと近づき、部屋番号を確認する。三一五号室。息を潜め、室内の様子に耳をそばだてたが、分厚い扉の向こうからはかすかな物音以外、何も聞こえなかった。

仕方なく立ち去ろうとした時、補助輪のついた小型自転車があることに気づいた。この家には子どもが住んでいる。おそらくはスミスの子だ。やるせなさが肩にのしかかる。

ロビーへ戻る途中、駄目元で三一五号室の郵便受けに手を突っ込んだ。指先に紙の感触がある。慌てて人差し指と中指でつまみ出す。封書だった。差出人は〈マガフ・ネットワーク・インク〉という社名。宛先は〈フレデリック・ムーア〉。

神経が高ぶる。

とうとう、スミスの本名までたどりついた。

社名と名前を記憶して、封書を郵便受けに戻した。守衛室からは死角になっているため、見られた恐れはない。他の住民もいない。危険を冒しただけの見返りはあった。

ポーチからのぞくと、すでにセダンは消えていた。人影もない。ぼくは緊張を緩めて、ふらふらと自動ドアから外へ出た。阿賢は人目に付かないよう、物陰にでも隠れているのだろう。そう安直に考えたのが間違いだった。

闇夜のなかへ一歩踏み出した瞬間、目の前に男が立ちふさがった。ぎょろりとした目で、鼻から下はマスクで見えない。

男の放つ狂暴な気配を感知するより早く、相手はジャブを繰り出していた。石のように固い拳が下腹にめりこみ、内臓をえぐる。呼吸が止まる。苦痛に歪んだ顔へ、二発目が飛んでくる。左頰をしたたかに打たれた。バランスを崩して横向きに倒れる。

目の前が真っ暗になる。苦痛と恐怖に支配されそうになる。コンクリートの地面は冷たい。痛む腹を抱えて横向きに寝そべっていると、後頭部を靴で何度も蹴られた。視界に映る街灯の光がぐらぐらと揺れる。

「立て」

声は阿武のものではない。高い声から察するに、ぼくより若そうだ。歯を食いしばって痛みに耐え、立ち上がる。十センチほど背の高い相手は、酷薄な目つきでこちらを見下ろしている。恐怖が身体の芯を駆け上がる。

「ここで何をしていた」

マスクの奥のくぐもった声に尋問される。

「……知り合いが住んでいる」

「何をしていた」

男の声が凄みを増す。顔面の痛みが、早く言えとぼくを急かす。

「少し歩き回っていただけだ」

その言い訳を聞くなり、男はジーンズのポケットから細長い金属製の棒を取り出した。しゃきっ、という音とともに折りたたまれていたナイフが姿を現す。男は目の色を変えず、刃先をぼくの喉元に向けた。逃げようとするとすかさず左手で肩をつかまれる。動けない。

「白人の後を追いかけていただろう」

刃先が喉仏から一センチの距離まで迫る。

「追いかけていたよな？」

「……見失った」

次の瞬間、男は躊躇なくナイフを動かす。恐怖に思わず目をつぶる。首筋にちくりとした痛みが走った。こわごわ目を開けると、血が一筋、首から流れて襟を赤く染めていた。刺されたのは皮膚の表面だけらしい。

「嘘はやめろ」

首を左右に曲げて、男は疑念を示す。汗が背中を伝う。

「階段を上ったな。足音が聞こえた」

「三階には行ったけど、そこまでだ」

「何のために追っていた？」

何も考えられない。言い訳が思いつかない。自分の貧弱な頭脳を呪う。相手はナイフを持っている。喉や胸を刺されれば重傷、最悪死ぬ。殴る蹴るとは違う。

ぼくは初めて、香港に戻ってきたことを後悔した。

黙ったままのぼくの胸を、男は左の拳で軽く突いた。後ろへよろめく。突かれた心臓がどくどくと音を立てていた。

「事故の件は、二度と詮索するな」

男はナイフの刃を折りたたんだ。最後にもう一発、下腹に拳を見舞われる。なす術なく殴られ、海老のように身体を折って呻く。

痛みがやわらいだころにはもう男はいなかった。闇のなか、ぼくは一人取り残された。殺されずに済んだ、という安堵で胸がいっぱいになる。

ＰＨＳで阿賢に連絡するが誰も出ない。仕方なく、徒歩で表通りに出た。路上駐車していた阿賢のオートバイはなくなっている。

来た道を逆にたどると、中心部の酒楼《ザウラウ》が並ぶ通りに出た。的士《タクシー》でも捕まえてＨＫＵまで帰るか、阿賢の行方を捜すべきか思案していると、背後から「阿和」と声がした。振り向くと、当の本人がそこにいた。

阿賢は頬と瞼を腫らし、情けない顔で突っ立っている。もっとも人のことは言えない。お互い無事とは言えないが、命に別状はなさそうだ。阿賢は道端に唾を吐き、不機嫌そうに「帰ろう」と言った。

「どこへ？」

「ここじゃないなら、どこでもいい」

会話をする気力もなく、ぼくらはしばらく無言で歩いた。赤のオートバイは少し離れた大廈《マンション》の前に停められていた。来た時と同じように、阿賢がハンドルを握り、ぼくは後ろにまたがる。オートバイは低速で走り出した。

「電話に出ろよ」

北へ進む車上で、ぼくはようやくそれだけ言った。道はやや混んでいる。

「出られない。ＰＨＳは阿武に取られた」

ヘルメットの下のくぐもった声で阿賢が応じる。

「あれから何があった」

「俺と阿武が言い争っていたら、どこからかマスクの男が出てきた。そいつに後ろから羽交い絞めにされて、そこからは阿武のいいように殴られた。旺角の墜落事故を調べるのはもうやめろ、だと。弟からタコ殴りにされる日が来るとは思わなかった」

左折して告士打道《グロスター・ロード》に入り、幹線道路を西へ進む。おそらくは西營盤《サイインプン》の方角へ向かっているのだろう。阿賢が寝泊まりする高街鬼屋《ゴウガイグワイウク》とＨＫＵはほぼ同じ地区にある。

「阿和は？」

「マスクの男に殴られた。たぶん同じやつ。事故の件は二度と詮索するなって」

走行音が小さいおかげで、さほど声を張らなくて済む。気のせいか、エンジン音も勢いを失っていた。

「でも、成果はあった」

阿賢の頭がかすかに動いた。ぼくは部屋番号と、封書の件を話した。興奮のせいか路上を走る速度が少し上昇する。西營盤に入った二輪は西邊《ウエスタン・ストリート》街を左折し、高街《ハイ・ストリート》で停まった。正面にはコロニアル建築の鬼屋がそびえている。ここで降りろということらしい。HKUまでは徒歩十分といったところか。

「スミス……じゃなくて、フレデリック・ムーアか」

ヘルメットを脱いだ阿賢の顔は、痣《あざ》で青黒く染まっている。

「やつを捕まえるにはどうすればいい」

「それより、阿武のことが先だろ。なんであそこに阿武がいたのか」

それが解けないことには、スミスことフレデリック・ムーアへの接触はままならない。彼の居場所を教えた阿武が、みずからぼくらの妨害に加担するとはどういう訳か。ムーアとチンピラという取り合わせも意味不明だ。あの白人に、香港黒社会とのつながりがあるとは想像できない。

「それに阿賢のPHSを取った理由がわからない。そんなことして阿武の得になるのか」

「……あいつの考えることはわからん」

阿賢は肩をすくめる。ぼくらは別れるタイミングを失い、特に会話もないままぼんやりと過ごした。この数時間であまりに多くのことが起こったため、脳みそが処理しきれていない。ぽつりぽつりと言葉を交わしながら、今夜の出来事を反芻していた。

夜の静けさを裂いたのは、耳に障る電子音だった。

懐でPHSが鳴っていた。ディスプレイに映る発信元の番号には見覚えがある。

「俺の番号だ」

横からのぞきこんできた阿賢が声を上げる。思わず顔を見合わせた。阿武に奪われたPHSからの着信。鳴りやまないコール音に急かされ、通話ボタンを押した。

「喂《ワイ》（もしもし）」

送話口に声をかけるが、相手は沈黙を保っている。こちらの出方を窺っているのか。

「阿武なのか」

「……和哥《ウォコー》だな」

相手がようやく声を発した。ぼくのことをそう呼ぶのは阿武しかいない。尋ねたいことは山ほどあったが、どれから手をつけていいのか見当がつかない。

「無事みたいだな」

阿武の的外れな言葉に、つい苛立つ。堰《せき》を切ったように質問が口から衝いて出る。

「全身殴られて無事なはずないだろう。どうして阿武があの男と一緒にいるんだ。なんで俺たちが殴られるんだ。連れの男も古惑仔《グワクツァイ》（チンピラ）なのか」

「黙れ」

チンピラ呼ばわりされたことが気に食わないのか、殺気立った声が返ってきた。おとなしく相手の発言を聞くことにする。

「明日の昼間、人目に付かない場所を用意できるか。民主活動家なら知ってるだろう」

聞き耳を立てている阿賢にそっくり同じ台詞を伝えると、そばにそびえるコロニアル建築を親指で示した。確かに、隠れ家に使われるくらいだから人は来ないのだろう。

「高街鬼屋はわかるか」

「高街……西營盤だな。明日の昼、そこへ行く」

通話は一方的に切られた。短い会話の内容を伝えると、阿賢は暗い天を見上げた。つられてぼくも空を見る。夜の空にまばらな星が瞬いている。

「どう受け止めればいいんだろう」

「俺たちの味方として、何か大事なことを話そうとしている。それか……」

「それか？」

「チンピラの仲間を引き連れて殴り込みに来るとか」

「まさか」と口走りつつ、うまく笑えなかった。殴られた下腹はまだ痛んでいる。

「明日の昼、来るだろう？」

授業があったが、阿賢に念を押されて頷かないわけにはいかない。それに、これはまたとない機会かもしれない。阿武が兄のＰＨＳを奪ったのは、ぼくらと連絡を取るためだったと考えればすんなり理解できる。阿武とムーアの関係も知っておきたい。

オートバイを引きずる阿賢を見送り、帰途についた。


疲れのせいか九時間もぶっ続けで眠った。顔の怪我は、キャンパスの南にある醫療保險處《ヘルス・サービス》で手当を受けた。顔に絆創膏を、腹に湿布を貼ったまま、早めに昼食を取り、徒歩でキャンパスを出た。

高街鬼屋を間近で見ると、その異相に改めて圧倒される。廃病院が放つ特有の禍々しさは、他の〈生きた〉建物ではまずお目にかかれない。巨大なコンクリート造りの棺桶といった風情だ。黒ずんだ壁を横目に、欠けた階段を上る。屋内は静寂が支配している。感じられるのは幽霊の息遣いだけだった。

記憶を頼りに、阿賢が居座っている元病室へ向かった。外廊下をぐるりと迂回し、内部へ通じる戸を開ける。薄暗い内廊下を進み、引き戸を開いた。大窓から差し込む日を浴びながら、阿賢は居眠りをしていた。あぐらをかき、壁にもたれかかって大口を開けている。隙だらけだ。殴られた跡は青黒い痣になっている。

「起きろ」

ものがないせいか、声がよく反響する。阿賢はぱちりと瞼を開けた。

「寝てたか？」

間の抜けた問いに「よく寝てた」と言ってやる。

「よし。目が覚めた。ちょっと調べたが、〈マガフ・ネットワーク・インク〉は家政婦の派遣会社だ。フィリピン人やインドネシア人の阿媽《アマ》を富裕層の家に派遣する仲介業者。たぶんムーアの家庭でも家政婦を雇っているんだろう。妻がいるとしたら共働きなのかもしれない」

寝起きということを忘れるほどの勢いでまくしたてられ、面食らう。阿賢は煙草をくわえ、脇に置いた空き缶を灰皿代わりに吸いはじめた。

「もう調べたのか」

「いくつか電話をかけたらわかった。公開情報だからな。あの後、阿武から連絡は？」

「ないよ」

ＰＨＳを枕元に置いて寝たが、あれから一度も着信はない。こちらからかけても相手が出ないだろうことは予想がついた。床に座りこみ、阿賢と視線の高さを合わせる。

二人で昨夜起こったことを整理していると、部屋の戸が開いた。身構えたが、現れたのは小太りで眼鏡をかけた若い男だった。彼は、阿賢に蘋果日報《アップル・デイリー》と紙で包んだ何かを手渡した。阿賢は紙を開き、湯気の立つ叉焼包《チャーシウバウ》にかぶりつく。男は渡すものを渡すと、さっさと部屋を出て行った。

「便利な仕組みだな」

「活動には人脈が必要だ」

阿賢はあっという間に叉焼包を平らげ、日刊紙を広げた。

「民主活動は一人ひとりの熱意からはじまる。しかし運動は一人じゃできない。デモも集会も、有機的に人と人がつながることで効果を発揮する。何事も助け合いだ」

　ＰＨＳやオートバイも、その人脈を頼りに手に入れたのだろう。阿賢は決して、真正面からぶつかるだけが能の男ではない。活動家として、人を引き付ける何かを持っている。

「回帰を前に、大きなうねりが起きている。今が香港の、香港人にとっての歴史的な分かれ目だ。ここで判断を誤れば、取り返しのつかないことになる」

「誰が、どんな判断をするんだ」

　香港はあと二か月ちょっとで中国の一部となり、英領としての役目を終える。それが止められない事実であることくらい理解しているはずだ。しかし阿賢は答えず、新聞の文字に目を落としていた。

　午後一時前、食事を届けたのとは別の若い男が顔をのぞかせた。皆、ぼくと同世代くらいに見える。一見して静かなこの鬼屋には、大勢の若者が巣くっているらしい。

「客が来ているぞ」

「通してくれ」

　男は戸を開けたまま消えた。間を置かず、阿武の顔がのぞく。

「景気のいい顔だな」

　お前が殴ったんだろう、と反論する元気も湧いてこない。阿武はベージュの柄シャツに黒のスラックスという出で立ちだった。後ろ手に戸を閉め、がにまたで室内を歩き回っては「原來係咁《ユンロイハイガム》（なるほど）」とつぶやいた。

「やくざ者になることは〈死んだ〉ってことだ。死人を呼ぶには最適な場所だな」

阿賢は新聞を折って床に置き、立ったままの弟を見上げた。

「紅衛兵の残党が仲間だろう。偉そうな口を利くな」

「大圏仔《タイヒュンツァイ》と一緒にするな」

「違いがわからん」

「こっちも活動家の思想の違いなんか知らない。でも、知らないことには極力口を突っ込まないのがマナーってもんじゃないか。和哥もそう思うだろ」

相変わらず人を食ったような態度だった。前置きはどうでもいい。

「阿賢のＰＨＳを奪ったのは、連絡を取るためか」

「焦るなよ」

「時間がないんだよ、こっちには」

焦って当然だった。あと三か月。交換留学の期間が過ぎれば、ぼくはこの街を去る。阿武のため息が反響する。

「まあ、そうだ。和哥の言う通り。伝えておきたいことがある」

阿武はあくまで立ったまま話した。あぐらをかくぼくらは見上げる格好になる。

「あの白人の周りを調べるのは、やめておけ」

「なぜ」

「新義幇として望ましくないからだ」

話が要領を得ない。ぼくらの邪魔をしたのは新義幇の意向という意味だろうか。

「梨欣の死に方は普通じゃない。どうしてあんな目にあったか知りたくないのか。弟だろ」

「関係ない。俺はもう〈死んだ〉人間だから」

阿武の冷笑的な顔に一瞬だけ感傷のようなものがよぎり、すぐにかき消えた。

「港大の学生なら勉強はできるんだろう。そのよくできた頭で考えろよ。昨夜、お前らが俺に襲われたのがどういう意味か」

「仁武《ヤンモウ》。何か知っていることがあるなら、はっきり言え」

阿賢が問いただしたが、弟は涼しい顔で黙っている。

素直に受け取るなら、阿武は今日、暴力や報復のために来たのではないようだ。ぼくらに何らかのヒントを与えようとしている。直接口に出さないのはやくざ者としてのプライドか、それとも彼が複雑な立場に置かれているせいか。

ムーアの周辺を調べるのは、新義幇にとって望ましくない、と阿武は言った。組織売春の実態を暴かれることを恐れているからだろうか。しかしそれなら、あのビルに近づくな、と脅すはずだ。ムーアについて詮索するな、という脅し文句は意味が違う。ムーアの過去を暴くことが、新義幇の不利益につながるということだ。

「教えてくれ。昨夜、ぼくらを襲ったのは組織としての判断か、阿武個人の判断か」

「さっきから言ってる。俺に襲われた意味を考えろって」

その言いぶりからすると、阿武自身の判断なのだろう。売春ビルの件を話した当人が、新義幇のためにぼくらを脅した。想像できる筋書きは一つだった。

「阿武はぼくに売春ビルの件を話してから、それが組織の不利益につながることを知った。だから、ぼくと阿賢に警告を発するためにムーアの身辺警護のようなことをやった。それでもしつこくついてきたから、仲間と一緒に痛めつけた」

「……仲間というより監視役。俺がなかなか手を出さないから、痺れを切らして出てきた。俺は暴力をふるうのが仕事みたいなもんだが、ふるいたくない相手だっている。でもそれは許されない」

阿武の独白は、ぼくの想像をなかば認めていた。

「あの男について調べることが、どうして新義幇の不利益になるんだ。ぼくらは梨欣の墜落死とあの白人の関係を調べているだけだ」

「鄧小平《タン・シウピン》が死んで二か月が経つ」

食ってかかったぼくは、阿武の唐突な物言いで遮られた。大陸の最高指導者だった鄧小平は、二月中旬に亡くなった。イギリスから大陸への回帰を決定した男の死は、香港でも大きなニュースになっていた。

「鄧は言った。〈黒社会もすべてが黒ではない、多くの愛国者がいる〉。有名な台詞だ」

「……何の話だよ」

「党の不都合は、黒社会の不都合」

口を挟んだのは阿賢だった。

「黒社会は権力に擦り寄って生きてきた。はっきり言えば中共の手下だ」

「相互の協力関係と言ってくれ」

阿武は茶々を入れたが、否定はしなかった。

「待ってくれ。どうして共産党が出てくるんだ。ムーアは共産党員なのか」

「あのおっさんはただの会社員だ。問題は梨欣の件。あいつは梨欣のなじみ客で、死の現場に居合わせた。状況からすれば監獄にぶち込まれてもおかしくない。だが実際は今もああして、せっせと女漁りに励んでいる」

いよいよわからなくなってくる。ムーアは罪人でありながら、共産党の干渉で放免されたということか。この、回帰前の香港で？

「梨欣の死と共産党に何の関係があるんだ」

「俺が知っていることは全部話した」

阿武は「返す」と言い、懐から取り出したＰＨＳを放り投げた。軌道は弧を描いて、阿賢の手に収まる。ぼくの問いへの答えはなかった。

「用は済んだ」

踵を返して去っていく阿武を、ぼくも阿賢も引き留めなかった。制止したところで無意味だと悟っていた。今度こそ、彼は黒い影のなかへ帰っていく。黒社会の住人——すでに〈死んだ〉人間として。

「阿武はどっち側の人間なんだ。新義幇か、ぼくらか」

つぶやきを、阿賢は鼻で笑った。

「どっちでもないんだろう」

「……意味がわからない」

「これは推測だが」

阿賢の目はこちらを見ていない。視線は虚空をさまよっていた。

「梨欣を妓院《ゲイユン》に売ったのは、阿武じゃないのかもしれない」

そこでようやくこちらを見た。ぼくは今、どんな顔をしているのだろう。

「何を言ってるんだ？　他に誰が……」

「梨欣自身だ」

推測と言いながら、阿賢の口ぶりは確信に満ちていた。

「俺たちの父親は膝の怪我で仕事を失った。知っているだろう。その時期と、梨欣が妓院で働きはじめた時期がほとんど同じだ。そうだ。あいつは転職前、稼げる仕事があるとしきりに言っていた。お父さんが稼げなくなったから、その分私が稼ぐんだ、と。夜勤で割のいい仕事を見つけたから、みんな何も心配しなくていい、と」

取り壊される直前の九龍城砦《カオロンシンジャイ》で、梨欣がそんなことを語っていた気がする。一言一句は思い出せないが、確か、ぼくは何も尋ねなかった。

「阿武は梨欣の意思に気付いて、一番近い場所で見守るために、自分の組織へ売ることにした。そう考えるのは、兄の贔屓目なんだろうな」

珍しく、阿賢は感傷に浸っている。阿武のやさぐれた横顔がそれに重なる。

「……そんなわけがない。阿武が売ったことには変わりない」

ぼくはことさら、突き放すように答えた。そうしないと、阿賢の推測に同調してしまいそうだった。絶対に、阿武を許してはいけない。

阿賢はうつむき、感情を押し殺した顔でつぶやく。

「香港への密入境の時、仲間のなかに大量の月餅を持っていた家族がいた」

「その話、阿武からも聞いたことがある」

昔、阿武が三人の性格を表す逸話として語ってくれた。欲しいものがあれば、阿武はこっそり盗み、阿賢は正面から要求する。そして梨欣は、さりげなく望み通りになるように仕組む。そう話すと、阿賢はうなずいた。

「間違っていない。でも、話には続きがある」

阿賢の声が湿り気を帯びていく。

「三人のなかで一番多くの月餅を手に入れた梨欣は、それを全部阿武に渡したんだ。私の分を全部あげるから、人から盗むのはやめろ、とな。揃って密入境している最中なのに、犯罪はよくない、って説教してるんだよ。笑えるだろう。でもな、実際、阿武はそれから盗みをやめたよ」

　けだるそうに、阿賢はため息を吐いた。

「梨欣には計算高いところがあったかもしれないが、それは自分の大事な人間のためなんだ。妓院で働いたのも、きっと自分のためじゃない。だからこそ、俺はどうしてもあのイギリス人が許せない」

　家族のために生きてきた妹を、救えなかった。その後悔が阿賢にのしかかっている。軽々しく、理解できるとは言えない。でも、一緒に闘うことはできる。

「やるしかないよ」

　ぼくのつぶやきは、高街鬼屋の静寂に飲み込まれた。

*

　五月の香港はすでに夏だ。

　午前の授業を終えた昼、キャンパスを移動している最中だった。

　晴天の下、中山廣場《サンヤッセン・プレース》でビラを配っている一群がいた。ＨＫＵの学生会だ。

　巨大なまな板のようなカードに〈平反六四《ピンファンロックセイ》〉――天安門事件を振り返れ、と大書されている。この国で六四といえば、一九八九年六月四日に起こった天安門事件に他ならない。前線に立って拡声器を握っている女子学生はアガサだった。

「井戸の水は河の水を犯さず、と江澤民《ゴン・ジャマン》は語った。大陸と香港は一國兩制《ヤッゴクレンジャイ》の関係にあり、回帰から五十年間の相互不干渉を貫く、と。しかし現実はどう？　その言葉を額面通りに受け取っている香港市民はほとんどいない。私たちは、天安門事件で大勢の死者が出たことを知っている。中国共産党が本気になれば、人民の命などあっけなく押しつぶす事実を知っている。警察も役人も、党が右と言えば右、左と言えば左を向く。だから大勢の同胞が香港から逃げた」

ぼくは立ち止まり、増幅された音声に耳を傾ける。

「では私たちも逃げるべきか？　答えはノー。私たちは香港人であることを諦めない。残念ながら、すでに党の手は香港の至る所に伸びている。回帰後はこの傾向がさらに強くなる。井戸の水が、河の水を犯すことを許してはいけない。自由な集会ができるのは、回帰直前の今が最後かもしれない。どうか皆さん、六月四日、追悼集会に来てください。お願いします」

通行人の反応はさまざまだ。一瞥して、何事もなかったかのように去っていく者。足を止めてビラを受け取り、しげしげと見つめる者。遠くから指差し、呆れたような含み笑いを浮かべる者。

ぼくは熱弁をふるうアガサに近づいた。手渡されたビラには、六月四日に維多利亜《ビクトリア》・公園《パーク》で開かれる〈六四八周年燭光集会〉の案内が記載されていた。参加者たちはキャンドルライトを灯し、哀悼を表する。

天安門事件が起こってから数日の記憶は、脳裏に残っている。

家庭に漂う空気は重苦しく、中国を脱出してよかった、という雰囲気は両親になかった。二人は故国で起こった悲劇に、心から胸を痛めていた。

父と母にとって、中国は特別な国だ。それは日本人になろうと変わらない。

アガサと目が合うと、尖っていたレンズの奥の視線が和らいだ。拡声器を仲間に渡したアガサは、歩み寄るぼくに真剣な顔で言った。

「少しでも興味があるなら、来てほしい」

「……留学生でも？」

「むしろ香港人以外に知ってほしい。香港の現実を」

別の学生会委員が、替わって拡声器を使っている。通行人はほとんどが無視するか、ビラを受け取っても一瞥するだけだ。地面には足跡のついたビラが無数に落ちている。

「馬鹿みたい、って感じ？」

アガサは自嘲的な笑みと一緒に問うた。彼女がそんな表情をするのは珍しかった。

「学生時代の大事な一時期を、民主活動で無駄にするなんて馬鹿げてると思う？　こんなことしても回帰が白紙になるわけでも、香港が独立できるわけでもないのに。就職に不利になるかもしれないことを、一生懸命やるなんておかしいと思う？」

拡声器の声は空気中に拡散し、瞬く間に溶けてなくなる。叫び続けない限り、学生たちの声は消えてしまう。徒労と言うなら、そうなのかもしれない。だが徒労のために貴重な時間を費やしているのは、ぼくも同じだ。

「思わないよ」

伝えると、彼女は少しだけ泣きそうな顔になった。それから眉間にぐっと力を込め、口元を引き絞り、溢れだそうとする感情を抑え込んだ。

「変なこと訊いた。引き留めてごめん」

アガサは別れの言葉の代わりに手を振った。ぼくも手を振ってその場を離れる。拡声器から絶え間なく発せられる声を背に、広場を後にした。

その日の夜、黒のボタンダウンシャツにグレーのスラックスを穿いて蘭桂坊《ランカイフォン》へ向かった。昨夏から生き残っている数少ない衣類だ。本当は革靴でも履いていきたいところだったが、一夜のために買うのもはばかられた。目立つ泥だけは落として、スニーカーで行くことにした。

小野寺のバースデーパーティに出席するのは初めてだった。インター校の学生だった頃にも誘われたが、何となく気後れして、理由をつけて断った。顔の広い小野寺は校外の友人も呼んで、盛大なパーティを開いていた。根が暗いぼくが行ったところで、楽しむどころか自己嫌悪に陥っていただろう。

参加する気になったのは、今日を逃せば二度と小野寺に会えないと思ったからだ。ぼくは下期の授業が終われば、日本へ帰る。香港に残る小野寺とはもう顔を合わせられないだろう。そう思えば多少の居心地の悪さも我慢できる。

指定された店はネオン街の裏通りにあるこぢんまりとしたバーだった。窓から室内をのぞくと、同世代の若い男女が談笑している姿が見えた。

思い切って扉を開けると、カウベルが鳴り、皆の視線が集まった。ざっと十数名。インター校の知り合いは誰もいない。主役の小野寺も恋人のミアもいなかった。男はスーツ、女はドレスで決めている。スニーカーなんか履いているのはぼくだけだ。バーの店内にはボックス席が四つと、カウンター席があった。惨めな気分で人気のないカウンターへ移動する。どこからか、低音でジャズが流れていた。

早くも来たことを後悔していた。他の出席者は服装が冴えているだけでなく、顔立ちもどこかかつるりとしている。男も女も、明るく朗らかで、自信に満ちた横顔だった。裕福な家庭の子女ばかりなのだろう。炭酸水をちびちびと飲みながら、ぼくは帰ることばかり考えていた。

定刻を過ぎると、店内の音楽がジャズからロックに一変した。湿度の高い曲調とボーカルの声には聞き覚えがある。たしか、ブラーというイギリスのバンドだ。小野寺がテラスに来た夜、ノエルと三人で聴いた。

音楽を背に、店の通用口からのっそりと小野寺が姿を現した。タキシードを着こんだ小野寺の傍らには、水色のドレスを着たミアがいる。二人とも幸せいっぱいの表情だった。招待客は拍手で出迎える。まるで小野寺とミアの結婚式だった。二人は奥まった席に移ると、揃ってカウンターのぼくに視線を送った。気恥ずかしくなり、ついうつむく。

「皆、集まってくれてありがとう。大学の試験で忙しい時期なのに」

小野寺は広東語で挨拶をした。全員にシャンパンのグラスが配られる。

「今夜はバースデーパーティという名目で集まってもらったけど、会をはじめる前に、大事な皆に報告しておくことがあります」

ミアは喜びを堪えきれない感じで、頬を緩めている。出席者たちはこれから起ころうとする祝福の予感にざわめく。

「俺たちは来週、入籍します」

同時に、わっと歓声が上がった。歓声と拍手が巻き起こった。

祝福の輪の外で、ぼくはカウンターにもたれて笑みを作るのが精一杯だった。高校時代は彼女をとっかえひっかえしていた友人が、ミアと顔を見合わせ、柄にない照れ笑いを浮かべている。彼女を愛し続けると決めたのだ。小野寺は、ぼくよりもずっと先の舞台へ進んでいる。嬉しくないわけじゃない。だけど今は心の底から笑うことができなかった。我ながら、いやなやつだと思う。

小野寺とミアは、シャンパングラスを片手に招待客たちの間を練り歩いている。薄暗いバーには笑顔が弾け、善意であふれている。ここではぼくだけが異物だった。

やがて二人はぼくのところにもやって来た。

「あ、瀬戸和志《ライウーウォジ》だ。来てくれてありがとう」

先に声をかけてきたのはミアだった。彼女と会うのは昨夏以来、二度目だ。

「……久しぶり」

「悪い、知り合いがいなくて気まずいよな。インター校の連中で、香港に残ってるのがほとんどいなくて。でも和志には伝えておきたかったから」

小野寺は少しばかり短絡だが、いいやつだ。それが余計にぼくの自己嫌悪を深める。可能な限り口角を持ち上げるが、うまく笑えている自信はない。

「こっちにはいつまでいる？」

「七月の後半には日本に帰る」

「じゃあ、それまでには会おう」

ぼくはグラスに口をつけて、返答をやり過ごした。バースデーパーティという、非日常の場での約束が守られる確証はない。遅ればせながら、祝福の言葉を口にしていないことに気付いた。

「さっきは驚いた。結婚おめでとう。披露宴はいつ？」

「式はやらないんだ」

ミアが応じた。

「私たちが学生の立場で式を挙げるとしたら、親に費用を全額出してもらわないといけないじゃん？でも、それってなんか情けないし。親の金で豪華な式をやるより、自分たちで稼げるようになってから挙式したほうがいい。雄哉《ホンジョイ》も同じ意見だった」

堂々と語るミアに、小野寺は優しい眼差しを向けている。それなら、このパーティはどうなんだ？

誕生日会は親の金でもよくて、結婚式は自力で開きたいってのはただの自己満足じゃないのか？　吐き出してしまいそうな悪意をシャンパンで押し込む。これ一杯の値段で、トゥイが働く店の料理を何食分注文できるだろう？

「式を開く日が来たら、必ず呼ぶ」

そう約束して、二人は別の招待客の席へ移った。ぼくはカウンター席に座り直し、帰宅するタイミングを窺いながら酒を飲んだ。

会が進むにつれて盛り上がりは高まっていく。背後のボックス席はとりわけ騒がしかった。五、六人の男女が乾杯を繰り返している。小野寺の誕生日や結婚のことはもう忘れて、二か月後に迫った大陸回帰を祝っている。

「恭喜回歸《ゴンヘイウイグワイ》（回帰おめでとう）！」

恭喜、恭喜と連呼しながら、杯を重ねている。彼らは大陸回帰の後も、香港の変わらぬ繁栄を信じている。この都市国家が未来永劫、存続すると思っている。そうでなければ回帰を祝福することなどできない。

大学のキャンパスで六四追悼集会への参加を呼びかける学生会委員。蘭桂坊のバーで回帰を祝ってシャンパンを傾ける富裕層の子弟。どちらも同じ世代の香港人だ。ただしその間には埋めがたい溝がある。そもそも両者は溝の存在にすら気づいていない。幽霊屋敷に間借りする活動家も、ビルの屋上で暮らす船民《ボートピープル》も、皆、香港に生きている。しかしボックス席の若者たちにとっては、姿の見えない鬼《ゴースト》だった。

小野寺たちの目を盗んで、バーを抜け出す。繁華街の過剰なネオンサインが疎ましかった。

昇禮大廈《シンライ・マンション》の天臺屋《ルーフトップ・スラム》を阿賢と並んで歩く。気を抜いていると、今でも足が胡一家のバラックがあった場所へ向かってしまう。記憶をたどりながらトゥイたちの住んでいる小屋を目指す。

ここには昨日も来たばかりだった。その時はトゥイが不在で、他の三人が自宅にいた。唯一、広東語を話せる老人には「明日の昼なら家にいるだろう」と言われた。

板戸をノックすると、蝶番がにぎやかな音を立てた。トゥイが顔をのぞかせる。

「また、頼み事？」

「察しがいいな」

阿賢が言うと、トゥイは戸を開いてぼくらを屋内に招き入れた。今日は他の同居人たちがいない。トゥイは腕組みをしてぼくらの顔を見比べる。

「それで、今度はなに」

「阿媽《アマ》として、イギリス人の家庭を訪問してほしい」

阿賢の単刀直入な物言いに、トゥイは首をかしげる。もっともな反応だ。ぼくはこれまでの経緯をかいつまんで説明した。ただし、共産党や新義幇については伏せた。闇雲に不安にさせたくなかったし、この依頼を断られたくなかった。

目下の悩みは次の一手だ。ムーアの住所は突き止めたものの、あの男から真相を聞き出す方法が思いつかない。売春通いをネタに脅迫するという手もあるが、弱い。それにまたやくざ者に嗅ぎつけられたら厄介だ。次は数発殴られるだけでは済まないだろう。

「顔の割れているぼくらは、もうあの集合住宅に近づけない。だからトゥイに頼みたいんだ。勤め先を探す阿媽のふりをして、何か聞き出せないか。確か、家政婦をやったことがあるんだよな。話を合わせるくらいはできるだろう」

「普通、阿媽は自分で営業に行かないと思うけど」

「イギリス人がいなくなって、仕事にあぶれている阿媽も多いらしい。今なら不自然でもないだろう……香港回帰の前に本国へ帰る可能性が高い。もう時間がない」

阿賢は一歩踏み出した。トゥイは退かず、視線を受け止める。

「何の情報も引き出せないかもしれないけど」

「それでもいい。やれることはすべてやっておきたい」

「甘いね、いつもながら」

すがるように言ったぼくに、トゥイは半笑いで言った。己の世間知らずは身に染みている。ぼくは一人では何もできない。誰かの力を借りなければ、前へ進めない。サンダルを履いた足を鳴らして、彼女は思案していた。

「いいや。とにかくやってみる。報酬は後で考える」

「……いいのか」

思いがけない返答に、思わずこちらから問い返していた。

「払いたいならどうぞ」

「そういうわけじゃないけど」

トゥイはせいせいした面持ちで、手のひらを天井に向けて伸びをした。着ているTシャツの裾がめくれて、へそが見えた。目を逸らすと、部屋の隅に古着が積み上げられている。あの老人の売り物か。

「なんか、金もらいすぎるのも怖くて。ここも所詮はスラムだし、いつ盗られるかわからない。それに、あんたはむしり取るべき相手じゃなかった」

思い出したように、トゥイは古着の山をかき分けた。そこから黒い布の袋を選び取る。袋に突っ込んだ手を出すと、香港ドル紙幣が出てきた。

「ここに隠しとけばわからないでしょ」

そう言って、紙幣の束をぼくの胸の前に突き出す。互いに数秒間、目を見ていた。

「いらないの？　お金」

苛立ち混じりに急かされ、慌てて両手で受け取る。数えてみると、今まで彼女に支払ってきた報酬、そっくりそのままだった。

「あたしたちは生きるために金が欲しい。香港で生きるには金がすべて。金持ちの日本人なら、いくら奪っても構わないと思った。でもあんたを見ていて、日本人も色々なんだってわかった。だから返すことにした。他の三人も賛成してくれた」

手のなかにある札をまじまじと見る。

「あたしたちには、大切な人がどうして死んだのか、知りたいって気持ちがよくわかる。だから、あんたから金は奪わない」

トゥイの父親は燃え盛る火災現場へ戻り、帰らぬ人となった。トゥイは父親の最期の瞬間を知らない。彼女の同居人たちもそうなのだろう。家族が亡くなった経緯を知る機会は、恐らく二度と来ない。

瞼を閉じた。目を覆っていた水の膜が滴となって、紙幣にいくつもの染みを作った。

情けない。

トゥイたちはぼくへの誠意を、精一杯の行動で示した。スラムで生活する彼女たちにとって、それがどれだけ勇気の要る行為か計り知れない。それなのに、ぼくは今でも金さえあればすべてが解決できると思い込んでいた。どんなに裕福でも、勇気がなければ、思いやりがなければ、本当に望んでいるものなど手に入らないのに。

阿賢は民主活動に身を投じ、阿武は黒社会へ足を踏み入れた。アガサは自由を訴え、ノエルは故郷を離れ、小野寺はミアと生きることを決意した。

ぼくだけだ。ぼくだけが、梨欣が死んだあの日に取り残されたままだった。

「阿和」

左肩に手を置かれた。阿賢だ。何かを抑えるように、細い目をさらにすがめている。ぼくは腕で涙を拭い、鼻水をすすり上げる。

「全部話すぞ」

改めて、阿武との会話で得た情報をすべて明かした。ムーアの背後には中共や黒社会が潜んでいるかもしれない。近づけば、どうなるかわからない。しかしトゥイの顔色は変わらなかった。

「あんたらだって、危険を承知でやめられないんでしょう?」

あまりにさっぱりした物言いに毒気を抜かれ、涙も止まった。

言われてみれば、そうだ。ぼくらは誰に頼まれたわけでもなく、自分の意思でやっている。降りようと思えばいつでも降りられる。それでも続けている。

「持っている情報を全部教えて。首尾は再来週の水曜、ここで報告する」

「ぼくたちは何をすればいい?」

「準備と実行はこっちでやる。かかった費用だけ後で請求する」

ぼくは手帳にフレデリック・ムーアの名前と集合住宅の住所を走り書きし、ページを破ってトゥイに手渡した。仕事は不明。女を買いにいくのは決まって平日の夜。家族構成は未確認だが、妻と子どもがいる可能性が高い。思いつく限りの情報を伝える。

「わかった。じゃあ、再来週」

用が済むと、トゥイはさっさとぼくらを追い出した。

バラックの外に出たぼくと阿賢は、十階に続く内階段へ歩きだした。高層スラムには子どもたちのはしゃぐ声が響いている。梨欣が落ちた日も、こんな風だったのだろうか。涙で濡れた紙幣を財布にしまっていると、阿賢のため息が聞こえた。

「本当に変わった女だ」

＊

六月四日、ぼくは追悼集会へ行かなかった。

足を運んだとしても、感情の置き所がないように思えた。父と母にとっての天安門と、ぼくにとっての天安門では重みがまったく違う。中国人の両親を持つ日本人がどう振る舞うべきか、判別がつかない。どう振る舞うべきか、などと小賢しいことを考えている時点で、出席者としてふさわしくないように思えた。

テラスのロビーで、他の留学生たちと一緒に集会の生中継を見た。大陸出身の寮生は、何人かが集会に行っているという話だった。こういうところには姿を見せないノエルが、珍しくテレビの真ん前に陣取っていた。

「広東語、わかるのか」

「ほとんどわからない。でも見たい」

画面には夜の維多利亜《ビクトリア》・公園《パーク》が映し出されていた。テレビカメラの画角には収まりきらないほどの人が詰めかけている。参加者が捧げる無数のキャンドルライトは、報道陣が焚く強烈なフラッシュでもかき消すことができない。特設ステージでは〈戰門到底《ジンムンドウダイ》（最後まで戦い抜く）〉の四字が煌々と照らしだされている。

〈民主烈士永垂不朽〉の記念碑と交互に、時折、灰色の塔のような構造物が映し出された。円錐状の構造物は周囲を囲む人々よりずっと高い。五メートル、いやもっと高い。根元の部分は太く、頂上部はやや細くなっている。暗いせいで色はよく見えないが、くすんだ金属らしき質感だ。よく見れば、表面は人間の肉体らしきもので埋めつくされている。絶望に満ちた人民が折り重なることで、この塔はできている。

「あれは？」

「〈國殤之柱《ピラー・オブ・シェイム》〉だよ」

ノエルの問いかけに、別の留学生が答えた。これがあの〈國殤之柱〉。噂は聞いていたが、目にするのは初めてだった。ノエルはさして興味もなさそうにうなずいている。

「民主派が造ったのか」

「デンマークの彫刻家が、六四の虐殺をモチーフに造ったたって」

「へえ。台座に何か書いてあるけど」

「さあね」

その内容まで知っている者はいなかった。

集会は粛々と進行する。点火台に灯された炎からいくつもの松明がつくられ、揃いのTシャツを着たステージ上の幹部たちは手に手にそれを掲げる。キャンドルライトを手にした人々が入れ替わり立ち替わり登壇して、天安門の悲劇を語り、自由を勝ち取ろうと呼びかける。演説が続き、聞き飽きた寮生たちはロビーから離れていった。ぼくやノエルを含む数名の学生が居残った。中継の最中、胸には言いようのない不快感がわだかまっていた。

「天安門で銃殺された学生たちは、本当に死を覚悟していたのかな」

誰にともなく、ノエルがつぶやいた。応答する者はいない。

「死なずに済むなら、死なないほうがいいに決まってる」

ノエルの独り言はロビーの空気に溶けて消えた。

ぼくは北アイルランドの紛争について、少しだけ勉強した。数千の死者を出した、血で血を洗うプロテスタントとカトリックの抗争。武装組織によるテロリズムの横行。宗派の違いから生まれた対立はやがて、連合主義者《ユニオニスト》と独立主義者《ナショナリスト》の対峙へと姿を変え、状況はより複雑になった。政治、宗教、経済、あらゆる利害関係が絡み合い、紛争が沈静化したと言われる現在も、あちこちで火種がくすぶっている。

死なずに済むなら、死なないほうがいい。

当たり前のように聞こえるノエルの独り言は、鋭く胸をえぐった。

およそ二時間の集会が終了すると、ぼくらはなんとなく解散した。ノエルは部屋に戻らず、外へ出て行った。ぼくは三〇二号室に帰ったけれど、とても眠れなかった。瞼を閉じると闇のなかにキャンドルライトの群れが出現する。

ベッドに横たわり、一人でぼんやりと時を過ごした。

屋上から墜落した梨欣に、死ぬ覚悟なんてあったはずがない。彼女は生きたかった。だからこそ外国籍を欲した。大陸から密かに越境し、天臺屋に暮らし、春を売った。ただそれだけのことが、死に値するとは思えない。

夜が更けていく。回帰の時が刻一刻と近づいている。

真っ暗な窓の外から、かすかに人の声が聞こえた。遠くから響く怒号のようだった。声は徐々に大きくなっていく。すでに日付は変わっている。住人の誰かが廊下を走る足音がした。何か、とんでもないことが起こっている。

三〇二号室を飛び出し、ロビーへ駆けこんだ。数名の留学生が興奮ぎみに語っている。テレビはついていない。

「何かあったの」

「門のところで学生会と警備員が揉めてる。警察も来てる」

一人が勢い込んで教えてくれた。

「デモとか?」

「いや、〈國殤之柱〉を運びこもうとしているらしい」

その像なら数時間前、テレビで見たばかりだった。苦悩に歪む人々が刻まれた、横暴の記録。それをＨＫＵのキャンパスへ運びこもうとしている。神経が昂ぶり、手のひらに汗がにじんでくる。体温が上昇している。

「ちょっと見てくる」

矢も楯もたまらず、テラスを飛び出した。キャンパスには複数の門があるが、どれかと尋ねる必要もない。怒号が聞こえる方向へ走ればよかった。

キャンパス北部、旭和道《コートウォール・ロード》に面した門の周辺はおびただしい人だかりだった。数百名の人間が放つ熱気が、夜の野外にたぎっている。学生らしからぬ風貌の市民も多い。きっと追悼集会からそのまま流れてきた参加者も相当数いるのだろう。人の波をかき分け、前方へ進む。人垣が膠着状態を打破しようと声を張り上げ、唱和している。

——警察保護市民《ギンチャーボウウーシーマン》！
——保衛港人自由《ボウワイコンヤンジーヤウ》！
——保衛國殤之柱《ボウワイグオクシェンジーチュウ》！

威圧的な気配を放つ制服警官が、周囲に睨みを利かせている。駆けつけた報道陣の照明がまばゆい。ごった返す人混みをかいくぐり、どうにか保安所の前までたどりついた。

すぐそばで、一台の巨大なトラックが保安職員に阻まれ立ち往生している。立ちはだかる保安職員と、若い学生たちの間で罵倒の応酬が続いている。いつ殴り合いになってもおかしくない剣呑《けんのん》さだった。

「今になって入れないなんて言われても、どうしようもない！」

一帯に響き渡る女性の声。先頭を切って保安職員に詰め寄っているのはアガサだった。ぼそぼそと言い返す職員に、アガサは身振りを交えて怒声を上げる。

「あなたに何の権限があるの。学生会が責任を持つって言ってるでしょう！」

取り囲む学生たちが声高に同調する。出動した警察官は、別の学生に迫られていた。路傍には大勢の市民が座り込み、事態の打開を待っている。ぼくは混沌の雑踏を駆け抜ける。

トラックの荷台にはあの〈國殤之柱〉が横倒しにして載せられていた。間近で見ると、その迫力は圧倒的だった。高さはざっと十メートル。とても、その辺の乗用車で運べるような大きさではない。金属製のため重量も数トンはありそうだ。

硬質な素材に刻み込まれた老若男女の顔には、激しい苦痛と諦めがにじんでいる。顔の一つと目が合った。表情だけで救いを求め、訴えかけてくる。

背筋が凍りついた。

目の前に、一九八九年六月四日の北京が現出した。

晴れている。日の光が頭上から降り注いでいる。

前方から、濃緑色に塗られた戦車の列が進んでくる。キャタピラが地面を踏みしだく。砲台は天を向いている。ぼくと装甲車の体格差は、鼠と獅子ほどもある。左右に並ぶ人民解放軍は皆、こちらに銃口を向けている。恐怖に顔が引きつり、挙げかけた両手が肩の高さで止まる。SOSを叫ぶことすらできない。

深い諦めとともに、心臓が仮想の銃弾で撃ち抜かれる。

旭和道に意識が戻ってきた。ぼくの手は、汗でびっしょりと濡れていた。

他のいっさいの感情を許さない恐怖。武装車両と対峙するということは、銃口を向けられるということは、そういうことだ。無謀さと同義の蛮勇をもってして、初めてできることだった。

膝から力が抜けて、道端に座りこんだ。

辺りではおびただしい数の市民が同じように座り込みをしている。そのほとんどは同世代に見えた。なかには紐魯詩樓《ノウルズ・ビル》で見かけた顔もある。漏れ聞こえる会話の端々から、香港大学だけでなく、中文大や科技大の学生たちも来ているとわかる。アガサや他の学生たちの怒声が響いている。トラックの荷台に乗った若い男女が、汗みどろで声を上げている。

行き場のない若者たちの生命力があふれ、一面に流れ出している。

「あなたも来ていたの」

いつの間にか、隣に女子学生が座っていた。口元にはごく薄い笑みが浮かんでいる。見覚えのある顔だ。数秒記憶を探って、思い出した。

「……ナビラ」

「久しぶり」

上期の〈都市論〉で同じ班だった、マレーシア出身の女子学生。こうやって顔を合わせるのは半年ぶりだ。長い黒髪を耳にかけ、涼しい顔でこの騒動を眺めている。

「きみも民主活動に？」

「いいえ。騒がしくて眠れないから、出てきただけ。こんなの滅多に見られないし」

ナビラは黒い瞳を國殤之柱へと向けたまま、口を動かす。

「日本の出身、だったよね？」

「そうだけど」

「ずっとあなたに話したかったことがある」

睨み合う市民と警備員の間近で、ナビラは淡々と語りだした。

「私の生まれはペナンという島なの。マレーシアの西にある」

荷台に乗った学生たちが叫んでいる。警官がやんわりと制止すると、学生たちは火がついたように怒号を上げる。喧騒のなかでもナビラの声は明瞭に聞こえた。

「小さい島だけれど、イギリス領として貿易が盛んだった。発展した港町。戦争でもイギリス軍が守ってくれると信じていた。でも日本軍に攻撃されて、ペナンは終戦まで日本に占領された。三年と八か月も。戦争が終わったら、ペナンはまたイギリス領に戻った」

語り終わる頃には、彼女が言いたいことはわかっていた。

「香港にそっくりだと思わない？」

日本で生まれて日本で育ったぼくは、黙ってナビラの横顔を見ている。

「おじいちゃんやおばあちゃんは、知り合いが殺された、憲兵は怖ろしかった、って今でも言ってる。

だから香港人が日本領事館に突っ込みたくなるのも、ちょっとだけわかる。でも私自身は、日本人のことは別に嫌いでもないし、好きでもない。嫌いになれ、って強制されるのも何か違う気がするから」

ナビラの気持ちもわかる。両親や祖父母から聞かされる過去と、自分の目で見る現実は別物だ。ぼくは見たものだけを信じたい。今ここで湧き上がる感情を信じたい。

「いつかペナンに来るといい。もしあなたが、自分のことを少しでも香港人だと思っているのなら、きっと気に入る」

「どうしてぼくにそれを？」

「あなたは全然、日本人っぽくなかったから」

その一言に心臓を突かれた。日本人っぽくない。ぼくが？

ナビラは國殤之柱を載せたトラックを指さす。

「あそこにもう一人、知り合いがいるよ」

荷台の陰から、数名の若い男女が飛び出した。学生と思しき男女は「保衛自由《ボウワイジーヤウ》」と叫びながら、警官隊に向けて突進していく。

そのなかに短髪の痩せた男がいた。ベージュのズボンは長時間の座り込みのせいか、泥で汚れている。夜闇のなか、とっさには誰だかわからなかった。だが投光器がはっきりとその横顔を映し出したことで、ようやく思い出した。同じく〈都市論〉で同じ班だった許《ホイ》だ。

許と仲間たちは、ひとかたまりになって警官に詰め寄る。警官は威圧的な態度で追い返そうとするが、彼らは退かない。自由《ジーヤウ》、と叫ぶことをやめない。横たわる巨大な國殤之柱は、闇のなかで己の出番をじっと待っている。許は顔を歪め、頬を引きつらせて、今にもつかみかかりそうな形相で迫っている。

香港市民にとっての主君は、総督でも、行政長官でも、ましてや中国共産党でもない。

自由《ジーヤウ》だ。

自由を奪い取ろうとするあらゆる者に、香港人は抵抗する。どんなに大きな力でねじ伏せようとしても、自由を諦めることはない。それが香港の住民だ。

背後をマスコミの自動車が通過する。像の台座にヘッドライトの光が当たり、そこに記された文章が浮かび上がった。〈六四屠杀《トウサート》（虐殺）〉の横に、筆記体で小さく刻まれていた。


老人岂能够杀光季轻人（老人はすべての若者を殺せない）

その言葉は、一語残らず網膜に焼き付いた。

たとえ力のある者たちがどれだけ多くの銃口を向けようとも、ぼくらを殺し尽くすことはできない。自由を求め、抵抗する若者たちを武力で封じようとする行為そのものの愚かしさに、老人たちはいつ気が付くだろう。

——保衞港人自由！

シュプレヒコールが再び上がっている。アガサの声だ。自然と、そちらへ足が引き寄せられる。

——保衞港人自由！

保安所の周囲で、百名に及ぶ市民が声を揃えていた。アガサは脚立の上に立ち、拡声器で人々の唱和を先導している。香港人の自由を守れ。単純なメッセージを、飽きることなく何度でも繰り返す。

追悼集会を見ていた時に抱いた、言いようのない違和感の正体に気付いた。それは怒りだった。公園に集った数千のキャンドルライトとともに、ぼくは怒っていたのだ。香港人として、当局の理不尽な振る舞いに憤りを感じていた。自分にはその資格がないと言い聞かせることで激情を抑えこんでいた。

――保衛港人自由！

口のなかで、誰にも聞こえないほどの小声で、ぼくもつぶやいていた。

――保衛港人自由！

少しずつ声を大きくする。

――保衛港人自由！

――保衛港人自由！

――保衛港人自由！

いつしか、喉が裂けそうなほどの声を張り上げていた。普段あまり声を出していないせいか、すぐに声が嗄《か》れた。それでもぼくは絶叫をやめない。自由を奪おうとする連中に届くまで、永遠に叫び続ける。喉で叫べなければ、手で、足で、全身で、伝え続ける。ぼくは生きている。ぼくらを殺し尽くすことはできない。

この街に君臨するのは自由だ。それを守るためなら、何度でも叫んでやる。

交換留学生のぼくは日本へ帰る。中国の一部となった香港にはいない。当然のはずなのに、そのことが不自然に感じられた。

認めよう。ぼくは香港人でありたい。ここで息をしている時が、最も自分でいられる。日本ではなく、大陸ではなく、この街の一員として生きていきたい。六四に怒り、市民の自由を叫びたい。

興奮と鎮静を繰り返しながら、夜は更けていった。ぼくは唱和に加わり、路傍に座り込み、隊列を組む警察官と対峙した。汗をかき、声がひび割れ、疲労が全身にのしかかった。終着点の見えない対立だったが、市民の熱気が絶えることはなかった。

　事態が動いたのは午前三時頃。警察側に談話を発表する動きがあった。

「我々の目的は、大学の味方をすることでも、学生の味方をすることでもないことを明言する。我々は公衆の平穏を乱すことを望まない。それが、ここに来た目的だ」

　拡声器を通じて男の声が響くと、市民は静まりかえった。前列に陣取るのは報道陣のテレビカメラだった。至る場所でフラッシュが焚かれるなか、警官は学生たちに向けて語りかけた。

「最も重視すべき大学側の見解は、いまだ明確ではない。しかしながら、安全のためにあなたがたの進入を認める」

　言い終わるより早く、割れるような拍手が巻き起こった。ぼくも馬鹿みたいに手を叩いた。雄たけびを上げた。左右の見知らぬ学生と抱き合った。肩を組んだ。歓喜が爆発していた。

　勝利というには、あまりにもささやかな勝利かもしれない。それでもぼくらは勝った。國殤之柱を、自由を守った。どこからか合唱が聞こえてきた。何の歌だ、と周囲の学生に問うと、〈自由花《ジーヤウファ》〉だ、と返ってきた。

　警察や保安職員が退き、トラックは堂々と門を通過した。学生たちがその前を駆け、先導する。車は黄《ハ》克《キング・》競《ウォン・》平《ポ》臺《ディウム》を目指す。國殤之柱はそこに安置されることになっていた。ぼくはトラックの横を伴走する。息が上がり、胸が苦しかったが走り続けた。荷台に乗った学生たちがテレビカメラにVサインを送っている。

　重機で降ろされた國殤之柱は、横倒しで黄克競平臺に安置された。騒々しい一夜が終わろうとしている。

汗みどろでテラスに帰り着いたぼくは、シャワーを浴びる気力もないほど疲弊していた。ノエルはまだ戻っていない。ポロシャツを脱いで、そのままベッドに倒れ込む。朝日が差しこむより早く、夢も見ないほど深く眠った。

＊

二日後に〈都市論《アーバニズム》〉の最終講義があった。

成績を決める筆記試験や個人レポート、プレゼンはすでに終了していた。締めくくりに、孔耀忠《フン・イウジュン》教授の講義が行われる。空席を探して講堂をうろちょろしていたぼくは、パトリックに声をかけられ、隣の席に腰を下ろした。

「アガサは元気？」

彼の第一声はそれだった。孔教授の信奉者であるパトリックは、半年前にアガサと決裂してからほとんど話していないらしい。國殤之柱をキャンパスに運びこんだ学生会の秘書長は、きっとこの講堂のどこかにいるはずだ。あれだけ大騒ぎしたにもかかわらず、学生会の面々は大学から特に処分を受けていないらしい。今のところは、という条件付きだが。

「知らないの？　四日の夜も奮闘してた」

「國殤之柱だろう」

呆れるような声音を、ぼくの耳は聞き逃さなかった。

「アガサは自分の思う通りに運動をやればいいと思う。でも、意図が見えない。モニュメントをキャンパスに移設したところで、いったい何が変わるっていうんだろう」

あからさまに貶《おとし》めるような物言いに、むっとした。

「じゃあ、何をすれば変わる。選挙にでも出るか？」

「きみまで怒らないでよ」

パトリックは眉尻を下げ、両手を挙げて降参のポーズを取った。こういうところが彼の憎めない所以だ。

「一時期カナダにいたけど、これでもぼくは香港で生まれ育った香港人のつもりだ。来月からこの土地が共産党に支配されると思うとそりゃ不安はある。でも、しょうがないじゃないか。集会を開いても、像をキャンパスに運んでも、共産党が優しくしてくれるとは思えない。それなら新しい香港でどう上手く生きていくかを考えるべきだと思う」

思いがけず理性的な意見だった。

「そこまで考えていたんだな」

「皆が思ってることだよ。回帰は嫌だけど、仕方ない」

「パトリックは、回帰後も香港の自治が守られると思うか？」

「思わない。現に、香港の自治なんかもうないよ」

壇上に孔教授が現れた。いつもながらのスマートな出で立ちだ。

「政治家も警察も黒社会も、とっくに党の手が伸びてる。今は表立ってないだけだ。認めたくはないけど、ディラン・フンが香港にいることだってその一環だよ。同じようなことはどの分野でも起こっている」

パトリックの顔に浮かんでいるのは、自嘲でも怒りでもない。國殤之柱に刻まれていた人々と同じ表情。すなわち諦めだった。

「〈都市論〉の授業を修了した皆さん、お疲れさまでした。例年は試験や課題が終わればコースは終わりですが、今年は無理を言って最後の講義を追加させてもらいました」

弁舌爽やかな英語で切り出す孔教授が、壇上からこちらを一瞥した。百名以上の学生のなかで、ぼくとだけ視線が合った気がした。

「この講義では、皆さんに伝え忘れたことを話します。すなわち、都市計画において最も重要なことです。それは入郷隨俗《ヤップヘンチェイジュ》――郷に入れば郷に従え、です。なぜ重要か、わかる人はいますか」

真っ先にパトリックが挙手した。

「あなた。どうぞ」

「都市を造るには、地域の住民が定めた暗黙のルールを守らなければならないからです」

「なるほど。それも正解です。確かに、文化的な背景を理解せずに都市計画を立てると、住民から猛烈なバッシングを受けることがあります。でも、私が考える入郷隨俗の真意はそこではない。わかる人は？」

別の学生が数名手を挙げたが、孔教授の望む答えは得られなかった。

「では、私の考える正解を言いましょう。都市計画を進めるには、有力者とのコネクションが必要です。計画を左右する有力者に取り入るためなら、どんなに理不尽と思えるルールでも、建築家は飲み込む必要があります」

啞然とした。およそ、大学教員が学生に語るべき内容とは思えない。都市計画をやりたければ、有力者のご機嫌を取れと言っている。パトリックは反応に困って、泣き笑いのような顔になっている。

学生たちがざわめく。

「静かに」

教授の一喝で座は静まり返った。

「一つの都市計画には、住民はもちろんのこと、政治家、役人、地主、土建屋など数えきれないほどの人間がかかわります。私たち建築家はあくまでその一部。いわば歯車に過ぎない。しかし歯車にも野望はある。少しでも自分の理想に近い都市計画にしたいが、さまざまな利害関係を調整し、意志を貫くのは容易なことではありません。そんな時に最大の武器となるのが、人的コネクションなのです」

孔教授の言葉が熱を帯びる。一語発するたび、唾が霧のように飛んでいる。穏やかな語り口は影を潜め、鋭い眼光がぼくらを射抜く。常に冷笑のマスクを被っていた孔教授が、今日だけは素顔を晒《さら》している。

「あと少しで香港は隣国の一部となる。無論、不安もあるだろう。しかしどこであろうと、建築が滅びることはない。人間が生きている限り、衣食住はなくならない。建築家になるなら強《したた》かに生きろ。建築家が現実の世界を変えたいなら、設計図を紙のままにしておくな。志を一貫したいなら、変節を恐れるな。思想信条などタダでくれてやれ」

「だから孔教授は、入党したんですか」

女性の声が響き渡った。全員の視線が講堂の後方に立つ、眼鏡をかけた女性へと集まる。パトリックが目を見開いた。

「アガサ……」

怒りに燃えた双眸《そうぼう》が、壇上の孔教授を睨みつけている。十メートルほど離れた位置から、教授は挑発的な笑みで受け止める。

「アガサ・ジェンだったね」

「よく覚えていますね」

「適切なコネクションを作るには、顔と名前を覚えるのが得意でなくちゃいけない。訓練の賜物《たまもの》だ」

アガサは腕を組み、刺すような視線を返した。

「孔教授は北京にいた頃、党員になられた。そこで得た人脈を頼りに、大陸のニュータウン開発を次々と手がけ、都市開発の専門家となった。そうですね」

「それで？」

「中共に屈服することで権力を手に入れた気分は、どうですか」

「勘違いしないでほしい。私はこの場では党員だなんて一言も言っていない」

「ごまかさないでよ！」

金切り声がこだまする。学生たちは皆、息を詰めて二人のやり取りを見守っている。

「では仮に私が党員だとしよう。きみは党員が大陸の都市開発を手掛けてきたのが気に食わないんだな。それなら、民主派の人間が責任者をやるか？　それは無茶だ。共産党の国で、民主派が街を造るなんてこと、ありえない。党員が大陸を開発することに何ら矛盾はない」

「私は香港のニュータウンから手を引いてほしいんです。香港は共産党の国じゃない」

「今月まではね」

孔教授は右手を挙げて反論を制した。そのままアガサに座るよう促したが、彼女は従わなかった。机上のノートをまとめると、鞄をかついで通路から最後方の扉へと歩きだす。悔しさを顔に充満させ、大股で講堂を退出していく。

「もう一度言おう。アガサ・ジェン。郷に入れば郷に従え。それができないなら建築家にはなれない。ただし、魂まで売れと言っているのではない。きみらに必要なのは狡猾さだ。真正直に突き進むのも結構だが、それで得ができるほどこの世界は優しくない」

教授は扉を押すアガサの背中に語り続けたが、彼女が立ち止まることはなかった。講堂に静けさが戻る。孔教授はみずからを奮い立たせるように拳を握りしめる。その姿は、奇しくも拡声器を通じて市民に呼びかけるアガサの姿と似ていた。

「最も優先すべきは志《ウィル》だ。志のためならなりふり構うな。私が言いたいのはそれだけだ」

講義は突然の幕切れを迎えた。拍手も歓声もない静寂のなか、孔教授は演壇を降りていく。規定の講義時間の半分も経っていなかった。どうやらこれで終わりらしいと学生たちが判断したのは、教授が前方の扉から講堂を出て行った後だった。

室内はざわめきに包まれた。取り残された学生たちは、先刻までの現実離れした光景について語り合った。あれが一流建築家の言うことか？　講義の目的は？　孔教授は本当に党員なのか？　好き勝手な意見交換がなされたが、明確な答えを持っている者は一人としていない。

ぼくは沈黙していた。さっきまでの光景が頭のなかを巡っている。本音をぶちまけた孔教授。激昂するアガサ。人的コネクション。志。何度も同じことを自問していた。

考えれば考えるほど、数日前のシュプレヒコールが鮮やかによみがえる。香港人の自由を守る。そのために、ぼくに何ができるというのか。

「大陸回帰の前に、どうしても言っておきたかったのかな」

パトリックがぼんやりと感想を述べた。ショックのせいか、放心状態に近い。

「回帰後は絶対、あんなこと言えないだろうから」

香港人としての最後の良心が、孔教授にあの講義をさせたのか。回帰後の香港を生き抜く知恵を、授けようとしたのだろうか。

「……ぼくはね、天水圍《ティンソイワイ》出身なんだ。行ったことは?」

首を横に振る。そう言えば、過去にもそんなことを言っていた。

「だろうね。新界《ニューテリトリーズ》の西にあるニュータウンだよ。もともとは何にもない田舎だった。でもその田舎にニュータウンができたんだ。どんどん建物ができて、人が増えて、天水圍は生まれ変わった。別の街みたいだった。開発責任者だったディラン・フンは、ぼくのヒーローだった。いつからかディランに憧れて、建築家を目指すようになった。ディランの下で勉強するため、必死で勉強してＨＫＵに入った」

パトリックの目が徐々に生気を取り戻す。

「ディラン自身が、党員であることをポジティブに受け止めていたのはショックだよ。でもこうなったら、とことんまで彼を信じようと思う。建築家になりたいからね」

迷いなく彼は断言した。同時に、無言の両目で問われていた。

それで、きみの志はどこにある?

騒々しい講堂で、ぼくは何も答えることができなかった。

第六章　生者の街

――とうとう、この日が来た。

六月二十九日の朝、肌寒い早朝の気配のなかを歩いていた。

小巴《ミニバス》で中環《セントラル》まで行き、啟徳《カイタック》空港までの直行バスに乗り換える。一年前、香港に降り立った時のルートを逆方向に辿る。阿賢とは空港で落ち合うことになっていた。懐のＰＨＳは、実際の重量以上に重く感じる。

トゥイから連絡を受けたのは二週間前。昇禮大廈の屋上に集まったぼくと阿賢に、トゥイは真剣な面持ちを見せた。その日は他のベトナム人たちも揃っていた。

「ムーア家は六月二十九日に香港を出る」

「間違いないのか」

阿賢の問いを、トゥイは鼻で笑った。

「最初は阿媽《アマ》を装って集合住宅の部屋を訪問したけど、ムーアの妻が出てきて丁重に断られた。回帰前にイギリスへ帰るからメイドは必要ない、ってね。後ろには六、七歳の女の子がいた。その時は日程まで聞き出すことはできなかったから、別の日にまた行った。今度は朝、集合住宅の前で張りこんで娘を待った。小学校に通っているくらいの年齢だったから。案の定、集合住宅から例の娘が出てくるのを発見した」

「娘に声をかけたのか」

「そんなことしたら怪しまれて口を開かないでしょう。学校の名前を知るのが目的。スクールバスのフロントガラスに学校名が貼ってあったから、一発だった。で、今度は娘が下校した後に、ムーア家のメイドのふりをして学校を訪問した。所用で近くに来たからついでにお迎えに参りました、ってね。担任の教師と面会して、さりげなく雑談に持ち込んだ。そうしたら教師は同情っぽく『あなたも大変だねえ。ご一家は二十九日に本国へ帰るんでしょう』って自分から明かしてくれた。色々聞き出す手間が省けて助かったよ」

その手際のよさに、ただただ感嘆した。

「上手くいくもんだね」

「上手くいくまでやるの。駄目ならムーアの勤務先から調べる、それも無理なら引っ越し屋が来るのを待ち伏せするつもりだった。その気になれば手はある」

安易にトゥイに頼ったことを恥じる一方、頼る相手が彼女でよかったとも思う。

「ムーアの弱みも目星がついた」

さらりと言うトゥイに、ぼくは目を剝いた。そこまで握っているのか？　怪訝そうな視線が返ってくる。

「それが目的だったんでしょう？」

「そうだけど」

「何日か、自宅から尾行してみた。仕事の内容はわからないけど勤務先は証券会社。ムーアは跑馬地《ハッピー・バレー》の自宅から中環《セントラル》の職場まで、徒歩とＭＴＲで通ってる。あいつはＭＴＲの駅から会社まで最短距離で行かず、なぜかいつも迂回路を使う。最初は意味がわからなかったけど、何日かしてやっとわかった。あいつは制服警官を怖がってる。そばを通るたびにちらちら横目で見ている。それでピンときた。最短距離で行かないのは、中區警署《ジュンコイギンチュ》の前を通らないため」

同調するように、あぐらをかいた老人が頷いている。他の二人は、無言でこちらを窺っている。

「たぶん、ムーアは警察を異様に恐れている」

「探偵になったほうがいい」

胸を反らせたトゥイに、阿賢は心からの賛辞を贈った。

「言っておくけど、あたし一人でやったわけじゃないからね。ここにいる四人で手分けしたの。同じ人間が何日も家の近くをうろつくのは不自然だし」

老人がまた頷く。四人のベトナム人は真剣な眼差しだった。ただし、ぼくが最初にここで向けられたような、刃物のような鋭さはもうない。

「そこまで情報をもらえば、後はやるだけだ」

「どうするつもり？」

「刑事のふりをしてムーアに尋問する。真相を吐かせる。もしあいつに後ろめたいところがあるなら、警察に突きだす。自白すれば警察も無視できないだろう。それでも駄目なら、個人的に告発してやる」

その意見にトゥイは顔をしかめた。

「今すぐ尋問しても、ムーアに逃げられるかもしれない。それに新義幇《サンイーボン》にばれたらどうするの。あんたら、今度こそ殺されるかもしれないんでしょう。問題はまだある。ムーアは携帯電話を持っていた。もしその場で本物の警察に確認を取ったらどうする？　あんたらが偽者だってすぐばれる」

「じゃあどうするんだ」

「出国間際の空港で捕まえる」

トゥイは上目遣いでぼくらの反応を見ている。

「それなら逃げ場もない。新義幇の監視もかいくぐれるし、ムーアが本物の警察に確認する暇もない。ただ、リスクがないわけじゃない。広い空港でやつを発見できる保証はないし、警察を振り切ろうとするかもしれない。それでも、この方法が最善だと思う」

内心で舌を巻いた。正確な出国日を調べたのは、そのためか。

「これがあたしたちの結論。採用するかどうかは、あんたらが決めて」

阿賢と顔を見合わせる。この提案を断る理由は、ぼくには思いつかない。

「ありがとう」

頭を下げると、阿賢もそれに倣った。彼が頭を下げるところを初めて見た。

それからは、計画の詳細を詰める作業へ入った。

六月二十九日、朝からトゥイが集合住宅の近くに張り込んでムーア一家の出発を待つ。彼らが自宅を出たら、預けたPHSでぼくに連絡を入れる。ぼくと阿賢はトゥイの報告を受け次第、空港でムーア一家を捜索する。一家は自宅からタクシーに乗ると予想していたが、仮にバスやMTRで空港へ行く場合はトゥイが追跡する。

段取りを決め、最後に阿賢がPHSを充電器ごとトゥイに手渡した。何かあればぼくの番号へ連絡することになっている。

「じゃあ、当日」

いつもと同じ、トゥイらしいあっさりした別れだった。阿賢とバラックを出る。見慣れた屋上からの風景が広がっていた。ベニヤ板やトタンで覆われた小屋の群れ、電線の絡まったアンテナ、子どもたちの遊ぶ声、広すぎる空。ぼくはじきに香港を去る。この風景を見るのも、これで最後になるかもしれない。

「ベトナム料理屋の給仕にしとくのはもったいない」

阿賢がつぶやいた。その通りだ。トゥイには、もっと能力に見合った仕事がある。

想像する。彼女がＨＫＵに通っていたら、どうだったろう。ぼくはアガサやパトリックと並んで、トゥイと卓を囲んでいる。冗談や噂話を交え、授業や寮での出来事を面白おかしく話している。それはいかにもあり得そうで、絶対にあり得ない空想だった。

その日から、勉強が手に付かなかった。幸い試験は終わっていたが、レポートがいくつか残っていた。動かない頭を無理に働かせて締め切りには間に合わせたが、出来は過去最低だった。

帰国は七月後半と決まっている。国際電話で、母は「やっと帰ってくるのね」と安堵を露わにした。反日運動や日本人を狙った事件に巻きこまれないか、不安で仕方なかったらしい。香港は日本ほど治安がよくないから、と何度も繰り返した。

でも、ぼくは思う。治安のよさは居心地のよさと同値ではない、と。

六月二十九日の早朝、ぼくはほとんど袖を通していなかった背広を着た。せいぜい本物の刑事に見せるためだ。革靴は安物を買った。同室のノエルは眠りこけていた。夏休みで母国へ帰っている留学生も多いが、ノエルは香港回帰を見届けるために残っているのだという。

早朝の小巴《ミニバス》は乗客もまばらだった。車窓を流れる回帰二日前の街は、一見していつもと変わらない。暗い朝の底で、まだ眠っているようだった。空港直行のバスはやや混んでいる。キャリーケースを手にした旅装の乗客が目立った。声高に会話をする日本人もいる。若い男女のカップルが楽しげに話していた。

「返還されたら来られなくなるのかな」

「大丈夫だろ。中国だって旅行できるんだし」

「そっか。じゃああさってから何が変わるの」

「別に変わらないんじゃない」

それは、大半の香港人の予想と同じだった。七月一日を迎えても、香港の日常は変わらない。ある意味では正しいのだろう。回帰の直後、劇的に市民生活が変化することはきっと、ない。だが、変化は目に見える形とは限らない。この街はすでに水面下で動きはじめている。

空港付近は旅客で混雑していた。待ち合わせ場所である富豪機場酒店《リーガル・メリディアン・ホテル》前に到着した頃には、日が上りきっていた。少し遅れて現れた阿賢もどこで調達したのか黒のスーツを着ている。強面《こわもて》のせいか、ぼくよりよっぽど刑事らしい。

「連絡は？」

「まだ」

連れ立って、空港の旅客ターミナルへ移動する。ボストンバッグを提げ、キャリーケースを運ぶ旅客たちをすり抜け、徳高道《ダコタ・ドライブ》を何度も往復してタクシー乗り場やバスの停留所を見てまわる。トゥイが見逃していないという保証もないため、油断はできない。

昨夜の時点で、ムーア一家はまだ香港にいた。トゥイからそう連絡を受けている。四人のベトナム人の誰かが、集合住宅の付近で張ってくれたのだろう。

ぼくと阿賢は、張りつめた気持ちで空港内を歩きまわった。見つけ次第、ムーアをどうにかして足止めさせる。そしてすべて話させる。あの日、何が起こったのか。ぼくは質問の手順を入念に確認した。売春ビルの前でムーアを発見した時のように、見逃すわけにはいかない。

ＰＨＳの着信音を聞き逃さないよう、神経は常にとがらせておく。今日ここで逃せば、ムーアは二度と捕まらない。これが最初で最後のチャンスだった。

日中に近づくほど人は増えた。外国人旅行客と報道陣が目に付く。昼時には、旅客ターミナルは自由に行き来できないほどの混雑ぶりだった。

慣れない革靴に足を痛めていた。もしかしたらすでに見逃しているのではないか。そんな疑念に苛まれながら、ぼくと阿賢はベンチに座り込み、目の前を通過する旅客たちを視線で追っていた。

懐のＰＨＳが電子音を発する。

瞬間、心臓を摑まれたような気がした。急いで取り出す。

「喂《ワイ》」

「今、自宅を出た」

トゥイの声はいつもと変わらない平静さだった。阿賢が耳を寄せる。

「三人でタクシーに乗った。妻と娘はキャリーケースを一つずつ持ってる。ムーアは二つ。あと、肩にボストンバッグをかけてる。灰色のシャツに紺の綿パンツ。キャリーケースは赤と黒。足元は白のスニーカー」

聞いた内容を片端から口に出して反芻し、阿賢に伝える。

「あたしもＭＴＲで追いかける。上手くいけば先回りできるかも」

「わかった。タクシー乗り場にいる」

通話を切り、阿賢と顔を見合わせる。

ぼくらはタクシー乗り場に移動し、手分けしてムーア一家を待った。赤い車体の市区的士《アーバン・タクシー》が続々と到着し、人を吐き出していく。滑走路の上空では航空機が忙《せわ》しなく発着を繰り返している。雑踏と轟音が一緒くたになって耳に流れ込む。

　時が経つほど焦りが募っていく。順調に流れれば、跑馬地から空港までは十数分で着く。見落としたのではないかと不安になる。知らず知らずのうちに、阿賢とはぐれていた。タクシー乗り場にいればそのうち再会できるだろう。それよりも今はムーアの発見が最優先だ。

　連絡を受けてからおよそ三十分後。

　赤いタクシーから降りてくる白人の家族を目の当たりにした瞬間、息が止まった。栗色の髪をした中年の女性と、小学生くらいの娘が並んで不機嫌そうに歩いている。その後ろをついていくブロンドの男は、巨体を揺らしてキャリーケースを運んでいる。色は赤と黒。灰色の冴えないシャツに紺の綿パンツ。

　とっさに阿賢を探すが、人混みに紛れて見当たらない。ムーアを見失うわけにはいかない。その場で、一人で追うことを決めた。

　追跡しながらトゥイに電話をかける。そろそろ空港に到着するはずだ。

「ムーアを見つけた。今追ってる。空港に到着したら、タクシー乗り場で阿賢を捕まえて、折り返し連絡をくれ」

　相手の返事も待たず通話を切る。

　三人は離境大堂《デパーチャー・ホール》を目指している。のろのろ歩いていた中年男性と肩がぶつかった。舌打ちを聞き流して歩を進める。死んでもムーアを見逃すわけにはいかない。足の痛みは忘れていた。

　ホールの中ほどで、突然、三人は立ち止まった。ムーアが妻と娘に何か話している。妻は呆れたように頷き、娘は暇を持て余して柱に寄りかかる。じきに、ムーアはキャリーケースを置いて一人でその場を離れた。

　この機を逃す手はない。すかさず距離を詰める。ムーアは歩きながら、ポケットに突っ込んでいた折りたたみ財布を開いた。両替所へ行くつもりだろうか。心臓が内側から胸骨を打ち鳴らす。

　財布をしまったムーアの肩を叩く。琥珀色の瞳が、怪訝そうにこちらを向く。

「中區警署《ジュンコイギンチュ》の李《レイ》だ」

　堂々と、はっきりした声で偽名を告げる。同時に、内ポケットに忍ばせていたIDケースを見せる。もちろん本物の身分証はないから、ケースだけだ。それでも効果は十分のようだった。ムーアは顔を引きつらせ、「警察？」とつぶやいた。トゥイの見立ては的中していたらしい。

「確認したいことがある。逃げても無駄だ。家族が待つ場所はわかっている」

　英語でまくしたてると、ムーアは口を半開きにして静止した。今になってＰＨＳが鳴りはじめたが、無視する。阿賢はいつも一歩遅い。

「四年前、旺角《モンコック》のビルで起きた女性の落下事件だ。あなたはその場に居合わせていた」

「そのことはもう、散々話しただろう！」

　ムーアの第一声は、ヒステリックな絶叫だった。

「四年も前のことをなぜ今？　イギリスに帰るんだよ。無関係だ」

「落下の状況をお聞きしたいだけです」

「答えている暇はない。もうすぐ飛行機が出る」

「時間は取らせない」

「出発時間を過ぎたらどうする。きみ、誰の許可を取ってる？」

　逃げようとするムーアの腕を反射的につかんでいた。こちらを睨むムーアの顔を、冷静に見つめる。相手の耳に届くよう、ゆっくりと発声する。

「You killed her.（お前が彼女を殺した）」

ムーアの腕がこわばり、喉の奥からひゅっと音がした。その反応でぼくは悟った。

「私が殺した証拠があるのか」

決定的な一言だった。

「なぜ昇禮大廈の屋上に行った」

「だから、呼ばれたんだよ。あの女に。何度も話しただろう。無視してたら黒社会の人間に脅されたから、仕方なく行ったんだよ。そうしたらあいつの自宅に通された。みすぼらしい、崩れかけのバラックだよ。あんな汚い家に入ったのは初めてだ」

「それで」

黒社会の人間というのは、弟——阿武《アモウ》のことだろうか。

「お前、調書とか読まないのか？　だから、結婚するなら両親に挨拶してくれって言われて、渋々会ったんだよ」

「胡梨欣にプロポーズしたんだな」

「そんな名前だったっけ？　とにかく、その売春婦に求婚の真似事はしたよ。冗談に決まってるだろ。そんなの真に受ける商売女なんかいないんだよ、普通は。でもあいつは違ったんだ。イギリスのパスポートがそんなに欲しいのかよ。失敗した。糞が」

心からの怒りは冷徹さを呼ぶものだと、ぼくは知った。

「それで腹を立てて殺したのか」

「違う！　バラックを出てから結婚するしないの話になって、結婚しないなら死ぬってあの女が喚いた。屋上の縁に立って、今日、今から役場で籍を入れろって言いだした。無茶苦茶だ。俺は最悪の事態を避けようとした。籍を入れるから馬鹿な真似はやめろ、と言った。そうしたら、あの女は俺に抱きついてきた」

ムーアは唐突に口をつぐんだ。躊躇する相手の腕を、強くつかむ。半歩近づく。

「それで？」

視線を逸らしたムーアは、小さな声で言った。

「……耳元で、ささやいたんだよ。『妊娠してるの』」

ムーアの指先はかすかに震えている。

「お前が突き飛ばしたんだな」

「殺そうと思ったわけじゃない！　とにかく引き離したかった。それだけだ。ちょっと押したら、バランスを失って落ちた。本当にそれだけなんだよ」

後半は涙声になっていた。

梨欣は、こんなクズ男のプロポーズを真に受けた。入籍を迫り、挙句突き落とされた。

「あの時、全部話しただろう。警察で。もう勘弁してくれ」

「……全部話した？　警察で？」

「そうじゃないか。あの時は見逃してくれただろう。これでも感謝してるんだよ。どうして今になって、その話を蒸し返すんだ。今日、やっとイギリスに帰れるのに」

同情を乞う哀れっぽい口調が耳につく。

これだけ明らかな自白をしていながら、なぜ警察はムーアを見逃したのか？　こいつが梨欣を殺したのは誰が見ても明白だ。それなのに。

「痛い。離してくれ」

はっとして、自分の右手を見る。渾身の力でムーアの手首をつかんでいた。言われるまま手を離すと、「出発の時間だ」と口走り、ムーアは元来た方角へと走り去った。人波のなかに消えたムーアの姿は、二度と見つけることができなかった。

ぼくは呆然とたたずんだ。四方から歩いてくる人が肩や背中にぶつかった。

警察はムーアの罪を見逃した。罪を償わせることができたのに、そうしなかった。新義幇は真相を知ろうとするぼくらを妨害した。警察も、黒社会も、どちらにとっても隠したいこと。考えつくのは一つだけだ。

中国共産党にとっての不都合。

高街で会った阿武も、党の関与をほのめかしていた。しかし、どう考えても党が関心を持つような大事件じゃない。会社員が一介の妓女《ゲイネイ》を殺した事件を、わざわざ隠蔽する理由がわからない。

PHSは再び鳴っている。もう何度目の着信だろう。

固く拳を握りしめた。

あと少しだけ、一人にしてほしかった。


その後、空港で阿賢、トゥイと合流してから、ムーアから聞き出したすべてを話した。阿賢は神妙な顔でぼくの話を聞き、最後に深いため息を吐いた。トゥイは眉根を寄せ、苦しげに耳を傾けた。

互いに感想を語ることなく、ぼくらは解散した。トゥイは旺角への帰路につき、阿賢は中環行きのバスに乗った。ぼくは一人、徒歩で九龍城砦《カオロンシンジャイ》の跡地へ向かった。

かつて無法地帯だった場所は整備され、綺麗な公園になっていた。違法な建て増しによって異常増殖した建築物は、跡形もなく消えている。地面は舗装され、緑があふれている。植木が生い茂り、鉢には新緑が萌えていた。散歩している地元民もいるが、すれ違う人の大半は観光客らしき出で立ちだ。百年以上前にあった石門の跡や、衙門《ヤメン》の古風な建築物を見て回る。頭のなかは真っ白でも、視線は建築を追っている。

亡くなる二か月前――別れた時には、少なくとも梨欣は妊娠していなかったはずだ。お腹に別人の子がいるのに、ぼくに結婚を求めるのは筋が通っていない。それとも、ぼくの子だと騙すつもりだった？　子どもができるような行為なんてしていないのに？

きっとあの後、彼女は身ごもったのだ。

「妊娠してるの」というささやきに嘘はなかったのだと思う。ペテンにしては見抜かれるリスクが高すぎるし、彼女が嘘をついてまであんなクソ男と結ばれたがったとは考えたくない。新たに宿った命の責任を取らせるため、ムーアに結婚を迫ったというのが事実じゃないか。

ぼくは真相を吟味しながら、頭の片隅では、卑怯にも責任の有無を考えていた。妊娠したのも、突き落とされたのもぼくのせいじゃない。そう思う一方で、自分を責める声が耳からこびりついて離れない。

梨欣が身ごもったのは、ぼくとの破局の直後だ。間違いなく彼女は傷ついていた。そこにムーアから遊びの求婚を受けた。普段なら相手にしなかったかもしれない。けれど傷心の梨欣は、誰かと結ばれることを望んでしまった。たとえクソ男だとわかっていても、妊娠することも覚悟のうちで、ムーアとの行為に及んだ……。

そうとしか考えられない。

やはり、彼女が死んだのは他の誰でもない、ぼくのせいだ。

どれだけ公園を歩いても、梨欣との思い出は見つからなかった。

強いて言えば、頭上を通り過ぎる航空機の轟音だけが、当時と変わらなかった。しかしこれも近いうちに消える。赤鱲角《チェクラップコク》に新しい国際空港ができれば、啟徳は廃港になる。巨大な鳥のような機影が地上に落ちる。たった一本の滑走路を頼りに、機体の群れは空をひっきりなしに行き交う。近くを通過するたび、観光客は驚いたように空を見上げる。

——再見《ゾイギン》（さようなら）。

飛び去る航空機を見送り、心のなかでつぶやいた。

返答代わりのジェット騒音をまき散らしながら、機体は彼方へと消えていった。

それから丸一日が経った。英領最後の日は、朝から暴風雨だった。

ノエルは「フィールドワークに行ってくる」と言い残して、朝から外出していた。ぼくは昼までベッドで何もせず過ごしたが、じっとしていると余計に気が滅入る。かといって行く場所も思いつかない。居残り組の留学生たちが、ロビーのテレビで回帰記念番組を見ていた。最後の総督クリストファー・パッテンと、初代行政長官の董建華が交互に映し出されていた。

香港で知り合った人々の顔がよぎる。皆が回帰の日を過ごす姿を想像する。

トゥイは、屋上のバラックで同胞と過ごしているだろうか。阿賢は、幽霊屋敷でひっそりと煙草を吸っているだろうか。小野寺は、自宅で新妻と過ごしているだろうか。

買いだめしていたインスタントラーメンで昼食を済ませ、大学図書館へ足を運んだ。

夏休み中、しかも回帰の日だけあって、館内は空いていた。建築関係の棚を見て回り、適当に本を読んで時間をつぶした。

香港へ来た目的は果たした。梨欣の死の真相は明らかになった。なじみ客とのいざこざの末に、昇禮大廈の屋上から突き落とされた。それで全部だ。

なのに、まだ腑に落ちない不快感が残っていた。原因ははっきりしている。ムーアの罪は明らかだったにもかかわらず、警察がそれを不問とした理由がわからない。

暴風が窓を叩く音が聞こえる。香港の回帰を呪うような天候だった。次から次へと、棚の本を手に取っては目を通す。内容はろくに頭に入ってこない。視線が紙の上を滑っている。

図書館には、同じように時間を持て余している学生たちがいた。回帰の日を落ち着かない気分で迎えているのは、ぼくだけではないらしい。幾人かの学生とすれ違いながら書架の間を歩いていると、見知った顔を見つけた。

デスクで本を読む、眼鏡をかけた女子学生。アガサだ。彼女がここにいるとは思わなかった。回帰当日こそ、民主派デモが活発に行われるはずだ。アガサも学生会の仲間たちと雨中のデモに繰り出しているものだと思っていた。

近づいても、ぼくに気が付く気配はない。声のトーンを落として話しかける。

「ここにいて、いいのかい」

アガサは振り向き、目が合うと苦笑した。

「誰かと思った」

「安心した？　残念だった？」

「もちろん安心」

ぼくは空いていた隣のデスクに着席した。顔を近づけ、小声で会話する。

「学生会のほうはいいの」

「皆、行ってるけど私は遠慮した。このところ、よくわからなくて」

「何がわからないんだ」

それには答えず、アガサは「昼にパットと会った」と言った。パトリックとは〈都市論〉の最終講義から会っていない。あの日、彼は孔耀忠を信じると宣言した。

「最近ぎくしゃくしてたでしょう。だから向こうが気を遣って、食事に誘ってくれたの。和志も誘おうかと思ったけど、私たちの仲が険悪になったのとは無関係だから、やめた」

誘ってくれてよかったのに、と心中でこぼす。どうせ部屋で呆然としていただけだ。

「パットは悩んでた。ディラン・フンを信じて建築の道を志したけど、本当に正しいか自信がなくなってきたって」

「あんなに建築に夢中だったのに？」

「孔教授が開き直ったのがショックだったみたい。党員だって胸を張るような図太さも、そこまでの計算高さも自分にはないって言ってた。まあ、そうだよね。あの最終講義は劇薬だった。パット以外にも何人かは建築家を諦めたと思うよ」

講義の直後、パトリックはとことんまで孔教授を信じようと思う、と言っていた。そのパトリックでさえ、自信を喪失したのだ。他の学生が建築家の仕事に幻滅してもおかしくない。

「インターン先も建築じゃなくて不動産にしようか迷ってた」

「アガサはどうするの」

「インターン？　私は香港じゃ無理かもね」

アガサはさらりと言う。

「これでも学生会の秘書長として、少しは名前が売れてるんだ。英領ならともかく、回帰後の香港で就職できるかはわからない。ディラン・フンに真っ向から楯突いたんだし、建築業界では難しいかもしれない」

「孔教授がそこまで気にするかな」

「本人というより取り巻きが気にする。いいよ、香港だけが就職先じゃないし。カナダでもオーストラリアでも、働き口はある」

そう言って、アガサは読みさしの本を閉じた。ハードカバーの表紙が見える。ル・コルビュジエの評伝だった。孔教授の私淑する建築家。

「それは……」

「今まで好きじゃなかったんだけど。変節家だし、机上の空論ばっかり言ってる気がして。でも読んでみると面白かった。変節家なりの情熱っていうのがあるんだね」

ル・コルビュジエは主にフランスで活躍したが、ブラジルやエチオピアの都市開発にも首を突っこもうとしていた。また数々の都市計画を立案したものの、インドのチャンディガールを除いて、そのほとんどが実現していない。

「少し、この辺で立ち止まってみるのもいいかもしれない」

アガサはけだるそうに評伝を押しやった。ぼくはそれを手に取る。ハードカバーの質感が手になじむ。

「少し疲れてるみたいだ」

「そうね。今まで走り続けたから……それ、読む？」

ぼくの手元を指さす。

「じゃあ、読もうかな」

「持って行っていいよ。私、帰るから」

アガサは積まれていた本や荷物を片付け、さっと席を立った。「拜拜《バイバイ》」と言い、遠ざかっていく。きっとデモには行かず、本当に自宅へ帰るのだろう。回帰後の香港人は程度の差こそあれ、北京政府への順応を求められていく。その時、彼女がいるべき街はここではないのかもしれない。

デスクに向き直り、改めてル・コルビュジエの評伝に目を通す。かの建築家が提唱した〈新しい建築の五原則〉が紹介されていた。ピロティ、自由な立面、自由な平面、水平連続窓、屋上庭園。何十年も昔に提示された原則を、ぼくらはいまだに崇拝している。新しい建築の概念は、ル・コルビュジエの時代から変わっていないのだろうか?

ぼくは本を開いたまま、動けなくなった。

何かが引っかかった。その正体を注意深く探る。何かとてつもなく大事なことを見過ごしている気がする。〈新しい建築の五原則〉だ。どこかで聞いた。孔教授の事務所だ。事務所の建築様式について、アガサが言及したのだ。

——当時、私のつくる建築はル・コルビュジエの劣化コピーだとよく馬鹿にされた。

あの時、孔教授はそう言っていた。

ル・コルビュジエの劣化コピー。〈新しい建築の五原則〉。それらの要素が徐々に、ある風景とつながっていく。ピロティ。水平連続窓。屋上庭園。

ぼくは知っている。〈新しい建築の五原則〉に当てはまる建築物を。

評伝をデスクに置いたまま、孔教授の著書を探した。以前読んだ『都市と田園』だ。見覚えのある背表紙を指先で引っ張り出す。もどかしい思いでページをめくり、末尾に記された孔教授の略歴に目を通す。

〈香港大学大学院にて修士課程を修了後、設計事務所を経て、カナダ、中国で大学教員として勤務〉

逸る気持ちを抑える。『都市と田園』を手にしたまま、貸出カウンターへ向かった。作業をしていた女性職員を捕まえて声をかける。

「図書館で修士論文を読むことはできますか」

女性職員は、何を当たり前のことを、と言いたげな表情をしていた。

「ここではＨＫＵ卒業生の学士論文、修士論文、博士論文を保管しています。どなたのものをお探しですか」

相手が言い終わるより早く、口走っていた。

「孔耀忠《フン・イウジュン》の修士論文を」

＊

七月一日を境に、英領香港は中国の香港特別行政区となった。三十日の夜、ぼくは他の留学生たちと一緒に、テレビ中継で夜通し主権返還式典を見届けた。屋外のため、暴風雨を耐える出席者たちの顔はどこか苦々しい。夜空に翻る五星紅旗は、この地が中国となったことを高らかに宣言していた。

それから一日経っても、三日経っても、香港の街並みに大きな変化はなかった。猛烈な風雨とともに幕を開けた新たな香港には、回帰前と何ら変わったところがない。一週間もすると祝賀ムードは去り、それまでと同じ日常が戻ってきた。

灣仔《ワンチャイ》に降り立ったのは七月の二週目、午後だった。

前回ここを訪れた時にはアガサやパトリックがいた。今日は一人だ。指定された時刻より早めに到着したため、アガサが案内してくれた藍屋《ブルー・ハウス》に立ち寄る。青く塗られた四階建ての唐樓《トンラウ》は、下町の風景に彩りを加えている。アガサは藍屋の色ではなく築年数に価値があると言ったが、このポップな色調があってこそ、市民に愛されてきたのだと思う。

建築には歴史がある。図面を引いた人間がいて、家を建てた人間がいて、そこで生活する人間がいる。人々の呼吸が染み込んだ建築物には、必ず相応の風格がある。藍屋がたたえる濃密な雰囲気は、数十年の時を経て醸しだされている。

暮れなずむ街路を歩き、〈孔耀忠《フン・イウジュン》建築工作室〉にたどり着く。四階建ての質素なオフィスビルは、〈新しい建築の五原則〉に基づいて設計されている。一階はかつて吹き放ちのピロティだった。屋上庭園もあった。正面には水平の連続窓。鉄筋コンクリート造りの、壁が少ない自由な平面と自由な立面。設計したのは孔教授だと、みずから言っていた。ル・コルビュジエの教えが守られている。

ロビーの内線で来訪を伝えると、三階にある孔教授の執務室へ通された。部屋には誰もいない。

「少しお待ちください」と言い残して、アシスタントは退室した。

ソファの周囲で所在なく立っていると、やがて廊下から孔教授が現れた。白いシャツに黒のスラックス。スマートな装いは相変わらずだった。眼鏡の奥の両目をすがめてぼくを見る。後ろ手に扉が閉められた。

「待たせたね。打ち合わせが少し押した」

「いえ。お忙しいところすみません」

柔らかな声音からは、最終講義で見せた剥き出しの熱意は消えている。勧められるまま、ソファに腰を下ろした。真向かいに教授が座る。

「英語、広東語、普通話、どれがいい?」

「広東語で」

「わかった。瀬戸和志《ライウーウォジ》。きみはＨＫＵの交換留学生らしいね」

先手を取られた。誰から聞いたのだろう。気になったが、まずは「そうです」と肯定するに留めた。

「期間はいつまで？」

「昨夏から一年間。先月で終わりです」

「じゃあ、間もなく日本へ帰るわけだ」

ほんのわずかだが、安堵に顔つきが緩む気配を感じた。

「用件を聞こう」

この事務所に電話をかけたのは三日前。応対に出たアシスタントに「昇禮大廈《シンライ・マンション》の件でお電話しました」と告げると、十分以上待たされて孔教授が出た。教授は「直接話そう」と言い出し、来訪の日時を指定した。

「旺角にある十階建てビルの件で、伺いました」

「それはわかっている」

「では単刀直入に言います。昇禮大廈を設計したのは、孔教授ですね」

この事務所と同じく、昇禮大廈は〈新しい建築の五原則〉をすべて満たす。廃車が停められたピロティ。内側から打ち付けられた水平連続窓。内部は籠屋《ケージ・ハウス》になっているが、元は広々とした空間だった形跡があり、自由な立面と平面を思わせる。そして、天臺屋《ルーフトップ・スラム》と化した屋上庭園。あのビルの屋上は水道が通り、水はけをよくするための傾斜までついていた。

ル・コルビュジエの影響を受けた建築家は無数にいる。〈五原則〉に当てはまるだけで、孔教授の設計だと断言することはできない。数日間、建築署《ASD》で色んな部局をたらいまわしにされて、ようやく確認できた。設計を手がけたのは、教授がＨＫＵを卒業して最初に就職した事務所だった。

返答はない。孔教授は続きを促すように首を傾げた。

「昇禮大廈の基になったのは、教授の修士論文です。ル・コルビュジエに私淑していた教授は、その教えを忠実に守りつつ、香港に適合した形で発展させようとした。〈五原則〉を外れることなく、建築物を高層化し、大都市のまっただなかに田園を現出させようとした。だから著書にも『都市と田園』と名付けた」

リュックサックからコピー用紙の束を取り出す。孔教授の修士論文の複写だ。

「これは、修士論文の序章に書かれている一文です。『英国流のガーデン・シティを、香港の限られた土地で実現することは非常な困難が伴う。そのため、デッドスペースとなっている屋上やピロティを有効活用することで、内部の庭園を充実させ、豊かな精神をはぐくむ建築を目指す』……論文のなかで示された図面は昇禮大廈とよく似ています」

論文の表紙を孔教授に見せた。

タイトルは『都市の高層化と緑化についての研究――生者の街《シティ・フォア・ザ・リビング》』。

「よく調べたな」

感心するというより、呆れたような口調だった。

「そうだよ。昇禮大廈を設計したのは私だ」

ここまでは予想通りだ。設計者だと認めざるを得ないよう、十分に証拠を固めていた。勝負はこの先だ。

「きみは〈都市論〉の最終講義にいたな」

「よく覚えていますね」

「あの日も言っただろう。顔と名前を覚えるのが得意でないと、建築家は務まらない」

教授は肩をすくめる。どこまで本気で言っているのか、判断がつかない。

「四年前、昇禮大廈の屋上から少女が墜落死しました。先生はご存知でしたか」

「いいや。設計した建築物すべてのその後を把握することはできない。ましてや、あの建物を設計したのは三十年前の話だ」

「昇禮大廈の屋上には、十分な高さの柵がなかった。また、庭園の水はけをよくするために緩やかな傾斜がついています。覚えていますか」

　答えはない。肯定と受け取って話を進める。

「うがった見方をすれば、屋上からの墜落は、設計された段階で起こるべくして起こったのです。ちゃんとした柵がついていれば、そもそも落ちることはなかった。屋上が傾いていなければ、踏みとどまることができた。設計者のせいで、少女は死んだと言えます」

「こじつけだ」

「仮にこじつけでも、いったん広まれば名誉を回復することは難しい。国際的な賞をいくつも受け、世界でも指折りの建築家と目される孔耀忠が、死の危険がある建築物を設計したという風評が広まればどうなるか。あなたはもちろんのこと、党にとっても大きなダメージとなる。これまで孔教授を持ち上げ、数々のニュータウン開発を任せてきた党は、引くに引けない。だから事件を闇に葬ることにした」

「無理だ。現にきみは少女の墜落死について知っている」

「それは、単なる墜落事故なら大事にならないからです。一方で、イギリス人が現地少女を殺したと知れれば必ずニュースになる。大陸ならともかく、香港で報道規制を敷くことは今より難しかったですから。そうなれば当然、昇禮大廈の危険性にも取材の手は及び、あなたの名誉に傷がつく。だから、党の息がかかった警察は犯人を罪に問わず釈放した」

それが、ぼくの結論だった。

「今、きみ自身が言ったように、ここは香港だ。英領だった土地で党の支配がそこまで及ぶと思うか」

「行政長官に董建華を選んだのは推薦委員会で、その委員を選んだのは準備委員会——中国共産党です。回帰前から香港政府の裏には北京がいた。そう考えると、荒唐無稽な推論でもないと思いますが」

孔教授は口をつぐんだ。背もたれに身体を預け、思案顔で部屋を見渡している。

「要するに、確証はないんだな」

「……ありません。それに事実だとしても、建築法に則って設計した孔教授が責任を負う必要はないと思います」

悔しいが、その点は認めざるを得ない。すべてはぼくの想像に過ぎない。言いたいことはすべて言った。

孔教授はソファから立ち上がった。そのまま、背を向けて部屋を出て行く。不安に駆られたが、教授はすぐに戻ってきた。右手でウイスキーのボトルをつかみ、左手にグラスを二つ持っている。琥珀色の液体を無造作に注ぐと、一方のグラスをぼくの前に滑らせた。

「プライベートルームから取ってきた。飲みなさい」

グラスを受け取り、口をつける。加熱した穀類の豊かな香りが鼻に抜ける。

「最後の講義で話したことは事実だ。理想の建築や都市開発を実現するには、有力者とのコネがかかせない。どんなに素晴らしい建築でも、人は図面には住めない」

教授はグラスを傾けながら、ぽつりぽつりと話した。

「ル・コルビュジエはフランスのナチス傀儡政権に接近し、都市計画の責任者に就任した。一方で独裁者ムッソリーニに接触を図り、何度も都市計画を送り付けた。都市を造ることへの野心と執念で彼に勝る建築家はいない。ナチスだろうがムッソリーニだろうが、権力者ならお構いなしだった」

講義のように淀みない口調。視線はぼくを通り過ぎて、どこか遠い場所を見ている。

「私は共産党員になったことを後悔していない」

孔教授はウイスキーの水面を見つめていた。まるで、そこに映る自分へ言い聞かせているようだった。

「事故が起こったのは何年の何月だった？」

「四年前の三月」

「……ちょうど、天水圍《ティンソイワイ》ニュータウンのオープニングセレモニーがあった。私も開発責任者の一人として出席した。その時期に私の設計したビルで人死にが起きたなんて、公表できるはずがない。私の名誉、ひいてはニュータウンの名に傷がつく」

そう語る孔教授を、思わずまじまじと見た。

間接的ではあるが、教授はぼくの推論が事実だと認めたのだ。

爽快感はなかった。両肩に虚しさがのしかかり、全身に疲労感を覚えた。ぼくは心のどこかで、予想が外れていることを願っていた。天水圍の開発責任者である孔教授に憧れてHKUに入ったパトリックが、この話を聞いたらどう思うだろう。

「そんなことのために、事件を隠蔽したんですか」

「そんなこと？　むしろ党は、殺人事件くらいで新しい街の門出にケチをつけられたくないと判断したのだろう」

露悪的な口調だった。悔しさに奥歯を噛みしめる。

「飲めないなら、無理に飲まなくていい」

孔教授はすでに一杯目を飲みほしていた。こちらのグラスにはウイスキーがほぼ全量残っている。教授はみずから二杯目を注いだ。

「湖北省に漢口《ホンハウ》という街があった。今で言う、武漢市の一部だな。普通話でいうと漢口《ハンコウ》。私の生まれ故郷だ」

教授はウイスキーを水のように飲むが、口ぶりはどこまでも明晰だった。酔いたくても酔えないように見える。

「私がまだ五歳だった頃、漢口は日本軍に占領されていた。親日派の国民党政府が本拠を置いていた時期だ……そんなに警戒するな。ただの昔話だ」

よほどぼくが訝しげな顔をしていたのか、教授は苦笑した。

「冬の昼間だった。米軍機が空から焼夷弾の雨を降らせた。辺りはたちまち火の海になった。恐ろしい速さだった。家屋も倉庫も、人も動物も、瞬きする間に炎に包まれた。地平線に火柱がゆらめいて、空が橙色に染まった。埋める場所のない遺体が路傍に積み上げられた。どこを見ても、死人、死人、死人。延々と続く死者の道を、いつまでも歩き続けた」

孔教授は、いつからか真顔になっていた。遠くを見るその目には、燃え盛る街が映っていた。

「しかしそれ以上に辛かったのは、逃げる住民たちの姿だ。足手まといになるからと、火柱に怪我人を突き落とす者がいた。倒れた建物で下半身を押し潰された親を、見捨てる者がいた。すべてを諦めて、子を殺し、自ら喉を掻き切る者がいた。これが地獄でなくて何なのか。気が狂いそうだった。私は思ったよ。死ではなく、生に向かおうとする人間の街が見たい。その時の経験が、〈生者の街〉の原点だ」

　ウイスキーを口に運びながら、語りは続く。

「その後、一家で香港に移り住んだ。猛勉強の日々を送った甲斐あって、港大に合格できた。手に職をつけるために建築学を選んだが、入学してからはル・コルビュジエの虜になった。大学院を修了して憧れの建築家になった。初めて設計を任せてもらえた時は嬉しかったよ。修士論文をベースに設計したビルは、昇禮大廈と名付けられた。達成感はあったが、私が本当にやりたいのは設計ではなく都市開発だった。〈生者の街〉を創ることだ」

「なら、なぜ建築家になったんです」

　孔教授は、修士論文ですでに〈生者の街〉を構想している。就職の際に開発業者を選ぶなり、役人になるなり、都市開発への近道があったはずだ。

「私は土地の売買や土木工事をやりたいわけではない。都市のデザインがやりたかったんだ。それを専門にできる場所は、建築事務所しかなかった」

　質問に答えると、昔話が再開した。

「事務所は三年で辞めて、カナダの大学の助教に転職して名を売った。ずいぶん賞はもらったが、都市デザインは任せてもらえなかった。七〇年代は中国系移民も多くなかったし、アジア系が都市開発を任せられる例はあまりなかった。しかし四十歳になる直前、一人の男が北京から訪ねてきた。彼は私に、中国のニュータウン開発を任せたいと言った。大陸では改革開放がはじまったばかりで、郊外にいくつものニュータウンをつくる計画がある。その開発計画の責任者になってほしいという要望だった。条件は、北京に移り住むこと。そして共産党員になること。私はその場で入党を承諾した」

「……迷いはなかったんですか」

「なぜ？」

「香港市民として自由を経験していた先生が、疑問もなく入党するとは思えません」

質問をいなすように、孔教授は両手を掲げた。

「迷いなんてない。大陸では、出世のために党員になることは普通だ。特に中央政府が絡む仕事ではね。それで夢が叶うなら安いものだろう」

あっさりと答える姿は、必要以上に淡白にふるまっているように見えた。口を挟む暇もなく話は進んでいく。

「初めてニュータウンの落成式に出席した時は感動したね。入居予定の住民たちが大挙して押し寄せていた。ついに〈生者の街〉ができたんだと興奮したよ。建築家としての経験を注ぎ込み、持てる労力と時間のすべてを費やして、やっと実現した夢だ。数年後、別件で近郊へ出張した時に一人でその街に立ち寄ってみた。予定では、最大で五十万人が住むことになっている。私は自分の創った街の未来を見届けたかった」

そこで孔教授は寂しく笑った。

「街は無人だった。通行人はいない。公園にも、商店にも、集合住宅にも人はいない。私が開発した都市は鬼城《ゴーストタウン》になっていた」

三杯目のウイスキーが注がれた。

「中央政府は、地方政府に都市化率の上昇を命じる。地方政府は得点稼ぎのために無茶な都市計画を乱発する。しかも土地の使用権を売れば地方政府は儲かる。だから、需要がなくても平気でニュータウンを開発する。稀に需要がある土地を開発しても、そこには投資目的で住居を買い占める輩が殺到する。日本のような、固定資産税という概念がないからだ。投資のために買った連中がその街に住むことはまずないから、当然街は寂れる」

「それは、つまり……」

「私は最初から、住人のいない街をつくるために大陸へ呼ばれていた。そしていくつもの無人都市を開発した私は、〈鬼城の建築家〉と呼ばれた」

　講堂で怒りを爆発させたアガサを思い出す。彼女は鬼城の開発に加担した孔教授を正面から非難し、教授もそれを否定しなかった。だが、それは彼の手腕のせいではない。国の在り方が、大量の鬼城を生み出した。

「何もかもうんざりだった。中国から離れられないなら、せめて香港に帰りたい。あらゆる手段を使って、私は香港大学教授に就任した。回帰前から党員が入りこめば、大陸との融和はより円滑になる、とか言ってね。そして天水圍のニュータウン開発で責任者の一人になった。今度こそ〈生者の街〉をつくる準備ができた」

　来た。話が核心に迫っているのを、肌で感じる。

「天水圍ニュータウンのオープニングセレモニーを控えたある日、知人から連絡が入った。私が設計した旺角の昇禮大廈で、少女が墜落死したという報告だ。痴話喧嘩の末らしいが、この件は絶対に表に出ないから安心しろ、と言い含められた。しかしどうしても気になる。設計者なんだから当然だろう」

　そこで、ぼくの反応を窺うように両手を広げた。答えようがない。黙っていると、孔教授は話を再開した。

「翌日、現場を訪ねた。無名の裏通りに面して、古びた高層建築が建っている。オフィス用に設計されたそのビルは、二十数年を経てスラムと化していた。吹き放ちのピロティには廃車が停まり、広々としたフロアは蜂の巣のように区切られて籠屋《ケージ・ハウス》になっている。路上には血の飛び散った跡が残っていた。半生をかけて取り組んできた仕事の成れの果てが、血の色の染みだ。漢口で憑りついた死者たちは、まだ私から離れていなかった」

この人は、すべて知っていた。

梨欣が死んだことも、それが自分の設計したビルであることも。

孔教授は三杯目を飲みほした。

「建築家は職業ではない。病名だ。その病にかかった者は、どんな手を使ってでも理想を具現化しようとする。政治信念を曲げたとしても、設計した建物で人が死んだとしても」

ぼくは教授の背後に、無数の死者を見た。焼夷弾の業火に焼かれ、苦しみながら息絶える亡者の群れだった。

「きみは建築家を目指しているのか」

「……まだ決めていません」

「建築家は、一つのことをずっと考えていなければならない。きっときみは向いている」

うつむくと、自分のグラスが視界に入った。ほとんど減っていないウイスキーの水面には、不思議そうな顔をしたアジア人の若者が映っている。

「昔のことをいつまでも悩むのは精神的によくないが、そういう性分なら仕方がない。私もきみもそういう性格だ。積みあがる重荷を背負ったまま、歩いていくしかない」

教授は空になったグラスを置いた。

「私は何年かかろうが、必ず香港を〈生者の街〉にする」

孔教授の顔を覆っていた冷笑の仮面は、すっかり剝がれ落ちていた。偽りのない、まっさらな顔だった。ぼくは、その顔を以前にも見たことがある。父だ。香港への転居を告げた時、父は今の孔教授と同じ顔をしていた。ぼくは生まれて初めて、父が抱えてきた不安と覚悟に触れた。

「お邪魔しました」

礼を言って、部屋を後にする。孔教授はエレベーターの前まで送ってくれた。

「ここからが本番だ」

扉が閉まる直前、教授はそう言った。箱が一階へ降下していく間、鼓膜の内側でその言葉がこだました。

事務所を出て、日没後の灣仔を歩く。平穏な夜だ。頭上に張り出した看板がネオンで輝いている。快餐《ファストフード》の脂っぽい匂いが路上に漂っている。パラソルの下で男が花を売っている。若い男女が声高に話しながら歩いている。野良猫が塀の上を走っている。街灯が黄色い光を放っている。

この街が戦火に包まれる様を想像する。

戦闘機の爆音が空を覆う。焼夷弾の雨が降り注ぎ、着弾した場所から赤橙色の火柱が上がる。高層ビルも古びた唐樓も、等しく炎に包まれる。倒壊した看板が通行人に襲いかかる。人々は逃げ惑い、叫び狂う。火だるまになった男女が、全身から黒煙を上げて倒れ伏す。街角に遺体が溢れ、煙と肉の焦げた臭いが漂う。地上は火の海と化し、ちらちらと動く炎の舌が夜空を真昼のように明るく照らす。

ぼくは燃え上がる街を歩いていた。

どんなに大きな都市でも、標的にされればいとも簡単に地獄になる。生者と死者は表裏一体だ。ちょっとした流れの変化が、死へのきっかけとなる。

戦火のなかをトゥイが、阿賢が、アガサが、逃げ惑っている。ノエルが、パトリックが、小野寺とミアが、うずくまっている。香港で出会ったすべての人々が、炎上する街で死に晒されている。それは耐えがたい光景だった。

幅の広い道には誰もいない。左右の建物はすでに焼け焦げ、廃墟となっている。彼方では炎が生き物のように踊っている。道の先に、ワンピースを着た髪の長い少女が立っている。梨欣だった。

これは幻視だ。彼女はとうに死んでいる。ぼくは鬼城《ゴーストタウン》に迷い込んでいる。

幻の梨欣は何も言わない。ただ、無念をにじませてこちらを見ている。

一人の少女の死は、あっけなく街に飲み込まれた。七百万都市にとっては、スラムの少女が墜落死したところで何の痛痒もない。昨日までと変わらない日常が流れるだけだ。でもぼくだけは絶対に忘れない。この街に、胡梨欣という女性が生きていたことを。

幻視は消えた。梨欣の影は消え、現実の灣仔が眼前に広がる。

ぼくは誰も見捨てたくない。誰も排除したくない。誰も殺したくない。そのためにはどうすればいい？　自由だ。この街の住民たちが唯一、信じるもの。自由があれば、ぼくらはどこにでも行ける。どこにでも飛べる。

ぼくは、地上で最も自由な街をつくる。

それがぼくの志《ウィル》だ。

視界は明るく、思考は明晰だった。

路傍にＰＣＣＷの公衆電話があった。迷わずプリペイドカードを挿入し、実家の番号をプッシュする。汗がにじむ手で受話器を握りしめる。コールは五回、十回と続いた。延々と止まないコール音を聞きながら、このまま誰も出なければいいと思った。

「瀬戸ですが」

父の声だった。いかめしい顔で受話器を握る父の顔が浮かぶ。

「和志です」

「うん。なんだ」

喉の奥が渇いて声が出ない。咳払いをして声を通す。口にする前に、本当にいいのか、と自問する。構わない。これは、ぼくにしかできないことだ。

「日本には帰らない」

沈黙は緊張を呼ぶ。神経をブラシでこすられ、磨り減らされているようだった。

「どういうことだ」

「香港に残って、建築家になる」

「馬鹿か」

即答だった。短い言葉から、混乱と怒りが伝わってくる。こうなることはわかっていた。

「お前、会社に入る約束だろう」

「あんなの、約束とは言わない。脅しだ」

怯《ひる》まない。怯んだら負けだ。

「学費も何もかも、出してもらう必要はない。自分で何とかする」

一応の目処《めど》はある。HKUでは、事情のある学生のために学費を貸与したり、優遇してくれる制度がある。生活費を得る方法はアルバイトだ。何とかなるだろう。いざとなれば、阿賢のように幽霊屋敷に住めばいい。

「本気か。なぜ、そこまで香港にこだわる」

畳みかけるように問うてくる。

「建築家になりたいというのはまだわかる。だが、香港の大学でなくたっていいだろう。せめて日本の大学を出て、日本の建築家になればいい」

「二十年以上前、父さんが中国から日本に渡ったのはどうして？」

再び父は黙る。その問いに答えることは、先程の自分の問いに答えることと同義だと知っているからだ。

「答えないなら言うよ。それが自分のやるべきことだと確信していたからじゃないのか。なぜかと訊かれたら、そうするしかなかったと答えるんじゃないのか。そうだろ。直感してたんだろ。そこが自分の生きる場所だって」

舌打ちが聞こえた。

「お前はまだ、自分を食わせることもできない子どもだ」

「今まではそうだった。でもこれからは違う。ぼくにはやるべきことがある。新しい街をつくる。日本では駄目なんだよ、絶対に。たとえ野垂れ死んだとしても、香港に残れるなら悔いはない」

「甘すぎる。食えないことがどれだけ辛いか、お前はわかっていない」

「父さんに飼われたまま死ぬより、自分の意志で飢え死にするほうがましだ」

長い長い静寂の後、空気が揺れる音がした。父がため息を吐いた音だった。

「金は出さないからな」

「最初から頼んでない」

力任せに受話器を置いた。これで義理は果たした。

公衆電話から離れると、せいせいした気分だった。初めて、自分の意思で人生を選択した。長い人生からすれば、ほんのわずかな抵抗かもしれない。でも、ぼくにとっては途方もなく重要な選択だった。

「和哥《ウォコー》」

路上で声をかけられた。ぎょっとして振り向く。すぐそばで阿武《アモウ》が冷笑を浮かべていた。いつの間に立っていたのか。毎度のことながら神出鬼没だ。黒社会の特技なのだろうか。まくりあげた長袖シャツの両腕には、龍の文様がのぞいている。

ムーアの自宅前でマスクの男に殴られた記憶が蘇り、身構える。

「ディラン・フンと何を話した？」

夜の路上で、阿武の両目は暗く光っていた。

「安心しろ。あんたがここにいることは俺の他に誰も知らない。フンは党に知らせようと思えばできたが、あえてしなかった。最初から、あんたに全部話すつもりだったんだろう。何を話したのかすべて言え。どこまで知った」

高揚していた気分が萎えかける。また、物陰から仲間が出てくるかもしれない。この一年でさんざん殴られたが、暴力には慣れない。痛いのは嫌だ。

それでも無言を貫いた。それが孔教授に対する、最低限の礼儀だと思った。夏の人波の一角で、ぼくらは睨み合っていた。

「まあ、こうなるだろうと思った」

阿武がぽつりとつぶやいた。

「別に構わない。これは俺個人で動いていることだ。話さなくても死にはしない。ただ、あんたは日本に帰るんだろうが、兄貴はもう目をつけられている」

「ぼくも香港に残る。日本に帰るのはやめた」

「なら、あんたもだ。回帰後の香港ではずいぶん生きづらくなるだろうな」

「どうなるかは、やってみないとわからない」

「すぐにわかる」

やはり、阿武は根っからの悪人には見えない。なぜ引き返せないところまで来てしまったのか。悔やんでも仕方ないと知りつつ、そう思わずにはいられない。

「……どうして黒社会なんだ」

「今さら、それか？　小人蛇が大物になろうとしたらこのやり方しかない」

「そんなことはない。この街には自由がある」

阿武はきょとんとした顔でこちらを見返した。数瞬して、爆発するような笑い声を上げた。ははははは、と通行人が振り返るくらいの声量で笑う阿武は、紛れもなくぼくが知っている少年時代の阿武だった。どうしていいかわからず、ぼくは通行人の視線を受けながら棒立ちになっていた。

笑い止んだ阿武は、すっと真顔になると耳元でささやいた。

「梨欣のことをいい思い出にだけはするなよ」

その台詞は、一際くっきりと耳に届いた。

「じゃあ」

引き留める隙もなく、阿武は人混みに紛れた。ぼくはその姿が消えるのを見届けてから、歩きだした。表通りに出て、雑踏に身を任せる。たちまち路上のざわめきに包まれる。左右から広東語の会話が聞こえる。すれ違うアジア系の男女がどこで生まれ、どこで育ったのか、外見からは判断がつかない。そんなことはどうでもいい。ここで暮らしている限り、誰もが香港人だ。

夜だというのに無性に暑い。額を流れる汗を、腕で拭う。鬱陶しく感じるくらいの人混みをかき分け、前へと進む。鮮魚の生臭さがどこからか漂ってくる。ネオンサインが光を夜に落としている。人間の熱と熱がぶつかり合い、濁流となって路上をうごめいている。自由に、みずからの志のままに。

この街で、ぼくは生きている。

＊

阿賢が吐き出した紅雙喜《ダブル・ハピネス》の煙は、バラックの隙間から外へ流れていった。真夏の天臺屋はでために暑い。とめどなく汗が流れている。

昇禮大廈の天臺屋にあるバラックで、ぼくらは肩を寄せ合っていた。トゥイは膝を抱え、膝頭に顎を乗せている。老人は表情を消して瞑目している。他の二人は不在だった。阿賢は何度か口を開き、そのたび辻褄を合わせるように煙草を口へ運んでいる。

「孔って建築家の名誉を守るために、ムーアを不問にしたってことか」

やっと口にしたつぶやきは、煙と一緒に屋外へ消えていった。ぼくは灣仔の事務所での出来事を話したばかりだった。

「それで？　中共が隠した事実をこのままにしておけっていうのか。俺は納得できない。罪人を捕まえられない警察なんて、警察じゃない。梨欣の死は殺人事件だと告発するべきだ。阿和はこの先、どうしたいんだ」

「わからない」

苛立たしげな阿賢は、ぼくの返答を聞いて眉間に皺を寄せた。

「わからない？　中共の不正は明白だろうが。孔も同罪だ」

「でも、孔教授を責める気にはならない。あの人は法律違反をしたわけじゃない。ただ、ビルを設計しただけだ。事件を隠そうとしたわけでもない。孔教授に罪はない」

阿賢は空き缶に何本目かの吸殻を放り込んだ。火の消える、くぐもった音がした。

「梨欣を殺した犯人の隠蔽に、加担したとしても？」

「結果論だ。それで有罪になるなら、すべての建築家は有罪だ」

阿賢はぼくの目を見た。慈愛に満ちた兄の目ではなく、鋭く冷たい活動家の目だった。

「ここが、俺とお前の分水嶺《ファンソイレン》だ」

境界線を明らかにするように、阿賢は吸殻の入った空き缶をぼくとの中間地点に置いた。

「俺はまだ諦めない。フレデリック・ムーアを、梨欣を殺した犯人として告発する。孔耀忠にも罪を認めさせる。香港が大陸と同化しても、俺は中共と戦い続ける」

「……我々は共生している」

沈黙を守っていた老人が言った。

「あらゆる人間を受け入れる寛容さが、この街の美点ではないのか。あまり戦闘的な物言いは自分の首を絞める。ほどほどにしておきなさい」

老人の忠告を無視するように、阿賢はあさってのほうを向いた。

「結局、政治なんだね」

今度はトゥイが発言した。

「ベトナムを北と南に分けるのも政治。船民《ボートピープル》を香港から排除するのも政治。殺人事件をなかったことにするのも政治。みんな政治で決まる」

重苦しい気配が満ちる。中国で政治と言えば、共産党を意味する。

「この街はどうなるのかな」

珍しく気弱な台詞だった。香港の行く末は霧のなかに隠れている。どれだけ高いビルに上っても、北京政府の書くシナリオは市民には見通せない。

「香港を天安門にはさせない。ぼくが街をつくる」

「ぼくが、だと？」

苛立ちを引きずった阿賢が棘《とげ》のある声で指摘した。

「日本に帰るやつが軽々しく口にするな」

「帰国はしない。香港に残る」

阿賢は「あ？」と問い返して絶句した。トゥイは訝しげな表情で固まっている。老人だけが朗らかに目を細めていた。

「お前、本当に残るのか。どうするつもりだ。学生を続けるのか」

「決めてない。でも、香港人になることは決めた」

「馬鹿か！　日本人なんだぞ、お前は。正規のパスポートを持った先進国の国民であることがどれだけ恵まれているか、わかってるのか。それでもあえて香港に残るっていうのか」

「そうだ」

「……話にならん」

阿賢は腕組みをしてそっぽを向いた。

「いいんじゃないの。本人が希望するなら。家はどうするの」

状況を飲み込んだトゥイは、半笑いで問いかけてきた。

「今は大学の留学生寮。でも、追い出されたら行き場がない」

「どうしても住む場所がなかったら、この家譲ってあげてもいいよ。スラムに我慢できるなら」

素直に「ありがとう」と言った。テラスを追い出されそうだというのは、あながち冗談でもない。梨欣たちが暮らしていた昇禮大廈の屋上。悪夢のような記憶が消えたわけではないが、トゥイたちがいるならこの天臺屋で生活するのも悪くないかもしれない。

「高街鬼屋《ゴウガイグワイウク》にも空室がある。たまに幽霊が出るけどな」

「そっちは遠慮しとく」

阿賢の提案を、ぼくは苦笑と一緒に拒んだ。幽霊と同居できるほど肝は太くない。

「せっかくの好意を無にしやがって！」

怒りだした阿賢に、誰からともなく笑い声が上がった。いち早く笑みを収めたのは老人だった。

「今、トゥイが言ったことの意味がわかるか」

笑い声が静まったあたりで、彼は厳かに切り出した。

「きみがこの家に住むということは、元の住人がこの家から出て行くということだ」

「……出て行くって、誰が？」

「私たちは、四人でベトナムに帰ろうと思う」

どう答えていいのか、すぐにはわからなかった。トゥイは微妙な笑みを浮かべている。彼女の様子がいつもと違う理由をようやく悟った。

「どうして」

老人は目元を柔和に緩めた。

「ここにいる限り、私たちは船民《ボートピープル》だ。いつまでも根無し草の生活を続けるのは難しい。今ならまだ送還の流れに合流できるし、ベトナムの情勢も落ち着いているらしい。ここらが潮時だ。いったん故国に戻って、人生を仕切り直す。そこから再出発だ」

「でも、今まで何年も香港にいたのに」

「あんたらが教えてくれたんだよ」

口を開いたのはトゥイだった。ぼくと阿賢を交互に見ている。

「この街は色々な市民を受け入れてくれる。でもそれは、歪みを放置しているってことでもある。梨欣って子は、その歪みに落ちたんだ。このままだらだら過ごしていたら、いつかあたしたちも転げ落ちるかもしれない。そうならないうちに、ベトナム市民に戻ろうと思ってね……怖いけど」

最後の一言に本音がにじんでいた。長年離れ、変化した母国に帰ることには一抹の恐怖がある。わかる気がする。

「それにいったんは帰るけど、ベトナムに留まるという意味じゃないから。また別の国に行くかもしれないし、香港に戻ってくるかもしれない。ただ、その時は不法移民としてではなく、正規の手段で渡る。そういうこと」

トゥイは胸を張った。最後には持ち前の明るさを取り戻してくれた。ぼくは阿賢と無言で顔を見合わせた。口にするべき言葉が見つからない。湿った空気をかき回すように、老人が右手を宙に泳がせる。辛気臭い顔をするな、とでも言いたげに。

「何も憂うことはない。我々が自由である限り、どこかでまた会えるだろう」

皺の多い顔でくしゃりと笑った。

じきに、ぼくらは解散した。次にいつ会おうと約束はしていない。だけど、ぼくらはまたどこかで会えると信じていた。きっと阿賢もトゥイも、同じことを感じている。自由が香港に君臨している限り、いずれ再会できる。

地上に降りたぼくは、阿賢に借り物のＰＨＳを返した。それをジーンズのポケットにねじ込みながら、阿賢は遠い目をする。

「これから土瓜灣《トークワワン》に行く」

土瓜灣には梨欣たちの両親が住んでいる。阿賢はすべてを伝えるつもりなのだ。

梨欣の両親は、梨欣が亡くなる直前に天臺屋でムーアと会っている。おそらく、真相にも薄々勘付いているだろう。しかしあの夫妻は、警察の判断に従うしかなかった。下手に抵抗すれば阿賢や阿武が不法移民であることが明るみに出てしまう。だからこそ、悲しみの底で沈黙を貫いていたのだろう。そして、やり場のない感情をぼくへとぶつけた。

「じゃあ、頼んだ」

「ああ」

ぼくと阿賢は、名もなき街《ストリート》を真逆の方向へ歩きだす。ＭＴＲの駅を目指して歩き、角を曲がったところで振り返ったが、そこには屋台の列が並んでいるだけだった。パラソルの影が路上に落ちている。阿賢の姿はすでにない。

財布を引っ張り出し、一葉の写真をつまみだした。そこには梨欣が写っている。胸元には贈り物のネックレス。彼女の視線には色濃い怒りがにじんでいる。

ぼくはこの表情を忘れない。

表通りに面した唐樓を見上げた。見るからに古く、老朽化が進んでいる。その屋上に人影を見た気がして、目を凝らした。しかしどれだけ見ても、そこには誰も立っていない。幻影は消え去っていた。

写真を財布にしまい、歩きだす。

再び香港に来てから、二度目の夏だった。

最終章　水よ踊れ

目の前の壁は、おびただしい数の付箋で埋めつくされている。

コンクリートの外壁一面に、黄色や桃色の付箋が貼りつけられていた。いわゆるレノン・ウォールだ。香港版のレノン・ウォールは、付箋やポスターを貼ることが多い。広がりはじめたのは、八年前の雨傘革命からだった。かつて、そこには〈加油香港〉や〈不支持港毒〉といった文言が躍っていた。市民による抗議行動の一つだ。

当時と違うのは、書き込みが一切なされていないこと。私の眼前に広がるのは、何百ものまっさらな付箋だった。

二年前――二〇二〇年に香港国家安全維持法が施行された。六月末、突如出現した国安法は、施行翌日から香港市民に牙を剝いた。平和的なデモで続々と逮捕者が出た。〈香港独立〉という旗を持っていた、というだけの理由で逮捕された者もいる。

香港の自由を謳う、あらゆる声が封殺された。

レノン・ウォールも例外ではない。デモを応援し、独立を支持する付箋を貼ろうものなら逮捕されかねない。だから、市民は何も書いていない付箋を貼ることで無言の抗議を示している。

同じような壁は香港全土にあるらしい。当局は見つけるたびに撤去しているが、市民は懲りずにまた付箋を貼る。今私が立っている旺角《モンコック》の片隅でも、そんないたちごっこが繰り広げられていた。街並みはずいぶん変化しているが、ここに来ると今でも懐かしさを覚える。

目の前にそびえるのは、かつて昇禮大廈《シンライ・マンション》と呼ばれていた建物である。なぜこのビルの外壁が、レノン・ウォールの舞台として選ばれたのかは知らない。大方、人目につきにくい裏通りにあった、という程度の理由だろうが。

噂では、この建物は近日中に取り壊されるそうだ。すでに建てられてから半世紀が経過している。建築物としての寿命は尽きかけており、倒壊の危険もある。致し方ないことだった。本当は久しぶりに天臺屋《ルーフトップ・スラム》を覗いてみたかったが、屋上に続く外階段はすでに封鎖されていた。

取り壊し後に建つ、新しいビルの設計を担当するのは孔耀忠《フン・イウジュン》建築工作室。要するに、ディラン・フンは自分の設計した建物を自分で塗り替えようとしているのだ。忌まわしい過去を衆人の目から隠すように。

二十数年前、何度もここに通った。思い出の地であるこの場所がなくなることに、一抹の寂しさを感じないわけではない。ただ、ようやく昇禮大廈の呪縛から逃れられることへの安堵もあった。

ずっと、この古いビルの存在が心残りだった。旺角の片隅に昇禮大廈がある限り、私は完全にこの土地を諦めることができない。そんな気がしていた。しかし取り壊しの報が、未練を吹っ切った。

私たちの〈計画〉を進める上では、むしろ好都合だ。

それにしても、この二、三年で街はずいぶん様変わりした。

三年前の夏、旺角は戦場と化していた。勇武派《ヨンモウパイ》と呼ばれる若者たちが跋扈《ばっこ》し、百万を超えるデモ参加者が民主派を支持した。表通りには催涙ガスの霧が立ち込め、黒ずくめの集団が走り回っていた。親中派の店舗を破壊し、火炎瓶を投げ込み、敷石を剝がしてパチンコで投げつけた。警察の攻撃も生半可ではない。完全防備の上で催涙弾を辺り構わず打ちこみ、躊躇なくゴム弾を発砲した。

あの狂熱が幻だったかのように、通りは静まり返っている。デモはおろか、貼り紙や横断幕の類も見当たらない。少しでも反体制の気配を見せれば、たちまち逮捕されるからだ。

どんな理由であれ、暴力に訴える者は尊敬できない。そういう意味では、デモで破壊行為を繰り返していた暴徒も、彼らを武力で押さえつける香港警察も、私は軽蔑している。そして声を上げる自由すら奪うのは、さらに暴力的な行為だ。

一九九七年に大陸へ回帰した日から、こうなることは予定されていたのかもしれない。約束されていた五十年間の一國兩制《ヤッゴクレンジャイ》は、半ばにして破られた。

レノン・ウォールを離れ、大通りに出た。十月の香港には夏が居残っている。ろくに動いてもいないのに汗が噴き出る。手荷物はブリーフケース一つ。かさばる荷物を送っておいたのは正解だった。

赤い市区的士《アーバン・タクシー》を停め、後部座席に滑りこむ。運転手がバックミラー越しに視線を寄越した。同世代の女性だ。四十代なかばくらいに見える。

「灣仔《ワンチャイ》。藍屋《ブルー・ハウス》の辺りまで」

広東語で言うと、鏡のなかで運転手がかすかにうなずいた。

車が発進し、静かな街並みが見る間に離れていく。

今回の香港滞在は今日で最後だ。仕事でやるべきことは済ませた。あとはあの男に会うだけだ。

車は彌敦道《ネイザン・ロード》を南下する。混雑ぶりは昼前にしてはほどほどといったところか。

「お客さん、外国から来られたんですか」

運転手の女性が口を開いた。素直に認める。

「どうしてわかったんです」

「雰囲気からそうかなと。これでもこの仕事、長いんでね」

そう言って軽く笑う。

「どこから来たんです」

「……マレーシア」

「ああ、あそこはいいですね。最近は金持ちの移住者が多いでしょう」

黙ってやり過ごす。余計なことは語らない。党の耳はどこにあるかわからない。

「ジョホール？　クアラルンプール？」

質問に答えるか迷ったが、どうせ党が調べればすぐわかることだ。「ペナン」と答えると、運転手はピンとこないのか首をひねった。

ペナンはマレーシア北西部にある、約三百平方キロメートルの島だ。住民は華人の割合が高く、公共インフラが整備されているため中華圏からの移住者が増えている。その美しい都市環境から、香港と同じ別名――東洋の真珠《パール・オブ・オリエント》――でも呼ばれる。

「こっちには仕事ですか。観光？」

「仕事ですよ」

気を許してはいけない。国安法以後、ここは大陸と何ら変わらないのだ。

「今は香港でも仕事がやりにくいでしょう。外国からのお客さんが減ると、私たちも仕事が減ってしまうから、困りますよね」

女性の愚痴を聞き流し、OPPOのスマートフォンに視線を落とす。電子メールのアプリを起動し、先週孔耀忠《フン・イウジュン》から送られてきた文面を読み返す。

〈それでは、午後二時に灣仔の事務所で会いましょう〉

孔が面会をすんなり承諾したのは意外だった。私と会っていることがわかれば、党への印象はマイナスになるはずだ。しかし香港建築界の長老となった今、それくらいのことはどうとでもなるのかもしれない。

孔に会おうと思ったのは気まぐれからではない。交渉のためだ。もっとも、勝てる可能性は限りなくゼロに近い。

窓の外を二〇二二年の香港が流れていく。あの事務所を訪れるのは一九九七年の夏以来だ。あれから四半世紀が経った。すなわち、大陸への回帰から同じだけの時間が経ったことを意味する。

ここにくるたび、嫌でも交換留学の一年間を思い出す。あの日々がなければ、今頃は父の仕事を継いでいたかもしれない。人生なんて本当にわからない。自分がマレーシアの建築家になるなんて、あの頃は想像もしていなかった。

メールアプリを閉じ、テレグラムのチャット記録を確認する。このアプリは、ＬＩＮＥやワッツアップに比べてプライバシー保護に優れている。

阿賢とのチャット記録を開く。日付は昨日だ。

〈フライトは何時だ？　打合せ前に聞いておきたい〉

〈十六時三十五分のエアアジア。翌朝九時にペナン到着〉

〈こっちは午後八時のキャセイだ。少し早く着くから、私が直接迎える〉

〈阿和《アウォ》に任せる〉

香港での人集めと送り出しは阿賢、マレーシアでの迎え入れと街への案内はこちら、と役割が決まっている。

阿賢とは昨夜、佐敦《ジョーダン》にある行きつけの酒楼《ザウラウ》で顔を合わせた。卓上には京都排骨《ギンドウパイグワ》や福建炒飯《フッキンチャオファン》など私の好物が並んだ。

阿賢はいつもと同じくたびれた背広で、地元企業に勤める会社員という風情だった。今も民主派の活動家として前線に立つ阿賢は、特定の党には属さず、組織間の調整役を買って出ているらしい。収入を得る方法は謎だが、とりあえず生活に困っている様子はない。区議会議員への出馬も何度か打診されたらしいが、すべて断っているという。理由は、「しがらみのある仕事は御免」だから。

梨欣の死については、回帰直後から今に至るまで、折に触れて公の場所で語っている。民主派の同志たちは阿賢の話に共感し、涙を流すらしいが、肝心の当局からは何の反応も得られていない。それでも阿賢は、死ぬまで語り続けることをやめないという。

「ペナンのほうはうまくいっているのか」

最初に阿賢が切り出した。

「開発は問題ない。政府が出資しているから、何があっても間に合わせるだろう」

「定住化は?」

「雇用の問題はあるが、派手な治安の悪化はない」

阿賢が頷く。それから、直近の予定を確認した。

確認事項の摺り合わせを済ませ、普洱茶《ポーレイチャ》を口に運んだ。

「些細な問題はあるが、〈計画〉は概ね順調に進んでいる」

「父親の引っ越しは済んだんだよな。どこだった?」

阿賢は目元の険を緩めて、私に尋ねた。

「ジョージタウンの分譲アパート」

「日本人は戸建て住宅への執着が強いんだろう」

「それは香港人も同じだ。それに一人暮らしじゃ、戸建ては持て余す」

母親が亡くなったのは一昨年だった。

香港への交換留学から二十年、両親とはまともに連絡を取り合っていなかった。交流が復活したのはここ五年ほどのことだ。病を患った母親が「和志に会えないままじゃ死にきれない」と泣きつき、父が折れる格好だった。

久々に会う父母は、予想よりずっと萎《しぼ》んでいた。父はとっくに経営を知人に譲っていた。母は骨折がきっかけで半分寝たきりとなっていた。私は年に二度、マレーシアから日本に帰国するようになった。

母の葬儀で、父は焼香の最中に涙をこぼした。私は心の底から驚いた。見栄の権化だったようなあの男が、人目もはばからず涙を流している。

ペナンに来るか、と言ったのはその日の夜だった。

「それも阿和の設計か」

「事務所の若いやつが担当した」

「若いやつ、ね。阿和が人を顎で使うとはね」

「自分でも、事務所を構えられるとは思っていなかった」

謙遜ではなく本音だった。そもそも建築家になれるかどうかも怪しかったのだ。

「うちの母親もこの間、とうとうくたばったよ」

阿賢はことさら荒い口調で語る。確か、父親のほうはずっと前に亡くなっているはずだ。

「今、遺品の整理中だ。貧乏なくせに無駄に物だけは多くて嫌になる」

嘆息する阿賢の横顔には、寂しさの陰が見えた。

それからは雑談や情報交換に終始した。国安法以後、香港がいかに活気を失ったか。政府の動向や政策の変遷。経済への影響。語るべきことは山ほどあった。別れ際、きっとまともな答えは返ってこないだろうと思いつつ、尋ねた。

「阿武はどうしている」

阿賢にこのことを訊くのは久しぶりだった。黒社会の一員になった阿武とは、二十五年前に会って以来一度も顔を合わせていない。消息すら知らない。

「……さあな」

寂しげに、阿賢は微笑した。

「少し混んでますね」

スマートフォンから顔を上げると、運転手の女性がこちらを向いていた。

タクシーは海底隧道《クロスハーバー・トンネル》の手前まで来ていた。前後左右を乗用車に囲まれている。時間がかかりそうだが、幸い約束の時刻までまだ余裕がある。

「二時までに着けばいいですよ」

「誰かとお約束ですか」

「まあね」

人懐こいだけなのかもしれないが、この運転手は妙に詮索してくる。女性だと油断して、べらべら話してしまう者もいるだろう。なかなか進まない車内では気まずさを持て余す。今度は私から質問することにした。

「運転手をはじめてどれくらい経つんですか」

「五年前から。女だと不安ですか」

「いや、そういうわけじゃない」

苦笑が漏れた。ハンドルを握る横顔を、後部座席から改めて観察する。どちらかといえば平坦な顔立ちだが、二重の目には不思議と愛嬌がある。一方で、隙のない表情から如才なさがうかがえた。

「女性が運転手をすることに、危険は感じませんか」

「特に。男性でも危ない時は危ないです」

平然と言いきる。警戒していたが、意外と面白い運転手かもしれない。

「あなたは、香港がこれからどうなっていくと思いますか」

興味本位で尋ねてみる。しばしの間を置いて、運転手は答えた。

「今までと同じでしょうね」

「同じ、というと？」

「香港は最初から、期限付きの自由を与えられていただけです。国安法で、たまたま一國兩制が少し早く終わっただけ。デモはできなくなったけど、市民の生活は回帰の頃からほとんど変わりませんよ」

「いまだに独立を目指している勢力もあるけど」

「いずれ広東省の一部になる運命は避けられません」

停滞していた車列が動き出した。同時に会話も途切れる。

トンネルの内部に入ると、俄然、速やかに動き出した。私は黙って外を見ていた。転々と設置された照明が、ひとつながりの線になって車窓を流れていく。

闇のなかを走る車内で、私は今日に至るまでの日々を思い返した。

＊

九七年に交換留学の期間が終わった私は、Ｔ大を中退してＨＫＵに入り直した。一年生として建築学院に入学し、今度は伝統的な寮《ホール》に入った。仲間とはしゃぎ、建築の勉強に没頭する毎日は楽しかった。学費や生活費は奨学金とアルバイトで賄った。

進路選択にあたり、孔耀忠の研究室は選ばなかった。別の教授の下で卒業研究を行っている最中、その指導教官は私に告げた。

「きみは、香港で建築をやるのは難しいかもしれない」

理由を問うたが、指導教官は首を横に振るだけだった。推測できる理由は一つだけ。梨欣の死について知ったせいだ。その二年前、アガサも同じような目に遭っていた。学生会秘書長として派手に活動していた彼女は、香港の企業からことごとく拒否された。彼女は香港での就職を諦めてカナダへ移住し、現在は向こうで建築家として働いている。

私が香港で働くことを阻んだのが、孔の意思なのか、党の意思なのかは不明だ。とにかく、香港では建築をやれそうにない。大学院へ進むつもりだったが、修了したところで香港の仕事にはありつけそうになかった。父親に大口を叩いた手前、すごすごと日本に帰ることもできない。

そんな折、ベトナムから手紙が送られてきた。テラス宛てに送られてきたのを、顔見知りの留学生が転送してくれた。送り主は帰国したトゥイだった。

私たちは三年前にベトナムへ戻ったが、やはりここに住む理由は見出せない。悲しいことばかり思い出すし、十年ぶりのベトナムはすっかり別の国になっている。もう居場所はない。そこで四人で相談して、マレーシアのペナンへ渡ることに決めた。ペナンには仕事もあるし華人も多い。今の私たちには、チャイナタウンのほうが暮らしやすい。

おおよそ、こんな内容だった。

ベトナムとマレーシアは南シナ海を挟んで向き合い、九〇年代から急激に結びつきが強まっている。マレーシアで製造業が成長するにつれて、ベトナムから多数の労働者が流れはじめている時期だった。トゥイ一家もその波に乗るのだろう。

手紙を読みながら、私のなかでは覚悟が決まっていた。

香港で就職できないなら、国外に仕事を求めるしかない。それならば、大学院だってＨＫＵにこだわる必要はない。トゥイのように、マレーシアへ渡るという選択肢もあるのだ。

カナダやオーストラリアもいいが、仕事の得やすさという意味では今ひとつだ。今さら日本に戻る気はないし、党に目をつけられているなら本土には行けない。マレーシアには広東語の話者も多く、普通話《プートンファ》が苦手な私には助かる。香港と同じく旧英領のため、英語もかなり通じる。物価が高くない点も、親からの援助が受けられない私には好都合だった。

私の鼓膜にはマレーシアからの留学生、ナビラの言葉が蘇っていた。

――いつかペナンに来るといい。

ナビラと最後に会ったのは一九九七年の六四追悼集会の夜だ。それから先、彼女がどうしているかは知らない。正直に言って、顔もよく覚えていない。だがその言葉だけは鮮明に記憶していた。

その日のうちに進路を決め、トゥイへの返信にはこう書いた。

こっちもじきにペナンへ行く。

数か月後の秋、私は香港を離れた。降り立ったマレーシアの空気からは香港以上の熱気を感じた。

この地の空気は日本や香港より多くの水分をはらんでいる。肌を膜で覆われているような蒸し暑さだった。額から流れる汗を腕で拭いながら、この国で今度こそ建築家になると決めた。

ペナンにある建築系の大学院へ進み、二年間の修士課程を過ごした。日本人の知り合いはいなかったが、そんなことは気にならなかった。デング熱で一週間高熱と悪夢にうなされたことを除けば、概ね充実した大学院生活だった。

ペナンは世界遺産に登録されてから観光客が激増したが、私が学生だった頃はそこまでの混雑はなかった。鮮やかな青や黄で塗られた低層住宅が並び、中心部には白亜の庁舎がそびえている。ヒンディー語のレストランの隣に、中華系の医院が看板を出している。自動車とオートバイのエンジン音が鳴り響き、車道にはみ出した屋台がクラクションを鳴らされる。排気ガスと、無数の香辛料と、熟れた甘い果実と、鶏の臭さが入れ違いに鼻先をくすぐる。開かれた、のどかな空気が漂っていた。

修士二年から、華人のボスが営む建築事務所にインターンで通いはじめた。中華系向けの建築デザイン担当者を探していたボスにうまく気に入られ、そのままジョージタウンにある事務所で採用された。採用後は、華人向けリンクハウスの改装などを手がけた。

この頃からようやく、トゥイたちと定期的に顔を合わせるようになった。学生時代は勉強と研究で忙しく、ほとんど会う暇がなかったのだ。

手紙に書いてあった通り、トゥイたちはペナン島のバヤンレパスという工業団地に暮らしていた。トゥイたち三人は半導体部品の組み立て工場で働いていた。あの老人は高齢のため工員には雇われなかったが、八十歳を超えた現在でも細々と古着商を続けている。

就職してから数年が経ったある日のこと。私は休暇を取って、バヤンレパスに遊びに来ていた。

トゥイと二人で会う時は必ずと言っていいほど、經濟飯《エコノミー・ライス》の店に入った。たくさん並んだ総菜のなかから、客がセルフサービスで皿に盛っていく形式だ。香辛料の匂いが充満する店内で、向き合ってランチを食べていた。彼女は皿の上の炒め物を箸でつついていた。

「食欲ないのか」

「別に」

「もうすぐ三十だからな。食欲も低下するか」

私たちが香港で出会ってから、十年が経過していた。トゥイはむっとした表情で「そういう問題じゃない」と応じた。「仕事か」と訊くと、黙ってうなずいた。

バヤンレパスでの工場仕事はベトナムで働くより実入りがいいし、社会主義国家特有の閉塞感もない。トゥイたちは仕事に満足しているとばかり思っていたから、悩んでいるのは意外だった。

「差別でも受けてるのか」

「そうじゃない。不満ってほどじゃないけど」

「どうした。やりたいことがあるなら言ってみろよ」

「……退屈なだけ」

椅子の肘掛けにもたれて、トゥイはけだるそうに言った。

「なんか、つまんないんだよね。仕事があって、住む場所があって、食べるものには一応困らない。だけど同じことが毎日続いて、このまま死んでいくのかと思うと、退屈」

箸が止まった。トゥイが先進国の若者らしい悩みを抱いていることに、私は内心で感動していた。香港にいた頃なら絶対に聞けなかった台詞だ。

「じゃあ……うちの事務所で働いてみるか」

ふと、思いつきを口にした。案の定、トゥイは鼻で笑う。

「建築事務所で？」

「雑用が多くて、正直人手はいくらでも欲しいんだよ。今の給料と同額でいいなら、ボスもきっと喜んで払うと思う。広東語と英語が話せるなら上出来だ。マレー語も少しならできるだろう？」

「学校にも行ってないのに、そんな大層な場所で働けない」

「お使いとか買い出しならできるだろ。それくらいならどうだ」

「本気で言ってるの」

いつしか、トゥイの目が興味に輝いていた。調子に乗りすぎた、と思ったがもう遅い。今になって単なる思いつきとは言えない。加えて、私には香港でさんざんトゥイの世話になったという恩もある。

「トゥイがよければ、ボスに掛け合ってみる」

私は思いつく限りの手練手管を駆使して、建築事務所のボスにプレゼンテーションを行った。頭の回転が速く機転が利く。年齢も若い。彼女の美点を並べ立てたが、華人のボスは首を縦に振ってくれなかった。しつこく説明を続けたが、とうとうボスははっきりと拒絶した。

「その提案には応じられない。無理にベトナム人を雇わなくても、地元民で十分だ。必要のない時には地元民以外は雇わない。それが国の方針。和志、きみは例外だ」

マレーシアで経済的に成功している者には、華人が多い。そのため政府は他国の出身者より、地元民を優遇する政策を打ち出している。政府の都合に勝るものはない。それは香港で嫌というほど学んだことだった。

電話で結果を伝えると、トゥイはしばし沈黙した。

「読みが甘かった。ごめん」

「いいよ。最初から期待してなかったから」

寂しげなトゥイの口調に、私はまた、思い付きを口にしていた。

「事務所を持てるようになったら、必ずトゥイを雇うから」

電話の相手は笑って、「待ってる」と言った。

その約束を実現するのに、それから七年もかかった。

タクシーが藍屋の周辺にたどりついたのは、約束の十分前だった。支付寶《アリペイ》でも払えると言われたが、生憎《あいにく》使っていない。現金で支払うと、運転手は愛想のいい笑顔を作った。

「よかったら帰りも使いませんか。少し追加でもらえれば、この辺で待ってますよ」

「帰りというか、この後は空港に行くんだけど」

「構いません。お客さんが少ないんですよ。助けると思って」

なかなかちゃっかりしている。孔との面会は一時間もあれば終わるだろう。金を払っても約束通り待っているという保証はないが、愛嬌に負けた。釣り銭の一部を追加料金として運転手に支払い、タクシーを降りた。

藍屋から歩いてすぐの場所にある孔の事務所は、場所こそ同じだが建て替えられていた。八階建てのビルが、白茶けたファサードを通りに向けている。正面入口は自動ドアで、その奥には制服を着た警備員が立っていた。隣接する駐車場には数台の車が停まっている。二十数年前に来た時は伝統的な唐樓《トンラウ》が持つ味わいを残していたが、今は品のあるオフィスという趣きだ。

自動ドアを抜け、警備員に目で促されるまま内線電話をかける。瀬戸和志と名乗ると、目の前にある分厚い扉のロックが外れる音がした。押し開けると、広々としたロビーの中央にジャケットを着た女性が立っていた。

代表秘書と名乗った彼女は、ロビーの先にあるエレベーターへ誘導してくれた。廊下のところどころには、さりげなくオブジェや工芸品が展示されている。一つ一つの展示物が、孔の成功を象徴していた。

エレベーターで八階に上っている最中、代表秘書がこちらを振り向いた。

「帰りのお車は一時間後でよろしいでしょうか」

「不要です」

タクシーを待たせておいてよかった、と内心安堵する。孔の秘書が用意した車など、どんな細工があるかわからない。

最上階に到着した箱を降り、カーペット敷きの廊下を直進する。いくつかの会議室を過ぎて、突き当たりにあるのが孔の執務室だった。代表秘書は「失礼します」と一礼し、背中を向けた。案内はここまで、ということか。

呼吸を整え、木目の美しい扉を強くノックする。

「瀬戸です」

「どうぞ」

重い扉の奥は、意外に質素な部屋だった。広さは二十平米もないだろう。手前にソファやテーブルが配置され、奥にはデスクが据えられている。それ以外にあるものといえば、扉の脇の観葉植物くらいだ。物は少ないが、盗聴器を仕込む場所ならいくらでもある。基本的に、ここでの会話はすべて党に筒抜けと考えたほうがいい。

部屋の主はソファのかたわらに、後ろ手を組んで立っていた。銀色の豊かな頭髪と、銀縁眼鏡は健在だ。顔には皺が増え、髪はいささか薄くなっているものの、八十三歳という実年齢よりずっと若く見える。

「待っていたよ」

香港建築界の重鎮、ディラン・フンは余裕のある微笑をたたえていた。

「お久しぶりです」

返事の代わりに、孔は右手を差し出した。すかさず握り返す。握手をしたことで、手のひらにしっかり汗をかいていることを自覚した。勧められるまま応接ソファに腰かけて向き合う。この構図も二十数年前と同じだ。

「私のこと、覚えていらっしゃいますか」

「もちろん。話に聞いたが、独立して自分の建築事務所を構えているんだよな。マレーシア北部の都市開発を担当しているんだろう」

「北西のペナンという地域です」

「リゾートだな。いや、活躍しているようで何より」

孔の白々しい台詞に、満面の笑みを返す。

「ありがとうございます。先生のご威光にはとうてい及びませんが」

「私はほとんど隠居だ。ここに来るのも週に二、三度だね」

孔の近況については下調べをしてきた。事務所の代表には留まっているものの、実質的な運営は部下に任せ、もっぱら淺水灣《レパルスベイ》の自宅で過ごしているという。ＨＫＵの教授はとうに退任している。

「まだ隠居には早すぎますよ」

「いや、どうかな。昔は働いても働いても満たされなかったが、最近は仕事への意欲がとんと薄れてね。とうとう病気が治ったのかもしれない」

「病気？」

「建築家という病気だよ」

孔は薄笑いを浮かべている。

「この病気は死ぬまで治らないと思っていたが、老いというのは偉大だ。あらゆる執着やこだわりから、人を自由にしてくれる。この数年は本当に安らかな気分だ」

「そうですか。孔先生のこだわりは衰え知らずだと思っていました」

「私も人間だからね」

「でも、よろしいんですか？　このまま香港を放置して」

ソファにもたれた孔が鋭い視線を向けてくる。本題を言え、というメッセージだ。

「先生の目標は、香港を〈生者の街《シティ・フォア・ザ・リビング》〉にすることじゃなかったんですか」

孔の口元から笑みが消えた。

香港の都市問題はいまだ深刻だ。人口過密と家賃高騰は相変わらずで、治安や衛生も多くの問題が残されている。ディラン・フンが開発にかかわったニュータウンでは家庭内殺人や一家心中があり、いつしか悲情城市《サッド・シティ》と呼ばれるようになった。

「マレーシアから、私を非難しに来てくれたのか」

「とんでもない。もし先生の執着が衰えていないなら、私の〈計画〉に賛同してもらえるのではないかと思いまして。大陸でも香港でも、苦汁を舐めたあなたたちなら」

「出資なら遠慮しよう」

「金ではない。孔先生を本物の建築家と見込んで話しているんです」

「話が見えないな。私にどうしてほしい。その〈計画〉とはなんだ」

私は腕を組んで沈黙する。そして苛立ちを見せる孔をなだめるように、ゆっくりと、言い聞かせるように言葉を発する。

「マレーシアの一角に、香港人の街をつくります」

時が止まったかのような静寂。孔は眉をひそめて私を見ている。こういう反応になることは予想していた。最初にアイディアを聞かせた時は、阿賢もトゥイも、目の前の孔と同じような表情をしていた。

「……意味がわからない。本気なのか」

「もちろん。香港の人々に、ペナンという選択肢を与えるんです」

孔は腕を組み、首をかしげた。説明を求めている。

「香港の将来に不安を抱いている人は極めて多い。ご存知の通り、この街はすでに北京の支配下に置かれています。さらなる悲劇的な運命を避けるには、香港が中国から完全に独立するしかない。しかしそれはあまりにも非現実的と言わざるを得ない」

「不可能だろうね」

「土地は動かせない。それなら、人を動かそう、と思いました」

街を構成する要素で最も重要なのは、人だ。それを教えてくれたのは孔だった。

「市民がいない街は街ではない。さんざん鬼城《ゴーストタウン》を開発してきた先生なら、よくわかるでしょう？逆にいえば、香港人がいる場所は、どこであろうと香港になる」

「だから、土地は諦めて住民を移動させよう、ということか」

孔は口の端に笑みを浮かべている。

「確かにマレーシアは社会主義国家でもないし、外国人の受け入れにも積極的だ。広東語もそれなりに使われている。都市開発の責任者は、香港人の生態をよく知るきみだしな」

「察しがよくて助かります」

こちらが説明するより先に、孔は意図を理解する。さすがに頭の回転が速い。

「しかし、そんなに移住希望者がいるものかな」

「国安法以降、移住希望者が急増しているのはご存知でしょう。富裕層だけでなく、中間層も増えつつある」

この〈計画〉を思いついたのはおよそ十年前、ペナンの開発計画にかかわるようになってからだ。まだ国安法など、影も形もなかった。

かつてナビラが言っていたように、ペナンは香港との類似点が多い。しかし香港と決定的に異なるのは、共産党の支配下にないという点である。息絶えつつある香港の自由を、このマレーシアなら生き延びさせることができるかもしれない。私は数か月に渡って一人で計画を練り、ペナンを第二の香港にすることが可能であるという確信を得た。

トゥイや阿賢に〈計画〉を打ち明けると、驚いたことに、二人とも即座に賛成してくれた。そこからの展開は早かった。阿賢が民主派のネットワークを使って送り出しを、トゥイがマレーシアでの受け入れを担当することになった。私はトゥイと共に受け入れを担いつつ、ペナンの街を設計し、全体の流れをプロデュースする。

我々の手ですでに一万人以上の香港市民が移住しているが、まだまだ不十分だ。

この〈計画〉に問題がないわけではない。たとえば、ペナン島の面積は香港全土の三割に満たず、とても七百万の市民が暮らすことはできない。そのため、いずれ領域を島外へ広げることも想定している。雇用の問題もあるし、地元市民との軋轢もある。問題点は数え上げればきりがない。しかし、それは諦める理由にはならない。

目の前の孔は唇を舐め、反論する。

「ひと昔前ならともかく、市民に香港人としてのアイデンティティが芽生えはじめた今、簡単に香港を捨てるとは思えない。混乱が鎮静化すればこのブームも去る」

「捨てるわけじゃない。あくまで移住です」

意識して語気を強めた。

「私は日本人にも中国人にもなれませんでした。ただ、香港人の端くれだとは思っています。だからこそ香港の文化を、自由を、守らなければならない。そのためなら別の土地に移るくらいのことはやりますよ」

〈國殤之柱《ピラー・オブ・シェイム》〉がHKUに運ばれたあの夜、私は自由のために戦うことを選んだ。マレーシアに移住した今でも、戦いは終わっていない。

「……それで用件は？」

口の端に浮かんでいた笑みが消える。孔は冷たい目で私を見た。

「まさか、その片棒を担げと言うんじゃないよな」

「聞いてください、先生」

孔の両目へ熱を注ぎ込むように、温度の高い視線を返す。

「これが、香港を〈生者の街〉にできる最後のチャンスです。今なら間に合う。大陸の外に新しい香港を創るんです。私が開発業者との渡りをつけます。孔先生は思う存分、力を発揮してくださればいい。あなたの力が加われば間違いなく実現できる。先生ほどの都市開発の専門家は、地球上のどこを見てもいない。お願いです。私と一緒に、マレーシアに来てください」

孔は物言わず、部屋の壁に視線を逃がした。

香港人の脱出に手を貸すなど、党員としては有り得ない行動だ。孔が手にしている名誉や権力は、すべてかなぐり捨てることになる。それでも年老いた孔の胸の奥に今でも志《ウィル》が残っているなら、可能性はゼロではない。

「先生はこれまで数十年、党に尽くしてきました。もう、いいじゃありませんか。反旗を翻したところで、党も国外までは手を伸ばせない。マレーシアの都市開発には口を出せないはずです。あとは香港市民の自由意志が決めてくれる」

孔は言下に否定しなかった。多少なりとも、胸中では葛藤があるはずだ。孔が党員になったのは理想の都市を創るためであり、忠誠心など端からないだろう。党員として人生をまっとうすることに、納得しながら死ねるとは思えなかった。

もしかしたら、崩せるかもしれない。

「街を構成する最も重要なものは人だと、教えてくれたのは孔先生です。昇禮大廈《シンライ・マンション》の屋上から落下した少女のことを覚えていますか。彼女はこの街の狭間に呑み込まれて死んだ。先生と一緒です。あなたは党という巨大な存在に呑まれたことで、志を殺した。あの少女を救いたいと思うなら、志がまだ完全に息絶えていないのなら、手を貸してください」

私は夢中になっていた。説得するというより、ただ内心をぶちまけていた。相手を殴るように、言葉を強く吐き出す。そうしなければ孔の心には届かない。呼吸が乱れている。束の間、私たちは一九九七年の夏に戻っていた。まだ何者でもない私が、香港大学の教授に唾を飛ばしている。

「初めて受けた授業で、先生はこう言いました。皆さんにとっての理想都市とは何か、と。今なら胸を張って答えられる。私がつくりたいのは、人が人として自由に生きられる街だ。すべての住民が、生きる喜びを感じられる街だ。今日、この瞬間にも自由は削り取られている。もう猶予はない。ディラン・フンの最後の仕事は、〈生者の街〉をつくることでなければならない」

私は目の前の男に抱いている、奇妙な感情を自覚していた。嫌悪、親愛、軽蔑、尊敬。それらが境目なく混ざりあい、形容できない色をなしている。私は孔耀忠の志を信じていた。彼が私たちの可能性に賭けてくれることを祈った。いつしか、ソファから腰を浮かせていた。

「保衛港人自由《ボウワイコンヤンジーヤウ》（香港人の自由を、守ってください）」

テーブルに両手を置いて身を乗り出す。手のひらが熱い。

孔はしばし静止していた。鼓膜がおかしくなりそうな、濃密な沈黙だった。

「……やめろ」

やがて、しわがれた声が落胆となって両肩にのしかかった。

「しかし、先生」

「黙れ」

孔は首を横に振る。言い聞かせるように何度も、何度も。

「私はこの街を愛している。たとえいっさいの自由が消滅しても、香港から離れることはない。最後の一人になったとしてもだ」

老建築家の背中に、彼が負ってきたたくさんの影が見えた。戦争の影。中国共産党の影。無数の鬼城《ゴーストタウン》の影。それらの影が孔をこの地に縛りつけていた。私は悟った。この人に取りついた建築家という病は治ってなんかいない。だからこそ、今でもこの土地にこだわる。

諦めろ、ともう一人の私が告げている。

「いいんですか。後悔することになっても」

無謀だと悟りつつ、詰め寄った。孔は鼻で笑う。

「そんな感情は忘れた」

窓からの日を浴びた孔の表情には、拭い去ることのできない陰が差していた。

「先生」

呼びかけると、孔は暗い目で私を見た。

「我々は、我々の時代に革命を起こします」

倦怠感をにじませながら、彼は犬でも追い払うように手を振った。

「好きにすればいい。やれるものならな」


タクシーは約束通り、私を下ろした場所で待っていた。後部座席に座ると、振り向いた運転手が
「你翻嚟啦《ネイファンライラ》（帰ってきましたね）」と言った。

「そりゃ帰ってくる。運転手さんが約束を守ってくれたから」

「私が守っても、あなたが守るとは限らない」

はっとした。私は、自分が騙されることばかり気にしていた。相手を信じていたのは運転手も同じだ。客がすっぽかせば、何時間もここで待たされることになってしまう。

「その通りだ。悪かった」

「とんでもない。空港でよろしいですか」

赤い車体は滑るように発進する。

香港島を西へ進み、西區海底隧道《ウェスタン・ハーバー・クロッシング》を目指す。中環《セントラル》、上環《ションワン》を過ぎ、西營盤《サイインプン》へ差しかかる。懐

かしい、HKUのキャンパス近辺だ。見覚えのある、しかし記憶とは微妙に異なる景色が流れていく。阿賢をはじめ、活動家たちが住みついていた高街鬼屋《ゴウガイグワイウク》はファサードだけを残して、新たに改装された。今では一級歴史建築に認定されている。ある意味、彼らは歴史的建築物のなかで生活していたということだ。

スマートフォンにはスカイプの着信記録が残っていた。トゥイからだ。孔との会話に夢中でバイブレーションに気が付かなかった。運転手に了解を取って、かけ直す。

「お疲れ様。電話して大丈夫?」

明るいトゥイの声が飛び込んでくる。

「タクシーに乗った。さっきまで打ち合わせだった」

「もしかしてディラン・フン?」

「そうだ。一緒に〈生者の街〉を創ろうと誘った」

「首尾は?」

「話にならない。結局、党に〈計画〉を打ち明けただけだった」

「いいじゃない。どうせ、とっくに勘づかれているんだから」

トゥイはあくまで明るい調子を崩さない。今まで仕事をしてきて、この明るさに何度救われたかわからない。

「それで、明日の出迎えなんだけど。時間は?」

「九時着のエアアジア。私は少し前に着くから、空港で合流して出迎えよう」

「了解、ボス」

トゥイの業務は移住者たちの受け入れと、生活支援だ。英語、広東語、ベトナム語を話すことができ、機転の利く彼女は適任だった。最近はマレー語と普通話も覚えたらしい。語学の能力だけなら、いまだに広東語と怪しげな英語だけで乗り切っている私よりはるかに上だ。

本来、住民のアフターケアは建築事務所が担当する範囲ではないが、こちらからやらせてほしいと頼んだ。街は、単に人が集まればできるものでもない。

「孔と話して、わかったことが一つある」

「何？」

「この〈計画〉はきっと成功する」

先人が反対するものは、うまくいくと決まっている。老人はすべての若者を殺せない。

「そう思ってなかったら、最初からやってない」

トゥイは即答した。それで通話は終わった。

私はペナンに誕生した新しい香港を夢想する。数百万の人々が、新しい時代を、新しいルールで生きていく。ただの器ではない、生きている人間のための街。複数の文化が混ざり合い、共に存在できる街。

モスクの隣に霊廟が建ち、カトリック教会とヒンドゥー寺院が並んでいる。ミーゴレンと焼賣《シウマイ》とサンドイッチが揃って屋台に並んでいる。インド系と白人が肩を組み、中華系とマレー人が手をつないで歩く。誰のものでもあって、誰のものでもない街。

通りを歩く私は、街という巨大な生き物の一部だ。くまなく走る大小の道は、この生き物を生かすための血管だ。通りのすべてに住民が流れ、街を脈動させ、私たち一人ひとりと同期する。九龍城砦《カオロンシンジャイ》よりはるかに巨大な獣として、自由を糧に生きていく。

新しい街は、すでに胎動をはじめている。この動きはもう止められない。

タクシーは九龍半島の西の縁を北上する。

「〈生者の街〉というのは？」

運転手が前方を向いたまま口を開いた。眉をひそめると、相手は軽く頭を下げた。

「すみません。聞こえてしまいました」

「構いませんよ。車内で話したのは私です」

橋上を走って青衣《ツィンイ》へ至る。ここは通過地点に過ぎない。空港に着くまで、少し時間がある。私はこの女性運転手に、〈生者の街〉の原点——梨欣について話すことにした。

「まだ十代のころ、同じ年で仲の良かった少女が香港で亡くなったんです」

懐古主義丸出しだな。そう思いながら、言葉は溢れて止まらない。

「少なくとも私は心が通じ合っていると思っていました。でも、そうじゃなかった。向こうは、私の持っていた日本国籍が目当てだったんです。失望しました。私はいったん香港を離れた。でも、亡くなってからも彼女のことを忘れられなかった。だから香港に戻ってきて、遅ればせながら亡くなった理由を調べた。事実はわかったけど、彼女は蘇らない。だから、香港で二度と悲劇が起こらないようにすると決めたんです」

語りながら、恥ずかしさを忘れるほど私は感傷に浸っていた。車は馬灣《マワン》を通り過ぎ、大嶼《ランタオ》島に入る。北大嶼山公路《ノース・ランタオ・ハイウェイ》をまっすぐに走る。左手には深緑色の山々がそびえている。

「もしかしたら、誤解があるのかもしれませんよ」

声は運転席から発せられた。バックミラーには、運転手の険しいまなざしが映っている。

「その少女は、あなたと一緒にいたかっただけ。そんな気がします」

すべてを見通したような台詞に、戸惑いを覚える。

「……なぜ、そう思うんです」

「少女の立場で考えてみただけです」

否定しようとしたが、唇が動かなかった。

私は相手の――梨欣の立場でものを考えたことが、一度でもあっただろうか。

「あなたは自分の思い描いた少女だけを見ていたんじゃありませんか。貧しいけれど、健気で純粋な少女。だから国籍のことを知って、裏切られたと感じた。でもそれ以前に、彼女はあなたを一人の人間として愛していたのだと思いませんか。外国籍に魅力を感じていたとしても、それがあなたを愛していない理由にはならない」

私は何も言えなかった。

タクシーは人工島を目指して、右手へとカーブを曲がる。行く手には赤鱲角《チェクラップコク》が待っている。空港へと続く道のりは空いていた。左右を海に挟まれた道を、車は飛ぶように走る。香港の空の玄関口を目指して。

スマートフォンが震動した。見れば、テレグラムに阿賢からのチャットが来ていた。引き渡しの連絡事項かと思ったが、違った。

〈親の遺品整理で見つけた〉

コメントと一緒に、スマートフォンで撮ったと思しき二枚の画像が送られている。画像を開いた瞬間、目が離せなくなった。

一枚は、細長い箱に納められたネックレス。三日月型のペンダントトップは、紛れもなく私が梨欣に贈ったものだ。箱のなかには折りたたまれた紙片も同封されている。そしてもう一枚の画像は、その紙片を広げたものだった。

紙片には広東語が記されている。角の立った、几帳面な筆跡だった。

〈阿和へ〉

私は息も止めて、手紙の文面に没頭した。

〈今まで黙っていましたが、私は自分の身体を使って商売をしています。妓女《ゲイネイ》です。驚きましたか。こんなこと聞きたくないかもしれませんね。でも、もういいんです。私の目標はあなたの妻になることでしたが、その願いは叶いそうにありませんから。実は今、別の人の子どもを身ごもっています。これからは、お腹にいる子の父親と一緒に生きていこうと思います〉

視界が揺れる。身体が熱を帯びていた。

〈このネックレスは私には不要なものです。私よりもずっと愛情を注げる相手が、他にいるはずです。どうかその人に贈ってください〉

自分では止められないほど、指先が震えていた。手紙はあと一行で終わる。

〈かつてあなたを愛していた胡梨欣より〉

その瞬間、過去が両肩に重くのしかかってきた。

梨欣はただ私を愛していただけだった。そして他ならぬ私に、自分を信じてほしかった。どうしてそんな当たり前のことが、ずっとわからなかったのだろう。この二十数年、一度もその考えに至らなかった己を恨んだ。

彼女はネックレスを私に返すつもりだったのだ。私への愛情と一緒に。

〈梨欣が死んでから、ずっと親が持っていたらしい〉

私に見せなかったのは、娘を死に追いやった日本人への意趣返しか。それとも、私がこれ以上傷つくことを避けるためか。籠屋にうずくまっていた夫婦の面影を思い返す。

数えきれないほど上った、昇禮大廈の屋上が蘇る。そこには梨欣がいる。時には笑顔で、時には不安そうに、時には怒りを露わに、彼女は私と向き合ってきた。でも私が向き合っていたのは彼女という人間ではなかった。自分の恋心が成就することだけを願い、感情の浮き沈みに振り回された。

私はずっと、自分のことだけを見ていた。本当は、彼女を見ていなければならなかったのに。何があっても、梨欣を信じ抜くべきだった。しかし、そうしなかった。

今さら、彼女に謝ることはできない。どんなに悔やんでも。心臓に突き刺さる後悔を抱えたまま、生きていくしかない。

車が滑らかにスピードを落とし、やがて停止した。

「到着しました」

運転手は手元に目を落としている。メーターに表示されている金額を確認して、現金で支払う。釣り銭を受け取る瞬間、運転手の二重の目がこちらをちらと窺った。後部座席のドアが開く。路上に立ち、閉まりかけたドアのほうを振り返った。

「ありがとうございました」

扉は目の前で閉まった。数歩踏み出すうちに赤い車影は遠ざかっていく。

「再見《ツァイギン》」

この街にいる無数の梨欣に別れを告げた。幾人もの乗客がタクシーを降り、かたわらを通り過ぎていく。誰かと身体がぶつかり、ようやく我に返る。

降りそそぐ日差しの光の強さに、目をすがめる。

空は果てしなく青い。まるで頭上に海が広がっているようだ。かつて航海によって領土を拡大した世界市民は、今、空を飛んであらゆる場所へと拡散している。水のように。

李小龍《ブルース・リー》の言葉を思い出す。

——Be water, my friend.

この言葉は、民主派デモのスローガンにも使われていた。

水は自在に形を変え、時に流れ、時に破壊する。巨大な力で捕まえようとしても、するりと逃げ出し、巧みに反撃する。

私たちは水だ。自在に姿を変え、あらゆる場所に流れていく。縛りつけることはできない。水と水は合流する。逆巻き、渦を成して一つになる。取るに足らない流れも、無数に集まれば激流となる。壁を破壊し、押し流し、あらゆる場所へ満ちる。

中環も、旺角も、西營盤も激流に覆われる。沙田《シャティン》も、尖沙咀も、佐敦も洗い流される。水はあらゆる境界を越える。やがて大陸へと到達し、国と国の境を、海峡をも越える。あふれ出した激流は地の果てまで止まらず、地球の裏側に至る。

——水になれ、我が友よ。

水は自由だ。私たちはどこまでも漂流しながら、生きることの喜びを歌い、踊る。誰にも止められない。武力や権力をあざ笑うように、水は踊り続ける。街という舞台の上で。

はるか頭上からジェット音が降ってくる。見上げると、滑走路を離陸した航空機が空の彼方へ飛んでいくところだった。香港を旅立つ人々の前途が、希望で彩られていることを願う。

機影が地平線の果てへと消えるまで、私はその姿を見送っていた。

〈主要参考資料〉

書籍

『観光コースでない香港　歴史と社会・日本との関係史』津田邦宏（高文研）
『香港「返還」狂騒曲　「ドキュメント香港」1996〜97』和仁廉夫、平賀緑、金丸知好編／飯田勇・写真（社会評論社）
『香港の歴史　東洋と西洋の間に立つ人々』ジョン・M・キャロル／倉田明子、倉田徹訳（明石書店）
『香港　旅の雑学ノート』山口文憲（新潮文庫）
『食べ物が語る香港史』平野久美子（新潮社）
『転がる香港に苔は生えない』星野博美（文春文庫）
『香港回帰　アジア新世紀の命運』中嶋嶺雄（中公新書）
『香港――多層都市　現代亜州城市觀察』向井裕一　構成、写真／村松伸　文／竹中晶子　英訳（東方書店）
『香港返還　揺れる若きエリートたち』小木哲朗（朝日文庫）
『香港地下鉄・鉄道エリア・マップ』万里編図組編（東方書店）
『香港サクサク生活ガイド』野村麻里（オークラ出版）
『香港ルーフトップ』ルフィナ・ウー　線図、文／ステファン・カナム　写真／池田孝訳（パルコ）
『九龍城探訪　魔窟で暮らす人々』吉田一郎監修／グレッグ・ジラード、イアン・ランボット／尾原美保訳（イースト・プレス）
『九龍城砦』宮本隆司（平凡社）

『チョンキンマンションのボスは知っている　アングラ経済の人類学』小川さやか（春秋社）
『香港の過去・現在・未来　東アジアのフロンティア』倉田徹編（勉誠出版）
『香港雨傘運動と市民的不服従　「一国二制度」のゆくえ』周保松、倉田徹、石井知章／萧雲　写真（社会評論社）
『WE LOVE HONG KONG』ERIC（赤々舎）
『HAPAX 12　香港、ファシズム』HAPAX（夜光社）
『ベトナム難民少女の十年』トラン・ゴク・ラン／吹浦忠正　構成（中央公論社）
『難民少女ランちゃん』吹浦忠正／高田勲　絵（大日本図書）
『輝く都市』ル・コルビュジエ／坂倉準三訳（鹿島出版会）
『アメリカ大都市の死と生』ジェイン・ジェイコブズ／山形浩生訳（鹿島出版会）
『ストリート・コーナー・ソサエティ』ウィリアム・フット・ホワイト／奥田道大、有里典三訳（有斐閣）
『もっと知りたいル・コルビュジエ　生涯と作品』林美佐（東京美術）
映像
NHKスペシャル「香港　激動の記録　～市民と〝自由〟の行方～」
NHK　BS1スペシャル「ただ自由がほしい　～香港デモ・若者たちの500日～」
NHK　アナザーストーリーズ　運命の分岐点「香港返還　すべてはあの日から始まった」
マクザム「乱世備忘　僕らの雨傘運動」

その他、多数の書籍・雑誌・映像・インターネット資料を参考にしました。

本作は書き下ろしです。

水《みず》よ踊《おど》れ

著者

岩《いわ》井《い》圭《けい》也《や》

発行

2021年6月15日

発行者 佐藤隆信

発行所 株式会社新潮社

〒162-8711 東京都新宿区矢来町71

電話 編集部 03-3266-5411

読者係 03-3266-5111

https://www.shinchosha.co.jp

装幀

新潮社装幀室

印刷所

錦明印刷株式会社

製本所

大口製本印刷株式会社

乱丁・落丁本は、ご面倒ですが小社読者係宛お送り下さい。
送料小社負担にてお取替えいたします。
価格はカバーに表示してあります。

ISBN978-4-10-354131-8 C0093